HERBERT BECKMANN

DER AMERIKANER

atb aufbau taschenbuch

HERBERT BECKMANN, Jahrgang 1960, hat zahlreiche Bücher und Hörfunksendungen mit Bezug zu Berlin veröffentlicht, wo er seit 40 Jahren lebt und arbeitet. Mit der Figur »Jo Sturm« wendet er sich zum ersten Mal den fünfziger Jahren in Berlin zu.

Eigentlich hat Kommissar Jo Sturm in der Mordkommission nichts zu suchen. Er darf die weniger wichtigen Vermisstenfälle bearbeiten, doch als ein bekannter amerikanischer Architekturkritiker nach der feierlichen Eröffnung der Kongresshalle ermordet wird, wird er hinzugezogen, weil er Englisch spricht. Jo Sturm soll den Kontakt zu den amerikanischen Stellen in der Stadt halten, denn der Fall ist hochbrisant: Der Tote hatte deutsche Vorfahren, und am besten soll nichts von dem Mord in die Presse gelangen. Jo Sturm stürzt sich gleich in die Ermittlungen; er liebt die amerikanische Lebensart, den Jazz, und auch die Frauen mögen ihn, was sich bei Recherchen in Bars und Clubs als durchaus vorteilhaft erweist.

HERBERT BECKMANN

DER AMERIKANER

1957 – Tod in Berlin

KRIMINALROMAN

atb aufbau taschenbuch

MIX
Papier aus verantwortungsvollen Quellen
FSC® C083411

ISBN 978-3-7466-3871-3

Aufbau Taschenbuch ist eine Marke der
Aufbau Verlage GmbH & Co. KG

1. Auflage 2022

Umschlaggestaltung www.buerosued.de, München
unter Verwendung von Motiven von
© ullstein bild – ullstein bild und
© Travel_Motion / Getty Images
Satz Greiner & Reichel, Köln
Druck und Binden CPI books GmbH, Leck, Germany
Printed in Germany

www.aufbau-verlage.de

Freitag, 20. September 1957

Er hatte genug gesehen. Noch vor Ende des zweiten Akts verließ er das Auditorium der Kongresshalle, holte seinen Mantel von der Garderobe ab und ging durch das festlich erleuchtete Foyer hinaus.

Es war jetzt kurz vor elf. Er stand am hüfthohen Geländer der weit ausladenden Dachterrasse, beide Hände in den Manteltaschen vergraben, und blickte nach Westen, in Richtung der spärlich beleuchteten Zeltenallee.

Wo blieb Katja?

Sie hatte gesagt, sie wolle ein Taxi bis zur Lutherbrücke nehmen und das kurze Stück bis zur Kongresshalle zu Fuß an der Spree entlanggehen.

Sie hatte recht, sie konnten gar nicht vorsichtig genug sein. Mit dem Taxi direkt vor dem illuminierten Gebäude vorzufahren, wäre geradezu fahrlässig auffallend gewesen.

Sie würde sicher bald kommen.

Er ließ seinen Blick schweifen. Der Himmel über Berlin war schwarz, vom Tiergarten in Front waberten geisterhaft hauchdünne Nebelschwaden herüber. Vor der Reihe dunkler Limousinen am Straßenrand erstrahlten die schaumweißen Bögen der Wasserfontäne im Spiegelbassin. Noch weiter vorn schwamm das Bild der Kongresshalle mit ihren elegant geschwungenen, hell erleuchteten Umrissen. Er konnte verstehen, dass die Berliner Schwangere Auster dazu sagten. Katja dagegen erinnerte das Gebäude eher an ein Ufo: »Überirdisch, viel zu schön, um wahr zu sein«, hatte sie ihm geschrieben.

Er blickte sich erneut um. Noch immer nichts von ihr zu sehen. Seine Unruhe wuchs, er fühlte sich beobachtet, hörte Schritte und Stimmen im Hintergrund. Er wandte sich um, nur eine Handvoll Angestellter, Kellner oder Caterer in dunklen Livrees, die sich bis zum Geländer an der Westseite zurückzogen, um zu rauchen. Ihre frisch angezündeten Zigaretten leuchteten im Halbdunkel auf wie Glühwürmchen.

Er holte die Chesterfield-Packung aus der Innentasche und steckte sich selbst eine an. Mit einem tiefen Lungenzug blickte er nach Osten. Jenseits der Großen Querallee lag der Platz der Republik, wie der ehemalige Königsplatz heute hieß, und dahinter, weithin erkennbar, das wuchtige Reichstagsgebäude. Ein Wunder, dass es überhaupt noch stand. Früher, noch lange nachdem seine Eltern mit ihm Berlin in Richtung Amerika verlassen hatten, hätte man von diesem Standort aus auf den breiten Rücken der Krolloper geschaut, ihre letzten Gebäudereste waren wohl erst vor Kurzem fortgeschafft worden. Und zwischen Krolloper und Reichstag hätten Moltke-Denkmal, Siegessäule und Bismarck-Denkmal auf dem Königsplatz die Sicht auf den Reichstag behindert.

Am Rande des Spiegelbeckens tauchte eine hohe, schlanke Gestalt aus dem Nebelschleier auf. Das war sie. Katja in einem hellgrauen knielangen Mantel und mit einem dunklen Hut auf dem welligen Haar, dessen Krempe ihre Stirn verschattete. In der Rechten trug sie eine flache Handtasche, deren Größe allerdings eher einer Mappe glich.

Sie stieß kleine Atemwolken aus und sah sich unruhig um, ehe sie den Arm hob, um ihm ein Zeichen zu geben.

Er eilte die Freitreppe hinunter zu dem Betonsteg über dem Bassin. An seinem Ende wartete sie auf ihn. Sie küssten sich auf die Wangen, wie sie es immer zur Begrüßung taten, nur flüchtiger als sonst. Ihre hellen Augen flackerten aufgeregt, und sie hängte sich hastig bei ihm ein, als er ihr den Arm bot.

»Lass uns ein paar Schritte die Zelten hinuntergehen und dann den Weg Richtung Straße des 17. Juni«, schlug sie vor. »Ist nicht weit. Dort bekommen wir ebenfalls ein Taxi. Außerdem …«

Sie brach ab, aber er begriff trotzdem.

Sie gingen auf dem Bürgersteig entlang der Reihe parkender Wagen. Er sah sich um, niemand folgte ihnen. Er entspannte sich etwas. Wahrscheinlich war ihre Vorsicht übertrieben. Wenngleich dem Anlass angemessen und der Bedrohung, die daraus entstand.

»Tut es dir nicht leid, dass du den Rest des Programms verpasst?«, fragte sie. Ihre tiefe Stimme sollte vermutlich fest und stark klingen. Tat es aber nicht. Er spürte ihre Unruhe wie ein Vibrieren, das von ihrem ganzen Körper auszugehen schien. Sie wirkte wie elektrisch aufgeladen.

»Ich habe den ersten Einakter von Thornton Wilder gesehen«, antwortete er. »Die restlichen beiden schenke ich mir. Außerdem war die Hauptattraktion Lillian Gish, und die hatte gleich zu Beginn ihren Auftritt.«

»Ah, Lillian Gish«, sagte Katja. »Ich habe sie letztes Jahr im Zoo-Palast gesehen, ›Die Nacht des Jägers‹. Sie wirkte so unerschrocken und tapfer.« Er begriff, dass sie hoffte, ebenso tapfer zu sein: im richtigen Leben, wenn das geschehen würde, was sie sich vorgenommen hatten.

»Lass uns die Seite wechseln«, flüsterte sie, als könnte sie gehört werden, kurz bevor sie den schmalen Weg gegenüber der Querallee erreichten, und sie tauchten ein in die dunkle Röhre, die hier durch halbhohe Bäume und Büsche von beiden Seiten gebildet wurde. Der prachtvolle Park früherer Tage war noch immer ein Schatten seiner selbst, er wuchs, aber man hatte nicht das Gefühl, dass er gedieh.

Es waren nur noch ein paar Steinwürfe bis zur Straße des 17. Juni, deren breites Band den Tiergarten von West nach Ost zerschnitt. Der Abschnitt, den sie am Ende des Wegs erkennen konnten, schimmerte mattgrau herüber.

Er blieb stehen, und sie öffnete instinktiv ihre Tasche.

Plötzlich hatte er das Gefühl, dass sie beobachtet wurden, und beinahe im gleichen Moment hörten sie links im Gebüsch Zweige knacken und Rascheln.

»Vielleicht ein Tier«, sagte er.

»Ich weiß nicht«, flüsterte sie.

»Lass uns weitergehen. Schnell«, sagte er. Denn jetzt waren auch deutlich Schritte im Gebüsch zu hören, jemand kam rasch im Dunkeln auf sie zu. Rechts öffnete sich ein kleiner Pfad, kaum erkennbar, aber sie stolperten hinein.

Nach wenigen Metern stürzte Katja über einen Stein oder einen Ast, es war nicht zu erkennen.

Sie schrie vor Schmerz auf und stieß einen Fluch aus.

»Bist du verletzt?« Er beugte sich panisch über sie und tastete nach ihrer Hand.

In diesem Moment spürte er, dass jemand hinter ihm stand. Keine drei Schritte entfernt. Er vernahm heftiges Keuchen.

Katja schrie wieder auf, nichts als Angst und Entsetzen in ihrer schrillen Stimme.

Er zwang sich, ruhig zu bleiben, richtete sich langsam auf und hob die Hände, in der Hoffnung, dass der andere es in der Dunkelheit wahrnahm.

»Was wollen Sie?«, fragte er auf Deutsch.

Ein entsetzlicher Knall war die Antwort auf Rudy Beringers letzte Frage. Den zweiten, der gleich darauf folgte, hörte er bereits nicht mehr.

Samstag, 21. September 1957

Jo Sturm sah auf die Armbanduhr. Viertel vor acht. Bis zur Dienststelle in der Gothaer brauchte er eine knappe halbe Stunde. Na, wenn schon, es war Samstagmorgen, die sollten sich nicht so haben, wenn er ein paar Minuten zu spät kam. Nach dem Kaffee zum Frühstück, das Frau Küpper, seine Wohnungswirtin, für ihn und Helga, ihre fünfzehnjährige Tochter, gemacht hatte, wollte er noch eine Zigarette in seinem Zimmer rauchen, bevor er losfuhr.

Er ging zum Tisch, zog sich eine filterlose Camel aus der Schachtel und zündete sie an. Aus dem Radio dudelte seichte Tanzmusik, er ging zum Gerät hinüber, das auf dem Sideboard stand, und drehte am Knopf. Duke Ellington und sein Orchester. Auf den AFN war Verlass. Eine Live-Aufnahme vom letztjährigen Open-Air-Festival in Newport an der amerikanischen Ostküste, wie der Moderator mit sonorer Stimme verriet. Der gute alte Swing im fetzenden Rhythmus des Rock'n' Roll. Unglaublich. Jo angelte den gläsernen Aschenbecher vom Tisch und tänzelte damit zum Fenster.

Blauer Dunst, drinnen und draußen.

Er wohnte im dritten Stock dieses Altbaus, der den Krieg halbwegs unbeschadet überlebt hatte, aber er musste nicht nach oben schielen, da die Hauslücke gegenüber freien Blick bot. Der Himmel war bedeckt, doch es regnete nicht mehr. Er rauchte die Zigarette zu Ende und lauschte hingerissen, bis das Orchester sein Stück beendet hatte.

An der Garderobe im Flur traf er wieder mit Helga

zusammen, die sich für die Schule fertig machte. Sie hatte ein blasses, rundes Gesicht, dunkle melancholische Augen und trug einen Pferdeschwanz nach neuester Rock-'n'-Roll-Mode, der quasi ein Eigenleben führte, weil er ständig in Bewegung war.

»Schönen Tag noch, Herr Sturm.«

»Dir auch, Helga.«

Sie blinzelte ihm zum Abschied zu, ehe sie noch vor ihm durch die Tür verschwand. Seit etwa einem halben Jahr flirtete sie mit ihm. Er nahm es gelassen. Aber hätte ihre Mutter, die vermutlich noch in der Küche hantierte, es gesehen, wäre der Kleinen eine Standpauke sicher gewesen.

Was etwas Komisches hatte, da Frau Mutter sich selbst einen Liebhaber leistete, der offiziell selbstverständlich nur »Werner, mein Bekannter« war. Petra Küpper war Anfang vierzig und Witwe, ihr Mann war im Krieg gefallen, Ostfront. Und Werner Markwort, ihr Bekannter, war der Berlin-Vertreter einer westdeutschen Firma für Herrenschuhe. Eine Ehefrau, zwei Kinder und ein Eigenheim warteten auf ihn in Osnabrück. Häufig die ganze Woche lang, wenn man Markworts Anwesenheit in Petra Küppers Wohnung bedachte. Und er ließ sich ihr gegenüber nicht lumpen, wie es schien: Der neue Herd, die Musiktruhe, der Grundig-Fernseher – Werner Markwort hatte in den letzten Jahren erheblich zu Petra Küppers kleinem Wohnkomfort beigetragen. Als freischaffende Klavierlehrerin konnte sie es sich anscheinend nicht leisten, seine Angebote mit großer Geste abzulehnen.

Jo Sturm war Polizist, kein Moralapostel, das hatte er Frau Küpper bereits zu verstehen gegeben. Sie hatte es mit Erleichterung zur Kenntnis genommen. Wirklich komisch, normalerweise war es umgekehrt zwischen Mieter und Untermieter.

Er zog das Jackett an, streifte sich den Mantel über und verließ die Wohnung.

Im Treppenhaus traf er die kleine Elke. Ihre langen blonden Zöpfe schlugen bei jedem ihrer Schritte wie Trommelstöcke gegen die braune Schultasche auf dem Rücken.

»Morg'n, Herr Sturm.« Es hörte sich an wie das Winseln eines Welpen.

»Morgen, Elke. Alles in Ordnung?«

Sie nickte schwach.

Es war ihr erstes Schuljahr, hatte gerade erst begonnen, und schon waren ihre Augen erloschen. Bis zum Sommer war sie zusammen mit ihrem kleinen Bruder Ralf in den Kindergarten »Rosa Thälmann« gegangen, nur wenige Hundert Meter entfernt und doch einen Sektor weiter. Ralle ging weiterhin zu Rosa Thälmann, Elke hatte ihre Angst vor den bewaffneten Grenzern des »demokratischen Berlin« nun eingetauscht gegen einen Klassenlehrer, der ihr gleich in der ersten Schulwoche den Rohrstock über die kleine Handfläche gezogen hatte. »Quasseln« hieß ihr Vergehen. Jo hatte es von Elkes Mutter erfahren. Sie arbeitete als Kellnerin in der »Goldenen Henne«, der nächsten Eckkneipe, und hatte ihre Kleine damit zu trösten versucht, dass der Lehrer schließlich auch Corinna, die andere kleine Quasselerin, gezüchtigt habe. Das hatte bei Elke endgültig die Lichter zum Erlöschen gebracht.

×

Auf dem Bürgersteig waren kaum Leute um die Uhrzeit, nicht mal ein Auto fuhr die Waldemar entlang. Am Straßenrand stand ein knapper Monatslohn von ihm, sein DKW-Motorroller, das hellblaue Modell Hobby, gebraucht gekauft. Er startete und fuhr los. Oranienstraße,

Moritzplatz, nach Süden Richtung Gneisenaustraße, nach Westen und unter den Yorckbrücken hindurch bis zur Potsdamer und gleich darauf im Zickzack in die Grunewaldstraße bis zur Gothaer Straße. Wenn Berlin ein Gebiss wäre, dachte er zwischendurch, dann wäre ein Drittel heil und intakt, ein Drittel aus Gold, also Ersatz, und ein weiteres Drittel faulte oder fehlte ganz. Einerseits die schicken Neubauten des Aufbauprogramms, die sich einzeln oder zeilenweise neben den Vorkriegshäusern hervortaten. Andererseits noch immer und überall im Stadtbild: Lücken, Brachen, Ruinen und kahle Flächen, allesamt so einladend wie der Mond.

Das Präsidium der Kripo befand sich seit einem Jahr in der Gothaer Straße. Ein steinalter Verwaltungsklotz noch aus der Preußenzeit, den die Bombenhagel des Krieges unverständlicherweise verschont hatten. Am neuen Seitenflügel entlang der Grunewaldstraße wurde noch immer gearbeitet, aber das konnte für Jo Sturm den Gesamteindruck nicht mindern, sich in alten, uralten Zeiten zu bewegen. Lange Flure, breit wie Flüsse, grauer Granit und schwarzer Marmor. Flüstern war möglich, aber sinnlos, da es von allen Seiten verstärkt wurde.

Im Foyer begrüßte ihn von seinem Platz aus der alte Hoyer mit stummem Nicken.

»Morgen, Herr Hoyer.«

Wahrscheinlich war Hoyer gar nicht so alt, wie er Jo vorkam, sondern sah nur so aus, nachdem er erst vor ein paar Jahren aus der russischen Gefangenschaft zurückgekehrt war. Anders als Jos Vater, der in der Ukraine offenbar Partisanen in die Hände gefallen war. »Nicht daran denken«, verordnete sich Jos Mutter, die seit einigen Jahren in Weimar bei Sylvia, Jos zwei Jahre älterer Schwester, und ihrem Mann Heinz lebte. »An was willst du nicht denken?«, hatte Jo seine Mutter einmal gefragt. »An das, was die Partisanen mit ihm gemacht haben. Möglicherweise.« »Und willst du auch an das nicht denken, was *er* getan hat? Möglicherweise?« Sie hatte ihn nur mit großen Augen verständnislos angesehen.

Im Glas des Schalters, hinter dem Hoyer zusammengesunken saß, sah Jo für eine Sekunde sein eigenes verhuschtes Spiegelbild. Seine blonden Haare machten seinem Namen alle Ehre, sie standen buchstäblich Sturm, und er versuchte sie mit beiden Händen zu bändigen, während er wie immer im Laufschritt den Treppenaufgang nahm.

Nach dem Umzug aus der Friesenstraße im letzten Jahr befanden sich in dem Gebäude die Kernbereiche der Kripo, Betrug, Einbruch, Erkennungsdienst, Mord und Sitte. Jo arbeitete in der Abteilung V, Vermisstenfahndung. Das Sekretariat für die Abteilung befand sich gleich neben dem Aufgang, Jos Büro lag ganz am Ende des Gangs. Es war so klein, dass man glauben konnte, es müsse früher eine Abstellkammer gewesen sein. Wenigstens hatte es ein Fenster, wenn auch nur zum Innenhof hinaus. Wenn man sich Schreibtisch und Stuhl, Telefon und Aktenordner weg- und stattdessen eine schmale Pritsche plus Kloschüssel hinzudachte, konnte man sich den Raum bestens als eine Gefängniszelle vorstellen.

Egal, so hatte er wenigstens seine Ruhe, um nach Vermissten zu fahnden. Was hieß Ruhe? Auf dem Aktenschrank thronte Peggie, ein kleines, nussbraunes Kofferradio der Firma Akkord, das er wie jeden Morgen einschaltete, noch ehe er den Mantel ausgezogen hatte. Ein Trompetensolo, das sich ganz nach Satchmo, Louis Armstrong, anhörte, genau das, was er jetzt brauchte.

Auf seinem Schreibtisch lag eine Notiz von Lene Spohn, der Sekretärin. Was sie stets machte, wenn sie ihn am Apparat nicht erreichte. Sie mochte ihn, würde es also nicht weitertratschen, dass er mal wieder zu spät zum Dienst erschienen war.

»Stegl. VP: Zern, Katja, 43. Ehem. Max«, stand auf dem Zettel. Lenes erprobtes System, um ihm mitzuteilen, dass ein Max Zern, Ehemann der dreiundvierzigjährigen Katja Zern, seine Frau bei der örtlichen Polizei in Steglitz als vermisst gemeldet hatte.

Jo griff zum Hörer. »Morgen, Lene.«

»Morgen, mein Schatz. Ausgeschlafen?«

Er lachte. »Lene, dein Zettel ...«

Sie stöhnte leicht auf. »Ich weiß, die Dame ist schon eine Weile erwachsen und nicht gleich verschüttgegangen, nur weil sie dem Gatten mal eine Nacht das Bett nicht warmgehalten hat.«

»Das meine ich nicht, Lene.«

»Sondern?«

»Die Steglitzer Nummer fehlt.«

Ihre Antwort ließ eine Sekunde auf sich warten. »Ich werde alt. Warte einen Moment, Jo.« Sie brauchte nur wenige Sekunden, um ihm die Nummer des Beamten aus Steglitz durchzugeben, der angerufen hatte, um die Meldung weiterzuleiten. »Und gleich als Zugabe die Nummer des Ehemanns. – Sag mal«, fügte sie irritiert hinzu, »was ist denn das für ein Katzenjammer bei dir im Hintergrund?«

»Man nennt es Trompete. Danke, Lene.«

Er legte auf, schaltete das Radio ab, griff erneut zum Hörer und rief die Nummer der Steglitzer Kollegen an. Ein Diensthabender mit einer jungen Stimme namens Nowak meldete sich. Er war es auch, der die Vermisstenmeldung entgegengenommen und protokolliert hatte.

Jo Sturm redete nicht lange drumherum. »Warum fanden Sie denn die Sache so dringlich, dass Sie uns den Fall gleich übermittelt haben? Die Vermisste ist ja kein Kind mehr.«

»Wissen Sie, der Mann war schrecklich aufgeregt und vollkommen überzeugt, dass seiner Frau etwas passiert sein müsste.«

»Er war persönlich bei Ihnen? In der Dienststelle, meine ich?«

»Ja. Heute um sieben gleich. Er war ganz außer sich.«

»Seit wann genau ist sie denn verschwunden?«

»Seit halb elf gestern Nacht ungefähr, sagt er.«

»Hm, das sind schlappe acht Stunden bis zu seiner Meldung vorhin.«

»Ja, schon, aber der Mann war eben sehr ...«

»Aufgeregt, verstehe.«

»Weil es über Nacht war. Das würde sie niemals machen, meinte er.«

»Sonst noch was? Ist Ihnen irgendetwas an dem Mann aufgefallen?«

»Aufgefallen?«

»Ja, an seinen Angaben, seinen Bemerkungen dazu, seinem Verhalten, abgesehen von seiner Aufregung?« Polizeimeister Nowak von der Bezirkspolizei in Steglitz hatte sich mit seiner Meldung schließlich an die Landeskripo gewandt.

Nowak überlegte eine Weile. »Er stank, ich meine, er roch stark nach Alkohol.«

»Alkohol.« Wenn das kein Grund für die Frau gewesen war, die Nacht woanders als in der gemeinsamen Wohnung zu verbringen.

»Ich denke, es war Restalkohol. Der Mann, dieser Ehemann, Zern, er hatte zwar eine Fahne. Aber er redete ganz klar. Nur sehr aufgeregt.«

»Vorschlag, Herr Nowak: Sie rufen den Mann gegen Mittag noch mal an. Falls seine Frau nicht bereits zurück ist, versuchen Sie, ihn zu beruhigen. Er soll uns dann umgehend Bescheid geben, sobald sie sich bei ihm gemeldet hat.«

»Aber das habe ich ihm schon gesagt.«

Schon. Bloß zu dem Zeitpunkt war er noch im Restalkoholrausch.

»Schadet nicht, wenn Sie es ihm noch mal einschärfen, Herr Nowak. Ansonsten warten wir erst ab. Vielleicht meldet sich auch bald ihr Anwalt bei ihm.«

»Ihr Anwalt?«

»Ihr Scheidungsanwalt.«

»Ah.«

»War ein Scherz. Sie halten uns auf dem Laufenden, ja?«

»Mach ich. Klar.«

Jo Sturm legte auf. Und dachte nach. Nicht über den Vermisstenfall an sich. Wenn es denn einer war, die Frau war eine Nacht fortgeblieben, und schon fragte sich ihr noch alkoholisierter Mann, wo sie steckte. Nein, was ihm durch den Kopf ging, war der Name der Frau. Wo hatte er den schon mal gehört? Er hatte ein ganz gutes Namensgedächtnis und war sich ziemlich sicher, dass der Name Katja Zern ihm schon irgendwo begegnet war. Doch er kam nicht drauf.

Er stand auf, um Peggie wieder einzuschalten, als das Telefon klingelte.

»Sturm.«

»Schätzchen, dein Typ wird verlangt.«

»Von wem, Lene?«

»Von oben. Ganz oben sogar. Fünfter Stock.«

»Fünfter Stock kann nicht sein, Lene. Die verdienen ihr Geld mit Mord.«

»Genau die meine ich. Sie wollen dich sehen, und zwar jetzt gleich. Zimmer 502.«

Er ließ sich auf seinem Stuhl zurückfallen. »Was wollen die von mir?« Er konnte sich absolut keinen Reim darauf machen.

»Wirst du dann schon erfahren. Ach, und klopf an, bevor du reingehst. 502 ist das Zimmer von Kettler, du weißt schon, dem Chef dort oben.«

»Kettler?«

Jo war Kettler bisher ein paar Mal im Haus begegnet, Kriminalkommissar Sturm hatte gegrüßt, Kriminalrat Kettler nicht, das übliche Spiel. Was wollte der jetzt von ihm?

Bevor er ging, zündete er sich noch eine Zigarette an und hörte dabei den »Zeitfunk« im RIAS. In Deutschland grassierte die Asiatische Grippe, immer mehr Ansteckungen mit dem Virus, das angeblich aus China kam, immer mehr Todesfälle. Seltsam, im Sommer hatte das noch ganz anders geklungen: nur die Ruhe bewahren, keine ernsthafte Gefahr, Gurgeln hilft. Und im Tiergarten hatte es in der Nacht einen Mordfall gegeben. Das Opfer ein Mann mittleren Alters, Ausländer, möglicherweise ein Raubmord an einem Touristen. Nichts Genaues wusste die Presse nicht, die Polizei hatte den Tatort südlich der Großen Querallee, nur wenige Steinwürfe von der neu eröffneten Kongresshalle entfernt, weiträumig abgeschirmt und gab keinerlei Informationen. Auch die Briten, in deren Sektor der Tiergarten lag, ließen nichts verlauten.

Jo Sturm drückte die Zigarette aus und würgte Peggie ab, noch ehe sie dazu kam, das Wetter zu verkünden.

×

Im Treppenhaus begegnete er Ilse Bonneur von der Weiblichen. An ihrer Seite eine Neue, wie er vermutete, platinblond und breithüftig im Unterschied zur zierlichen, brünetten Ilse.

»Tag, Jo.« Ilse lächelte im Vorbeigehen.

Er sah sie an und schnupperte genüsslich ihr fruchtiges Parfüm, so dass sie es bemerkte und ein wenig rot wurde. Die neue Kollegin lachte und blitzte mit den Augen. Er nickte auch ihr lächelnd zu.

War noch nicht lange her, dass er mit Ilse zusammen in einer Gondel gefahren war. In der Seilbahn entlang der neuen Hochhäuser im Hansaviertel, anlässlich der Interbau. Sie hatten sich die ganze Zeit geküsst, er hatte kaum etwas mitbekommen von den Prunkstücken der internationalen Architekturstars, die Berlin zum Bauen an die Spree gelockt hatte. Anschließend waren sie in einem Gartenlokal noch etwas trinken gewesen. Nett, entspannt. Doch in Ilses schönen braunen Augen, die einen unglaublichen Sog erzeugen konnten, glaubte er, am Ende einen Wunsch aufleuchten zu sehen, der ihn erschreckte: Familie. Wahlweise ersetzbar durch Heirat, Ehe und Kinder. Jo mochte Kinder, aber sich selbst als Vater vorstellen, nein, das brachte er beim besten Willen nicht fertig.

Sie blieb zwei Stufen über ihm stehen, so dass sich ihre Blicke direkt trafen. »Willst du dir nur die Beine vertreten oder zu mir?« Die Kollegin lachte, begriff nicht, dass die Frage ernst gemeint war.

»Ich soll zu Kettler hochkommen.«

»Kettler, der ist doch Mordkommission. Was will er von dir?«

»Tja, wenn ich das wüsste.« Er spürte den tentakelnden Blick der Kollegin und deutete mit dem Kinn zur fünften Etage hoch. »Ich werde dann mal.«

»Viel Glück oben.« Ilses Augen wandten sich rasch von ihm ab. Sie war enttäuscht.

Er besann sich kurz und rief, nachdem sie mit der Kollegin bereits zwei Stufen weiter hinuntergegangen war: »Sehen wir uns mal wieder, Ilse? Kino oder so?«

»Oder so.« Sie ging einfach weiter, ohne zurückzublicken.

Das hatte er dann wohl vergeigt.

×

Kriminalrat Kettler war ein kleiner dünner Mann Anfang sechzig mit schütteren, sandfarbenen Haaren und einem zerknitterten Gesicht. Sein Büro dagegen war gefühlt zehnmal so groß wie Jo Sturms Besenkammer zwei Stockwerke tiefer. Es war stickig und überheizt, gelber Tabakrauch hing in der Luft wie Londoner Nebel. Kettler stand an dem mittleren der drei Fenster zum Hof und rauchte Zigarre, als Jo das Zimmer betrat. Vor Kettlers gigantischem Eichenschreibtisch voller Papiere und Akten saß ein stämmiger Mann mit Augen, die wie sprungbereit unter seinen buschigen schwarzen Brauen lauerten. Granzow, Kriminalhauptkommissar. Jo kannte ihn, ebenso wie Kettler, bislang nur von zufälligen Begegnungen im Haus. Hoyer unten im Foyer hatte mal geraunt, Granzow sei »Kettlers Mann fürs Grobe«. Was auch immer das heißen mochte, Hoyer hatte sich diesbezüglich ausgeschwiegen, doch seine permanent entzündlich geröteten Augen über den enormen Tränensäcken hatten eine deutliche Warnung ausgesprochen.

In einem Sessel an dem dunklen Nierentisch in der Ecke saß mit übereinandergeschlagenen Beinen und Pfeife rauchend ein weiterer Mann. Ihn hatte Jo bislang noch nicht gesehen. Er war um die fünfzig, trug einen eleganten dunklen Zweireiher, eine Krawatte mit Silberspange und eine Brille mit Goldrand.

Jo grüßte und nickte knapp in alle drei Richtungen. Was auch immer diese Männer von ihm wollten, angenehm würde es wohl kaum werden, dachte er, als er in ihre humorlosen Gesichter schaute. Wobei Granzows steinharter Blick unter den nervös zuckenden schwarzen Brauen die beiden anderen noch bei Weitem übertraf.

Keiner der Männer erwiderte seinen Gruß. Kettler deutete mit seiner Zigarre auf den freien Stuhl neben Granzow.

Jo setzte sich, schlug die Beine übereinander und wartete ab.

Kettler kam herüber und ließ sich hinter seinem Schreibtisch nieder. Er musste seinen Stuhl recht hochgeschraubt haben, denn zwei der drei Knöpfe seiner beigen Anzugjacke lugten über die Tischplatte hinweg.

Kettler deutete auf Granzow und den Mann mit der Pfeife. »Sturm, das sind KHK Granzow aus meiner Abteilung, falls Sie ihn noch nicht kennen, und Dr. Curow von der Senatskanzlei. Er ist dort zuständig für die Koordinierung besonderer Aufgaben mit den Alliierten.«

Jo warf Curow einen Blick zu, den dieser mit einem abgründigen Lächeln quittierte.

»Bevor wir in die Details gehen«, fuhr Kettler an Jo gerichtet fort, »bestätigen Sie mir Folgendes: Sie sprechen Englisch? Ich meine gutes, um nicht zu sagen: hervorragendes Englisch.«

Jo nickte. »Yes, Sir.«

»Nun werden Sie mal nicht frech«, fuhr Granzow ihn von der Seite an. »Sie sind hier nicht bei den Amis.«

Aus der Ecke, in der Curow saß, vernahm Jo leises Lachen.

Er beachtete es nicht weiter, sondern richtete seinen Blick ungerührt auf Kettler. »Verzeihung, Herr Kriminalrat. Ist mir so rausgerutscht. Um Ihre Frage zu beantworten, ja, ich spreche Englisch. Fließend, würde ich sagen.«

»Erzählen Sie mal, wo Sie's gelernt haben.« Curow, immer noch lächelnd, richtete seinen Pfeifenstiel auf Jo.

»In Amerika. Kriegsgefangenschaft. Vierundvierzig bis sechsundvierzig.«

»Wo genau da?« Curow schien ganz gespannt darauf.

Doch Jo war überzeugt, dass er und die anderen beiden es bereits wussten. Es stand in seiner Akte.

»Camp Campbell. War die ganze Zeit dort.«

»Camp Camp Camp. Fängt gleich an zu stottern, wenn er was gefragt wird.« Granzow stieß ein kurzes trockenes Lachen aus.

»Sie meinen sicher Fort Campbell, Sturm«, sagte Kettler mit überlegener Miene.

»So heißt es heute, Herr Kriminalrat. Aber damals hieß es Camp.«

»Camp Campbell, na bitte!« Was auch immer Curow damit sagen wollte, er stand auf, legte seine Pfeife in den Aschenbecher und ging zum Schreibtisch hinüber. Dort baute er sich frontal Jo gegenüber auf, beide Hände in den Hosentaschen. »Wir brauchen Sie, Herr Sturm. In einem äußerst brisanten Fall, einem Mordfall, der sich heute Nacht ereignet hat. Wir brauchen Sie wegen Ihrer Englischkenntnisse und … nun, weil Sie die Amerikaner zu kennen scheinen. Besser als die meisten von uns. Ihr derzeitiger Vorgesetzter von der Vermisstenfahndung, Hauptkommissar … wie heißt er gleich?«

»Wondrasch.«

»Wondrasch, richtig. Er ist bereits informiert worden, dass wir Sie für eine gewisse Zeit aus seiner Abteilung abziehen werden.«

Curow beugte sich vor und bohrte seinen Blick in Sturms Augen. »Seien Sie sich Ihrer Verantwortung bewusst, Herr Sturm. Es handelt sich hier um einen Fall, der internationale Verwicklungen nach sich ziehen könnte. Die beiden Herren werden Ihnen gleich weitere Details nennen. Doch so viel sei Ihnen gesagt: Das Opfer ist Amerikaner. Aber beileibe kein Tourist. Das haben wir fürs Erste nur lanciert. Ein Raubmord wäre für uns, das heißt für Berlin, natürlich wünschenswert. Politisch gesehen. Aber ganz gleich, was genau passiert ist, wenn wir den Fall nicht schnellstens aufklären können, würde das ein äußerst schlechtes, vielleicht sogar katastrophales Licht auf uns werfen. Also, vermasseln Sie es nicht.«

Er nahm die Hände aus den Taschen, rückte seine Brille gerade, ging zu seiner Pfeife zurück, klopfte sie penibel im Aschenbecher aus und verstaute sie sorgfältig in einer grauen ledernen Pfeifentasche, die er in sein Jackett steckte. Ohne Jo Sturm noch zu beachten, wandte er sich zum Gehen, warf nur Kettler und Granzow einen Blick zu, während er mit schnellen Schritten den Raum durchquerte und hinausging.

»Folgendes, Sturm«, nahm Kettler das Gespräch wieder auf und blickte auf ein Blatt handgeschriebener Notizen. »Bei dem Opfer handelt es sich um einen gewissen Rudy Beringer, sechsundvierzig Jahre alt, amerikanischer Staatsbürger.«

»Woher wissen wir das?«, unterbrach ihn Jo.

Kettler hob den kleinen Schildkrötenkopf und sah ihn irritiert an.

»Lassen Sie den Kriminalrat gefälligst ausreden, Herrgott!«, fuhr Granzow ihn wieder an.

Kettler drückte seine Zigarre in einem riesenhaften Ascher aus Kristallglas aus und winkte ab. »Nein, nein, schon in Ordnung, Kurt.« An Jo: »Er hatte seine Brieftasche noch. Mit den Ausweispapieren.«

»Geld?«

Kettler sah Granzow an. »War auch das Geld noch dabei, Kurt?«

»Zweihundert Dollars. Und knapp hundert D-Mark, Scheine und Münzen.«

»Dann darf man Raubmord getrost ausschließen, oder?«

Granzow fuhr ungehalten seinen massigen Schädel herum. »Hören Sie, Sturm«, blaffte er Jo an, »soviel ich weiß, beruhen Ihre praktischen Erfahrungen bislang vor allem auf Vermisstensachen, richtig?«

»Richtig. Aber es ist nicht so, dass man Vermisste nicht auch als Leichen wiederfindet. Besonders in Berlin.«

Granzow starrte ihn ungläubig an. »Wie bitte?«

Kettler hob beschwichtigend eine Hand. »Immer die Ruhe, Kurt. Sturm hat ja recht.« Wieder an Jo gewandt: »Wir ziehen Sie zu dem Fall hinzu, weil Sie als schlauer Bursche gelten, gute Aufklärungsquote, beste Zeugnisse.«

»Vor allem aber, weil er ein bisschen Englisch kann.«

»Ja, ja, Kurt, nun lass es mal gut sein.« Kettler sah wieder auf sein Blatt. »Was diesen Fall so – wie hat Curow gesagt? – so brisant macht, ist zum einen die Tatsache, dass Beringer deutscher Herkunft war. Details wissen wir noch nicht, aber doch so viel, dass er noch vor dreiunddreißig nach Amerika ausgewandert ist. Als ganz junger Mann also.«

»Aus welchen Gründen?«

Kettler zögerte mit seiner Antwort.

»Das dürfen Sie gerne herausbekommen, Sturm«, feixte Granzow, zog Zigarettenschachtel und Feuerzeug aus seiner Jackentasche und zündete sich eine an.

»Wir haben nicht viel Zeit«, mahnte Kettler. »Beringer hatte wie gesagt deutsche Wurzeln, war Architekt in Amerika, dort aber eher als Schriftsteller bekannt, als Architekturkritiker. Aus diesem Grund hat er offensichtlich eine Einladung für die Feierlichkeiten zur Eröffnung der neuen Kongresshalle erhalten.«

»Schwangere Auster«, mäkelte Granzow abfällig zwischen zwei Lungenzügen.

»Verstehen Sie, Sturm, das macht diesen Fall so kitzlig: Berlin lädt einen Deutsch-Amerikaner hochoffiziell ein zu den Feierlichkeiten für *das* Symbolobjekt der deutsch-amerikanischen Freundschaft et cetera pp. – und dann wird der Mann keine fünfhundert Meter von diesem Symbol entfernt im Tiergarten ermordet.«

»Wie genau?«

»Bitte?«

»Wie wurde der Mann ermordet?« Die Frage lag doch nun wirklich nahe, fand Jo.

»Er wurde erschossen«, antwortete Granzow an Kettlers Stelle. »Kleinkaliber, wie es aussieht. Aber aus nächster Nähe. Zwei Treffer, einer davon ein Blattschuss, mitten ins Herz.«

»Das heißt frontal, von vorn?«

»Von vorn, ja.« Granzow stieß eine Menge blauen Dunst aus seinem massigen Körper heraus und schob sein Gesicht nah an Sturm heran. »Diese kriminalistischen Feinheiten müssen Sie im Grunde gar nicht kennen, Sturm. Darum kümmern *wir* uns, ich und die Kollegen Gerber und Schuchardt.« Er fuhr herum und drückte mit seinem gewaltigen Daumen die halb gerauchte Filterlose in Kettlers Ascher aus.

»Das heißt, Sie bleiben so lange an dem Fall dran, bis die Hintergründe aufgeklärt sind«, ergänzte Kettler etwas fahrig, jedoch um einen sachlichen Ton bemüht.

»Okay.«

»Okay, Coca-Cola, Rock 'n' Roll!«, stöhnte Granzow. »Gleich fängt er noch an, Kaugummi zu kauen.«

Jo Sturm sah ihn nur an. Männer wie Granzow konnten ihn mal. Solche wie der hatten ihm, einem Achtzehnjährigen, im Krieg befohlen, Elsässer Männer zu erschießen, die über die Grenze in die Schweiz flüchten wollten, um sich der Zwangsrekrutierung durch die Deutschen zu entziehen. Aber warum hätte er das tun sollen, auf Elsässer schießen? Wäre er einer von ihnen gewesen, dann hätte er das Gleiche versucht, nichts wie weg über die Schweizer Grenze. Leider war ihm auch selbst dieser Weg versperrt gewesen, sonst hätten ihn seine eigenen Kameraden erschossen. Also hatte er sich unauffällig Richtung Süden davongemacht, dorthin, wo der sogenannte Feind stand. Zu den Amerikanern. Denen er sich dann unbewaffnet und mit hoch erhobenen Händen – und einer verfluchten Angst, sie könnten ihn dennoch abknallen wie einen Hasen – ergeben hatte. Drei Wochen später war er als Kriegsgefangener im Camp Campbell, Kentucky, gelandet. Seit Jahren hatte er sich nicht mehr so satt essen können wie dort. Und sie hörten andauernd diese Musik, Louis Armstrong, Benny Goodman, Billie Holiday. Besonders Billies Texte wollte er verstehen, lernte Englisch wie ein Besessener. Und die Amerikaner *halfen* ihm dabei, gaben ihm Lehrbücher, und nach einem halben Jahr erlaubten sie ihm – nein, sie ermutigten ihn, via Fernstudium an einem College ihre Sprache noch besser kennenzulernen.

Granzow und Kettler dagegen waren graue, grantige Vorgesetzte, die in einem nur den Befehlsempfänger sahen.

Er schrak aus seinen Gedanken auf, als das Telefon klingelte. Kettler warf ihm einen auffordernden Blick zu. Jo stand auf, nickte Kettler und Granzow noch einmal zu und ging hinaus.

Wenige Sekunden später folgte auch Granzow und preschte hinter ihm her.

»He, Mann! Wo rennen Sie denn hin? Nach drüben? Die zahlen nur Spielgeld.« Er baute sich vor Jo auf und tippte ihm mit dem tabakbraunen Nagel seines Zeigefingers gegen die Brust. »Sie sprechen mit Hoyer unten und sagen ihm, dass Sie zeitweise zu uns umziehen. Er soll einen Schreibtisch zusätzlich ins Zimmer 504 bringen lassen. Und zwar subito.«

Jo sah ihn nachdenklich an. »Sagen Sie, Herr Granzow, wo hat Beringer eigentlich gewohnt?«

»Wo er gewohnt hat? In New York, soweit wir bisher wissen. Das sollen Sie ja gerade herausfinden mit Ihrem sagenhaften Englisch.«

»Ich meinte, wo hat Beringer hier in Berlin gewohnt? In einem Hotel, nehme ich doch an?«

»Im Savoy. Kantstraße. Nein, Fasanenstraße, natürlich.«

»Aha.« Eine noble Adresse.

»Ich habe Gerber und Schuchardt hingeschickt, damit sie sich dort mal umsehen. Das Savoy muss Sie also gar nicht weiter beschäftigen.«

Tut es aber. Dachte Jo Sturm.

»Und der Tatort?«

»Herrgott, was soll damit sein? Die Schupo passt auf, dass dort kein Unfug geschieht. Die Spurensicherung hat den Tatort selbstverständlich untersucht. Und wieder geräumt.«

»So schnell?«

»Was heißt, so schnell? Hätten die Kollegen warten sollen, bis ihnen die Politiker den Kopf abreißen? Die Herren wollen kein Aufsehen, ist doch klar. Denken Sie doch mal nach: Wir haben die Interbau in nächster Nähe des Tatorts, die Kongresshalle, gerade eröffnet, Tausende Touristen, die sich dort momentan umtun. Von der Presse ganz zu schweigen. Glauben Sie, wir können es uns leisten, den Fundort der Leiche noch eine Weile zu pflegen wie das Grab vom Alten Fritz?«

Jo lachte. Und diesmal zog selbst Granzow einen Mundwinkel nach oben.

»Lassen Sie sich von Gundula, unserer Sekretärin, den Namen des momentan zuständigen Verbindungsoffiziers der Amis geben. Stellen Sie so schnell wie möglich Kontakt zu dem Mann her, damit man uns von der Seite nichts nachsagen kann.«

»Was ist mit den Briten?«

»Was soll mit denen sein?«

»Der Tatort liegt in ihrem Sektor.«

Granzow winkte ab. »Die Tommys haben doch nicht ihr Personal abgebaut und sind jottwehdeh bis hinaus nach Westend gezogen, nur um sich um solchen Hühnerkram wie einen Tatort im Tiergarten zu kümmern? Die Engländer wollen Bescheid wissen, das ist alles, ansonsten lassen sie uns freie Hand. Kümmern Sie sich nicht darum, ich tu's auch nicht, ist Kesslers Aufgabe.«

»Okay.«

Granzow hob die Hände und sah Sekunden lang so aus, als wollte er sie um Sturms Hals legen.

×

Gundula Krauß, Sekretärin in der Abteilung Mord, erschrak, als Jo Sturm plötzlich neben ihr stand. Sie tippte hochkonzentriert ein Schreiben, sein Klopfen an der Tür hatte sie unter dem Lärm der Anschläge ihrer Schreibmaschine überhört. Ihr kleiner Schreibtisch war ein Muster der Ordnung: das monströse stahlgraue Schreibgerät in der Mitte, links daneben ihr Stenoblock, von dem sie abschrieb, rechts davon eine neue Ausgabe der »Constanze«, das »die teuersten Mädchen der Welt« im Innenteil der Zeitschrift versprach. Das Titelfoto zeigte eine strahlende Mittzwanzigerin mit einer weizenblonden Dauerwellenfrisur und perlweißen Zähnen. Sie hielt eine Perserkatze vor die Linse, als wollte sie das Tier zum Kauf anbieten. Dabei ging es vermutlich jedoch eher um das fliederfarbene Kleid, das sie trug, oder den korallenroten Lippenstift, der ihre Zahnperlen rahmte und erst so richtig aufblitzen ließ.

Gundula Krauß hatte mit diesem Traumbild in den knallbunten Farben des Magazins nicht das Geringste zu tun. Sie war eine ultramollige Mittvierzigerin, hatte nackenkurzes, pechschwarz gefärbtes Haar und eine ebenso schwarze Brille. Sie schwitzte, obwohl es kühl war in dem Zimmer; unter den ausladenden Achseln ihres rostfarbenen Pullis hatten sich dunkle Flecken gebildet. Ihre Finger aber, fiel Jo auf, die beim Tippen so ein enormes Tempo vorlegten, waren grazil und langgliedrig.

Nach dem ersten Schrecken schob sie ihre Brille auf der breiten Nase vor und zurück, um Jo zu mustern. »Und Sie sind, bitte schön?«

Jo setzte sein Sonntagslächeln auf. »Jo Sturm. Ich arbeite normalerweise in der Vermisstenfahndung unten, dritter Stock, aber …«

Sie hob ihre rechte Hand, um ihn zu unterbrechen. »Weiß Bescheid. Herr Kriminalrat hat mich schon vorbereitet, dass Sie vorbeikommen.«

»Ah ja?«

»Sie arbeiten an dem neuen Fall, stimmt's? Der Amerikaner im Tiergarten?«

»Sieht so aus.« Wenngleich ihm ganz und gar nicht klar war, worin genau seine Aufgabe bestand und vor allem: wie weit sie reichte. »Ich will zunächst mal mit dem Headquarter sprechen. Wenn Sie mir die Nummer …?«

»Mit dem *was* wollen Sie sprechen?«

»Dem Head… mit den Amerikanern, dem Hauptquartier.«

»Ach, Sie meinen Clayallee.« Sie fegte den Schwenkarm mit dem schwarzen Telefon zur Seite, stand ächzend auf und watschelte zwei Schritte zu einem kleinen Eichentisch hinüber, auf dem sich neben einem Stapel leinengebundener Kladden eine Registratur in einer länglichen Holzbox befand. Sie zog eine Karte daraus hervor, ächzte zu ihrem Schreibtisch zurück, riss eine Seite aus ihrem Stenoblock, angelte einen Bleistift aus der Schublade und forderte Jo mit einem Blick auf, sich Nummer und Adresse abzuschreiben.

Sie sprach halblaut mit. »76 43 15. Clayallee 170. Gut.« Sie sah zu ihm auf, während er den Zettel einsteckte. »Kommt Ihnen vielleicht kleinkariert vor, wenn ich kontrolliere, aber Sie ahnen nicht, wie viele Fehler beim Abschreiben passieren. Besonders den Herren der Schöpfung. Und hinterher zeigen alle auf mich.«

Sie ließ, als er schon gehen wollte, die Augen hinter ihren Brillengläsern noch einmal an ihm hoch- und niedergleiten. »Sie tanzen wahrscheinlich gerne, was?«

»Wie kommen Sie darauf?«

»Schlank, wie Sie sind.«

»Ich schau lieber zu.«

»Na, da haben wir was gemeinsam.« Sie wandte sich wieder ihrer Schreibmaschine zu. »Wenn noch was ist, immer melden.«

Sein Dank ging bereits wieder in dem Hämmern der Anschläge unter, mit denen sie in Sekundenschnelle die Blattzeilen füllte.

×

In seinem Zimmer rief er zunächst Hoyer unten im Foyer an, um ihm Granzows Order bezüglich eines weiteren Schreibtischs in 504 mitzuteilen. Dann wählte er die Nummer des US-Headquarters in der Clayallee.

Eine männliche Stimme meldete sich und fragte in einem Südstaatendialekt, bei dem aus jedem scharfen S ein Zischlaut wurde, worum es sich handele.

Jo erklärte ihm auf Englisch, wer er sei und dass er den für gemeinsame kriminalpolizeiliche Aufgaben der Army zuständigen Offizier suche.

»Okay, Sir, wait a minute, please.«

Er wurde durchgestellt und hatte es jetzt mit einem Captain Penrose von der Military Police zu tun. Jo erklärte auch ihm den Sachverhalt, wurde aber sogleich unterbrochen, als er seine Behörde, die Mordkommission, und den Namen des Mordopfers im Tiergarten nannte.

»Mister Beringer, yes«, sagte Penrose. Der arme Teufel, er wisse Bescheid. Ihm liege per Fernschreiber eine Nachricht des Berliner Senats vor und das Okay der Briten, dass das Headquarter tätig werden könne, um den Mord an ihrem Landsmann aufzuklären.

Curow von der Senatskanzlei hatte anscheinend nicht zu viel versprochen und entsprechend vorgearbeitet.

»Well, Sir, Warrant Officer Frank Stewart bekommt den Auftrag, Sie zu unterstützen«, klärte Penrose ihn auf.

Aus seiner Kriegsgefangenenzeit war Jo hin und wieder sogenannten Warrant Officers begegnet. Sie waren spezielle Offiziere in der Army, ohne Befehlsgewalt, aber mit einem besonderen Auftrag. Er hatte Warrant Officers als technische oder medizinische Experten kennengelernt, schlaue Köpfe, jeder von ihnen hatte mindestens einen Bachelor-, die meisten einen Masterabschluss in der Tasche. Dass sie auch kriminalistische Aufgaben übernahmen, war ihm neu. Aber damals war er ja auch selbst noch kein Ermittler gewesen. Im Gegenteil, aus amerikanischer Sicht hatte er als Deutscher zu dem Volk der Täter gehört. Eine Sicht, deren Wahrheitsgehalt er in ihrem vollen Ausmaß erst nach und nach hatte begreifen können.

»Okay, Captain«, sagte Jo, »dann würde ich Officer Stewart gerne sprechen.«

Eine Pause entstand. Er hörte sein Gegenüber hüsteln, vielleicht sogar lachen. Das sei grundsätzlich möglich, antwortete Captain Penrose stockend. Er wisse nur nicht, wo genau sich Officer Stewart im Augenblick befinde. Er sei ausgegangen.

»Ausgegangen?«

»Ja, Sir. Es wäre eigentlich sein freier Tag heute. Deshalb …«

»Ja?«

»Seine Kameraden sagen, dass er gestern Abend nach Dienstschluss fortgegangen ist, in die Stadt. Und auch heute Nacht nicht zurückgekommen ist.«

»Aber Sie wissen, wo er sich befindet, nehme ich doch an.«

»In der Stadt, wie gesagt.«

»Und … wo genau finde ich Officer Stewart in unserer schönen City, Captain?«

»Seine Kameraden sagen, in der Badewanne.«

»In der … *Badewanne*?« Jo konnte ein herzhaftes Lachen nicht unterdrücken. »In welcher Badewanne?«

»Nurnberger Straße, Sir. Aber erst heute Abend, sagen seine Kameraden.«

Jetzt auf einmal begriff Jo. »Sie meinen den Nachtclub ›Badewanne‹?«

»Kennen Sie ihn?«

»Yes, Sir.« Diese »Badewanne« kannte er bestens!

»Brilliant. Dann wissen Sie ja, wo Sie Officer Stewart eventuell treffen können. Oder Sie warten bis morgen,

Sir. Es eilt ja nicht. Ihre Behörde, die Berliner Kripo, hat uns mitgeteilt, dass sie selbst alles übernimmt, was schnell gehen muss, die Tatortuntersuchung, Spurensicherung und so weiter. Officer Stewart soll Ihnen dagegen nur bei der Aufklärung der Hintergründe von Mister Beringer in den Staaten behilflich sein. Da kommt es ja auf einen Tag nicht an. Right?«

Jo bedankte sich bei dem Amerikaner und legte auf.

Er begriff soeben, dass seine Vorgesetzten Curows offizielle Bitte an die Amerikaner um Unterstützung praktisch unterliefen. Er vermutete vor allem Granzow dahinter. Der aber vielleicht auch in Kettlers Sinne arbeitete. In die konkrete Ermittlungsarbeit wollte man sich von außen möglichst nicht hineinreden lassen. Oder war das Ganze ein abgekartetes Spiel? Um den »Raubmord« abzuliefern, der politisch erwünscht war?

Jos Ermittlungen zu den amerikanischen Hintergründen des Opfers schienen aus diesem Blickwinkel reine Formsache zu sein, der Amerikaner wegen. Das aber bitte »subito«.

Die sollten ihn kennenlernen im fünften Stock.

Sein Standort in der Fasanenstraße, auf der Seite der Städtischen Oper, war perfekt. Im Rückspiegel seines Mercedes zeichnete sich die Häuserfront bis zur Kantstraße ab. Und der Eingangsbereich des Savoy war durch das Seitenfenster bestens einzusehen.

Seit Stunden hatte er alles im Blick. Zwei Kriminale waren in aller Herrgottsfrühe erschienen, blasse Typen in schlecht sitzenden Anzügen, mit grauen Gesichtern unter ihren Schlapphüten, die sich nicht mal eine Nacht in der Nobeladresse leisten könnten. Andererseits, das Künstlergesocks, von dem das Savoy regelmäßig heimgesucht wurde, war wohl auch kaum als »nobel« zu bezeichnen, junge Nestbeschmutzer wie dieser Böll aus Köln, Perverse wie Miller oder Newton. Oder eben Beringer.

Schon eine halbe Stunde später – nach geschlagenen dreißig Minuten! – hatten die zwei Armleuchter das Hotel wieder verlassen. Im Schlepptau Beringers Koffer. Er kannte den banalen Inhalt: Wäsche, Hemden, Hosen, Anzüge. Mit anderen Worten: Sie hatten nichts. Dafür hatte Kropp gesorgt.

Der jetzt allerdings nicht zum Dienst erschien. Was kein gutes Zeichen war. Wenn Kropp auch weiterhin nicht auftauchte …

Ein junger Spund mit wehendem Blondschopf bog von der Kant- in die Fasanenstraße ein und parkte seine blaue DKW auf dem Bürgersteig. Direkt vor dem Hotel-Eingang.

Er zündete sich eine Zigarette an und begann zu zählen. Einundzwanzig, zweiundzwanzig, dreiundzwan… Na bitte, Richthofen erschien auf der Bildfläche. Der Portier in seiner affigen grünen Livree. Der Blondschopf lächelte ihn an: ein richtiges Filmlächeln, reif für Hollywood. So wie seine Kleidung. Der helle Gabardinemantel nach der neusten Ami-Mode eng geschnitten, zerknittert und auf halb acht. Der Bursche zog in aller Ruhe etwas aus der Manteltasche und hielt es Richthofen vor das Gesicht. Seine Dienstmarke? Noch ein Kriminaler, nachdem die beiden anderen sich längst verzogen hatten? Was hatte das zu bedeuten?

Der Portier war ein großer, massiger Mann in einer grasgrünen Livree mit matt glänzenden Messingknöpfen. Unter seiner gleichfalls grünen Uniformmütze stahlen sich aschgraue Strähnen hervor, die leicht im Straßenwind zitterten.

Wie ein Baum stand der Mann vor ihm und deutete mit schwacher Geste auf den Roller, von dem Jo eben erst abgestiegen war.

»Es tut mir leid, mein Herr, aber Ihr Motorrad kann hier nicht abgestellt werden. Nicht auf dem Bürgersteig, nicht vor unserem Entree. Bedaure.«

Die Stimme des Portiers klang rau, seine Gesichtsfarbe wirkte ungesund rot, und seine Aussprache war feucht. Jo musste unwillkürlich an die neuartige Grippe denken, von der im RIAS die Rede gewesen war.

Er schenkte dem Portier ein Lächeln, zog seine Dienstmarke aus der Manteltasche und hielt sie ihm ohne Hast vor das Gesicht.

Der Portier kräuselte die Stirn. »Was denn? Schon wieder Polizei?« Er warf einen Blick auf seine Armbanduhr. »Sie sind doch, Ihre Kollegen, meine ich, waren schon längst …«

»Das weiß ich. Aber hier geht es um einen ausländischen Gast. Um einen Amerikaner. Und er hat in Ihrem Hotel gewohnt. Das wirft natürlich Fragen auf. Zum weiteren Hintergrund des Opfers, jenseits des konkreten Falls.« Als ob sich das trennen ließe. Doch er spielte das Spiel nur nach den Regeln, die ihm selbst diktiert worden waren. »Und für diese Fragen bin ich zuständig.«

Der Portier blieb abweisend. »Zu irgendwelchen Hintergründen des Gasts könnte Ihnen allenfalls Herr Grütters Auskünfte erteilen. Er ist unser Geschäftsführer, momentan aber leider nicht anwesend. Mir ist auch nicht bekannt, wann er …«

»Das macht nichts. Ich will mir nur ein erstes Bild von Mister Beringers letztem Aufenthalt bei Ihnen machen.« Das war die lautere Wahrheit. »Wenn ich bei Ihnen anfangen darf: Ihr Name ist bitte?«

Der Portier sah ihn überrascht an. »Richthofen. Karl Richthofen.« Es war wie so oft, besonders ältere Zeugen nahmen ihn erst dann als Polizisten ernst, wenn er sich wie einer verhielt. Oder so, wie sie sich einen Polizisten vorstellten: fordernd und humorlos.

»Und wie nennen Ihre Gäste Sie, Herr Richthofen, beim Vor- oder Nachnamen?«

»Kommt darauf an, Herr … Kommissar. Langjährige Gäste sagen Karl zu mir.«

»Und Beringer?«

»Ebenfalls Karl.«

»Beringer war also ein alter Bekannter in Ihrem Hotel? Häufiger Gast?«

»Häufig, nein, das würde ich nicht sagen. Aber Herr Beringer kommt seit vielen Jahren zu uns. Allerdings unregelmäßig, nicht in jedem Jahr.«

Jo Sturm deutete ein Nicken an, und sie gingen hinein, der Portier voran.

Durch das gläserne, goldgerahmte Portal betraten sie die Hotelhalle. Schwarz-Weiß gestreifte Marmorfliesen, mit dunklem Holz verkleidete Wände, gedämpftes Licht und sehr viel Rot bestimmten das Foyer: bordeauxrote Teppiche mit dezenten Mustern, weinrot und golden gestreifte Tapeten, Schwarz-Weiß-Fotografien mit alten Berlinmotiven in mahagonifarbenen Holzrahmen an den Wänden, kirschrote Sessel an niedrigen, quadratischen Tischen aus rötlich schimmerndem Tropenholz. Im Vergleich zu den lichtdurchfluteten Hotelneubauten, die Jo im Rahmen seiner Arbeit gelegentlich schon betreten hatte, wirkte das Savoy eindeutig aus der Zeit gefallen. Und das war es ja auch, eines der wenigen Gebäude in Berlin, das den Krieg fast unbeschadet überstanden hatte. Ein Geruch wie von Zimt und Kamille, gewürzt mit Tabakrauch, der in der Luft hing, passte dazu.

Es herrschte reges Treiben, Hotelgäste kamen aus angrenzenden Räumen oder die teppichbelegte Treppenflucht herunter, warteten an der Rezeption oder durchquerten das Foyer, im Schlepptau schwarz livrierte Pagen, die beflissen ihr Gepäck trugen.

Jo blieb stehen und suchte den Blick des Portiers. »Ich würde gern sein Zimmer sehen, Herr Richthofen. Das von Mister Beringer.«

Der Portier sah Jo ausdruckslos an. »Einen Moment, bitte.« Er ging zum Schlüsselbord hinter der doppelt besetzten Rezeption, vor der sich zwei junge Frauen in Pepitamänteln wie in heimlicher Freundschaft eng aneinanderdrückten, und nahm den Schlüssel für Zimmer 204 vom Bord. Wie alle Schlüssel war er an einem Zapfen aus poliertem Eichenholz befestigt. Der Portier hielt ihn ehrfurchtsvoll wie ein Fabergé-Ei.

Ohne weitere Verständigung ging Richthofen offenbar davon aus, dass Jo ihm folgen würde, wo auch immer er hinging. Jo ließ ihn in den Fahrstuhl einsteigen und nahm selbst den Treppenaufgang in den zweiten Stock. Der warmherzig festliche Eindruck von Zimt und Mahagoni aus dem Parterre verflüchtigte sich schnell, der Aufgang war kühl, hell gestrichen und schmucklos, abgesehen von ein paar blassen mittelalterlichen Panoramen europäischer Städte.

Im Flur der zweiten Etage herrschte wiederum der gleiche rotgoldene Glanz an den Wänden vor wie im Foyer. Ein Zimmermädchen in weißem Kittel schob einen Wagen mit Wechselwäsche über den weinroten Teppich und verschwand damit in einem Zimmer, dessen Tür weit offen stand.

Nahezu zeitgleich mit Jo trat der Portier aus dem Fahrstuhl. Richthofen blickte ihn irritiert an, verkniff sich aber den Kommentar, der ihm offenbar auf den Lippen lag. Ein Profi, dachte Jo, der sich seine Zurückhaltung im jahrzehntelangen Umgang mit den Gästen antrainiert hatte.

Zimmer 204 lag beinahe am Ende des Flurs, Richthofen steckte den Schlüssel ins Schloss und öffnete die Tür so lautlos wie ein nächtlicher Einbrecher. Durch einen kleinen Flur gelangten sie in das Wohnzimmer der Suite. Auf dem Mobiliar lag die Patina einer untergegangenen Bürgerlichkeit. Keine Tütenlampen, kein Nierentisch, keine Schalensessel auf dünnen Stelzen, sondern eine Sitzkombination mit kleinem rundem Tisch, ein schmaler Schreibtisch mit dezenter Intarsienarbeit, darauf eine grüne Schirmlampe, an der Wand darüber ein Spiegel in dunklem Holzrahmen. All das erinnerte eher an den Stil der zwanziger Jahre.

Jo ließ den Blick schweifen. Das Zimmer wirkte sauber und aufgeräumt.

»War das Zimmermädchen bereits da?«, fragte er den Portier.

»Selbstverständlich. Nachdem Ihre Kollegen alles auf den Ko… alles untersucht hatten. Auch Herrn Beringers Sachen, seinen Koffer und so weiter, haben sie mitgenommen. Aber das wissen Sie natürlich.«

Jetzt schon, dachte Jo und nickte schwach. Er würde Gerber und Schuchardt später danach fragen.

Er ging zum Schreibtisch. Auf der Intarsienfläche zwei umgestülpte Weingläser auf einer weißen Serviette, daneben ein Korkenzieher mit Elfenbeingriff, ein schmaler Schreibblock mit diagonal darauf platziertem Bleistift und ein aktueller Stadtplan, Berlin 1957. Jo faltete ihn auseinander, konnte jedoch keine Markierung einer Straße oder Adresse entdecken und legte ihn zurück an seinen Platz.

Er öffnete nun die Türen und Schubladen des Schreibtischs. Nichts. Gähnende Leere.

»Wie gesagt, Herr Kommissar, Ihre Kollegen …«

Ja, die Kollegen. Nur musste er sich selbst ein Bild machen, ehe er mit den Amis sprach. Doch das ging den Portier nichts an.

Die Tür zum Nebenzimmer war nur angelehnt. Jo ging hinüber und öffnete sie ganz. Das Schlafzimmer, länglich und überraschend eng. Ein großflächiger, randloser Spiegel sollte diesen Eindruck vermutlich verhindern. Das Bett schien selbst für eine Person zu schmal.

Jo wandte sich durch die offene Tür an den Portier, der im Zimmer geblieben war. »Ich nehme an, Beringer hatte nicht gerade die Figur eines Max Schmeling, richtig?«

»Er war ein sehr schlanker Mann, wenn Sie das meinen. Und groß.«

Das Bett war offensichtlich erst vorhin mit blütenweißer Bettwäsche bezogen worden. Der Geruch von frisch gestärktem Leinen hing noch in der Luft. Auf dem Nachttisch stand eine Flasche Kölnischwasser, kaum oder gar nicht benutzt, wie es aussah.

Jo deutete mit dem Finger darauf und sah den Portier wieder fragend an. »Von Beringer?«

»Nein, wir stellen es routinemäßig für unsere Gäste bereit. Wird gerne angenommen, von Damen wie Herren.«

»Gerne mitgenommen, meinen Sie?« Jo warf ihm ein Lächeln zu, das ins Leere fiel, Richthofen überhörte die Bemerkung mit steifer Ablehnung.

Eine weitere Tür führte ins Bad, das bis auf Schulterhöhe weiß gekachelt und blitzblank geputzt war. Badmöbel und Waschbecken hatten eigenwillig leicht wirkende Formen, Bauhaus-Stil vielleicht, Neue Sachlichkeit, jedenfalls nichts, was unter den Nazis propagiert worden wäre. Wer diese Suite mietete, dessen Herz schlug weder für das biedere bis klotzige Inventar des Dritten Reichs noch für die, wie Jo es sah, manchmal erzwungen wirkende Luftigkeit des aktuellen Designs.

Jo ging zurück in das Zimmer. Aufrecht wie eine Tanne und ebenso grün stand der Portier mitten im Raum. Jo zog seinen Notizblock mit dem daran festgeklemmten Kugelschreiber aus der Brusttasche seines Jacketts und sah ihn an. »Wann hat Herr Beringer die Suite bezogen?«

»Am Sonntag dieser Woche, wenn ich das recht erinnere. Doch, ja, ich bin sicher, es war der Sonntag.«

»Und gestern, Herr Richthofen, wann hat er da das Hotel verlassen?«

»Das habe ich bereits Ihren Kollegen gesagt, Herr Kommissar: Ich weiß es nicht. Fragen Sie Militsch, den Nachtportier. Aber ich wette, dabei wird nichts herauskommen.«

»Warum denken Sie das?«

»Militsch ist nicht der Typ, der sich solche Dinge merkt.«

»Ach, nein?«

»Nein.« Die Geringschätzung in seiner Stimme gegenüber dem Kollegen von der Nachtschicht war kaum zu überhören.

»Warum nicht?«

Der Portier machte eine rasche Bewegung mit der Hand, als würde er sich ein Schnapsglas hinter die Binde kippen. »Aber das muss unter uns bleiben.«

In diesem Moment hörten sie ein Klopfen an der Tür zum Flur und eine junge weibliche Stimme: »Herr Richthofen?«

Sie wandten die Köpfe. »Ja, herein!«, rief der Portier.

Die Tür wurde geöffnet, und eine junge Frau erschien, eher noch eine Jugendliche, Jo schätzte sie kaum ein Jahr älter als Helga, die Tochter seiner Vermieterin. Das Mädchen in dem hellen Kleid, das eintrat und durch den Flur auf Richthofen zuging, war blond und groß und stark geschminkt, ihre Schmetterlingsbrille trug sie in der einen Hand, in der anderen einen Notizzettel. Sie warf Jo einen kurzen Blick aus aufblitzenden graublauen Augen zu und wandte sich dann an den Portier.

»Tschuldigung, Herr Richthofen, ein Herr …« Sie setzte ihren Schmetterling auf und las die Notiz: »Herr Stahnke von der Agentur Büsing und Klopp hat angerufen.«

Richthofen kniff irritiert die Brauen zusammen.

»Wegen der Haarspange von Romy Schneider.« Sie sprach den Namen von Deutschlands Film-Sissi so beiläufig aus, als handelte es sich um eine Schulkameradin.

»Was denn für eine Haarspange, Silke? Was habe ich damit zu tun?«

»Na, die Spange war ihr doch abhandengekommen, in Zimmer 218, wo sie immer ist.«

»Weiß ich, weiß ich doch, Silke.«

»Und Herr Büsing, Quatsch: Herr Stahnke sagt, sie, also Romy Schneider, lässt fragen, ob sich die Spange nicht doch wiedergefunden hat. Sie würde so an ihr hängen.«

Vor Jos Augen entstand gerade ein absurdes Bild von Romy Schneider, die an einer riesenhaften Spange hing wie an dem Kiefer einer Monsterspinne.

»Ich habe keine Ahnung von dieser Spange«, sagte Richthofen genervt. »Warum fragst du nicht Pasewalk? Er ist der Hausdetektiv, nicht ich! Wenn einer wissen muss, ob diese Spange, die Frau Schneider angeblich in ihrem Zimmer verloren hat …«

»In 218.«

»Ja, wo sonst. Also, wenn einer weiß, ob die Spange wieder aufgetaucht ist, dann doch wohl Pasewalk.«

»Herr Pasewalk ist aber nicht da. Obwohl er laut Dienstplan da sein *müsste*. Gerade am Wochenende, Sie wissen ja …«

»Vielleicht ist er krank geworden.«

»Er hat sich aber nicht krankgemeldet. Und gestern war er noch im Dienst, sah auch kein bisschen krank aus.«

Der Portier rollte mit den Augen. »Was bist du jetzt, Silke – Arzt?«

Das Mädchen wurde rot.

Richthofen stieß einen Seufzer aus. »Sag diesem Herrn Büsing …«

»Stahnke.«

»Stahnke, meinetwegen. Sag ihm, wir kümmern uns um die Sache. Herr Pasewalk würde sich bei ihm melden, sobald es etwas Neues gibt. Damit machst du nichts falsch.«

Das Mädchen schürzte die Lippen und schien damit zufrieden. »Danke, Herr Richthofen. Ist ja im Moment keiner da, den ich sonst …«

Richthofens Miene war eine interessante Mischung aus Stolz, ein gefragter Mann zu sein, und dem gespielten Leiden, wegen allem und jedem gefragt zu werden.

Das brachte Jo auf einen Gedanken. Das Mädchen nickte ihm noch einmal zu und eilte hinaus. Jo schaute ihr nach, bis sie die Tür hinter sich geschlossen hatte, dann wandte er sich wieder an den Portier. »Sie sind ein gefragter Mann, Herr Richthofen.«

»Ein Ruf, den man sich erwerben muss, Herr Kommissar.«

Jo machte einen halben Schritt auf ihn zu. »Sicher auch bei Gästen, oder?«

»*Besonders* bei Gästen. Ist wie in der Ehe, mit der Zeit lernt man sich kennen.«

»Weiß um die kleinen Geheimnisse und Wünsche, meinen Sie?«

Der Portier zog vielsagend die Brauen hoch.

»Wie war das mit Beringer? Sie kannten ihn seit vielen Jahren.«

Richthofen setzte eine empörte Miene auf. »Wenn Sie denken, dass ich Ihnen mit der schmutzigen Wäsche unserer Gäste diene, haben Sie sich getäuscht. Das habe ich bereits Ihren Kollegen gesagt.«

Anscheinend hatten sich Gerber und Schuchardt damit abgefunden. Das war ihre Sache.

»Ich rede nicht von schmutziger Wäsche, Herr Richthofen«, sagte Jo, indem er jedes Wort betonte. »Sondern von Informationen. Über einen ausländischen Gast, der letzte Nacht ermordet wurde, nachdem er das Savoy, Ihr Hotel, verlassen hat.« Jo sah den Portier direkt an.

Richthofen stieß demonstrativ einen Schnaufer durch die lange Nase. Und gab nach. »Ja, es gab da etwas, das der Gast, Herr Beringer, mir gewissermaßen anvertraut hat.«

»Gewissermaßen?«

»Es war mehr eine Frage, die er an mich richtete. Ein Anliegen. Mit der unmissverständlichen Bitte um Verschwiegenheit.«

Jo nickte ihm auffordernd zu.

»Herr Beringer suchte nach einer bestimmten ... Dame. Er hätte durch Zufall von ihr erfahren und würde sie gerne treffen. Ob ich ihm behilflich sein könnte, Adresse und Telefonnummer der Dame für ihn herauszusuchen. Ihr Name sei Louise Müller. Er sprach den Namen mit seinem amerikanischen Akzent, aber ich habe ihn natürlich verstanden.«

Jo legte den Kopf ein wenig schief. »Eine Dame, Herr Richthofen? Wir reden hier vom professionellen Gewerbe, richtig?«

»Ja. Das war mir natürlich sofort klar. Zumal mir eine Dame mit diesem Namen durchaus bekannt war. Sie wohnt auch nicht weit vom Hotel entfernt, in der Kantstraße, und wird daher von einigen unserer Gäste gern zu Hause besucht. Jedenfalls nehme ich an, dass diese Treffen bei ihr zu Hause stattfinden«, stellte er rasch klar. »Es gab nie Klagen seitens der Herren, die Dame ist anscheinend sehr diskret und nennt sich Louise. Französisch, nicht wahr?«

»Französisch, verstehe.« Jo verzog keine Miene und registrierte auch im Gesicht des Portiers nur ein winziges Zucken der Augenlider. »Solche Adressen stehen für gewöhnlich nicht offen erkennbar im Fernsprechbuch, Herr Richthofen.«

»Nein. Aber ich gehe davon aus, dass die Dame behördlich angemeldet ist.« Er riss plötzlich die Augen auf. »Um das klarzustellen, Herr Kommissar: Ich erteile solche Auskünfte nur, wenn ich gefragt werde. Und verdiene keinen Pfennig daran. Ich bin weder an den Geschäften dieser Louise noch irgendeiner anderen aus dem Gewerbe beteiligt.«

»Natürlich nicht, Herr Richthofen.« Jo tippte ganz leicht mit dem Notizblock auf den Arm des Portiers, um ihn in diesem Punkt zu beruhigen. »Wissen Sie noch, an welchem Tag Sie Herrn Beringer Louise Müllers Adresse gegeben haben?«

Er dachte kurz nach. »Am Dienstag, oder nein, sogar schon am Montagvormittag könnte das gewesen sein. Ich bin nicht ganz sicher.«

»Und haben Sie eine Ahnung, wann genau er Louise besucht hat?«

»Ich weiß nicht einmal, *ob* er sie besucht hat, Herr Kommissar. Er hat mir nicht davon berichtet. Und Sie werden nicht von mir erwarten, dass ich so indiskret bin, einen Gast danach zu fragen.«

»Okay.«

»Wie bitte?«

»Würden Sie mir dann bitte Adresse und Telefonnummer dieser Louise geben?«

Richthofen sah ihn mit reichlich gespieltem Erstaunen an. Jo überlegte kurz, ob der Mann ihn provozieren wollte. »Es erspart mir die Suche«, erklärte er etwas widerwillig.

Richthofen fuhr mit seiner großen Hand in die Brusttasche seiner Livree und zog mit undurchdringlicher Miene ein ganzes Bündel kleiner weißer Zettel heraus. Er ging sie rasch durch und diktierte: »Kantstraße 129, Rufnummer 329 036.«

Jo notierte es, tippte mit dem Stift auf seinen Block und überlegte, ob er Richthofen noch zu weiteren Details befragen sollte. Doch das sollten die Kollegen bereits getan haben. Er entschied sich mehr für eine pauschale Strategie. »Da Sie Beringer so lange und vertraulich kannten, Herr Richthofen, ist Ihnen diesmal, während seines jetzigen Aufenthalts im Hotel etwas an ihm aufgefallen? An seinem Verhalten, seinem Auftreten, seinem Aussehen, wie auch immer?«

Richthofen ließ sich Zeit mit seiner Antwort. »Nein. Er schien mir wie immer.«

»Das heißt?«

»Freundlich und … ernst. Ja, er war ein ernster Mann, würde ich sagen.«

»Verstehe.« Jo klappte bereits sein Notizbuch zu, als ihm das Mädchen aus dem Büro wieder einfiel. »Was ist das übrigens für eine Sache mit Ihrem Hausdetektiv, Herr Richthofen?«, fragte er wie beiläufig.

»Pasewalk meinen Sie? Dass er krank ist?«

»Wenn ich Sie richtig verstanden habe, wissen Sie nicht, ob er krank ist. Ist er der einzige Hausdetektiv im Hotel?«

»Der maßgebliche, würde ich sagen.«

»Dann möchte ich mit dem Mann gerne reden.« Jo klappte sein Notizbuch wieder auf, um seine Telefonnummer im Präsidium für Richthofen aufzuschreiben, als ihm einfiel, dass er für eine Weile in die fünfte Etage umziehen würde. Er winkte ab. »Ich melde mich.« Für den ersten Eindruck von Beringers Hotelaufenthalt reichte ihm, was er gesehen hatte. Und was Schuchardt und Gerber herausgefunden hatten, würde er hoffentlich bald von ihnen erfahren.

»Vielen Dank, Herr Richthofen.«

Sie gingen hinaus auf den Flur, wo Jo sich mit Handschlag von dem großen Mann verabschiedete und dann nachdenklich die Treppenflucht hinunterging. Ihm entgegen kamen Gäste, die ihn nicht beachteten, und Angestellte, die ihn misstrauisch zu mustern schienen.

Der Eindruck, den er gewonnen hatte, beschäftigte ihn. So leer und aufgeräumt Beringers Suite war, so vollgepackt mit Büchern, Papieren und Notizbüchern musste sein Koffer sein. Schließlich war der Mann Schriftsteller gewesen. Deshalb war er nach Berlin eingeladen worden.

Und Schriftsteller lasen, schrieben und machten sich Notizen. Davon ging er jedenfalls aus.

×

Bevor Jo seine DKW startete, zündete er sich vor dem Eingang des Hotels noch eine Zigarette an. Es war jetzt kurz nach zehn, und der Verkehr nahm zu. An beiden Straßenrändern parkten die Autos dicht an dicht. Auch der Bürgersteig füllte sich mit Fußgängern, deren umherschweifende oder suchende Blicke sie als Touristen entlarvten. Und wie so oft fragte er sich, ob die Stadt vielleicht gerade deshalb so attraktiv war, weil sie ein Kriegskrüppel war, der aus seinen Prothesen keinen Hehl machte.

Jo zog den Kragen seines Mantels hoch. Er fühlte sich an wie ein Stück Wäsche, halb feucht von der Leine genommen. Der Wind frischte auf, noch regnete es nicht, aber es roch bereits danach. Über ihm schwebte eine lichtgeränderte dunkle Wolke, die aussah wie eine schmutzige Faust. Er warf die Zigarette auf den Boden, startete den Motorroller und fuhr los.

Die Fasanenstraße in nördlicher Richtung über die Hardenberg bis zum Landwehrkanal. Dann an der Charlottenburger Brücke auf die Straße des 17. Juni, die auf Ostberliner Stadtplänen noch immer Charlottenburger Chaussee hieß, als hätte es 1953 nie gegeben. Östlich der S-Bahn-Trasse und südlich des Hansaviertels ließen sich Besucher der Interbau im Sessellift durch die feuchte Luft gondeln. Jo dachte an Ilse, ihren zarten, warmen Körper an seiner Seite. Er würde sie anrufen, heute noch.

Vom Kleinen Stern aus war es nicht mehr weit bis zum Brandenburger Tor, »You are now leaving British Sector«, Nahtstelle der geteilten Stadt. Statt der Quadriga, die angeblich bald wieder aufgestellt werden sollte, grüßte schlaff die Rote Fahne oben auf dem Tor.

Auf der nördlichen Seite des Boulevards, bereits in Sichtweite des Sowjetischen Ehrenmals erkannte er einen Funkwagen, den typischen preußischblauen VW-Käfer der Schupo. Er stand quer zum Ende des Wegs, der von der Großen Querallee Richtung Süden abzweigte. Jo drosselte das Tempo, manövrierte den Roller über den Mittelstreifen, auf dem momentan nur wenige Pkw parkten, und stellte ihn neben dem Funkwagen ab, der unbesetzt war.

Eingangs des unbefestigten Wegs, der beiderseits von im Wind schaukelnden Kiefern und niedrigen Bäumen begrenzt wurde und schnurgerade in den nördlichen Teil des Tiergartens hineinführte, stand breitbeinig ein junger, athletisch wirkender Schutzpolizist, weithin erkennbar durch Tschako und blaue Uniform.

Sein Einsatz schien jedoch kaum erforderlich.

Zumindest auf den ersten Blick waren keine Fotojournalisten zu erkennen, die Presse hatte ja bereits in den frühen Morgenstunden alles Wichtige (oder Unwichtige) über den vermeintlichen Raubmord an einem Touristen erfahren und berichtet.

Außerdem lud das feuchte, windige Wetter Schaulustige, die von dem Mord erfahren hatten, nicht gerade ein, zum Tatort zu pilgern. Bis auf Fußgängergruppen, die sich wie üblich auf das Brandenburger Tor zubewegten, waren daher in unmittelbarer Nähe keine Personen zu sehen.

Weiter im Westen, in Höhe des Englischen Gartens und Bellevue sah das Touristenaufkommen schon wegen der Interbau völlig anders aus; davon hatte Jo sich bereits im Vorbeifahren überzeugen können. Und auch an der Schwangeren Auster sollte Andrang herrschen, es war das erste Wochenende nach der feierlichen Eröffnung am Donnerstag. An der auch Rudy Beringer als geladener Gast teilgenommen haben musste.

Jo ging mit lockeren Schritten auf den jungen Schupo zu, der ihn bereits kritisch musterte, grüßte und wies sich aus. Der Polizist nickte zufrieden, tippte mit zwei Fingern an sein Tschako und ließ Jo passieren.

Bis zum Tatort waren es kaum fünfzig Schritte den Weg entlang. Ein Pfad zweigte linkerhand ab, von beiden Seiten bedrängt durch dichtes Unterholz. Neben einer unspektakulär durch Metallstangen markierten Stelle, die sich buchstäblich durch nichts von der Umgebung unterschied, stand ein weiterer Schupo, ein korpulenter Mittvierziger mit bartlosem, etwas gelblichem Gesicht. Er kam mit erhobener Hand wie ein Verkehrspolizist auf Jo zu, um ihn am Weitergehen zu hindern.

Nachdem Jo sich ausgewiesen hatte, gab sich der Schupo erstaunt: »Ich dachte, alles wäre erledigt. Spusi und so weiter war doch schon da.«

Jo nickte zerstreut, schritt an ihm vorbei auf die spartanisch markierte Stelle zu und ging in die Hocke. Nichts deutete auf einen Tatort hin, keine Fuß- oder Lagespuren, kein Unterschied zu der übrigen Umgebung. »Nicht mal mehr Blutspuren«, sagte Jo mehr zu sich selbst.

»Hat ja die Nacht geregnet.« Der Schupo baute sich neben ihm auf. »Und zwar kräftig.«

»Hm, ja.« Jo kam wieder hoch aus der Hocke und sah sich um. Der Pfad führte noch ein ganzes Stück parallel zur Straße des 17. Juni nach Westen und war dann nicht mehr einsehbar, weil dort die Büsche höher und dichter wurden. War Beringer von dieser Seite aus angegriffen worden? Selbst das vom Krieg noch immer gerupfte Parkgelände dürfte im Dunkeln genug Schutz bieten, um jemandem aufzulauern.

Jo wandte sich um und blickte nach Osten. Es waren nur wenige Schritte bis zu dem Weg, der für Spaziergänger die Verbindung zwischen Straße des 17. Juni und der Großen Querallee östlich der neuen Kongresshalle herstellte. Wer sich von der Seite näherte, würde wahrscheinlich wahrgenommen werden, sobald er aus der Reihe niedriger Bäume hervortrat, die als einziges Hindernis die Sicht auf das Reichstagsgebäude weiter östlich versperrte. Doch wenn der Angriff rasch genug erfolgt war, reichte auch das womöglich aus, um das Opfer zu überraschen und aus der Nähe zu erschießen.

Kleinkaliber, hatte Granzow gesagt. So ziemlich das einzige Detail, das er preisgegeben hatte. Schuchardt oder Gerber waren hoffentlich kooperativer als ihr Chef, der Jo an einen bösen alten Hofhund erinnerte, den niemand an die Kette legte.

Er wandte sich noch einmal um. »Was hatte der Mann hier verloren, mitten in der Nacht?«, fragte er sich halblaut.

»Sehen Sie«, sagte der Schupo und machte einen weiteren Schritt auf Jo zu, »genau das frage ich mich auch die ganze Zeit, die ich hier stehe: Warum läuft einer mitten in der Nacht durch den dunklen Tiergarten, wo keine fünfhundert Meter weiter der Bär steppt? Drüben in der neuen Kongresshalle ist doch tage- und nächtelang großes Programm. Und wenn er nach Hause wollte: Taxis stehen auf der Ostseite momentan in Schlange.«

Jo blickte den Schupo nachdenklich an. Der Mann stellte die richtigen Fragen: War die Veranstaltung bereits zu Ende gewesen? Waren daher viele Besucher zur selben Zeit hinausgeströmt, auf der Suche nach einem Taxi? Oder hatte Beringer die Kongresshalle vorzeitig verlassen? Was hatte ihn in dem Fall dazu verleitet, mitten in der Nacht den unbefestigten, unbeleuchteten Weg durch den Park bis zur Straße des 17. Juni zu gehen, wenn doch Taxis an der östlichen Zufahrt warteten?

Ihm wurde klar, dass sie das gestrige Abendprogramm in der Schwangeren Auster kennen mussten, um Beringers letzte Stunden und Minuten vor seinem Tod rekonstruieren zu können. Doch Kettler und vor allem Granzow hatten keinen Zweifel daran gelassen, dass das nicht zu seinen Aufgaben zählte. Jo sollte sich um Beringers Vorleben in Amerika kümmern. Was in Berlin geschehen war, in der Kongresshalle oder danach, hatte ihn nicht zu interessieren, darum kümmerten sich Granzow und seine Kommissare.

×

Fünf Minuten später befand er sich in der Zeltenallee und betrachtete die »Schwangere Auster« von der Südseite her. Er hatte das eigenwillige Bauwerk bereits vor einigen Monaten, noch während der Bauarbeiten, von dieser Stelle aus betrachtet. Damals hatte es ausgesehen, als hätte man einen Riesenschmetterling in den Staub getreten, niemals würde er mehr fliegen, allen Gerüsten und Stützpfeilern zum Trotz. Jetzt aber machte das Gebäude den Eindruck eines futuristischen Flugobjekts, kurz vor dem Abheben, das man ihm auch mit gestutzten Flügeln durchaus zutraute. Die Sandwüste um die Halle herum war inzwischen größtenteils durch Rasen bedeckt, das Bassin zu Füßen der Freitreppe war mit Wasser gefüllt, in dem sich der graue Himmel spiegelte, Besuchertrauben betrachteten wohlwollend die Fontänen und die weitläufige Terrasse, skeptisch hingegen die dünne Haut der Dachbögen. Und es kamen immer mehr Schaulustige, an der östlichen Auffahrt standen die Autos der Neuankömmlinge in einer endlosen Schlange.

Jo stieg die Freitreppe hinauf und betrat die Halle, soweit das möglich war, der Besucherandrang verursachte einen Rückstau bis zum Eingang. Trotz der Massen erfüllte ihn ein Gefühl von Weite, von Entgrenzung geradezu. Das Innere des Gebäudes wirkte luftig wie ein riesiges Zelt. Faszinierend. Aber auch ein wenig beklemmend angesichts der Vorstellung, dass die gesamte Dachkonstruktion auf zwei Punkten ruhte.

Plötzlich fiel es ihm wieder ein: Katja Zern, der Name der vermissten Frau heute früh! Er hatte vor einigen Monaten einen Artikel von ihr im Tagesspiegel gelesen. Als Teil einer Serie über die noch im Bau befindliche Kongresshalle. Katja Zern – er war auf ihren Namen wohl deshalb nicht gekommen, weil er in seinem Gedächtnis nach einem dazu passenden Gesicht geforscht hatte. Des Rätsels Lösung: Sie war Journalistin und gar nicht einmal unbedeutend, wie es schien. Er erinnerte sich vage, dass Katja Zerns Artikel sich von denen ihrer Kollegen unterschied. Während man sich im Lokalteil fragte, ob Architekt und Baufirma überhaupt noch rechtzeitig zur geplanten Eröffnung fertig würden, stellte Katja Zern die Frage, ob das Bauwerk grundsätzlich wünschenswert sei. Sei das überirdisch schöne Bauobjekt der Kongresshalle nicht geradezu obszön – hatte sie wirklich »obszön« geschrieben? – in einer Stadt, die zum großen Teil noch immer aus Ruinen und Trümmern bestehe? »Tönerne Füße« war der Artikel überschrieben, soweit er sich erinnerte.

Jo sah das anders. Einmal musste man ja anfangen, die Zukunft zu bauen. Und dieser amerikanische Architekt, Stubbins, hatte anscheinend den Mut dazu gehabt, seinem Bauwerk Schwung zu verleihen. Ein bisschen wie Jazz, in Beton gegossen. Katja Zern hatte sicher recht mit ihrer Behauptung, dass das ein Ausrufezeichen der Amerikaner in Richtung Osten sein sollte. So wie das luftig bebaute neue Hansaviertel gegenüber den Prunkbauten der Stalinallee.

Seltsamer Zufall natürlich, dass die Journalistin nun ausgerechnet während der Eröffnungsfeierlichkeiten der Kongresshalle vermisst wurde. Allerdings erst eine Nacht lang. Von einem restalkoholisierten Ehemann …

Er überlegte, ob er sich, da er nun schon einmal vor Ort war, das Gebäude genauer ansehen sollte. Doch er entschied sich dagegen. Er war hier nicht aus privaten Gründen, und für Befragungen – etwa des Personals – zu Beringer fehlte ihm nicht nur der dienstliche Auftrag, genau genommen waren sie ihm von Granzow untersagt worden. Außerdem hatte er nicht einmal ein Foto von Beringer, ein Funkbild wenigstens, das er möglichen Zeugen hätte zeigen können, um ihr Gedächtnis zu aktivieren.

Das Besucherknäuel vor ihm bewegte sich ohnehin kaum voran. Doch auf einem schmalen Tisch lag in Reichweite ein Stapel Programmhefte, von dem er sich eines nahm. Edler, cremeweißer Karton, das Titelblatt mit einem Sinnspruch von Benjamin Franklin und einer geprägten Gravur seines Namenszugs. Auf den folgenden Seiten das mehrtägige Programm mit Symposien zur »Stärke des freien Geistes« und zahlreichen Musik- und Theaterveranstaltungen. Alles zweisprachig und unter dem Vorsitz eines Amerikaners, der dafür bestens geeignet schien, weil er eine deutsche und eine amerikanische Zeitschrift herausgab, wie es dazu hieß. Auf der Rückseite des Hefts, ein wenig verschämt am unteren Rand der Seite, aber immerhin in goldgeprägter Schrift der »Dank der Veranstalter an den Congress of Cultural Freedom / CCF für die vielfältige Unterstützung«.

Jo blätterte zurück und warf einen Blick auf das Programm von gestern Abend, dem Freitag: Gleich sieben

Stücke waren ab 20 Uhr geboten worden, vermutlich Einakter. Tennessee Williams und Thornton Wilder, die Namen der Schriftsteller sagten ihm etwas. Er sah sich die Besetzungsliste an, die ebenfalls abgedruckt war. Thornton Wilder, stellte er fest, hatte in einigen seiner Stücke gleich selbst mitgespielt. Die übrigen Schauspielernamen kannte er nicht, bis auf Lillian Gish, die er in »Die Nacht des Jägers« gesehen hatte. Leider der falsche Streifen für den Kinoabend mit Hanne Wieprecht, einer Freundin seiner Schwester, die noch im Wedding wohnte, wie er selbst früher. Hanne fand den Film gruselig und Robert Mitchum, den Hauptdarsteller, abstoßend. Als sie aus dem Kino kamen, behandelte sie Jo, als hätte *er* den Film gedreht. Nicht mal mehr auf einen Ku'dammbummel hatte sie sich einlassen wollen.

Er steckte das Programmheft ein und verließ das Gebäude.

×

Jo hatte schon früher mit der fünften Etage zusammengearbeitet, wenn aus einem Vermissten- ein Mordfall geworden war. Meist sah die Kooperation so aus, dass er den Kollegen sein Material übergab, das sie dankend – oder noch nicht einmal das – entgegennahmen. Die Unterschiede zwischen den Kollegen bestanden darin, dass manche Nachfragen hatten, andere nicht. Er hatte nur einmal erlebt, dass jemand aus der Fünften ihn an den Ermittlungen beteiligte, Pahl, ein freundlicher Mittfünfziger mit einem weich geschnittenen Gesicht voller Aknenarben. Vor drei Jahren war das gewesen, Anlass das Verschwinden einer Dreizehnjährigen, Andrea Solms, deren Leiche nach einigen Tagen in den Trümmern einer Ruine in Schöneberg gefunden worden war. Pahl vertraute ihm an, dass er den Fall kaum bearbeiten könne, da das ermordete Mädchen ihn allzu sehr an das Verschwinden seiner eigenen Tochter erinnerte, die in den letzten Kriegstagen, ebenfalls mit dreizehn, spurlos verschwunden war. Seitdem keine Bestätigung, dass und wie Pahls Tochter gestorben sein könnte oder ob sie gegen alle Wahrscheinlichkeit doch noch lebte. All die Jahre nichts, nur banges Grauen innerlich. Der Mörder der kleinen Andrea Solms war ein siebzehnjähriger Gymnasiast gewesen. Sie war ihm tragischerweise in der Nähe der Ruine begegnet. Jo hatte ihn recht schnell ermitteln können. Der junge Täter brüstete sich unter Gleichaltrigen mit einer angeblichen Freundin, die er zwischen den Trümmern »gehabt« hätte. Doch niemand hatte diese Freundin je gesehen. Und die Stelle zwischen den Trümmern, die er unbedacht beschrieben hatte, erinnerte jemanden an den Fundort der Leiche im Mordfall Andrea Solms. Pahl war Jo zutiefst dankbar, dass er sich sehr viel weitgehender um die Mordsache gekümmert hatte, als die Arbeitsteilung offiziell vorsah. Doch eigentlich hätte Pahl sich auch bei Jos Vorgesetztem Wondrasch bedanken müssen, der Jo – wie auch den anderen Ermittlern in der Vermisstenabteilung – von jeher weitgehend freie Hand ließ. Wondrasch war ein Eigenbrötler, und man schrieb es dem Mangel an Personal in den ersten Nachkriegsjahren zu, dass einer wie er es in eine leitende Position geschafft hatte. Es gab jedoch eine Art stille Übereinkunft in der »V«: Behellige Wondrasch möglichst nicht mit Anliegen und Fragen, dann lässt er auch dich in Ruhe. Zum Erstaunen aller klappte das ziemlich gut, obwohl es in völligem Gegensatz zu den »Grundsätzen innerer Führung« stand, die viele Vorgesetzte noch aus der Nazizeit kannten und die, wie man hörte, inzwischen auch in der Bundeswehr wieder zum Einsatz kamen.

Tatsache war, dass Vermisstenfälle, die sich als Morde entpuppten, quasi fremdgingen. Sie wanderten hinauf zu »Mord« in die Fünfte, wodurch man in der Dritten zum Zaungast der weiteren Ermittlungen degradiert wurde. Insofern hatte Granzow mit seiner höhnischen Bemerkung, Jo habe bislang doch vor allem mit Vermisstensachen zu tun gehabt, leider durchaus recht. Denn einen Kollegen wie Pahl hatte Jo seither nicht mehr kennengelernt. Und Pahl hatte sich kurz darauf in den zweiten Stock versetzen lassen, um dort Betrugsfälle zu bearbeiten.

Pahls Nachfolger war Schuchardt. Der sich jetzt ein Büro mit Gerber teilte.

Als Jo nach seiner Rückkehr vom Tiergarten das Zimmer 504 betrat, sah er sich mit zwei neugierigen Augenpaaren konfrontiert. Schuchardt und Gerber saßen sich gegenüber, nahtlos zwischen ihnen ihre zusammengerückten Schreibtische, die Gesichter ihm zugewandt. Sie musterten ihn wie Eulen ein Nagetier, das sich leichtsinnigerweise in ihr Revier gewagt hatte. Der schmächtige Schuchardt stierte ihn aus wässerigen Glupschaugen an. Gerber, eine Zigarette in der Hand, lächelte süffisant. Sie waren etwa im gleichen Alter, Schuchardt mochte Anfang vierzig sein, Gerber zwei, drei Jahre älter. Jo kannte sie wie fast alle Kollegen im Haus vom Sehen. Doch er wusste nichts über sie, hatte weder mit dem einen noch mit dem anderen zusammengearbeitet.

»Tag, Kollegen.« Jo nickte den beiden zu. »Jo Sturm.« Er war sich jedoch sicher, dass sie bereits vollständig über ihn und seinen Auftrag im Bilde waren. Er sah sich um. Es war ein großes Büro, mit Regalen voller Ordner an den Wänden und kleinen Beistelltischen voll mit Akten, die sich unterhalb der Fenster entlangreihten. Rechts in der Ecke neben dem Garderobenständer befand sich ein weiterer Schreibtisch, ebenso klein wie der aus Jos Abstellkammer unten im Dritten. Sogar ein Telefon stand darauf, das hoffentlich bereits angeschlossen war. Und, kaum zu glauben, auf einem Sideboard an der Wand ein kleines Röhrenradio.

Jo hängte seinen Mantel an den Garderobenständer, griff nach dem Rollenstuhl und zog ihn frontal vor die breite Schreibtischfront. Er setzte sich rittlings darauf, stützte die Arme auf die Lehne und erwiderte offen die interessierten Blicke der beiden Kollegen, die ihn die ganze Zeit nicht aus den Augen gelassen hatten.

Jo zog sein Notizbuch aus dem Jackett. »Ich nehme an, Sie wissen, dass ich kurzfristig bei Ihnen einziehe.« Er deutete lächelnd mit dem Kinn zu dem Katzentisch in der Ecke hinüber. »Zumindest vorübergehend.«

Schuchardt blinzelte und setzte eine Miene auf, als wisse er von gar nichts. Gerber schnippte Zigarettenasche in einen Drehascher, dessen weißen Knopf er mit dem kleinen Finger drückte.

»Wir wissen, was Hauptkommissar Granzow uns über Sie mitgeteilt hat«, sagte Schuchardt in einer hohen, dünnen, fast schon flatternden Stimmlage.

»Also praktisch nichts«, schob Gerber ruhig hinterher. »Klären Sie uns auf, Kollege.«

Jo tat es in wenigen Sätzen. Und er hatte keine Lust, mit verdeckten Karten zu spielen. »Offen gesagt, leuchtet mir die strikte Aufgabentrennung nicht ein, die Hauptkommissar Granzow sich vorstellt. Wenn ich mit dem Headquarter, vielleicht auch Zeugen in New York reden soll, muss ich wissen, was hier mit Beringer genau passiert ist.« Deshalb sein Besuch im Savoy und die Tatortbesichtigung. »Sonst kann ich weder Auskunft geben noch bewerten, ob man mir einen Haufen Bullshit vorsetzt. Das wissen Sie doch auch!« Er sah sie beide an.

»Wenn Bullshit Bullenscheiße heißt, gebe ich Ihnen

recht, Kollege«, sagte Gerber, der seine aufgerauchte Filterzigarette mit langen, gepflegten Fingern in den Drehascher warf, dessen Orkus er wieder per Knopfdruck öffnete, um den Stummel darin verschwinden zu lassen.

Jo straffte seinen Rücken. »Ich weiß noch nicht einmal über den Tathergang Bescheid. Wann genau wurde Beringer von wem wie gefunden? Hat er noch gelebt? Konnte er noch sprechen? Was sagen die Zeugen? Gibt es Beobachtungen? Na, und so weiter.«

Schuchardt rieb sich die rot geäderte Nase und deutete auf den Stift, den Jo in der Hand hielt. »Gut, dann also zum Mitschreiben, Kollege Sturm: Das Opfer wurde um kurz nach elf gestern Abend gefunden. Mehrere Zeugen, darunter zwei Schupos, die an der Kongresshalle Dienst taten, hatten einen schrillen Schrei und dann zwei Schüsse gehört, dicht hintereinander. Gar nicht weit, meinten sie, aus südlicher Richtung, vom Tiergarten her. Was sich dann als richtig erwies.«

Jo wurde stutzig. »Ein schriller Schrei war außer den Schüssen zu hören gewesen?«

»Behaupten einige Leute, die zu der Zeit auf der Terrasse standen«, schränkte Gerber ein. »Unsere beiden Schupos vor Ort haben nur die Schüsse gehört. Vielmehr ein Knallen, das sich danach anhörte.«

»Die zwei Kollegen befanden sich zu dem Zeitpunkt allerdings auf der Spreeseite der Kongresshalle, muss man dazu sagen. Vielleicht haben sie deshalb den Schrei nicht gehört.« Schuchardt kniff die dünnen Lippen zusammen, so dass sie nur noch eine blasse Linie bildeten. »Jedenfalls«, fuhr er fort, »liefen unsere Kollegen und einige von den Zeugen los, den Weg südlich der Großen Querallee hinunter. Fanden den Mann in der Dunkelheit aber nicht gleich, er lag ein paar Schritte weiter in einem Seitenweg, neben den Büschen dort.«

»Der Mann war bereits mausetot. Wörtliches Zitat eines der beiden Kollegen.« Gerber leistete sich ein Schmunzeln.

»Genau, kein Lebenszeichen des Opfers mehr«, nahm Schuchardt den Faden auf. »Und leider auch keine Spur von einem Täter oder mehreren.«

Gerber breitete die Arme ein wenig aus. »Die Kollegen alarmierten uns, die Kripo, und das war es im Grunde schon.«

»Dummerweise setzten kurz darauf Regenschauer ein«, ergänzte Schuchardt.

»Nein, dummerweise hatten wir beide Bereitschaft«, sagte Gerber trocken und zog sich eine neue Filter aus seiner Nil-Schachtel.

»Von Spuren am Tatort konnte nach dem Regen jedenfalls keine Rede mehr sein.«

»Nicht mal mehr Blutspuren, nein«, erinnerte sich Jo an seine eigenen Beobachtungen vor nicht mal einer Stunde.

Gerber und Schuchardt sahen ihn verblüfft an. »Nein, nicht mal das«, bestätigte Schuchardt.

»Diese schrille Stimme …«, versuchte Jo tastend, eine Idee dazu zu formulieren.

Doch Gerber winkte ab. »Vergessen Sie das, Kollege. Sie glauben gar nicht, was Zeugen angeblich alles gesehen und gehört haben wollen, wenn man sie nur danach fragt.«

Das stimmte natürlich, wie Jo seit Langem von seinen Vermisstenfällen wusste. Bloß waren die Zeugen an der Kongresshalle anscheinend gar nicht nach Schreien gefragt worden. Sie hatten es von sich aus berichtet.

Schuchardt sah ihn an. »Sie meinen, der Mann war in Begleitung, oder? Eine Frau?«

Jo zuckte die Achseln. »Wäre doch möglich. Dann

würde sich allerdings die Frage stellen, wo sie jetzt ist. Was mit ihr geschehen ist.«

»Eben.« Gerber schüttelte den Kopf. »Beringer war laut offizieller Gästeliste, die wir vom Senat bekommen haben, ohne Begleitung an dem Abend. Ein Zeuge, ein Kellner, meint, einen Mann von Beringers Statur kurz vor elf auf der Terrasse oberhalb der Freitreppe gesehen zu haben. Allein. Das Theaterprogramm lief noch. Kurz darauf sei er verschwunden gewesen. Für die Zeit danach gibt es keine Zeugen mehr. Aber der Mann war schließlich nicht Eisenhower, wer hätte schon groß auf ihn achten sollen?«

Der Mörder zum Beispiel, dachte Jo.

»Zusammengefasst, der Mann war bereits tot, als man ihn fand«, sagte Schuchardt. »Keine Spuren, keine Zeugen bislang, die Brauchbares gesehen hätten.«

»Aber wir stehen ja noch am Anfang«, sagte Gerber mit einem Ausdruck demonstrativer Gelassenheit im Gesicht. Fehlte nur noch der altväterliche Spruch: Kommt Zeit, kommt Rat, Junge, den Jo sich schon hundertfach hatte anhören müssen.

Er räusperte sich und blickte die beiden an. »Sie waren danach, das heißt heute früh, im Savoy, richtig?«

»Ach, sieh mal an, was der junge Kollege schon alles weiß.«

Jo bekam langsam eine Ahnung davon, dass Gerber praktisch jede Äußerung darauf abklopfte, ob sie sich amüsant verstehen ließ.

Er ging nicht darauf ein. »Beringer war Schriftsteller. Er muss doch eine Menge Schreibkram in seinem Zimmer hinterlassen haben, stelle ich mir vor. Im Vergleich zu uns Normalsterblichen zumindest.«

Gerber wurde ernst. »Ja, das hatten wir uns auch so vorgestellt. Aber …« Er machte eine vage Handbewegung. »Einen Koffer voller Wäsche haben wir gefunden, ein paar Bücher über Architektur, aber keine Papiere, Notizen oder Ähnliches.« Gerber sog genüsslich an seiner Zigarette.

»Der Koffer liegt bereits bei den Asservaten«, erläuterte Schuchardt und versuchte, ein Gähnen zu unterdrücken.

»Der Hoteldetektiv glänzte übrigens durch Abwesenheit«, fügte Gerber matt hinzu. »War ja auch noch sehr früh am Tag.«

»Mit dem Nachtportier konnten wir immerhin reden«, ergänzte Schuchardt. »Aber dem ist nichts Ungewöhnliches aufgefallen. Weder bevor noch nachdem Beringer gestern Abend das Hotel verlassen hatte.«

Gerber gab ein Schnalzen von sich. »Das Hotel ist nicht der Schlüssel für diesen Mordfall. Schließlich ist unser Mann im Tiergarten erschossen worden, nicht im Savoy.«

Schuchardt spitzte die blassen Lippen. »Anders als im Hotel war es im Tiergarten praktisch ohne Risiko. Das ist der Grund.«

»Fragt sich nur, *warum* er überhaupt ermordet wurde«, sagte Jo. »Der Mann trug noch alle persönlichen Papiere am Leib, wie ich gehört habe.«

Schuchardt wusste, worauf Jo hinauswollte. »Mit einer Brieftasche voller Dollars und D-Mark, die er noch bei sich trug, kann man kaum von Raubmord ausgehen, das ist wahr.«

»Andererseits kennen wir aber auch die Feiglinge, die mit dem Messer in der Hand losziehen«, sinnierte Gerber, »und türmen, wenn Oma die Handtasche nicht loslässt.«

Schuchardt fing Jos Blick auf. »Offen gesagt, brauchen wir dringend mehr Informationen über den Mann.«

»Offen gesagt, brauchen wir jetzt noch dringender: Schlaf!« Gerber gab sich einen Ruck und stand auf. »Also, legen Sie sich ins Zeug, Kollege. Damit von Ihnen was auf unserem Schreibtisch liegt, wenn wir zurück sind.« Er lachte, aber nicht bösartig.

Auch Schuchardt erhob sich. Zusammen trotteten sie an Jo vorbei zum Garderobenständer, wanden sich in ihre Mäntel, setzten sich die Hüte auf und verabschiedeten sich mit knapper Geste von ihm.

»Schlüssel steckt. Abschließen nicht vergessen und unten bei Hoyer abgeben, wenn Sie gehen!«, mahnte ihn Gerber, bevor er die Tür schloss.

Jo rollte den Stuhl zurück zum Schreibtisch und hob als erste Amtshandlung an seinem neuen Platz den Telefonhörer ab. Das Freizeichen ertönte. Er wählte Ilses Nummer bei der Weiblichen. Er ließ es dreimal klingeln und wollte bereits auflegen, als doch noch abgehoben wurde. Allerdings nicht von Ilse.

»Weibliche Kriminalpolizei, Stolze.« Jo erkannte die Stimme der neuen Kollegin, die er am Vormittag mit Ilse zusammen im Treppenhaus getroffen hatte.

»Tag, Jo Sturm hier. Wir sind uns …«

»Ich weiß. Hab's nicht vergessen, wer Sie sind.« Sie klang verwaschen, als würde ein Stift zwischen ihren Lippen klemmen.

»Ich würde gern Ilse sprechen.«

»Ilse … ist zu Tisch.«

Jo fragte sich, warum sie kurz gezögert hatte, bedankte sich und legte auf. Dann also hinunter in die Kantine im ersten Stock. But first: Clayallee. Vielleicht war Warrant Officer Frank Stewart inzwischen wieder aufgetaucht. Aber er erreichte nicht einmal Captain Penrose, und zu Frank Stewarts privatem Telefonanschluss in einer der Housing Areas der Amerikaner wollte oder konnte ihn die Vermittlung im Headquarter, diesmal eine weibliche Stimme, nicht durchstellen.

»Sorry, Sir.«

»Thank you. Goodbye.«

Er stand auf und verließ das Büro, schloss ab, um über das Treppenhaus hinunter in den ersten Stock zu eilen. Die Kantine war nur spärlich besetzt, wie das ganze Haus an den Samstagen üblicherweise. Deshalb bedienten auch nur zwei Frauen hinter der langen Ausgabetheke. In ihren weißen Kitteln, mit Häubchen auf dem Kopf, sahen sie aus wie Krankenschwestern. Rechts vom Eingang verriet eine Tafel, die eine Handbreit über dem Zigarettenautomaten angebracht war, das Tagesgericht. Jo verspürte Hunger, aber nicht auf Speckkartoffeln. Dafür umso mehr auf Ilse.

Er ließ seinen Blick durch den weiten Raum schweifen. Nur jeder dritte oder vierte der kleinen quadratischen Tische war besetzt. Sie waren ideal für zwei Personen, für größere Gruppen waren in regelmäßigen Abständen mehrere Tische zusammengeschoben worden. Er entdeckte Ilse an einem der hinteren Tische. Aber sie war nicht allein. Ihr gegenüber saß ein Mann mit straff zurückgekämmten dunklen Haaren. Jo konnte sein Gesicht nicht erkennen, da er mit dem breiten Rücken zu ihm saß und rauchte, während Ilse, über ihren Teller gebeugt, noch aß.

Sie musste Jos Blick gespürt haben. Plötzlich hob sie den Kopf, und ihre Blicke trafen sich. Selbst auf die Distanz konnte er sehen, dass sie rot wurde. Sie deutete schwach ein Nicken an, von ihren Lippen glaubte er abzulesen, was sie sagte: Mahlzeit.

Mahlzeit? Nachdem sie beide bereits … Obwohl, nein, zusammen geschlafen hatten sie noch nicht. Aber nur mangels Gelegenheit. Nun drehte sich auch der Mann um, der mit ihr am Tisch saß. Er erfasste Jo mit dem instinktiv abschätzenden Blick des Konkurrenten. Er schien kaum älter als Jo, der ihn noch nie gesehen hatte. Ilse widmete sich wieder dem Essen, und ihr Gegenüber am Zweiertisch sah ihr weiter dabei zu, indem er den Ascher näher an ihren Teller heranschob und die nur halb aufgerauchte Zigarette hineinstieß.

In Jo stieg der blanke Ekel auf. Ihm war der Appetit endgültig vergangen. Er drehte sich auf dem Absatz um und ging hinaus.

×

Auf dem Bürgersteig vor seiner Wohnung in der Waldemar spielte am Nachmittag die kleine Elke »Eier hüpfen« mit ihrer Freundin Corinna; die eine warf den Ball gegen die Hauswand, die andere hüpfte hinüber, wenn er zurückprallte. Der kleine Ralle übte Rollschuhlaufen, andere Kinder spielten »Himmel und Hölle« auf dem Pflaster. Elke winkte Jo zu, als er seinen Roller vor dem Haus abstellte, und er erschrak, als er neue rote Striemen an ihren Händen zu erkennen glaubte. Er nahm sich vor, noch an diesem Wochenende ein Bier in der Goldenen Henne zu trinken, wo Elkes Mutter Christine bediente. In einer ruhigen Minute ließ sich mit ihr vielleicht über die Misshandlungen durch den Lehrer sprechen. Das musste aufhören, gegen den Mann musste etwas unternommen werden. Jo hatte als Kind am eigenen Leib erfahren, was es hieß, Prügel zu bekommen. Nicht von anderen Kindern, denen gegenüber hatte er sich immer zu wehren gewusst. Nein, es war sein Vater, der sich Jo regelmäßig vorgenommen hatte. Die Züchtigung, für die mal Gründe genannt wurden, mal nicht, fand meistens im Bad statt. Jo nackt vor dem Spiegel. Einmal war der Stock, mit dem sein Vater auf seinen Rücken, den Hintern und die Schenkel einschlug, zerbrochen. Erst dadurch war sein Vater zur

Besinnung gekommen und hatte von Jo abgelassen. Der schlägt dich tot, hatte Jo bereits gedacht, zu einem Zeitpunkt, als er vor lauter Schmerz bereits keinen Schmerz mehr spürte: Der schlägt dich tot.

Im Hochparterre des Hauses lag Frau Simonowsky, eine Rentnerin, im Fenster. Die fleischigen Arme auf einem Kissen abgelegt, schaute sie den Kindern beim Ballspielen zu. Gleichzeitig hörte man aus dem Hintergrund ihres Wohnzimmers laute Schlagermusik, die unvermeidliche Caterina Valente stieg in ihr Traumboot der Liebe. Frau Simonowsky wollte, dass auch die Kinder es taten. »Wollt ihr nicht reinkommen, bisschen Musik mit mir hören, was?« Elke und ihre Freundin warfen sich ungerührt weiter den roten Ball zu, andere liefen mit ihren Rollschuhen davon, als hätten ihre Eltern sie bereits vor der alten Frau gewarnt.

»Tag, Frau Simonowsky«, grüßte Jo, als er unter ihrem Fenster vorbeiging. Sie winkte nur ab, als sie ihn erkannte.

Musik konnte auch trennen. Das erfuhr Jo, als er die Wohnung betrat. Aus Helgas Zimmer, das neben seinem lag, schmetterte Elvis Presley sein Tutti Frutti, lautstark unterstützt von Helgas sich schrill überschlagender Stimme. Wenige Sekunden später flog hinten im Flur die Tür zum Klavierzimmer auf, das auch als Wohn- und Schlafzimmer diente. Petra Küpper stürmte erbost, mit hochrotem Gesicht heraus, fand kaum Zeit, Jo zu grüßen, und polterte in das Zimmer ihrer Tochter. Von der Garderobe aus sah Jo, wie sie durch das Zimmer zum Plattenspieler stampfte und zu Helgas Entsetzen den Tonarm von der Schallplatte riss, dass es quietschte. Schlagartig herrschte eine Ruhe wie auf dem Friedhof. Helga starrte ihre Mutter an, als hätte die den Verstand verloren. Nicht ganz unberechtigt, wie Jo fand.

»Ich habe einen Schüler im Zimmer hinten«, verteidigte sich Petra Küpper gegen den noch unausgesprochenen Vorwurf ihrer Tochter. »Wir verstehen unser eigenes Wort nicht mehr bei dem Lärm, den du machst, Helga.«

»Lärm? Das ist Elvis Presley, Mama. Schon mal von ihm gehört?«

»Moment, ich bin nicht von gestern, Helga! Aber bitte verschon mich mit deinem Elvis Presley wenigstens so lange, bis ich meine Stunde beendet habe.«

Ein faires Angebot, fand Jo und verschwand im Bad. Gerechterweise musste man sagen, dass sich die tastenden, oft aber auch hackenden Versuche von Petra Küppers Klavierschülern mindestens ebenso grausam anhörten wie der Tutti-Frutti-Gesang ihrer Tochter, begleitet von Elvis.

Später hörte Jo Helgas weinende Stimme. Beim Abendessen in der Küche erfuhr er den Grund: Die Tutti-Frutti-Platte hatte einen schlimmen Kratzer abbekommen. Helgas Mutter entschuldigte sich, wenn auch halbherzig, und versprach ihrer Tochter Geld für eine neue. Der Samstagabend schien gerettet, zumindest für Petra Küpper, die sich auf Peter Frankenfeld im Fernsehen freute.

Die Frau, der er den ganzen Weg über mit dem Wagen gefolgt war, hatte ihren roten Ford-Schlitten in der Nürnberger Straße geparkt und war danach in der »Badewanne« verschwunden.

Er fand einen Parkplatz auf der anderen Straßenseite, weigerte sich aber, ihr in das Rattenloch im Souterrain des Gebäudes nachzusteigen.

Das Motto des Ladens, »Immer sauber bleiben«, war natürlich der reine Hohn. Er erinnerte sich an die Zeiten, als es im Haus Nürnberg noch die Schoppenstube oder das Siecherbräu gab, mit urdeutschem Bier und volksdeutscher Gemütlichkeit. Zwanzig Jahre war das her.

Jetzt gab es dort Affentänze zu Dschungel-Musik.

Widerlich.

Keine zehn Pferde konnten ihn dazu bewegen, diesen Saustall zu betreten. Der Türsteher in der Livree eines Chauffeurs konnte ihn *jedenfalls nicht täuschen.*

Die Frau hatte den Schuppen allein betreten, war also mit jemandem verabredet. Doch bei dem Lärm, der in dem Affenstall vermutlich herrschte, bestand wohl keine Gefahr, dass sie Wichtiges zu besprechen hatten.

Selbst wenn, es reichte zu wissen, mit wem die Frau am Ende herauskam: Ob Bettwärmer, Informant oder mehr, das würde er dann schon herausfinden.

Eine Sekunde lang kam ihm der Gedanke, sie könnte sich womöglich mit Kropp verabredet haben. Der war immer noch verschwunden. Und genau deshalb musste er ihn finden, um jeden Preis.

Aber … je mehr er darüber nachdachte, nein, aus-

geschlossen: Wieso sollte eine Verbindung zwischen Kropp und der Frau bestehen?

Doch man konnte nie wissen.

Oder?

Nein, man konnte nie wissen.

Auf der winzigen Bühne der »Badewanne« stand die junge Inge Brandenburg und sang: »It's the wrong time and the wrong place«, doch das Publikum war anderer Meinung. Inges vibrierende Stimme, begleitet vom treibenden Sound des Haus-Quintetts des Clubs, schien ohne Umweg über die Ohren direkt die Hüften zu elektrisieren. Auch Jos.

Die Luft in dem Nachtclub war zum Schneiden dick, auf der Tanzfläche kämpften die Paare um jeden Zentimeter. Es war kurz nach zwölf, Jo war eben erst angekommen.

Mehrmals in der Woche fanden Jam-Sessions statt, Boogie-Abende und Mambo-Preistänze, Jo hatte den Überblick verloren. War auch nicht nötig, die »Badewanne« in der Nürnberger Straße war *der* Jazzclub Berlins, erste Adresse auch für amerikanische GIs, die nach ihrem Dienst ihren Spaß haben wollten.

Die Wahrscheinlichkeit, sie in der »Badewanne« anzutreffen, war jedoch ab Mitternacht am größten. Denn dann hatten sie auch die berechtigte Hoffnung, heimatliche Stars aus dem Musik- und Showgeschäft im Club anzutreffen. Selbst Legenden wie Duke Ellington, Ella Fitzgerald oder Louis Armstrong ließen es sich nicht nehmen, nach ihren Konzerten im Sportpalast, der Waldbühne oder anderen Arenen der Stadt noch in der »Badewanne« vorbeizuschauen, um zu entspannen. Gelegentlich ließ auch Hollywood grüßen.

Erst kürzlich hatten Marlon Brando und Montgomery Clift dem Club einen Besuch abgestattet. Das Ganze sollte Augenzeugen zufolge in einem derben Streit zwischen den beiden geendet haben. Sie waren gemeinsam zu Dreharbeiten für einen neuen Film angereist, der unter anderem in den Trümmern von Berlin spielen sollte. Brando, eigentlich der Böse in dem Streifen, sollte nach einigen Drinks lauthals angekündigt haben, er wolle seine Filmfigur wie Jesus am Kreuz sterben lassen. Montgomery Clift, der »Gute«, war vor Wut ausgerastet. Weil er überzeugt war, dass Brando ihm damit nur die Show stehlen wollte.

»Though your face is lovely, it's the wrong face«, sang Inge Brandenburg. Doch die Tanzpaare machten nicht den Eindruck, als blickten sie in die falschen Gesichter. Im Gegenteil.

Jo sah sich um, die GIs, wusste er, bevorzugten den hinteren Teil des Clubs, wo die kleinen Tische nach Belieben zusammengestellt werden konnten. Das genaue Gegenteil zur statischen Sitz- und Tischordnung in der Kantine des Polizeipräsidiums, wie Jo auffiel.

Er quetschte sich am Rand der Tanzfläche an den Paaren vorbei, die nur darauf warteten, sich ebenfalls in das Getümmel zu stürzen, und wurde immer weiter nach außen gedrängt.

Er bahnte sich schließlich seinen Weg unmittelbar an der Wand entlang, vorbei an den großformatigen Plakaten amerikanischer Jazzgrößen, die alle schon einmal in der »Badewanne« aufgetreten waren.

Als Inge Brandenburg ihren Song beendete und die Hausband plötzlich Töne wie Herzrasen anschlug, entstand eine Welle in der Masse, die vor- und wieder zurückschwappte. Jo nutzte die Bewegung, um sich mit ein paar schnellen Schritten bis zu einer Gruppe junger GIs durchzutanzen, die an drei zusammengeschobenen Tischen saßen.

Die Männer, alle mehr oder weniger in Jos Alter, waren an ihren Uniformen leicht als Angehörige der US-Army auszumachen. Zwischen ihnen saßen junge Frauen, teils in Uniform, teils in Zivilkleidern. Die Tische quollen über von Bierflaschen, Weingläsern und gemixten Drinks in Bonbonfarben. Die Stimmung war ausgelassen, lautes Lachen und lebhafte Unterhaltung, dazu die Tanzrhythmen, die das ganze Souterrain vibrieren ließen.

Jo beugte sich vor und tippte auf gut Glück einem GI, einem breitschultrigen großen Burschen, auf die Schultern, der gerade seinen Drink absetzte.

Sein Name sei Jo, er suche einen Officer namens Frank Stewart, brüllte er ihm ins Ohr.

Der GI sah ihn an, als überraschte es ihn nicht im Mindesten, nach Frank Stewart gefragt zu werden. Er fuhr einen sehr langen Arm aus und schnippte mit den Fingern in Richtung einer attraktiven Frau Anfang dreißig, mit weißblonden Locken und auffällig strahlenden, dunklen Augen. Die sie auf Jo richtete, noch während der GI ihr lautstark zu verstehen gab, nach wem er fragte.

Die Frau legte eine kräftige weiße Hand auf den Ausschnitt ihrer hellen Bluse. »Frank? Well …« Sie zog eine Braue hoch und machte eine Kopfbewegung zur Seite. In der Richtung befanden sich die Toiletten.

Jo signalisierte, dass er verstanden hatte.

Ein Kellner, wie üblich in weißer Jacke, wollte sich an dem Tisch vorbeidrücken, doch der große GI hielt ihn am Ärmel fest und bat ihn lautstark, mit Blick auf Jo, für einen weiteren Stuhl zu sorgen.

Fast im selben Moment tauchte ein neuer GI auf. Er war jung, Jo schätzte ihn auf höchstens Ende zwanzig, hatte eine große, schlaksige Statur und schwarzes lockiges Haar. Sein Gesicht war schmal und blass, die Augen waren dunkel, sein Mund lächelte so breit, als würde er dafür bezahlt.

»Frank!«, rief ihn der große GI von seinem Platz aus an und deutete mit seinem Teleskoparm auf Jo. »This is …« Doch dann winkte er ab und überließ die beiden sich selbst.

Jo wandte sich dem GI zu, der Frank genannt worden war, und schrie gegen die schrillen Töne der Combo an: »Mein Name ist Jo Sturm.«

Der GI lachte. »Storm? Wie Stormy Weather?«

»Genau.« Die Anspielung auf den berühmten Song, den auch Satchmo schon gesungen hatte, war immer noch besser als die Pennälerwitzelei über seine blonde »Sturmfrisur« oder die »Sturmhaube« auf seinem Kopf.

»Hi, I'm Frank«, sagte der GI.

In diesem Moment kam der Kellner mit einem Stuhl, den er hoch über seinem Kopf balancierte und kommentarlos neben Jo abstellte. Mit einer knappen Geste lud der GI Jo ein, mit ihm ein Glas zu trinken. »Ihr habt das beste Bier der Welt, Mann. Und die besten Bars in Europa!«

Und nun begann ein kleines Bäumchen-wechsle-dich-Spiel am Tisch, an dessen Ende die blonde Frau den Platz mit dem großen GI tauschte und links von Frank zu sitzen kam. Der wiederum bat eine Mittzwanzigerin mit brünetter Kurzhaarfrisur, für Jo noch ein wenig zu rücken. Die Frau lachte, weil jetzt auch das halbe Dutzend Gäste rechts von ihr aufgefordert war, Platz zu machen.

Jo bedankte sich artig auf Englisch bei der Brünetten, die hübsch war und Wangengrübchen hatte, als sie ihn ein wenig spöttisch anblickte und sagte: »Aber gerne doch!«

Jo fand keine Zeit, sich darüber zu wundern, dass

sie ihm auf Deutsch geantwortet hatte, denn schon im nächsten Moment spürte er eine Hand, die sich von hinten auf seine Schulter legte. Er wandte sich um und sah sich mit dem stoischen Gesicht des Kellners konfrontiert, der auf ihn niederschaute.

»Auch ein Bier?« Der Kellner deutete auf das Glas, das Frank in der Hand hielt. Jo nickte, und der Kellner kraulte durch die wild wogende Menge zurück zur Bar.

Jo wandte sich mit einem fragenden Blick an den schlaksigen GI: »Frank Stewart?«

»Ja, das bin ich.« Der GI stutzte. »Woher kennst du meinen Namen, Jo?« Auch die Blonde an seiner Seite legte wie ein Kätzchen ihr neugieriges Gesicht auf der Schulter des GI ab, um Jos Antwort zu erfahren.

Hatte er die beiden bei einem Tête-à-Tête gestört?

»Captain Penrose vom Headquarter sagte mir, ich würde Sie hier finden.«

»Penrose, okay.«

»Ich bin …« Jo sah die Blonde kurz an und war dankbar, dass sie ihren Kopf höflich zurückzog. »Ich bin von der Berliner Kriminalpolizei und arbeite an dem Fall …« Er sprach Frank Stewart nun direkt ins Ohr: »… dem Fall Rudy Beringer.«

»Beringer, okay. Verstehe.«

»Ich habe den Auftrag, so schnell wie möglich mit euch Amerikanern Kontakt aufzunehmen. Der Fall ist heikel, jedenfalls aus deutscher Sicht. Verdammt miese Werbung für die deutsch-amerikanische Freundschaft.«

»Sieht sogar verdammt nach deutsch-amerikanischer Feindschaft aus, würde ich sagen.« Frank zog ironisch eine Braue hoch. »Der Mann war außerdem kein Unbekannter in Amerika, vor allem nicht bei uns in New York.« Seine Augen hellten sich plötzlich auf. »Übrigens meine Heimatstadt.«

»Wirklich?« Jo hätte sonst was darum gegeben, beim Rücktransport nach Deutschland mehr als nur den Hafen von New York zu sehen. Doch private Ausflüge der ehemaligen deutschen Gefangenen auf dem Weg zurück in ihre Heimat waren nun mal nicht vorgesehen gewesen.

»Sag, bist du Berliner, Joe?« Sie hatten Englisch miteinander gesprochen, auch Jos Vornamen sprach Frank typisch englisch aus. »Ich meine, bist du in dieser Stadt geboren? Ich frage, weil mein Urgroßvater ist in Berlin geboren. Großvater meiner Mutter. Bevor er in die Staaten ausgewandert ist, natürlich, vor vielen, vielen Jahren.«

Deutsche Vorfahren also, dachte Jo. Das erklärte vielleicht, warum das Headquarter Frank Stewart für diese Aufgabe ausgesucht hatte.

Franks plötzlicher Themenwechsel ins Private war also gar keiner. Typisch, der Small Talk von Amerikanern folgte eigenen Regeln. Mitunter wirkte das oberflächlich, doch es erleichterte das Kennenlernen. Und bei der Army, wusste Jo noch aus seiner US-Gefangenschaft, wurde Small Talk auch eingesetzt, um wie nebenbei Informationen zu bekommen.

Jo wollte bereits auf Frank Stewarts Frage antworten, als ihn auf einmal die Blonde über die Schulter des GI hinweg wieder neugierig anblitzte. Als sei nun endlich Schluss mit Ernst und der unterhaltsame Teil des Abends angebrochen.

»Sorry.« Frank drückte schalkhaft seine Wange an ihre. »Jo, das ist Julia. Julia: Jo. Julia und ich kennen uns schon seit einer Ewigkeit. Seit ungefähr zwei Stunden, schätze ich.«

Sie spitzte die Lippen und hob korrigierend einen Zeigefinger.

»Richtig, du bist etwas später hereingeschneit.« Frank hob die Hand zur Entschuldigung.

»Um auf deine Frage zu antworten, Frank«, sagte Jo. »Nein, ich bin nicht in Berlin geboren wie dein Urgroßvater.«

»Sondern?«

»In Stettin.«

»Stettin, Polen?« Frank war sichtlich erstaunt.

»Damals noch deutsch.« Jo winkte ab. »Das ist Geschichte. Ich war drei, als meine Eltern mit mir und meiner Schwester nach Berlin umgezogen sind.«

Der Kellner kam mit einer Flasche Engelhardt und stellte sie zusammen mit dem schlanken Bierglas vor Jo auf den Tisch.

Jo schenkte sich ein, um mit den beiden, Frank und Julia, anzustoßen.

Julia hob ihren blond gelockten Kopf und betrachtete das halb volle Weinglas auf dem Tisch. »Ist das meins?« Sie hob es erstaunt an. Mit schriller Stimme rief sie den Kellner zurück, der sich bereits ein paar Schritte vom Tisch entfernt hatte.

Jo beugte sich wieder zu Frank Stewart vor: »Es tut mir ehrlich leid, Frank, dass ich dich hier an deinem freien Abend belästige«, sagte er dicht an seinem Ohr. »Aber dieser Mordfall macht meine Chefs extrem nervös.« Weil er die Berliner Politik extrem nervös machte. »Sie wollen so schnell wie möglich Hintergrundinformationen über Beringer von mir.«

»Das ist okay.« Frank Stewart nahm es mit einem Achselzucken. »Aber was ich dir momentan über Beringer sagen kann, ist allgemein bekannt, wenigstens bei uns.«

»Bei euch heißt?«

»In Amerika. Im Headquarter. In unseren Archiven.«

»Und das wäre?«

»Du bist ganz schön hartnäckig, Mann.« Stewart lachte. »Okay, die Kurzversion für deine Chefs: Beringer war nicht verheiratet. Lebte in Tribeka, New York, und reiste so ziemlich durch die halbe Welt. Er war Architekt, hat aber nie selbst gebaut, soweit bekannt ist. Dafür hat er umso mehr über Architektur geschrieben. Meistens in Zeitschriften. Mit, wie sagt ihr Deutschen: spitzer Feder. Durch Bücher über berühmte Bauwerke wurde er ziemlich bekannt in den Staaten. Ich bin kein Fan von Architektur, aber selbst ich kenne Beringers Namen.«

»Und hat Beringer auch schon über die Schwangere … die neue Kongresshalle in Berlin geschrieben?«

»Hat er. Und zwar für seine Verhältnisse überraschend positiv, heißt es.«

»Andernfalls hätte man ihn auch nicht nach Berlin eingeladen, schätze ich.«

»Smart guy!« Frank lachte und klopfte Jo auf den Arm.

Jo setzte nach. »Meine Information ist, dass Beringer schon als junger Mann, vor dreiunddreißig, zusammen mit seinen Eltern nach Amerika ausgewandert ist. Stimmt das? Weiß man, warum?«

»Scheint, dass die Familie Beringer die Nazis nicht besonders mochte.« Frank Stewarts Gesicht verzog sich wieder zu dem breiten, jungenhaften Grinsen, das Jo gleich als Erstes an ihm aufgefallen war: »Rudy Beringers Vater Thomas war früher Wissenschaftler in Deutschland. Physiker, glaube ich. Ende 1932 ungefähr bekam er eine Gastprofessur in Stanford. Kurz darauf ließ er seine Frau und Rudy aus Berlin in die Staaten nachkommen. Rudy Beringer hat später im Krieg in der Army gedient. USAAF.«

»Air Force.«

»Ja, als Luftwaffenpilot in einer B-17.«

Die Boeing B-17 war ein Bomber mit zehnköpfiger Besatzung, wenn Jo das richtig im Kopf hatte.

»Da war Rudy Beringer natürlich schon US-Bürger. So wie seine Eltern. Die inzwischen beide tot sind.«

War es möglich, ging es Jo plötzlich durch den Kopf, dass hier ein Motiv für den Mord an Beringer lag? Ein Akt der Rache unverbesserlicher Altnazis, die in dem gebürtigen Deutschen Beringer einen Vaterlandsverräter sahen? Der noch dazu als Pilot im Krieg Bomben auf Deutschland geworfen haben könnte?

Selbst Marlene Dietrich zog Hass auf sich, seit sie die amerikanischen Truppen im Krieg gegen Nazideutschland mit diversen Auftritten unterstützt hatte.

Rudy Beringer war zwar nicht berühmt wie die Dietrich. Doch im Unterschied zu ihr hatte er Deutschland wieder besucht. Das war ihm nun anscheinend zum Verhängnis geworden. Denn trotz der offiziellen Einladung aus Berlin genoss er keinen besonderen Prominenten- oder Diplomatenstatus, daher auch keinen individuellen Wachschutz. Es musste verhältnismäßig leicht gewesen sein, an ihn heranzukommen, um ihn zu töten. Bei Nacht und Nebel im dunklen Tiergarten. Trotz der Nähe zur Schwangeren Auster, dem Grund für seinen Besuch in Berlin. Von den Tatortbedingungen hatte sich Jo heute selbst überzeugen können.

Das war natürlich nur eine erste, sehr vage Hypothese. Sie mussten mehr über Beringer in Erfahrung bringen. Viel mehr. Konkretes. Aktuelles. Über das hinaus, was Frank Stewart sicher ohne großen Aufwand aus Beringers alter Army-Akte und anderen Dossiers über Beringer als öffentlich bekannte Person hatte zusammentragen können.

Der Kellner kam zurück. Das Tablett hoch über dem Kopf, manövrierte er unfallfrei die Getränke durch die wogende Menge und stellte ein neues Glas Weißwein vor Julia auf dem Tisch ab.

Beglückt schob sie ihren Kopf an Franks Schulter vorbei und hielt ihr Glas in die Höhe. »Cheers, Boys!«

Sie stießen zu dritt an.

Es blieb nicht bei dem einen Bier, das Jo trank. Kein Problem an diesem Abend, denn er war mit der U-Bahn hergefahren und würde sich später nach Hause ein Taxi nehmen.

Der Fall Beringer war für den heutigen Abend abgehakt. Dafür erfuhr Jo noch manches über Frank Stewarts Familie. Und über ihn selbst.

Franks Berliner Vorfahren waren bereits Ende des 19. Jahrhunderts nach Amerika ausgewandert und hatten sich in New York niedergelassen. Aus einer kleinen Polsterei war ein florierendes Möbelgeschäft geworden, man zog von Brooklyn nach Manhattan, von dort nach Roslyn auf Long Island.

Frank war der Erste aus seiner Familie, der eine Universität besucht hatte. »Philosophie und Literatur. Ich wollte Lehrer werden. Bis mir klar wurde, wie wenig man damit verdient. Und da mir nichts Besseres einfiel, bin ich zur Army. Wurde Warrant Officer für Einsätze in Europa, speziell Deutschland.«

»Womit du natürlich Millionen verdienst, Frank«, ätzte Julia.

Frank lächelte süffisant. »Ihr werdet es nicht glauben, aber ich habe in Deutschland Sachen gelernt, die hier Gold wert sind.«

»Und zwar?« Jo war wirklich gespannt.

»He, Frollein! Wie heißt du?« Frank fiel plötzlich ins Deutsche: »Perlonstrumpfe, Schluppi, Fromms, Nippelsachen …«

»Nippelsachen?«, quietschte Julia vor Vergnügen. »Du meinst …?« Sie präsentierte demonstrativ ihr üppiges Dekolleté.

Frank lachte dröhnend, bis er plötzlich anfing zu husten. Sein Gesicht wurde scharlachrot, dann kreidebleich.

Jo sah ihn besorgt an. »Alles okay, Frank?«

Frank hob zur Entschuldigung eine Hand, stand ein wenig schwankend auf und verschwand dann recht schnell in Richtung Toiletten.

Während Jo noch überlegte, ob er ihm nicht besser folgen sollte, falls er Hilfe brauchte, kroch Julia auf Franks Stuhl. In der Hand hielt sie ihr Glas. »Cheers, Joe.«

»Cheers.«

Sie stießen an und tranken. Jo setzte sein Glas ab, und im nächsten Moment war ihr Gesicht dem seinen ganz nah. Jo atmete den herben, fast erdigen Duft, den sie verströmte, spürte ihre warmen Lippen an seinem Ohr.

»Frank kommt zurecht, Jo, keine Sorge«, sagte sie.

»Wenn du meinst. Du kennst ihn ja schon seit Stunden.«

Sie lachte gurrend an seiner Wange. »Hast wirklich Humor, Jo. Für einen Deutschen.« Sie wich ein paar Zentimeter zurück und zwinkerte ihm zu. »Sag, bist du öfter in diesem Club?«

»Ja, aber unregelmäßig.«

Jos Besuche in der »Badewanne« waren eher spontan und meist ohne Begleitung. Bislang hatte weder Ilse noch eine andere Frau, die er kennengelernt hatte, seine Leidenschaft für den Club geteilt. Als er Ilse Anfang des Jahres begeistert davon erzählt hatte, dass Lionel Hampton am Wochenende weit nach Mitternacht in der »Badewanne« aufgekreuzt sei und heiß improvisiert habe, hatte sie schulterzuckend geantwortet: »Ein heißes Bad wäre mir persönlich ja lieber gewesen.«

»Und du, Julia? Regelmäßig hier?«

»Nein.« Sie seufzte leise, nun wieder dicht an seinem Ohr. Er roch ihren Atem, leicht säuerlich vom Wein. »Der Job, na ja, macht es schwierig.«

»Verstehe.« Er kannte das. »Schmeiß ihn hin, deinen Job. Der Club ist wichtiger«, sagte er trocken.

»Wenn das so einfach wäre.« Sie war unerwartet sehr ernst geworden, ging sogar ein wenig auf Distanz und drehte ihr halb leeres Weinglas in den Händen. Sie sah regelrecht unglücklich aus in diesem Moment, da das Lokal vor Lebensfreude schier zu bersten schien.

Jo beugte sich vor. »Was ist das für ein scheußlicher Job, den du da machst, Julia?«

Sie sah ihn forschend an. Versuchte offenbar an seinem Gesicht abzulesen, ob sein Interesse echt war.

Er schien die Prüfung bestanden zu haben, denn sie beugte sich langsam wieder zu ihm vor. »Ich arbeite für Eleanor Dulles. Bureau of German Affairs. Sie ist okay. Aber die Kanadier würden sagen, sie ist eine Workaholic. Und sie scheint von allen im Bureau zu erwarten, dass nicht nur die Tage, sondern auch die Nächte durchgearbeitet werden.«

»Klingt irgendwie unamerikanisch«, sagte Jo.

»Ja, nicht wahr. Dabei ist ihr Bruder Allen Dulles – er ist unser CIA-Boss – *gegen* alles Unamerikanische.«

Sie lachten beide.

Eleanor Dulles war Jo natürlich ein Begriff. Sie war die Berlin-Beauftragte der Amerikaner, passenderweise nicht nur die Schwester von Allen Dulles, dem CIA-Chef, sondern auch von John Foster Dulles, ihrem anderen Bruder, dem Außenminister.

Willy Brandt – seine Wahl im Abgeordnetenhaus zu Berlins neuem Regierenden stand unmittelbar bevor – hatte Eleanor Dulles erst kürzlich die »Mutter von Berlin« genannt. Nicht ohne Hintergedanken, wie Jo vermutete, denn »Mother of Berlin« Eleanor hatte in den letzten Jahren eine Menge amerikanisches Geld für Berlin organisiert.

Auch die neue Kongresshalle ging, wie zu lesen war, sehr stark auf ihre Initiative zurück. Weshalb manche in Berlin darin nicht eine Schwangere Auster erkennen wollten, sondern »Frau Dulles' Hut«.

»Es ist komisch«, sagte Julia. »Eleanor hat einen Narren an mir gefressen. Vielleicht, weil ich, wie sie früher, in London Wirtschaft studiert habe, an der School of Economy. Dummerweise erwartet sie von mir, dass ich noch mehr arbeite als die anderen! So viel wie sie selbst.« Sie lachte keckernd auf, es hörte sich beinahe an wie Schluckauf. »Ah, genug von mir!« Sie warf trotzig den Kopf zurück. »Und du, Jo? Was treibst du so?«

Er senkte betont gespielt seine Stimme. »Ich bin Polizist.«

Sie sah ihn ungläubig an. »Im Ernst?«

»Yes, Ma'am.«

Auf einmal glitt ein lüstern-ironisches Lächeln über ihr Gesicht. »Gibt Frauen, die lassen sich ganz gerne Handschellen anlegen. In bestimmten Situationen.«

Er winkte lächelnd ab. »Ist mir noch nie passiert. Leider.«

Sie lachte. »Was genau tust du als Polizist? Autos anhalten? Strafzettel verteilen?«

»Ich suche nach Vermissten. Meistens finde ich sie auch.«

»Tot oder lebendig?«

»Die meisten sind zum Glück noch quicklebendig.«

»Weißt du, im Bureau reden wir – wir Frauen, meine ich, vorausgesetzt, Eleanor ist fort –, also wir reden manchmal darüber, dass in Berlin so viele Leute in den Ostsektor entführt werden. Das könnte uns auch passieren, oder?«

Sie machte jedoch nicht den Eindruck, als ob sie das wirklich fürchtete.

Dann plötzlich geschah etwas an ihrem Tisch, das Jo buchstäblich aus der Fassung riss. Von rechts fuhr ihm etwas Hartes in die Seite, und er hörte die empörte Stimme der Brünetten dicht neben sich. »Was zum Teufel soll das? Verziehen Sie sich! Ich bin doch nicht Ihr … He, nein!«

Jo fuhr herum, wie auch einige andere am Tisch. Er begriff, dass es die Stuhllehne seiner Nachbarin war, die ihm in die Seite gefahren war. Die Frau mit den brünetten Haaren war offensichtlich mit einem heftigen Ruck zurückgewichen. Vor einem Jungen von vielleicht Anfang zwanzig, wie es aussah. Brav gekleidet, als trüge er seinen Kommunionsanzug, schwankte er vor und im Grunde schon über ihr. Seine Alkoholfahne war so stark, dass selbst Jo beinahe noch schlecht davon wurde.

Böse Erinnerungen schossen plötzlich in ihm hoch. Aus seiner Kindheit, Szenen aus seiner Familie … Angewidert sprang er auf, packte den Mann am Revers und drängte ihn zurück bis zum Geländer vor der Tanzfläche. Dort nahmen zwei weitere junge Typen ihren Kumpel in Empfang. Grölend, jeder von ihnen voll wie eine Haubitze.

Es entwickelte sich ein unschöner Disput mit dem Trio. Jo beendete das miese Theater schließlich entnervt, indem er nach dem karierten Schlips des sichtlich stolzen Frauenschrecks griff, kräftig anzog und ihn dann losließ. Er warf auch den beiden anderen einen warnenden Blick zu, allerdings ohne die Hoffnung, dass es etwas bezweckte.

Jo war die Szene unangenehm, wie immer, wenn er sich gezwungen sah, sich wie ein Ordnungspolizist aufzuführen.

Als er zu seinem Platz zurückkehrte, war Julia fort.

Dafür blickte ihn die Brünette mit den Wangengrübchen von ihrem Platz aus dankbar an. Er ließ sich neben sie auf den Stuhl fallen.

»Danke, dass Sie mir diesen Kotzbrocken vom Hals geschafft haben. Bin eigentlich mit einer Freundin hier. Aber sie hat scheint's anderweitig ihr Glück gefunden.« Sie deutete mit der Hand in Richtung Bar, wo einige Paare dicht nebeneinanderstanden.

Jo nahm nur beiläufig den Ärger in ihrer Stimme auf und sah sich suchend um. Wo steckte Julia? Und was war eigentlich mit Frank Stewart? Er war doch schon vor einer ganzen Weile in Richtung Toiletten verschwunden.

Er wollte bereits den großen GI gegenüber fragen, der sich intensiv mit einem weiteren Mann unterhielt, als plötzlich die Brünette an dem Ärmel seines Jacketts zupfte und sich zu ihm vorbeugte.

»Ihre blonde Freundin musste plötzlich weg. Den Amerikaner nach Hause fahren, mit dem Sie zusammensaßen. Dem Ärmsten ging's nicht gut. Hab ihn gesehen, wie er totenbleich zurück an den Tisch kam. Sie will ihn, glaube ich, zurück zur Kaserne fahren, damit er keinen Ärger kriegt. Bin nicht sicher, ob ich sie richtig verstanden habe. Aber ich soll sie grüßen, sagt sie, von Julia.«

Sie sah ihn, wie ihm schien, prüfend von der Seite an.

Die Luft war stickig und verraucht wie ein defekter Kachelofen. Kein Wunder, dachte Jo, dass Frank Stewart schlecht geworden war. Dazu die bunten Drinks, die er wahrscheinlich überreichlich genossen hatte, und die drei oder vier oder fünf Engelhardt am Schluss: too much, alles in allem.

»Ich bin übrigens Lore.« Die Brünette reichte ihm zu seiner Überraschung recht förmlich die Hand. Eine zierliche Hand, die jedoch fest zuzupacken verstand, wie er nun merkte.

»Jo – Jo Sturm.« In seiner Verwirrung nach den unerwarteten Turbulenzen in den letzten Minuten suchte er

Halt bei seinem Bier. Aber welches von den halb vollen Gläsern auf dem Tisch war seines?

»Das da.« Die Frau, die sich ihm als Lore vorgestellt hatte, zeigte mit einem Pokerface auf das mittlere von drei Biergläsern, die nebeneinanderstanden. Er hob es an und stellte fest, dass es schal geworden war.

Sie sah auf ihre Armbanduhr und dann zur Bar hinüber.

Jo folgte ihrem Blick. »Welche von denen ist Ihre Freundin?«

»Die Große mit dem schwarzen Pferdeschwanz dort ist meine Freundin. Christa.«

»Unterhält sich prächtig Ihre Freundin, wie es scheint.« Jedenfalls hätte zwischen sie und den blonden GI, der sich wie ein Klammeraffe an ihr festhielt, kein Blatt Papier mehr gepasst. »Ich würde sagen, sie versuchen gerade, sich gegenseitig aufzuessen.«

Lore lachte laut auf und stieß ihn spontan gegen die Brust, gar nicht mal sanft.

Er sah sie an. Sie gefiel ihm. Auf eine andere Art als Julia. Aber auch anders als Ilse. Er hatte plötzlich Lust, mit ihr wegzugehen, an einen ruhigeren Ort, mit ihr zu reden.

Doch als hätte sie seinen Gedanken erraten, sagte sie mit einem weiteren nervösen Blick auf ihre Uhr: »Ich muss leider gehen.«

Jo warf wieder einen Blick zur Bar hinüber. »Ihre Freundin scheint noch bleiben zu wollen.« Sie und der GI waren inzwischen wie miteinander verwachsen.

Lore zuckte die Achseln. »Sie wohnt ja auch im Westen.«

Er verstand sie instinktiv. »Wie kommen Sie zurück, Lore?«

»Mit der U-Bahn.«

»Ja, natürlich.« Busse fuhren gar nicht mehr in den Osten. Wer in Ostberlin lebte und unbehelligt die Sektorengrenze passieren wollte, fuhr am besten U- und S-Bahn.

Mit einer Hand griff sie bereits den Mantel in ihrem Schoß und verstaute mit der anderen ein winziges Portemonnaie in ihrer schwarzen Handtasche; sie hatte anscheinend schon bezahlt.

»Ich begleite Sie zur U-Bahn, wenn Sie wollen, Lore. Warten Sie!« Noch ehe sie protestieren konnte, sprang er auf und zwängte sich durch die Menge. Doch es dauerte, ehe er bis zum Kellner vorgedrungen war, und so zahlte er mit einem sicher viel zu großen Geldschein, den er dem verblüfften Mann auf sein Tablett warf. Der Schein landete in einer Bierpfütze.

Als er zu dem Tisch zurückkehrte, an dem sie gesessen hatten, war Lore verschwunden.

Das nannte man dann wohl Déjà-vu.

Zum zweiten Mal an diesem verrückten Abend war ihm buchstäblich die Frau davongelaufen.

Auf ihren Stühlen saßen jetzt die zwei Typen, die vorhin ihren besoffenen Freund in Empfang genommen hatten. Doch von dem Dritten war nichts zu sehen.

Jo machte zwei schnelle Schritte und drückte einem der beiden seinen ausgestreckten Zeigefinger unters Kinn. »Wo ist euer versoffener Freund?«

»Kei… keine Ahnung, wo der ist, Mann. Ehrlich.«

»Ist nicht unser Freund. Wir kennen den überhaupt nicht«, behauptete der andere.

Jo wandte sich ab und schaffte es trotz rustikalem Körpereinsatz nur mit Mühe durch die Menge bis zum Ausgang. Dort riss er die Tür auf und eilte die wenigen Stufen hoch. Neue Gäste kamen ihm entgegen und sahen ihn verwundert an. Er machte die letzten Schritte hinauf und stand auf dem Bürgersteig. Schaute die Nürnberger

Straße hinunter. Etwa auf halber Strecke bis zum Tauentzien eilte eine zierliche Gestalt in einem hellen Mantel an der Reihe dicht parkender Autos vorbei den Bürgersteig entlang.

Von dem jungen Pöbler war zum Glück nichts zu sehen, nur harmlose Paare und Passanten, soweit er das überblickte.

Es wäre lächerlich, ihr zu folgen, er wusste das. Es gab keinen vernünftigen Grund dafür. Bis zum U-Bahnhof Wittenbergplatz waren es für sie nur noch wenige Hundert Meter. Lore war nicht in Bedrängnis, kein Betrunkener folgte ihr, lauter friedliche Leute auf der Straße. Kein Grund also, Ritter oder Retter zu spielen wie in einem alten Hollywoodstreifen.

Die Luft war feucht, der Asphalt der Straße glänzte ölig im fahlen Schein der Straßenlaternen, die Silhouetten der Hausdächer waren in Nacht getaucht. Jo wandte sich um und stieg die Stufen wieder hinunter. Die Stimmung in der »Badewanne« schlug ihm entgegen wie heißer, feuchter Atem.

SONNTAG, 22. SEPTEMBER 1957

Nein, das Hämmern war kein übler Traum, sondern energisches Klopfen an der Zimmertür, das Jos Traum abrupt beendete. Letzte Bilder waberten noch durch seinen schmerzenden Schädel. Er hatte sich in einem Tunnel befunden oder in einem Kellergewölbe, bis zur Hüfte in einer goldgelben, honigzähen Flüssigkeit. Aus einem Nebentunnel oder einem Nachbargewölbe drang ein Geräuschchaos aus schrillen Trompetenfetzen und kreischenden Stimmen aufgekratzt-fröhlicher Menschen.

Wieder das Klopfen an seiner Zimmertür, das als dumpfes Hämmern in seinem Kopf widerhallte.

»Herr Sturm?« Die Stimme seiner Vermieterin, hörbar gereizt. »Telefon für Sie. Ihre Dienststelle. Hörer hängt.« Ihre Schritte entfernten sich.

Jo warf von seinem Schlafsofa aus einen Blick auf seine Armbanduhr, die er aus Gewohnheit auch nachts nicht ablegte. Es war kurz nach acht.

»Ah! Zum Teufel ...« Sein Kopf fühlte sich wie geborsten an.

Er schlug das Kissen zur Seite und gab sich einen Stoß. Wenige Sekunden später hatte er im Schlafanzug sein Zimmer verlassen, den Flur durchquert und hielt den Hörer des Wandtelefons, den Petra Küpper auf Wunsch ihrer Tochter direkt neben dem nierenförmigen Spiegel hatte anbringen lassen.

»Sturm.«

»Tut mir leid, Herr Sturm, dass ich Sie ... Hoyer hier.«

»Herr Hoyer, Morgen!« Jo konnte sich nicht erinnern, dass der Mann ihn jemals privat angerufen hatte, obwohl Jos Telefonnummer natürlich für alle Fälle in der Gothaer hinterlegt war. »Was ist passiert? Präsidium abgebrannt?«

Hoyer stieß einen halb verschluckten Laut aus, den Jo als Lachen gelten ließ. »Nee, zum Glück steht noch alles. Weswegen ich … Die Herren im Fünften, Schuchardt und Gerber, lassen grüßen. Die Sitzung mit Hauptkommissar Granzow wäre um neun. Und Sie sollen, also möchten an den Schlüssel denken.«

»Was für einen Schlüssel?«

»Na, für 504. Das Zimmer, in dem Sie doch jetzt arbeiten, zusammen mit den Kollegen. Sie hätten zwar abgeschlossen, sagen die Herren, aber beim Fortgehen den Schlüssel nicht wie vereinbart bei mir abgegeben. Er gehört Kommissar Gerber.«

Jo vermied einen Blick in den Spiegel und sah stattdessen schmerzlich vor seinem geistigen Auge die Jacketttasche, in die er gestern den Schlüssel gesteckt hatte, den Gerber ihm überlassen hatte.

»Gut. Schlüssel kommt.«

»Danke, Herr … Und wie gesagt, die Sitzung.«

»Um neun.«

»Richtig.«

»Bis später, Herr Hoyer.« Jo unterdrückte ein Seufzen und hängte ein.

Er schaffte es eben noch, vor der missmutig gähnenden Helga im Bad zu sein, die vermutlich durch die frühen Truppenbewegungen im Flur geweckt worden war. Beim Rasieren fragte er sich, ob irgendjemand von der Abteilung Mord ihn auf die »Sitzung«, wie Hoyer sich ausgedrückt hatte, hingewiesen hatte. Er konnte sich nicht erinnern. Als er fertig war und sein Rasierzeug zurück an seinen Platz im kleinen Regal rechts vom Spiegel stellte, wurde ihm klar, dass es dort vorhin nicht gestanden hatte. Er hatte es, ohne darüber nachzudenken, aus dem großen Regal seiner Vermieterin genommen. Frau Küpper hatte ihm den kleinen Fauxpas, den sie sicher beobachtet hatte, nicht krummgenommen; er war ihm trotzdem peinlich.

In seinem Zimmer nahm er sich nicht mal die Zeit, den »Tannhäuser« einzuschalten, um AFN zu hören, während er sich in rekordverdächtiger Geschwindigkeit anzog. Er hatte sich das Nordmende-Radio mit einem Tastensatz wie ein Schifferklavier im letzten Jahr geleistet und es bis heute nicht bereut. Wenig später stand er am Frühstückstisch – zum Sitzen hatte er nicht die Ruhe – und schlürfte den kochend heißen, frisch gebrühten Bohnenkaffee seiner Vermieterin.

Sie saß ihm in einem schlammbraunen Morgenmantel gegenüber, der ihm bisher noch nicht aufgefallen war, und sah ihn ironisch an. »Spät geworden, gestern Nacht?«

Er zog die Brauen hoch. Der Traum vorhin schien ihm wirklich, die Nachtstunden davor dunkel und diffus.

Helga Küpper kam in Pantoffeln und Schlafanzug in die Küche geschlappt, in der Hand eine Zeitschrift, deren offene Seiten wie die Flügel eines toten Vogels mitschwangen.

Ihre Mutter sah rot deswegen. »Beim Frühstück wird nicht die Bravo gelesen, mein Fräuleinchen. Eigentlich möchte ich gar nicht, dass du diesen Schund liest.«

Helga verdrehte die Augen. »Aber ich kauf sie mir doch selber. Von meinem Taschengeld.«

Jo verkniff sich ein Schmunzeln. Er hatte Petra Küpper gelegentlich schon dabei ertappt, wie auch sie heimlich in der Bravo blätterte. Wenn Stars das Titelblatt zierten, für die sie auch selbst schwärmte, die Knef zum Beispiel oder Curd Jürgens. Jo hatte sich gefragt, wie es ein nun gewiss nicht mehr taufrischer Schauspieler Marke Curd Jürgens auf den Titel eines Jugendmagazins geschafft hatte. Aber mindestens ebenso erstaunlich fand er, dass der schon seit einigen Jahren tote James Dean unvermindert häufig »Coverboy« der Bravo war. Jung gestorben, forever young, sein Mythos war nicht totzukriegen.

Helga klappte ihre neue Bravo zusammen und legte das Heft unter stummem Protest auf die Anrichte. Jo warf noch rasch einen Blick darauf und verschluckte sich beinahe an seinem Kaffee, als er das Titelbild sah: Heinz Rühmann mit Hitler-Bärtchen und der zweifelnden Frage: »Nur ein kleiner PG?« Jo schien es, als hätte er die Zeitschrift bislang unterschätzt. Doch es war jetzt nicht die Zeit, auch den Artikel über den ehemaligen Parteigenossen Rühmann im Innenteil zu lesen.

Er bedankte sich für das Frühstück, eilte noch einmal ins Bad, vergewisserte sich an der Garderobe im Flur ein weiteres Mal, dass er den Schlüssel für Büro 504 auch wirklich eingesteckt hatte. Nebenbei fiel ihm ein weiterer Herrenmantel auf. Markwort war also gestern Abend schon nach Berlin zurückgekehrt, vermutlich schlief er noch. Womöglich erklärte dies auch Petra Küppers neuen Morgenmantel.

×

Es war kalt für die Jahreszeit, wenigstens empfand Jo es so, als er hinaus auf die Straße trat. Keine Sonne am Himmel zu sehen, die Wolken bildeten ein undurchdringliches graues Dach. Er klappte den Mantelkragen hoch, zog seine braunen Lederhandschuhe an und startete die DKW. Am Straßenrand fiel ihm neben einem sichtlich angejahrten NSU-Fiat Markworts fabrikneu glänzender Opel Rekord auf, schwarz mit weißem Dach, und natürlich das Osnabrücker Kennzeichen.

Auf dem Weg durch die verschlafene, verkehrsruhige Stadt musste er über sich selbst den Kopf schütteln. Was hatte er denn erwartet? Selbstverständlich rief Granzow die Kollegen auch heute, am Sonntag, zusammen, um die Lage zu besprechen. Der Fall Beringer war heiß, politisch brisant. Wenigstens würde er nun dank Frank Stewart nicht mit leeren Händen dastehen.

Im Foyer der Gothaer präsentierte er Hoyer Gerbers Schlüssel für Zimmer 504 wie einen Dienstausweis. Hoyers dunkle Tränensäcke rutschten seltsamerweise noch tiefer, als er Jo ein zufriedenes Lächeln schenkte.

Im dritten Stock des Treppenhauses realisierte Jo, dass er innerlich bereits auf dem gewohnten Dachspfad in sein Büro in der Vermisstenabteilung war. Er gab sich erneut Schwung und betrat keine dreißig Sekunden später Zimmer 504 in der Fünften, nachdem er der Form halber flüchtig angeklopft hatte.

Doch das Büro war leer.

Wo steckten die Kollegen denn? Die Wanduhr rechts über den Aktenschränken zeigte fünf nach neun. Bei den Amerikanern hätte das als pünktlich gegolten.

Als er sich umwandte, entdeckte er zwei Mäntel und Hüte auf dem Garderobenständer. Er hängte seinen »Alligator« dazu, den Allwettermantel eines amerikanischen Herstellers, den er letzten Winter im KaDeWe erstanden hatte. Kurz nach Weihnachten, verbilligt. Die Firma hatte damit geworben, dass das Gewebe des Mantels knitterfrei bleibe wie am ersten Tag. Genau genommen traf die Behauptung nur für diesen ersten Tag zu.

Auf seinem Schreibtisch entdeckte er einen nachlässig hingeworfenen Stapel Fotografien, der sich aufgefächert hatte wie ein Kartenspiel. Abzüge der Tatortaufnahmen, Jo sah sie rasch durch. Im grellen Licht des Kamerablitzlichts der nächtlichen Aufnahmen lag eine männliche

Leiche auf dem Rücken, die Arme seitlich ausgebreitet, beide Beine unter dem Körper eingeknickt. Dunkle, grau melierte Haare, schlanke Statur, soweit sich das unter der Kleidung, die er trug, beurteilen ließ. Das Gesicht war schmal, die Züge verzerrt durch den geöffneten Mund und die Starre der Augen. Der Tod hatte ihm schon in dem Augenblick, da er eingetreten war, seine Individualität genommen. Als Erinnerungshilfe für mögliche Zeugen in etwa so hilfreich wie eine männliche Schaufensterpuppe.

Plötzlich hörte er ein Räuspern in seinem Rücken und wandte sich um. In der Tür stand der müde lächelnde Gerber in einem perfekt sitzenden hellgrauen Anzug. »Morgen, Kollege. Wir treffen uns nebenan in 503.«

Granzows Büro. Hätte er sich denken können.

Gerber streckte ihm die linke Hand entgegen, Handfläche nach oben. Jo hielt den Büroschlüssel noch in der Hand und ließ ihn in Gerbers fallen.

»Wenn ich groß bin, bekomme ich dann einen eigenen Schlüssel, bitte?«

Gerber senkte und hob träge die Lider. »Wenn es Sie glücklich macht, Junge.«

»Danke übrigens für die Tatortfotos.«

»Die Bardot war nicht im Angebot.«

»Gibt es einen Bericht dazu, irgendetwas Schriftliches?«

»Der Hauptkommissar hat die Akte. Er lässt uns gnädig daran teilhaben.«

Jo glitt an Gerber vorbei zum Flur hinaus und betrat durch die offen stehende Tür Granzows Zimmer gleich nebenan. Hinter grau waberndem Zigarettenqualm sah er sich dem grimmigen Gesicht des Hauptkommissars gegenüber. Granzow saß massig und steif wie ein ausgestopfter Gorilla hinter seinem nahezu blanken Eichenholzschreibtisch, vor sich eine aufgeschlagene Akte. Er starrte Jo an. »Wir hatten neun Uhr ausgemacht, *Herr* Kriminalkommissar Sturm!«

Hatten wir? Jo konnte sich nicht erinnern, fand aber, dass das im Augenblick keine Rolle spielte. Er nickte zur Begrüßung dem links vom Schreibtisch in auffallend schiefer Haltung sitzenden Schuchardt zu und trug von einem kleinen Besprechungstisch rechts in der Ecke einen Stuhl vor Granzows Schreibtisch. Gerber schloss unterdessen die Bürotür und nahm rechts seinen Platz wieder ein. Mit wohldosierter Eleganz fingerte er eine Nil aus seinem Etui und zündete sie sich an.

Warum die Kollegen sich der Einfachheit halber nicht am Tisch zusammengesetzt hatten, sollte ihr Geheimnis bleiben, entschied Jo.

Granzow ließ ein unzufriedenes Murren vernehmen und stieß den Stummel seiner Zigarette in den gläsernen Aschenbecher, dass die Asche aufstob. Während er anscheinend über die nächsten Schritte nachdachte, die es zu besprechen galt, sah Jo sich rasch um. Das Büro war bedeutend kleiner als Kettlers und bedeutend größer als das der Sekretärin Gundula Krauß, von der heute kein Schreibmaschinenklappern zu hören war. Im Büro des Hauptkommissars befanden sich kaum Akten, Granzow hatte sie anscheinend bei Schuchardt und Gerber stapeln lassen. Rechts auf dem Sideboard standen vor einer Reihe schwertförmiger Büropflanzen zwei gerahmte Fotografien, Granzows Familie vermutlich: Mutter und Tochter, vielleicht fünfzig und fünfundzwanzig Jahre alt, geschwisterlich eingehakt, und das Porträt eines etwa Dreißigjährigen mit einem seltsam starren Gesichtsausdruck.

Über einem Nadelkissen auf dem Sideboard hing neben einer riesigen Berlin-Straßenkarte eine stark nachgedunkelte Landkarte in einem schwarz lackierten Holzrahmen: »Heimat Pommern« stand darauf, in Frakturschrift.

»Also, was haben wir Neues seit gestern«, sagte Granzow, indem er seine massige Hand auf die Akten fallen ließ. Jo wandte sich um, doch Granzow hatte die Frage offenbar zuerst an sich selbst gerichtet. »Ich habe inzwischen mit einer Frau Doktor Wolzogen gesprochen.« Er ließ effektvoll seine breite Kinnlade rotieren. »Sie ist die verantwortliche Leiterin des aktuellen Kulturprogramms der Kongresshalle. Ziemlich überhebliche Schnepfe, die Dame, aber das nur am Rande.«

Jo markierte die Frau im Geiste mit einem fetten Sympathiepunkt.

»Sie sagt«, fuhr Granzow fort, »Beringer sei zwar auf Initiative des Berliner Senats, sprich der Kulturverwaltung, und mit Unterstützung des US-Außenministeriums eingeladen worden. Aber nur als Fachkritiker, nicht als Vortragsredner oder so etwas.«

Jo hätte ergänzen können, was er bereits von Frank Stewart erfahren hatte: dass man von Rudy Beringer im Fall der Schwangeren Auster kaum eine negative Kritik hätte erwarten müssen. Das Bauwerk hatte ihm gefallen. Doch Granzows stierer Blick auf den Ascher, der offenkundig der Konzentration diente, hielt Jo davon ab, ihn zu unterbrechen.

»Laut Wolzogen war Beringer ein – wie hat sie sich ausgedrückt? – ein unaufdringlicher Gast.« Granzow lehnte sich zurück, zog eine zerdrückte Schachtel Overstolz und ein Feuerzeug aus der Jacketttasche, um sich eine anzuzünden. »Mit anderen Worten, sie weiß gar nichts, diese Frau Doktor. Sie und ein paar andere offizielle Gastgeber des bunten Kulturabends haben Beringer bloß gesehen, gegrüßt und dann vergessen.« Granzow wandte sich an Gerber und Schuchardt. »Was ist mit dem Personal zur Tatzeit? Kellner und so weiter?«

Gerber schüttelte den Kopf. »Wir haben sie inzwischen fast alle befragt. Die Kellner und auch die Frauen von der Garderobe. Nichts Ungewöhnliches beobachtet worden.«

Schuchardt ergänzte: »Außer dem Kellner, dessen Aussage wir schon hatten, kann sich nur noch eine Kollegin von ihm daran erinnern, dass ein Mann, auf den die Beschreibung von Beringers Statur passt, um elf etwa oben an der Freitreppe gestanden und geraucht hat.« Er ließ einen leisen Seufzer vernehmen. »Was uns nicht weiterbringt. Weder sie noch ihr Kollege wissen, wann und gegebenenfalls mit wem er gegangen ist.«

»Das ist eine verfluchte Sackgasse!« Granzow schlug verärgert mit der flachen Hand auf die Akte. »Wir haben nicht die Möglichkeit, Hunderte von Gästen zu befragen. Und die Presse können wir auch nicht einspannen, um nach Augenzeugen zu fahnden. Die Zeilenschinder würden sich auf uns stürzen wie die Fliegen auf einen Scheißhaufen. Ich höre schon ihre Fragen: Was denn, der ganze Aufwand für einen Raubmord? Worum geht es wirklich? Et cetera.« Granzow sah Jo unvermittelt an. »Was ist mit Ihnen, Sturm? Kontakt zu den Amis bekommen? Oder den Sonnabend durchgeschlafen?«

Jo bemühte sich nicht, ein Lächeln auch nur anzudeuten. Stattdessen berichtete er knapp und trocken, was er von dem Warrant Officer der Amerikaner, Frank Stewart, in Erfahrung gebracht hatte.

Danach herrschte drei Sekunden lang Schweigen. Dann deutete Gerber ein nachlässiges Chapeau an, indem er tat, als würde er einen Hut ziehen, und Schuchardt musterte Jo geradezu verblüfft.

Granzow gab sich unbeeindruckt. »Weiter, weiter. Was noch?«

»Das war es vorerst. Spätestens morgen erwarte ich mehr von Stewart.«

Schuchardt wand sich nervös auf seinem Stuhl. »Beringers Vergangenheit als Bomberpilot für die Amerikaner, das gefällt mir nicht.«

»Mir auch nicht«, zischte Granzow. »Gefällt mir ganz und gar nicht.«

»Wenn die entsprechenden Kreise aus Deutschland davon Wind bekommen haben ...«, spann Schuchardt den Faden vage fort.

»Ein Racheakt der Braunen an dem Vaterlandsverräter Beringer?« Gerber runzelte die Stirn. »Durchaus möglich.«

»Unsinn«, widersprach Granzow barsch. »Beringer war zu unbedeutend für Berlin, in Deutschland kaum bekannt. Selbst wenn ein Anschlag gegen ihn zu befürchten gewesen wäre, warum haben uns dann die Geheimdienste nicht darüber informiert? Zumindest die CIA?« Er sah wie von einem Berggipfel herab über seinen Schreibtisch hinweg zu Jo hinüber. »Falls Sie es noch nicht wissen, Sturm: Die CIA weiß alles über jeden ihrer Landsleute, der über den Großen Teich zu uns herüberfliegt. Das garantiere ich Ihnen.«

In Gerbers Mundwinkeln zuckte es, er sah Jo belustigt an. »Also, auf keinen Fall die Hosen runterlassen, wenn Sie mit unseren amerikanischen Freunden zu tun haben, Kollege. Die CIA schaut zu und notiert sich sogar die Marke Ihrer Unterwäsche.«

Jo stieß innerlich einen Seufzer aus und konzentrierte sich auf Granzow. In dem schien es heftig zu arbeiten. »Was mir einfach nicht in den Schädel will«, sagte er mehr zu sich selbst als zu den anderen, »was hatte der Mann im Tiergarten zu suchen, Himmelherrgott? Wenn er keine Lust mehr auf das Theater im Saal hatte, warum geht er nicht einfach zu den Taxis, die an der Seitenauffahrt Schlange stehen?«

Der Hauptkommissar stellte sich also endlich ebenfalls die Frage, die schon den Schupo am Tatort beschäftigt hatte. Und Jo selbst.

»Vielleicht wollte Beringer sich nur ein wenig die Beine vertreten«, warf Gerber ein. »Nach der trockenen Theaterluft frische Luft schnappen im Park? Wo er leider auf seinen Täter traf.«

»Beringer war nicht naiv«, widersprach Schuchardt tonlos. »Der Mann kam aus New York.«

»Und er wurde auch nicht ausgeraubt, sondern erschossen«, pflichtete Jo ihm bei.

Granzow tippte mit dem Finger auf die Akte und sprach Schuchardt an. »Zeugen haben doch eine Frau schreien gehört. Was ist damit?«

»Nicht alle Zeugen bestätigen die Schreie.«

»Vorausgesetzt, es gab die Frau überhaupt«, sagte Gerber, »wo ist sie jetzt? Der Täter wird sie sich kaum unter den Arm geklemmt haben und mit ihr fortgerannt sein.«

Granzow richtete sich auf und atmete tief durch. »Schuchardt, Gerber, Sie beide hören sich weiter beim Personal um. Die Serviererinnen vom Restaurant, das die Speisen geliefert hat. Außerdem klopfen Sie bei unseren üblichen Kontakten in der Stadt an, ob irgendwer irgendwas hat läuten hören. Vor oder nach der Tat. Aber nicht vergessen: Vorerst nicht den Namen Beringer erwähnen. Der wird noch früh genug an die Presse durchgestochen werden. Von jemandem aus dem Hotel zum Beispiel, obwohl die an solchen Schlagzeilen kein Interesse haben. Ich tippe eher auf Wolzogen und ihre Kulturfuzzis, die inzwischen eingeweiht sind. Diese Typen wollen sich doch immer lieb Kind bei der Journaille machen. Oder die Amerikaner bringen die Nachricht.«

Schuchardt sah Granzow entgeistert an. »Das wird Tage dauern, wenn nicht Wochen, ehe wir alle Kontakte befragt haben.«

»Ich spreche von unseren *seriösen* Informanten«, konterte Granzow. »Ich will keine Säufer, keine Huren, keine Zocker in Ihren Berichten sehen.«

»Da bleiben dann aber nicht mehr viele«, spottete Gerber.

Granzow warf ihm einen vernichtenden Blick zu und sah Jo an. »Sie, Sturm, bleiben an den Amis dran. Wie ein Baby am Mutterbusen, verstanden? Ich will endlich wissen, mit wem Beringer in Berlin verabredet war, was er vorhatte und so weiter. Darüber muss doch irgendjemand in Amerika, New York oder wo auch immer informiert gewesen sein. In Beringers Hotel hat sich dazu seltsamerweise nichts gefunden.« Er richtete seinen Blick unwirsch auf Schuchardt und Gerber. »Was ist eigentlich mit dem Hoteldetektiv im Savoy? Immer noch krankgemeldet?«

Gerber zuckte nur mit den Achseln. »Vermutlich die Grippe. Heißt es.«

»Wir kümmern uns um den Mann«, versicherte Schuchardt ohne Begeisterung.

»Gut.« Granzow klatschte in die Hände. »Schluss für heute.«

Jo stand auf, verharrte jedoch vor Granzows Schreibtisch. »Was ist nun mit Beringers Vergangenheit als Bomberpilot? Dem Rachemotiv für alte Nazis?« Er hatte nicht vor, Granzows ignoranten Umgang mit dieser Spur ohne Widerspruch zu akzeptieren.

Schuchardt war ebenfalls stehen geblieben und beobachtete interessiert Granzows Reaktion.

Der hielt für Sekunden die Luft an. Er begriff natürlich, dass Jo ihm soeben anbot, selbst in der Richtung zu ermitteln, und wirkte auf einmal unsicher. Jo hatte ihn auf dem falschen Fuß erwischt. »Darüber … muss ich erst mit Kettler sprechen«, stieß er schließlich durch seine zusammengepressten Lippen heraus. Er klappte die Akte zu und blickte an Jo vorbei zur Tür hin: »Und jetzt raus, alle Mann. Ihr wisst, was ihr zu tun habt.«

Ja, Jo wusste es jetzt.

Der HK wollte über Beringers mögliche Kontakte Bescheid wissen?

Gut. Jo hatte bereits eine Adresse dazu.

Auch wenn seine Informantin vermutlich gegen die Etikette verstieß, die Granzow eben erst formuliert hatte.

×

In der Grunewaldstraße hielt er mit seiner DKW vor dem erstbesten Zeitungsladen. Drinnen blätterte er sich durch die aktuellen Ausgaben der Stadtzeitungen. Der norwegische König Haakon war gestorben, für die Norweger ein Symbol des Widerstands gegen Hitler-Deutschland, wie es hieß. Die Sowjetunion stellte neuerdings von Fünf- auf Siebenjahrespläne für die Wirtschaft um. Was auch immer das bedeuten mochte. In Little Rock in Amerika durften neun schwarze Schüler laut Gerichtsurteil nicht weiter daran gehindert werden, zusammen mit weißen Kindern die Schule zu besuchen. Das verstörte Jo wirklich: Wie war das möglich im land of the free, dass dafür erst ein Gerichtsbeschluss nötig war?

Er blätterte weiter zu den regionalen Nachrichten. Sie waren das übliche Kompott aus Stadtpolitik, Kaltem Krieg und Klatschgeschichten. Die Berlinseiten wurden heute jedoch überall von den Eröffnungsfeierlichkeiten der Kongresshalle, dem »Geschenk der Amerikaner an Berlin«, beherrscht. Gefolgt von der Meldung über »den gewaltsamen Tod eines ausländischen Touristen«, quasi in Schussweite der Schwangeren Auster. Noch stufte die Berliner Presse die Tat als »Raub mit tragisch-tödlichem Ausgang« ein. Beringers Name fiel dabei nicht. Aber das würde nicht lange auf sich warten lassen, in diesem Punkt stimmte Jo ausnahmsweise sogar Granzow zu. Vielleicht schon in den nächsten Stunden konnte von irgendeiner Seite die Information durchsickern, was dem Kritiker in Berlin zugestoßen war. Und dann hätten sie womöglich sogar einen Fall für die Weltpresse.

»Junger Mann«, regte sich die korpulente Verkäuferin hinter der Theke des Kiosks, »*erst* kaufen, dann lesen. Verstehen wir uns?«

Jo hatte genug gelesen.

Und er hatte Hunger. »Eine Käseschrippe, bitte.«

Die Verkäuferin langte in ein Glasfach der Theke und reichte Jo ein schrumpeliges Exemplar. »Doppeldecker mit Spreewaldgurke. Fuffzig Pfennige, junger Mann.« Sie hielt zufrieden die Hand auf.

Jo aß das Brötchen draußen vor dem Kiosk. Von Genuss konnte keine Rede sein. Die Käsescheibe ließ die Ohren hängen, die Brötchenhälften lagen schlaff wie feuchte Pappe in seiner Hand, und die Gurke schmeckte zu null Prozent nach Spreewald, stattdessen zu hundert Prozent nach Essig.

Wie mit Kleie im Magen setzte er sich auf seinen Roller und fuhr zur City West hoch, schließlich am Stumpf der Gedächtniskirche und am Ku'damm vorbei, um links in die Kantstraße einzubiegen. Riesige Reklametafeln vor Baustellen und Brachen. Reklame war eigentlich überall, an den Hausfassaden, den Kiosken, an Bahntrassen und Bussen. Im Augenblick fuhr Jo neben einem Reklamewagen her, ohne Fahrgäste ratterte er die Straßenbahnstrecke in der Mitte der Kantstraße auf und ab, um für den Tagesspiegel zu werben (»Berliner Morgenzeitung von weltoffenem Format«). Nivea-Creme für die Haut, Doornkaat für den Magen, Persil für den äußeren Schein. Für jeden und jede war etwas dabei. In die Badstraße, die Einkaufsmeile der Weddinger, ließen sich von den billigen Angeboten auch viele aus dem Osten locken. Das wusste er von seinem Jugendfreund Richard, der noch im Wedding wohnte und in der Badstraße als Bäcker arbeitete. Die politischen Parolen im Ostteil der Stadt hielten seine Bewohner nicht davon ab, vom Alexanderplatz aus einen Abstecher in den französischen Sektor zu machen. Dort kauften sie, was sie in den lustlos beworbenen HO-Verkaufsstellen (»Es ist eine Freude.«) nicht bekamen: Eierschneider, Dosenöffner, Schuhanzieher, die kleinen Dinge des Alltags.

Das Haus Kantstraße 129 lag noch hinter dem Savigny-Platz, nur gut einen Kilometer westlich des Savoy-Hotels. Für jeden Gast, der gut zu Fuß war, bequem zu erreichen, Fußlahme nahmen die Straßenbahn oder ein Taxi. Es war eines jener seltenen Altbauhäuser, deren Kernsubstanz anscheinend noch so weit erhalten war, dass die alten oder neuen Eigentümer es für wert befunden hatten, seine Gründerzeitfassade grob wiederherzustellen.

Doch das protzige Äußere des Hauses versprach mehr, als sein Inneres hielt. Jo stellte seine DKW vor dem breiten Portal ab und konnte das Haustor ohne Weiteres aufdrücken. Das Schloss war anscheinend defekt. Der Hausflur war schmucklos, dunkel und roch nach feuchtem Staub. Dem Holzgeländer des breiten Treppenaufgangs fehlten Streben, der Anstrich war liederlich ausgeführt.

Louise Müllers Wohnung lag in der zweiten Etage. Jo klingelte. Es geschah nichts. Er klingelte erneut. Nichts. Schien, dass er kein Glück hatte. Er wollte bereits enttäuscht wieder gehen, als plötzlich die Wohnungstür aufgerissen wurde.

Eine flachsblonde Frau Ende dreißig, in einem schwanenweißen, flauschigen Bademantel, baute sich missmutig vor ihm auf.

»Kennen wir uns?« Sie musterte ihn kurz mit einem scharfen Blick. »Nein, tun wir nicht. Denn sonst wüssten Sie, dass ich um die Uhrzeit keine Kundschaft habe.« Sie betrachtete ihn noch einmal genauer. »Na schön. Machen wir eine Ausnahme.« Sie zog einen Mundwinkel hoch, drehte sich auf den flachen Absätzen ihrer roten Pantoffeln um und verschwand in der Wohnung. Jo trat ein, schloss die Tür hinter sich und folgte ihr durch einen kleinen Flur in ein dunkles Berliner Zimmer. Es verband typischerweise das Vorderhaus mit dem Seitenflügel und verfügte trotz seiner Größe nur über ein Fenster zum Hof.

Jo orientierte sich in Sekundenschnelle. Auf einem etwas verblassten, orientalisch anmutenden Teppich in der Mitte des knarzenden Parkettbodens befand sich eine Sitzgruppe mit drei mintgrünen Schalensesseln und einem schmalen, gleichfarbigen Sofa. An der Wand gegenüber ein Wohnzimmerschrank mit ein paar Büchern und modischen Vasen. Auf einem weiteren kleinen Tisch in der Ecke eine Stehlampe, daneben Zeitschriften. Gegenüber ein Musikschrank, groß wie ein Kamin. Kein Fernsehgerät. Dafür Bilder in barocken Rahmen ringsum an den Wänden, exotische Schönheiten, wie Gott oder wer auch immer sie geschaffen hatte.

Louise Müller ging es finanziell gut, wie es schien. Sie präsentierte der Kundschaft auf den ersten Blick einen konventionellen Lebensstil mit dem üblichen erotischen Kitsch zum Aufwärmen. Womöglich war es das, was sie für ihre Kundschaft – unter anderem aus dem Savoy – so attraktiv machte.

In jedem Fall hatte sie Geschäftssinn. Denn kaum hatte Jo das Zimmer betreten, zündete sie sich eine Zigarette an und begann, ihm ihre Spielregeln zu nennen. »Kein Kuss auf den Mund.« Sie hob streng den Zeigefinger und deutete dann mit der Zigarette auf ihre Brüste. »Die hier anfassen kostet extra. Normal und französisch nur mit Gummi.« Sie wies mit der Zigarette auf eine offene Packung Fromms, die neben ihrer Schachtel Juno lag. Jo war sie schon vorher aufgefallen, der nervende Reklamespruch dazu ging ihm plötzlich durch den Kopf: »Aus gutem Grund sind Juno rund.« Denn auch der Osten stellte Juno-Zigaretten her, im Unterschied zu den dicken, runden Juno aus dem Westen waren sie flach und oval. Seine Schwester rauchte sie.

Jo knöpfte seinen Mantel auf. »Das ist leider ein Irrtum, Frau oder Fräulein Müller.«

»Louise reicht.«

»Louise.« Er nestelte seinen Dienstausweis aus der Innentasche und zeigte ihn ihr.

»Polizei?« Sie starrte ihn ungläubig an. »Ich bin registriert, das Gesundheitsamt war kürzlich noch da, alles in Ordnung, haben sie gesagt. Ich verstehe nicht …« Sie sank in einen der Sessel und zog den Morgenmantel mit der freien Hand fester über ihrem Dekolleté zusammen.

Jo hatte keine Lust, ihr Schauspiel mitanzusehen, und setzte sich ihr frontal gegenüber. »Sie müssen jetzt nicht die Nonne geben, Louise«, sagte er. »Ich bin nicht von der Sitte, sondern von der Kripo.«

Sie zuckte zusammen. »Kripo? Wieso? Hat sich ein Kunde beschwert, ich hätte ihn beklaut oder so was?«

»Der Mann, um den es geht, kann sich nicht mehr beschweren, Louise. Er ist tot. Ermordet.«

Ihre spitze Kinnlade fiel buchstäblich herunter. »Was … habe ich damit zu tun? Sind Sie sicher, dass Sie bei mir an der richtigen Adresse sind?« Jetzt schwang bereits eine gehörige Portion Empörung in ihrer Stimme mit.

»Das will ich herausfinden. Deshalb bin ich hier. Es geht um einen amerikanischen Hotelgast aus dem Savoy. Und um die Nacht von Freitag auf Sonnabend.«

Sie winkte rasch ab. »Dazu kann ich nichts sagen. Zu der Zeit war ich beschäftigt. Die Herren haben lebend meine Wohnung verlassen. Alle drei.« Sie lockerte etwas den Griff um ihren Mantel in Brusthöhe. »Und ein Ami war nicht dabei.«

»Schön für die Herren. Und die Tage davor? Montag bis Donnerstag?«

»Wie sah er denn aus, Ihr Ami?« Sie stand auf, drückte ihre Zigarette in einem glasierten Tonascher aus und setzte sich wieder. Das alles, ohne Jo aus den Augen zu lassen.

»Groß, schlank, dunkelhaarig, Mitte vierzig.«

»Kein Foto von ihm?«

»Doch. Aber das wollen Sie nicht sehen.«

Sie verzog keine Miene.

»Möglicherweise hat er sich auf Richthofen, den Portier im Savoy, bezogen.«

»Richthofen, verstehe.« Sie stützte ihr Kinn in die Hand, dachte nach oder tat wenigstens so.

»Mich interessiert, ob er eventuell von sich erzählt hat. Was er vorhatte, zum Beispiel.«

»Ich hatte einen Amerikaner, ja, am Mittwochabend. Aber nicht aus dem Savoy.«

»Sondern?«

»Soldat, Officer sogar. Stammkunde.«

»Und außer dem Soldaten?«

Sie presste die blassen, noch ungeschminkten Lippen aufeinander und dachte kurz nach. »Nein. Kein weiterer Ami in der Zeit. Schon gar nicht aus dem Savoy. Ich meine, sie reden im Allgemeinen nicht viel, die Kerle, wenn sie bei mir sind. Die meisten sind sogar ziemlich schüchtern, manche wollen nur quatschen.« Sie stieß ein verrauchtes Husten aus. »Ich verhandele vorher mit ihnen. Immer. Da höre ich, was für einen Landsmann ich in mein Schlafzimmer lasse.« Sie machte eine vage Bewegung mit dem Kinn in Richtung Flur.

Jo sah sie hart und durchdringend an. »Dieser Mann, wegen dem ich hier bin, hat sich bei Richthofen nach Ihnen erkundigt. Er wusste Ihren Namen, nur nicht Ihre genaue Adresse.«

»Hat seinen Grund, warum ich nicht unter ›Louise‹ im Telefonbuch stehe. Mundpropaganda reicht mir.«

Schweißperlen bildeten sich auf ihrer Stirn, rote Flecken krochen vom Dekolleté den Hals hinauf und eroberten ihre fahlweiße Gesichtshaut. Ihr Unbehagen und ihre Nervosität waren offensichtlich.

»Hören Sie, Kommissar, ich kenne diesen Amerikaner nicht, von dem Sie sprechen. Ich will auch in nichts hineingezogen werden.« Ihr Gesicht wurde steinhart.

Jo begriff, dass er nicht weiterkam. Zeit, abzurüsten. »Keine Sorge, Louise, das Gespräch bleibt unter uns. Wir prüfen nur alle seine Kontakte, um nichts zu übersehen.«

»Dann war's das jetzt, oder?« Sie stand auf und sah ihn unmissverständlich an.

Jo erhob sich ebenfalls. »Entschuldigung für die Störung, am Sonntagmorgen«, sagte er bereits im Gehen.

Sie folgte ihm durch den Flur zur Wohnungstür. Auf der Türschwelle streifte sein Blick ihr Klingelschild neben der Tür, und er wandte er sich noch einmal zu ihr um.

»Sagen Sie, der Name Louise, ist das ihr richtiger oder so eine Art Künstlername?«

Sie lächelte steif. »In Wahrheit heiße ich Rita. Louise klingt aber besser. Die Kerle stehen drauf.«

»Wenn Sie es sagen.«

Ihr Lächeln gefror vollends. »Kommen Sie nie wieder her, um mich ohne Grund zu belästigen. Nie wieder, verstanden.«

Sie schlug ihm die Tür vor der Nase zu.

Er klingelte. So lange, bis Kropp endlich öffnete und ihn entnervt einließ.

»Warum lässt du mich eine Ewigkeit vor der Tür stehen, was?«

Kropp wich sichtlich erschrocken vor ihm zurück in die Stube und stierte ihn an. »Die Sache … ist aus dem Ruder gelaufen, oder nicht?«

»Was kann ich dafür?«

»Du hast mir gesagt, es ginge nur um Informationen. Mehr nicht.«

»Es ging *um Informationen, Kropp.« Er drängte ihn weiter zurück, bis an sein ungemachtes Bett. »Es geht noch immer um Informationen.« Er äffte ihn nach. »Wo sind seine Sachen? Der beschissene Schreibkram?«*

»Unter dem Bett.« Kropp deutete schwach mit dem Daumen in die Richtung. »Bestimmt vollkommen wertlos, was ich gefunden habe.«

»Du warst seit gestern nicht im Hotel, Kropp.«

Kropp griff sich mit einer Hand an den Hals. »Krank.« Er gab eine schwache Probe seines Hustens. »Fühlt sich an wie …«

»Markieren. Du markierst doch, Kropp.« Er machte einen weiteren Schritt auf ihn zu. »Mit wem hast du gesprochen?«

»Gesprochen?« Kropp grinste schief, seine Stirn glänzte schweißnass. »Wovon redest du?«

»Geredet, geplaudert, du weißt, was ich meine, Herrgott!«

»Wieso sollte ich mit jemand reden?«

»Willst du mich verscheißern, Kropp?« Halb Berlin versuchte, Informationen für Geld zu verkaufen. Von West nach Ost, von Ost nach West. Und sie wurden gekauft, ob sie etwas wert waren oder nicht.

Kropp hob schützend beide Hände. »Warte, ich zeig dir die Sachen des Amis. Aus seiner Suite, meine ich.«

»Suite. Du quatschst schon so geschwollen wie Richthofen, der alte Trottel.«

»Alles da, nichts fehlt, Ehrenwort.« Kropp wandte sich zitternd um und ging mit schlotternden Knien vor seinem Bett in die Hocke.

Das war der Moment. Er zog das präparierte kurze Stück Hanfseil aus der rechten Manteltasche, kreuzte die Hände und schlang es blitzschnell von hinten um Kropps dürren Hals und riss mit beiden Fäusten daran.

Kropp begann augenblicklich zu röcheln, versuchte vergeblich, den Strick von seiner Luftröhre zu befreien.

»Hast du mit jemandem gesprochen, Scheißkerl?« Er lockerte ein wenig den Griff.

Kropp schnappte nach Luft wie ein Ertrinkender, presste ein dünnes, verzweifeltes »Nein« heraus.

»Sag die Wahrheit, sonst breche ich dir das Genick.« Er riss am Seil, lockerte es dann wieder um wenige Millimeter.

»Ehrlich …« Kropp röchelte erbärmlich. Und er stank. »N… n…«

Der Hund hatte eine Scheißangst. Auf ihn war kein Verlass mehr.

Er zog die Schlinge mit aller Kraft zu und ließ nicht mehr los, bis Kropps Widerstand nur noch ein kraftloses Winseln war, das von einer Sekunde zur nächsten aufhörte.

Er nahm das Seil fort. Der tote Körper fiel auf den Boden mit einem dumpfen, knöchernen Geräusch wie ein müder alter Hund.

Montag, 23. September 1957

Der Sonntag war einfach nicht sein Tag gewesen. Nach dem Reinfall bei Rita Müller, besser bekannt als Louise, hatte er auf der Rückfahrt bei Aschinger in der Joachimstaler auf die Schnelle Wiener Würstchen und Löffelerbsen gegessen. Den starken, schwarzen Kaffee anschließend hätte er sich sparen sollen, die Folge waren Magenkrämpfe schon auf dem Weg zurück ins Präsidium.

Regen hatte eingesetzt, klatschnass hatte Jo die Gothaer erreicht. Schuchardt und Gerber waren unterwegs gewesen, ihr Büro, jetzt angeblich auch seines, war abgeschlossen. Gundula Krauß, die Sekretärin, befand sich in ihrem sicher verdienten freien Wochenende, und ehe er sich auf den Weg ins Erdgeschoss zu Hoyer gemacht hatte, war er der Einfachheit halber hinunter in den dritten Stock in seine Besenkammer gegangen, für die er zum Glück noch den Schlüssel besaß. Er hatte sich fast heimisch gefühlt, als er Peggie einschaltete, noch bevor er seinen nassen Mantel an den Haken gehängt hatte. AFN brachte Jimmy Giuffre, dessen warmer Klarinetten-Sound ihm gerade recht kam. Anschließend sang Anita O'Day augenzwinkernd über die Wahrheit: »You know I don't lie, not much«. Jo hatte an sein verunglücktes Gespräch mit Louise Müller denken müssen. War Beringer wirklich nicht bei ihr gewesen? Wieso hatte er sich dann nach ihr erkundigt? Was hatte er von ihr gewollt?

Mehrfach hatte Jo anschließend versucht, Frank Stewart im amerikanischen Hauptquartier zu erreichen. Keine Chance am Sonntag, wie es schien. Die Zentrale konnte ihn telefonisch nicht erreichen. Nicht einmal Captain Penrose, zu dem Jo sich durchstellen ließ, hatte angeblich eine Ahnung, wo er stecken könnte. »No idea, Sir. Sorry.«

Am Ende hatte Jo das Gefühl gehabt, dass man ihn freundlich, aber beharrlich auflaufen ließ. Möglicherweise hatte Frank sich einfach verleugnen lassen. Sein Engagement für den Fall Beringer hatte ja schon am Abend zuvor, in der »Badewanne«, bei Weitem nicht an seine Begeisterung für deutsches Bier und die Bars in Berlin herangereicht.

Wäre nicht Sonntag gewesen, hätte Jo sich beschwingt auf eine Tour durch seine bevorzugten Plattenläden in der City gemacht. Kurz hatte es ihn sogar auch in den Fingern gejuckt, Ilse zu Hause anzurufen. Aber dann hatte er sich die Szene vom Samstag in der Kantine in Erinnerung gerufen und es bleiben lassen. Wahrscheinlich gondelte sie gerade mit ihrem neuen Verehrer im Sessellift durch das Hansaviertel. Jo wünschte ihm eine Kombination aus Seekrankheit und Höhenangst an den Hals.

Ratlos war er schließlich durch den Nieselregen nach Hause gefahren, wo er sich umzog und wie zum Trost von seiner Vermieterin auf Sonntagskaffee und Käsekuchen eingeladen wurde. Mit am Tisch saß, in Hosenträgern über dem schneeweißen, gestärkten Sporthemd, ihr in letzter Zeit etwas feist gewordener Bekannter, Werner Markwort, duftend wie ein Friseurladen. Markwort kam direkt auf die neue Grippeepidemie zu sprechen. Er halte sie für eine Erfindung der Gewerkschaften und unternehmerfeindlicher Kräfte. Jetzt räche sich das frischgebackene Gesetz vom Sommer, das Arbeitern die Lohnfortzahlung bei Krankheit garantiere. »Lauter Grippesimulanten, die sich einen lauen Lenz machen«, empörte er sich. »Schaut mich an: kerngesund.« Er warf Petra Küpper einen unzweideutigen Blick zu, den sie mit einem eher unglücklichen Lächeln, wie Jo schien, beantwortete. Ihn, setzte Markwort hinzu, bekämen die Ärzte nicht zu sehen. »Die Schurken wollen sich doch nur die Taschen ihrer weißen Kittel mit meinem Geld vollstopfen. Ohne mich.« Er sei schließlich Privatpatient.

Jo hatte sich nach einer lustigen Antwort von Helga Küpper gesehnt. Doch die hörte in ihrem Zimmer lautstark Harry-Belafonte-Platten.

Später in seinem Zimmer war ihm eingefallen, dass er der traurigen kleinen Elke im Haus noch ein Gespräch mit ihrer Mutter schuldig war. Doch die Bilanz seines Kneipenbesuchs an dem Abend in der Goldenen Henne, wo Christine Eberhardt, Elkes Mutter, an den Sonntagen gewöhnlich bediente, sollte so miserabel ausfallen wie der gesamte Sonntag. Während er im verqualmten Hennen-Mief sein Bier an der Theke getrunken hatte, versuchte er, ein Gespräch mit Christine anzuknüpfen. Die Kneipe war wie immer rappelvoll, Christine hatte kaum Zeit, ihm zuzuhören. Deshalb war er gleich auf den Punkt gekommen: Was der Lehrer mit ihrer Kleinen mache, sei Misshandlung, strafbar in seinen Augen. Sie winkte ab, während sie ein frisches Bier für ihn zapfte. »Momentan kein Thema, Jo. Schule is' ab morgen nich' mehr. Bis auf weiteres. Wegen Asien-Grippe.« Sie stellte das Glas kurz ab. »Gibt aber auch Leute, die sagen, die Keime kämen vom Bikini-Atoll. Die Atomversuche der Amis wären daran schuld. Jedenfalls Schule fällt aus für Elke. Und ganz ehrlich, Jo?« Sie beugte sich ein wenig zu ihm vor. »Wenn die Kleene zu Hause nicht spurt, kriegt sie von mir auch eine geschwalbt. Genauso wie Ralle.« Sie sah ihn verständnisvoll an. »Nennt sich Erziehung. Kannst du als Junggeselle nicht wissen. Aber wenn du mal selber Kinder hast, wirst du sehen, dass ich recht habe.«

Als Jo am späten Abend nach Hause gekommen war, alles andere als beschwingt, hörte Helga den Banana-Boat-Song in ziemlicher Lautstärke. Wo blieb der Tadel ihrer Mutter? War sie mit Markwort ausgegangen? Als der Song kurz darauf endete, drangen in die unverhoffte Stille plötzlich Markworts kerngesunde Laute aus Petra Küppers Zimmer. Jo war Helga noch jetzt dankbar dafür, dass sie rasch die B-Seite ihrer Platte aufgelegt hatte.

Bis zum Schluss war das ein Sonntag zum Vergessen gewesen.

×

Der heutige Montag begann dagegen verheißungsvoller. Am Frühstückstisch fehlte Markwort, er war in aller Herrgottsfrühe aufgestanden und befand sich wohl schon wieder auf Reisen in Sachen Schuhe. Helga schlief anscheinend noch, und Frau Küpper las wie üblich still die Morgenzeitung. Aus Jos Sicht gehörte es zu den größten Vorteilen seiner Wohnungswirtin, dass sie ihn so gut wie nie nach seiner Arbeit fragte. Sie respektiere seine Privatsphäre, hatte sie ihm beim Einzug versprochen, und nach Feierabend wolle man doch nicht über den Berufsalltag reden. Daran hielt sie sich, und Jo war ihr dankbar dafür.

Nach dem wie üblich schnell verzehrten Frühstück mit Kaffee und einem belegten Brot fuhr er durch die feuchtgraue Stadt ins Präsidium. Seine zweite Morgenzigarette klemmte er sich bereits unterwegs zwischen die Lippen. In der Gothaer erhielt er von Gundula Krauß, die er als Erstes in ihrem Büro aufsuchte, wie erhofft den Schlüssel für 504. Sie tippte mahnend mit dem schlanken Zeigefinger darauf, ehe sie ihn Jo überließ: »Wiedersehen macht Freude, Herr Sturm! Sie bleiben ja nur für den einen Fall bei uns, hat der Hauptkommissar gesagt.«

Die Kollegen Schuchardt und Gerber waren noch nicht im Büro. Er hatte kaum aufgeschlossen und war eingetreten, als sein Telefon auf dem Katzentisch neben dem Garderobenständer läutete.

Es war nicht wie erhofft Frank Stewart, der Jo, geplagt von schlechtem Gewissen, anrief, sondern der junge Polizeimeister aus Steglitz.

»Nowak hier, 'n Morgen, Herr Kommissar. Geht noch mal um die vermisste Person von Sonnabend, Zern, Katja.«

Jo war überrascht. »Katja Zern.« Die Journalistin, die auch über die »Schwangere Auster« berichtet hatte, wie er inzwischen wusste. »Ist sie etwa immer noch verschwunden?«

»Ihr Ehemann vermisst sie jedenfalls noch. Beschwert sich, wir wären untätig und so weiter.«

»Haben Sie die Fahndung denn inzwischen veranlasst?«

»Nein, noch nicht.« Nowak wirkte plötzlich verunsichert. »Ich dachte … Und Sie hatten ja auch …«

»Tun Sie's. Lassen Sie sich vom Ehemann ein Bild von ihr geben.«

»Schon vorhanden.«

»Gut. Geben Sie die Suchmeldung an alle Dienststellen, Herr Nowak. Halten Sie mich auf dem Laufenden, sobald es etwas Neues gibt.«

»Gut. Wird gemacht.«

Jo drückte auf die Gabel, behielt den Hörer in der Hand und dachte nach. Beringer und Zern hatten sich beide mit der Schwangeren Auster beschäftigt. Er als Kritiker, sie als Journalistin. Jetzt war Beringer tot, und Zern wurde vermisst. Ein Zufall vielleicht. Aber sicher wusste er das erst, wenn Katja Zern gefunden wurde und wohlauf war.

Er rief Lene Spohn in ihrem Büro an.

»Morg'n, Lene, Jo Sturm hier.«

»Na, sag mal, was verschafft mir die Ehre? Wo du doch jetzt fremdgehst in der Fünften? Aber die Gundi Krauß hat auch flinke Finger, stimmt's?« Sie lachte spitz auf. »Übrigens, der Jungspund aus Steglitz ließ sich nicht abwimmeln. Hab ihn zu dir durchgestellt, weil Wondrasch krank ist und deshalb noch nicht entschieden, wer in der Abteilung deine Arbeit übernimmt.«

»Schon in Ordnung, Lene. Ich hätte gern die Suchmeldung Zern, sobald sie rauskommt.«

»Im Ernst? Und ich dachte, du rufst meinetwegen an.«

Er lachte. »Falls Neues aus Steglitz bei euch einläuft, schick's mir bitte direkt hoch nach 504.«

Sie ließ zwei, drei Sekunden verstreichen. »Wissen deine neuen Chefs, Kettler und Granzow, dass du heimlich weiter Vermisstensachen machst?«

»Hab sie nicht gefragt.«

»Na schön. Dann schick ich dir die Steglitz-Sachen ohne Vermerk. Aber häng's nicht an die große Glocke, Jo.«

»Danke, Lene.«

Er legte auf und versuchte es anschließend erneut in der Clayallee. Diesmal stellte man ihn direkt durch zu Frank Stewart. Endlich.

»Hallo, Frank. Hier ist Jo Sturm.«

»Stormy Jo!« Der Amerikaner lachte. »Hi, how are you doing?«

»Mir geht's gut, Frank. Was ist mit dir? Du warst plötzlich verschwunden, Samstagnacht in der ›Badewanne‹.«

»Yah, eine Art Blackout. Aber keine Angst, Jo, von unserem Gespräch vorher habe ich noch jedes Detail im Kopf. Knock on wood!« Er lachte wieder. »Ich denke, ich habe gute Nachrichten für dich, Jo. Um zehn, das heißt zehn Uhr Ortszeit in New York, werde ich mit Jonathan Claim telefonieren. Claim ist Beringers Verleger in New York, aber er war anscheinend auch ein guter persönlicher Freund von Beringer. Sagt zumindest die Sekretärin. Und du weißt ja, Sekretärinnen kennen ihre Chefs besser als die sich selbst.« Ein Lacher folgte, der Jo wie ein Trompetenstoß ins Ohr fuhr. Dann war Frank wieder bei der Sache. »Jonathan Claim sollte also einiges darüber sagen können, was Beringer in Berlin vorhatte, mit wem er sich treffen wollte und so weiter.«

»Klingt gut. Mein neuer Chef trommelt schon mit den Fingern. Sag, Frank, können wir uns heute noch treffen? Persönlich, meine ich?« Der Fall war zu komplex, um die Details am Telefon zu besprechen.

Frank schien kurz zu überlegen. »Willst du zum Headquarter kommen? Sagen wir um sechs?«

»Okay.«

»Gib dem Wachposten an der Sarrgemender Straße Bescheid, er ruft mich dann an, okay?«

»Okay.« Jo war klar, dass Frank den Nebeneingang zum Hauptquartier in der Saargemünder Straße meinte. »Bis dann, Frank.«

Sie legten auf. Jo fühlte, wie ein Kribbeln über seinen Körper lief. Endlich schien es voranzugehen. Er schwang sich von seinem Stuhl hoch, schlappte zum Radio hinüber, das auf dem Sideboard stand, drehte eine Weile am Knopf, und plötzlich dröhnte Chuck Berrys kurzes Gitarrensolo in »Sweet Little Sixteen« aus dem Lautsprecher. Das passte und ging in die Hüften. Zwei Minuten später war der Spaß vorbei, und die Nachrichten folgten. »Hier ist RIAS Berlin.«

Jo ging zum Schreibtisch zurück und hörte der freien Stimme der freien Welt nur mit einem Ohr zu, weil er seine Zigaretten suchte, die er schließlich in der Mantelinnentasche fand. Er war gerade dabei, sich eine anzuzünden, als die folgende Meldung kam: »Berlin. Von gewöhnlich gut unterrichteten Kreisen verlautet, dass es sich bei dem in der Nacht zum Sonnabend getöteten ausländischen Touristen um den sechsundvierzig Jahre alten Schriftsteller und Architekturkritiker Rudy Beringer aus den Vereinigten Staaten handelt. Beringer war geladener Gast einer Kulturveranstaltung in der neu eröffneten Kongresshalle. Vonseiten des Berliner Senats wird auf die Ermittlungen der Polizei verwiesen. Diese geht einem Sprecher zufolge weiter von einem Raubmord aus. Man ermittle aber vorschriftsmäßig in alle Richtungen.«

Jo schaltete das Gerät aus und zerdrückte die halb gerauchte Zigarette in dem Drehaschenbecher, der verwaist auf Gerbers ansonsten leer geräumtem Schreibtisch stand.

Irgendjemand musste den Namen des Opfers an die Presse durchgestochen haben. Das war nur eine Frage der Zeit gewesen.

Beringers deutsch-amerikanischer Familienhintergrund schien jedoch noch nicht durchgesickert zu sein. Sobald auch das bekannt war, würde es die Spekulationen durch die Decke schießen lassen.

In diesem Moment wurde die Tür geöffnet, und Gerber kam herein. Er sah beunruhigt aus. »Schon die Nachrichten gehört, Kollege?«

»Eben erst.«

»Ich auch. Im Autoradio. Schöner Mist. Das setzt uns zusätzlich unter Druck. Zumal Schuchardt krank geworden ist.« Gerber klopfte sich mit einer Hand auf die Hüfte. »Sein Granatsplitter wandert mal wieder. Ging ihm gestern schon nicht gut.«

Jo fiel Schuchardts verkrampfte Art, auf dem Stuhl zu sitzen, wieder ein.

Gerber hatte seinen Mantel und den Hut inzwischen am Garderobenständer aufgehängt und ging mit langen

Schritten zu seinem Schreibtisch. Er ließ sich auf seinen Stuhl fallen und zog ein blank poliertes silbernes Feuerzeug und die Zigaretten aus der Jacketttasche. Er hielt auch Jo, der vor seinem Schreibtisch stand, die Nil-Schachtel hin, doch der lehnte dankend ab.

Gerber zündete sich eine an. »Neues über Beringer rausbekommen, das uns weiterbringen könnte?«

»Heute Nachmittag.« Hoffentlich.

Jo berichtete Gerber von dem Telefongespräch, das er vorhin mit Frank Stewart geführt hatte. »Um sechs treffe ich mich mit ihm.«

»Bis dahin ist ja noch Zeit.« Gerber schien zu überlegen. »Was halten Sie davon, mich vorher noch zu begleiten?«

»Wohin, wozu?«

»Nach Moabit. Der Hoteldetektiv aus dem Savoy wohnt dort in der Melchiorstraße. Irgendetwas stimmt mit dem Mann nicht. Am Sonnabend krankgemeldet, aber laut Hotel auch heute früh nicht zum Dienst erschienen und telefonisch nicht zu erreichen. Eigentlich wollte ich mit Schuchardt hin. Aber …«

»Der Splitter.«

»In der Hüfte, genau.«

Gerber nahm noch einen langen Zug und versenkte dann seine Zigarette sorgfältig im Drehascher.

»Hoffe, Sie verachten einen Borgward nicht, Kollege.«

»Warum sollte ich?«

»Ist kein Dienstwagen.«

×

Gerbers Borgward, den er vor dem Präsidium geparkt hatte, war ein nagelneues Isabella Coupé. Offensichtlich frisch gewachst, erstrahlte es in seinen Farben Rot und

Weiß wie ein Cocktailkleid. Gerber war die freudige Erregung anzumerken, mit der er den Starternippel anzog, sanft den Schlüssel einschob und seine Isabella schnurren ließ. Er trug keinen Ehering, aber seine Braut schien er gefunden zu haben.

Und Gerber gab Gas, die Stoßstangen seines Wagens schienen ihn noch zu befeuern, sein »Sahneschnittchen« auf Touren zu bringen. Als sie die Siegessäule umrundet hatten und in die Altonaer einbogen, schossen sie unter der Seilbahnlinie der Interbau hindurch. Im Vergleich zur Isabella zogen die Gondeln träge wie fette Fliegen ihre Bahnen.

»Schon mal gegondelt in so einem Ding?«, wollte Gerber wissen. Noch ehe Jo antworten konnte, setzte er hinzu: »Interbau hin oder her, mich würden keine zehn Pferde in eine Seilbahn bringen. – Sie?«

»Kommt drauf an, wer mitgondelt«, sagte Jo, und Gerber setzte eine Miene auf, als müsse er das gelten lassen.

Die Melchiorstraße war eine dieser typischen Nebenstraßen im Westen Berlins. Auf zwei leidlich erhaltene oder wiederhergestellte Altbaufassaden folgten drei Baulücken und zwei Neubauten. Keine Schönheiten, sondern pragmatische, bleichgesichtige Kinder des Berliner Aufbauprogramms der letzten Jahre.

In der lückenhaften Reihe parkender Autos, eindeutig dominiert von VW-Käfern, fand Gerber einen Parkplatz direkt vor dem Haus Nummer 14. Sie stiegen aus. Eine Metallplakette neben der schmalen Haustür zeigte an, dass es erst vor zwei Jahren erbaut worden war, doch seine schmucklose Fassade ließ es schon jetzt grau und alt aussehen.

Am Klingelbord fehlte der Name Pasewalk. »Wahrscheinlich wohnt er im Hinterhaus«, vermutete Gerber.

Die Haustür war nicht verschlossen, und sie traten ein.

Gleich rechts in dem kurzen Flur befand sich die Hauswartwohnung, wie ein Metallschild an der Tür verriet. Sie gingen weiter und stießen die Tür zum Hinterhof auf.

Das Hinterhaus sah aus wie eine Miniaturausgabe der Gedächtniskirche, mitten im Wohnkiez. Seine Außenwand war von Schrapnelleinschlägen aus dem Krieg zerfressen und wirkte gefährlich baufällig. Als Jo vom Hof aus einen Blick nach oben riskierte, zählte er nur drei Stockwerke. Anscheinend war das Dach von Bomben zerstört worden, und die ehemals vierte Etage, unbewohnbar geworden, fungierte als Dachboden.

»Muss seltsam sein, nach Feierabend vom edlen Savoy in dieses triste Trumm zurückzukehren«, sagte Gerber, während er mit spitzem Finger die nur angelehnte Tür zum Hinterhaus aufdrückte.

Linkerhand hing eine Reihe zerbeulter Briefkästen, auf einem stand der Name Pasewalk. Daneben lag eine Wohnung ohne Namensschild, anscheinend leer stehend. Gegenüber, gleich neben dem Treppenaufgang, wurden sie fündig. »Na bitte«, sagte Gerber zufrieden mit einem Blick auf den Namen Pasewalk, der auf dem Messingschild neben der Tür stand.

Er drückte den Klingelknopf, sie hörten es drinnen läuten, doch niemand öffnete.

»Vielleicht ist er wirklich krank, hat sich die Wärmflasche auf die Ohren gelegt«, versuchte Gerber zu witzeln und klingelte erneut. Nichts tat sich.

»Ich schau mich mal um«, entschied Jo und ging durch den Flur zurück nach draußen.

Das Haus war kein Seitenflügel, sondern stand wie ein Solitär mitten in dem lückenhaft gepflasterten Hinterhof. Auf der rechten Seite grenzte eine Brandschutzmauer den Hof zum Nachbargrundstück ab. Doch Jo wollte ja nicht das ganze Haus umrunden. Er wand sich an den niedrigen, dornigen Büschen vorbei, um einen Blick durch die hohen Fenster in Pasewalks Parterrewohnung zu werfen.

Der Anblick elektrisierte ihn. Was gegen die Scheibe drückte, waren Schultern und Rücken eines menschlichen Körpers.

Er eilte zurück zu Gerber, der ihm bereits an der Haustür entgegenkam.

»Was, um Himmels willen, treiben Sie, Sturm?«

»Wir haben eine Leiche.«

Gerber starrte ihn an wie einen Geistesgestörten. »Wie kommen Sie darauf? Können Sie durch Wände sehen?«

»Durch Fenster. Ich fürchte, an einem davon hängt Pasewalk.«

Gerber brauchte ein paar Sekunden, um die Nachricht zu verdauen, und wandte sich ratlos in Richtung der Wohnungstür. Anscheinend dachte er daran, sie gewaltsam zu öffnen.

»Ich frage den Hauswart nach dem Wohnungsschlüssel«, schlug Jo vor. Gerber nickte mechanisch.

Im Vorderhaus wurde erst nach mehrmaligem Klingeln und energischem Klopfen geöffnet. Zwei kieselharte braune Augen fixierten Jo durch den handbreiten Schlitz, den die Sicherheitskette freigab.

»Mein Name ist Sturm. Polizei.« Jo hielt seinen Dienstausweis direkt vor den Türschlitz.

Die Kette wurde gelöst und die Tür ein Stück weiter geöffnet. Auf der Schwelle stand eine Frau um die fünfzig, in einem hellblauen Haushaltskittel. Halb erschrocken, halb neugierig blickte sie Jo an.

»Frau …« Er warf rasch einen Blick auf den Namen neben der Klingel. »Frau Balser, dies ist ein Noteinsatz. Verfügen Sie über einen Zweitschlüssel für die Wohnung Pasewalk im Hinterhaus?«

Das fahlgraue Gesicht der Frau bekam plötzlich Farbe. »Pasewalk?«

»Ja. Würden Sie uns bitte die Wohnung öffnen?«

»Jetzt, sofort?«

»Jetzt sofort.«

Ohne weiteren Kommentar verschwand sie in der Wohnung und kam eine halbe Minute später mit dem Schlüssel in der Hand wieder heraus. Sie hielt ihn hoch wie ein Wunderwerk der Technik und eilte Jo voraus zum Hinterhaus.

Wortlos nickte sie Gerber zu, der zur Seite trat, damit sie die Tür öffnen konnte.

Ein übler Fäkaliengeruch drang aus der Wohnung. Die Hauswartfrau wandte sich angewidert ab. Gerber ließ sich von ihr den Schlüssel geben und betrat mit Jo zusammen den düsteren, fensterlosen Flur.

»Hallo? Herr Pasewalk?«, rief Gerber und zog seinen Autoschlüssel aus der Manteltasche, um damit auf den Lichtschalter neben der Tür zu drücken. Eine Deckenlampe presste trübes Licht durch ihren verstaubten Schirm.

Am Flurende stand eine Tür weit offen, eine graue Couch war an der rückwärtigen Wand zu sehen, darüber ein verblasstes Pin-up-Foto. Gerber machte ein paar schnelle Schritte durch den Flur, um sich in dem Zimmer hinten umzusehen.

Jo sah sich weiter im Flur um. Links befanden sich Garderobenhaken, an denen ein Mantel und verschiedene Jacken hingen, rechts eine handbreit geöffnete Tür. Jo zog sie mit der Fußspitze ganz auf und warf einen Blick hinein. Eine schlauchartige Toilette mit einem hoch angebrachten Fenster, nicht untypisch für einen Berliner Altbau, Marke Hinterhof. Jo konnte sich gut an die Wohnung seiner Eltern im Wedding erinnern, in der – aus seiner kindlichen Sicht damals – das Toilettenfenster himmelhoch angebracht war, zu öffnen und zu schließen mit einem langen Haken, an den er nicht herangereicht hatte.

Die Tür neben dem Klo war verschlossen. Wahrscheinlich die Küche. An dessen Fensterkreuz vermutlich die Leiche hing, die er von draußen gesehen hatte.

Gerber kam kopfschüttelnd durch den Flur zurück und signalisierte Jo, dass er ihm diesmal den Vortritt lasse. Jo hatte bereits sein Taschentuch in der Hand, drückte die etwas sperrige Klinke, und im nächsten Moment sprang die Tür ruckartig auf.

Jo hatte mit beiden Vermutungen richtig gelegen. Erstens, es war die Küche. Zweitens, am Fensterkreuz hing ein Mann, den Hals in einer fingerdicken Schlinge.

Zusammen näherten sie sich der Leiche. Ein kleiner dünner Mann Ende fünfzig. Schlichtes graues Hemd, helle, offensichtlich verkotete und urinierte Hose, keine Schuhe oder Hausschuhe an den Füßen, nur schwarze Socken. Die Füße schwebten knapp über dem Boden, die Schlinge um den Hals sah nach Hanfseil aus. Die Zunge war aus dem Mund gequollen, blassviolett, lang und geschwollen. Das Ende des kurzen Seils war am Messinggriff des Oberlichts befestigt worden.

Jo wurde flau im Magen.

»Dem müssen wir nicht mehr den Puls fühlen«, sagte Gerber. Dann stieß er einen Seufzer aus. »Ausgerechnet jetzt bin ich mit dem eigenen Wagen gefahren. Vielleicht hat die Hauswartfrau Telefon.« Er eilte hinaus. Im Hausflur vor der Wohnungstür hörte Jo ihn kurz mit der Frau reden und dann das Haus verlassen.

Während Gerber das Präsidium also notgedrungen von der Hauswartwohnung aus informierte, statt über den Funk eines Dienstwagens, gingen Jo die entscheidenden Fragen durch den Kopf: Um wen handelte es sich? Pasewalk oder doch jemand anderes? Hatte er sich fallen lassen, um einen Genickbruch zu provozieren? Oder war er qualvoll erstickt? Vor allem aber: Hatte er es selbst getan? Oder hatte jemand nachgeholfen und das Ganze arrangiert, um es wie einen Selbstmord aussehen zu lassen?

×

Gegen vier am Nachmittag saß Jo zusammen mit Gerber in Granzows Büro, um Bericht zu erstatten. Zu diesem Zeitpunkt hatten sich bereits einige Fragen geklärt. Die wichtigste betraf selbstverständlich die Identität des Toten: Wie erwartet, handelte es sich um Otto Pasewalk, neunundfünfzig Jahre alt, zuletzt angestellt als Hausdetektiv im Hotel Savoy. Die Fotos in seinem Reisepass und in dem behelfsmäßigen Berliner Personalausweis, die sie in seiner Wohnung gefunden hatten, belegten das bereits. Und die Hauswartfrau war, wenn auch widerwillig, bereit gewesen, die Leiche vor dem Abtransport durch die Bestatter anzusehen. Ja, es handele sich um den Mieter Pasewalk aus dem Hinterhaus. Die Frau erlitt anschließend einen Schwächeanfall und musste vor Ort vom Arzt behandelt werden.

Die erste forensische Untersuchung der Leiche am Tatort legte den Eintritt des Todes innerhalb der letzten vierundzwanzig Stunden nahe, wahrscheinlicher Todeszeitpunkt zwischen Sonntagnachmittag und frühem Abend. Selbstmord oder Fremdverschulden? Der Arzt sah auf den ersten Blick keine Anzeichen für einen Mord, ließ sich jedoch nicht festlegen. »Wir müssen ihn aufschneiden.« Den Spuren am Hals zufolge sei der Tod durch Strangulation eingetreten. Die tief einschneidende, »typische horizontale Drosselmarke« an der Halsvorderseite spreche jedoch für »vollständiges Erhängen«, also Selbsttötung. Genaueres auf Basis der Autopsie.

Die ersten Befragungen der Nachbarn im Hinterhaus, die bisher angetroffen werden konnten, hatten keine verdächtigen Anhaltspunkte für den Zeitraum seit Sonnabend ergeben. Keine Personen, die in Haus und Hof aufgefallen wären, kein Streit, nicht einmal laute Auseinandersetzungen aus Pasewalks Wohnung. Der Mann war schon seit Tagen niemandem mehr aufgefallen. Was ohne Weiteres damit zu erklären war, dass er zuletzt tatsächlich krank und bettlägerig gewesen war.

Im Übrigen war wenig über ihn bekannt. Ein in sich gekehrter, stets etwas abweisend wirkender Junggeselle, der offensichtlich seine Ruhe haben wollte, so hatte man ihn wahrgenommen. Keiner der Nachbarn hatte deshalb persönliche Kontakte zu ihm gepflegt oder auch nur gewünscht. Pasewalk war nicht verheiratet, seine weiteren Familienverhältnisse mussten jetzt geklärt, eventuell vorhandene Angehörige verständigt werden.

Granzow saß hinter seinem Schreibtisch und sog hart an seiner filterlosen Zigarette. Seine Augen sprangen wütend von Jo zu Gerber und wieder zurück. »Sie haben natürlich gehört, dass die Presse inzwischen Beringers Namen kennt.« Das war eine Feststellung, keine Frage. Er klang, als wären sie beide dafür verantwortlich. Dann knöpfte er sich Gerber vor. »Was fällt Ihnen ein, mit Ihrem Privatfahrzeug zu Zeugenvernehmungen zu fahren? Sie sehen, was dabei herauskommt. Müssen sich wie ein x-beliebiger Anrufer in der Zentrale melden und durchstellen lassen. Auf die Art versauen Sie mir den Ruf der ganzen Abteilung. Ist Ihnen das nicht klar?«

Gerber zog es vor, zu schweigen, doch an seiner Schläfe schwollen die Gefäße zu einem pulsierenden Delta an.

Granzow warf den voluminösen Kopf herum. »Und Sie, Sturm? Statt sich um die Amis zu kümmern, fahren Sie lieber mit dem Kollegen spazieren. Wer hat Ihnen den Auftrag erteilt, bei der Zeugenvernehmung zu assistieren?«

»Schuchardt ist krank«, sagte Gerber. »Deshalb hatte ich Sturm gebeten …«

»Aber ich nicht, Herrgott! Wo kommen wir hin, wenn plötzlich jeder meint, tun und lassen zu können, was er will? Ich erwarte Disziplin. Keine Alleingänge.«

Granzow warf seine Zigarette wütend in den Aschenbecher und hämmerte mit seinem Daumen darauf herum. »Solange uns die Forensiker nichts anderes sagen, gehen wir von Selbstmord in dem Fall aus. Und Pasewalks Angehörige finden und informieren ist Sache der Kriminalassistenten. Gibt ja genügend von denen im Haus.«

Gerber zuckte akzeptierend mit den Schultern.

Jo war überrascht. »Selbst wenn Pasewalk sich umgebracht hat, war er doch Teil unserer Ermittlungen im Fall Beringer. Vielleicht gibt es irgendeinen Zusammenhang, den wir noch nicht verstehen.«

»Welchen denn, Sturm?« Granzows Mundwinkel zuckten. »Hat Pasewalk sich umgebracht, weil er zuvor Beringer erschossen hat? Das dürfte ihm schwergefallen sein, denn zu dem Zeitpunkt war er nachweislich noch im Savoy-Hotel. Oder, Gerber?«

»Laut Aussage seiner Kollegen, ja.«

»Na bitte.« Granzow klopfte eine neue Zigarette aus der Schachtel und zündete sie an. Offenbar seine spezielle Art, Sitzungen zu beenden.

×

Jo brauchte mit seiner DKW nicht mal eine halbe Stunde von der Innenstadt nach Dahlem im Südwesten. Am Himmel klebte ein Brei aus Wolken, die in der abtauchenden Abendsonne matt silbern glimmten. Ihm war kalt, er fror, und er schalt sich dafür, dass er seinen Helm wieder einmal zu Hause hatte liegen lassen.

In der Clayallee fuhr er am Haupteingang des Headquarters vorbei. Der monumentale, von den Nazis für ein »Luftgaukommando« errichtete Bau hatte den Krieg fast unbeschadet überstanden, und die Amerikaner waren pragmatisch genug gewesen, den Gebäudekomplex danach für eigene Zwecke zu nutzen. Allerdings waren sie einige Jahre später nicht darum herumgekommen, gleich gegenüber die Truman Hall zu bauen, ein Einkaufszentrum mit amerikanischen Waren für die stationierten GIs, Offiziere und ihre Familien. Der Kalte Krieg und damit ihre Stationierung in Berlin konnte sich noch eine Weile hinziehen. So hatten sich die Amerikaner rund um ihr Hauptquartier nach und nach ihr »Little America« geschaffen. In der Nähe der Wohnsiedlungen für die US-Truppen gab es neben der Shopping Mall mittlerweile Sportanlagen, Friseure, Schuster, Schulen – was immer das Army-Herz begehrte. Nicht zuletzt auch einen florierenden Handel mit Gebrauchtwagen, Ami-Schlitten, die über Bremerhaven eingeschifft wurden und nach der meist dreijährigen Dienstzeit der GIs in eigenen Autowerkstätten in Schuss gehalten und weiterverkauft wurden.

Jo hatte sich einmal in der »Eierschale«, dem Jazzclub am Breitenbachplatz, den auch Amerikaner gern besuchten, mit Wendell unterhalten, einem Unteroffizier, der mit seiner Familie in der Wohnsiedlung am Hüttenweg, quasi in Rufweite des Headquarters, lebte. Wendell, der aus Chicago stammte, war erleichtert, dass er »in the middle of nowhere« (womit er mehr oder weniger pauschal die von den USA besetzten Gebiete meinte) auf nichts zu verzichten brauchte, was er an Vergnügungen und Annehmlichkeiten aus den Staaten kannte. Im Truppenkino Outpost hätten sie in Berlin sogar die Möglichkeit, aktuell und billig die neuesten Hollywoodstreifen zu sehen, noch bevor die Filme in die Kinos kämen. »Giganten«, mit James Dean, Rock Hudson und Liz Taylor, habe er im Outpost sogar Monate früher gesehen als der Rest der Welt. »Warner Brothers hat den Streifen erst exakt zu Jimmy Deans einjährigem Todestag herausgelassen. Nur um die Teens in der Zwischenzeit ordentlich heißzumachen.« So heiß, dass es manche ohne ihren »Jimmy« nicht mehr ausgehalten und sich in den Tod gestürzt hatten, wie Jo von Helga (vermutlich aus der Bravo) wusste. In Hollywood spielten unsterbliche Stars wie James Dean sogar noch als Leichen die Hauptrolle.

Jo bog links in die Saargemünder Straße ein und stellte, reichlich durchgefroren, seinen Roller unter den Bäumen vor dem Nebeneingang des Headquarters ab. Er zeigte dem Wachposten am Tor seinen Dienstausweis und bat darum, Warrant Officer Stewart über seine Ankunft zu informieren. Der Posten, die MP über der Schulter, informierte einen weiteren, nur wenige Schritte entfernten GI, und dieser verschwand in dem kleinen Postenhäuschen, das sich unmittelbar hinter der hohen Mauer befand, die das Areal umschloss. Es dauerte nur wenige Minuten, bis Frank Stewart in seiner grünen Dienstuniform am Tor erschien, sich bei den Wachposten bedankte und Jo herzlich mit Handschlag begrüßte.

»Hi, mate. Lust auf einen Drink?« Er lachte. Es war leicht, mit ihm warm zu werden.

Jo folgte ihm durch den Bereich im Rücken des Hauptgebäudes, wo, wie er wusste, der Stadtkommandant residierte, bis sie einen lang gestreckten, dreistöckigen Gebäudeteil am südöstlichen Ende des riesigen Geländes erreichten. Uniformierte kamen ihnen entgegen, die ihn neugierig beäugten. Jo warf einen Blick auf die Plakette neben der Eingangstür: Land Liaison Office, USAREUR, DCSI. Was auch immer das bedeutete. Frank Stewart legte ein enormes Tempo vor, als sie durch einen endlos scheinenden Flur marschierten, in dem ihnen neben weiteren Uniformierten auch Zivilpersonal, vor allem Frauen, entgegenkam. Frank schien sie alle zu kennen, grüßte jeden und jede mit lautem Hallo oder einer herzlichen Geste.

An der Tür, die er schließlich öffnete, las Jo auf einem kleinen weißen Schild unter der Nummer 513 die Bezeichnung »Intelligence Group, WO Frank Stewart«. Das Büro, das sie betraten, war lang und schmal. Vor dem vergitterten Fenster befand sich ein in Längsrichtung aufgestellter Schreibtisch mit einem Stuhl auf jeder Seite. Linkerhand ein wuchtiger schwarzer Metallschrank, rechts ein Kühlschrank mit ähnlichen Ausmaßen. Auf einem brusthohen Schrank stand ein Kofferradio. An den Wänden hingen links ein Porträt des amtierenden Präsidenten Eisenhower, rechts zwei große Karten, auf denen die amerikanischen Besatzungszonen in Deutschland und Berlin rot markiert waren.

Frank knipste die Schreibtischlampe an und bat Jo mit einer kleinen Geste, auf der anderen Seite des Schreibtischs Platz zu nehmen. Dann zog er eine Lade des schwarzen Metallschranks auf und entnahm ihr einen grünen Pappordner, den er mit Schwung auf seinen Schreibtisch warf. Der Ordner segelte bis zum grünen Telefon, neben dem ein Telefonbuch lag. Jo las die Aufschrift: »United States Installations, Berlin Telephone Directory«.

Frank öffnete den mannshohen Kühlschrank. »Bier, Coke, Eistee …?« Jo entschied sich für eine Cola. Kurz darauf prostete Frank ihm mit einem Glas Eistee zu. Jo war so durstig, dass er die Colaflasche beinahe in einem Zug leer trank.

Frank schlug derweil die Akte auf, die auf seinem Schreibtisch lag, und entnahm ihr ein Blatt mit handgeschriebenen Notizen.

»Good news, Jo.« Er nahm einen Schluck von seinem Tee. »Jonathan Claim, Beringers Verleger in New York, hatte tatsächlich Zeit und wollte reden.« Sein Gesicht nahm einen ernsten Ausdruck an. »Beringers Tod hat ihn spürbar getroffen. Claim ist ein intelligenter Mann. Ich habe ihn gefragt, was er über Beringers Pläne für seinen Berlin-Aufenthalt weiß. Und er hat zurückgefragt, ob es sich denn nicht um einen Raubmord handele, dessen zufälliges Opfer Beringer unglücklicherweise geworden sei. In dem Fall spielten seine geplanten Termine in Berlin doch keine Rolle.«

»Gut kombiniert.«

»Ich musste ihm gestehen, dass ihr von der Berliner Kriminalpolizei bislang nichts ausschließt. Das hat ihn einigermaßen aufgewühlt. Was letztlich aber gut war. Weil er buchstäblich alles in Bewegung gesetzt hat, in seinem Kopf und in seinem Sekretariat, um Beringers Pläne zu rekonstruieren.« Frank trank wieder von seinem Eistee. »Die erste Überraschung war, dass Beringer laut Sekretariat zuvor in Paris zwischengelandet war.«

»Paris?« Das war auch für Jo neu. »Ist bekannt, was Beringer dort wollte?«

»Nein. Und das ist wirklich seltsam. Nicht einmal Claim selbst hatte eine Ahnung von Beringers Zwischenstopp am Freitag vorletzter Woche. Ein Freitag, der Dreizehnte, nebenbei.« Frank zog eine Braue hoch. »Kelly, die

Sekretärin, sagt, sie hätte den Flug sehr kurzfristig, nur wenige Stunden vorher, für Beringer umbuchen müssen. Auf seinen Wunsch hin.«

»Hat Beringer erwähnt, warum so plötzlich?«

»Nein. Nicht gegenüber Claim. Und für Kelly, Claims Sekretärin, sind solche Dinge Alltag, business as usual, sie fragt nicht weiter nach. Ziemlich mysteriös also, dieser Zwischenstopp von Mister Beringer in Paris.« Frank spitzte die Lippen. »Kelly findet, er sei ein ziemlicher Womanizer gewesen, und glaubt, ein gut erhaltener Mann wie Beringer hätte bestimmt in jeder Stadt eine Geliebte gehabt.«

»Hatte er also eine Affäre in Paris?«

»Nicht der schlechteste Grund, spontan nach Paris zu fliegen, finde ich. Geradezu ein Klassiker. Für einen Amerikaner.« Frank konnte sich ein Grinsen nicht verkneifen.

»Beringer hat sich also von Freitag, den 13., bis Sonntag, 15. September, in Paris aufgehalten«, fasste Jo knapp zusammen. »Die Gründe kennen wir nicht. Noch am Sonntag ist er von Paris abgeflogen und in Berlin eingetroffen. Mehr als rechtzeitig, um als geladener Gast an der Eröffnung der Kongresshalle teilzunehmen, die am Donnerstag begann.«

»Richtig. Aber jetzt wird es interessant!« Frank beugte sich vor, nahm eine Schachtel Lucky Strike aus der Schreibtischschublade, bot Jo eine an und gab ihm Feuer. »Claim«, fuhr er fort, »wusste von zwei Terminen, die sich Beringer außerhalb des Programms vorgenommen hatte.«

»Und zwar?« Jo sah ihn gespannt an.

»Der eine war geschäftlich. Beringer wollte einen Westberliner Verleger treffen, der daran interessiert schien, sich die Übersetzungsrechte für Deutschland an Beringers Kritiken zu neuer amerikanischer Architektur zu sichern.«

»Um Beringer in Deutschland zu verlegen, heißt das?«

»Genau. Es gab bereits Vorverhandlungen zwischen Claim und diesem Verleger in Berlin. Beringers Reise erschien daher allen Beteiligten als eine willkommene Gelegenheit, sich persönlich kennenzulernen – und den Deal perfekt zu machen.«

»Um welchen Berliner Verleger handelt es sich denn?«

Frank warf einen Blick auf seine Notizen. »Schwittow. Hans Werner Schwittow.«

Jo lehnte sich etwas zurück und zog nachdenklich an der Zigarette. Mit dem Verlagsnamen Schwittow konnte er spontan nur einen dicken Wälzer, einen Bildband zur Berliner Stadtgeschichte, in Verbindung bringen, der ihm kürzlich im Schaufenster von Martha Löschers Buchladen am Ku'damm aufgefallen war, nachdem er gleich nebenan die Jazzneuheiten im Odeon-Musikhaus durchstöbert hatte. War das Buch überhaupt vom Schwittow-Verlag? Er war nicht mal mehr sicher. Dicke Bücher, bebildert oder nicht, waren nicht sein Fall. Auch Romane waren ihm zu lang. Doch er mochte Kurzgeschichten. In Camp Campbell hatten die Amerikaner ihm neben Groschenheftchen, die sie Pulps nannten, auch Short Stories von Hemingway zu lesen gegeben, um seine Englischkenntnisse zu verbessern. Damit hatten sie ihn überhaupt erst zu einem Leser gemacht. Bis dahin war Lesen für ihn vor allem mit langweiliger Schullektüre verbunden gewesen. Und mit Auswendiglernen, »John Maynard war unser Steuermann …« und ähnliches Zeug. Die ostdeutschen Klassikerausgaben, die ihm Sylvia, seine Schwester, manchmal aus Weimar schickte, stapelten sich deshalb ungelesen neben seiner Bettcouch. Hemingway – wurde der überhaupt im Osten gedruckt?

»Schwittow«, beendete Frank das Schweigen, das eingetreten war, »verlegt Sachthemen. Claim vermutet, dass er mit Beringer als Autor sein amerikanisches Profil für den deutschen Markt schärfen will. Image sei wichtig, meint er, wenn nicht alles.«

Das klang in der Tat nach amerikanischem Business, dachte Jo. »Wann hat Beringers Treffen mit Schwittow denn stattgefunden?«

»Gar nicht, wie es aussieht.« Frank nahm einen Zug, bevor er weiterredete. »Der ursprüngliche Termin war Dienstag, der Siebzehnte also. Aber aus irgendeinem Grund hat Beringer anscheinend abgesagt, das hatte er Claims Sekretariat auch in einem Telegramm kurz mitgeteilt. Das Treffen wurde auf den Samstag verschoben, Samstag, den Einundzwanzigsten.«

»Nur war Beringer da schon tot.«

»Zur Bestürzung von Jonathan Claim. Und zum Bedauern des Berliner Verlegers, der vergeblich auf Beringer und den Abschluss des Geschäfts gewartet hatte. Schwittow hat dann noch am Samstag bei Claim in New York angerufen, doch zu dem Zeitpunkt wusste man dort noch nicht Bescheid, was geschehen war. Inzwischen ist die Information ja in aller Welt.« Frank drückte seine Zigarette in dem Alu-Aschenbecher neben dem Telefon aus. »Irgendeiner redet immer.«

»Was ist eigentlich mit Beringers Angehörigen in Amerika? Seine Eltern sind bereits gestorben, sagtest du.«

»Richtig. Eltern tot, keine Geschwister, er war nicht verheiratet, keine Kinder, ein typischer Junggeselle und Reisender, der seine Unabhängigkeit liebte, wie es scheint. Laut Claim hat Beringer auch keine Kontakte zu eventuell noch vorhandenen deutschen Verwandten gepflegt. Er soll nie auch nur ein einziges Mal von seinen deutschen Wurzeln gesprochen haben, sagt Claim.«

Jo dachte an Beringers Einsätze als Kampfpilot im Krieg gegen Deutschland. Falls er noch deutsche Verwandte gehabt hatte – mussten die nicht umso verbitterter darüber sein, dass er womöglich Bomben auf deutsche Städte geworfen hatte? Im Grunde, überlegte Jo weiter, gehörte das zu der Frage, die Granzow mit Kettler klären musste: Waren Rachepläne alter oder neuer Nazis gegen Beringer denkbar?

Jo wandte sich wieder seinem nachdenklich rauchenden Gegenüber zu. »Du sagtest vorhin, Claim hätte von zwei Terminen gesprochen, Frank. Der eine war Schwittow, geschäftlich. Was war mit dem anderen?«

Frank nahm wieder seine Notizen zur Hand. »Der andere Termin …« Er rieb sich mit zwei Fingern die Stirn und kniff die Brauen zusammen. »Sieht für mich nach Ärger aus.«

»Ärger? Inwiefern?«

»Claim sagt, Beringer hatte einen Jugendfreund im Osten, zu dem er über die Jahre hinweg auch Kontakt gehalten hat, obwohl es zunehmend schwieriger wurde. Sein Name ist Cornelius Althaus. Dieser Jugendfreund lebt im Ostteil der Stadt. Beringer wollte sich mit Althaus treffen. Aus alter Freundschaft, wie er sagte. Claim riet ihm davon ab. Laut Beringer war Althaus in seiner Jugend, das heißt in den zwanziger Jahren, aktiv in der Kommunistischen Partei tätig gewesen. Ob nur mit Schalmeigetöse und Karl-Marx-Fahne oder als Straßenkämpfer ist unklar. Anfang der dreißiger Jahre begann Althaus, Medizin zu studieren, dreiunddreißig musste er abbrechen und ging ins Exil nach Holland, später nach England. Nach dem Krieg kam er zurück nach Ostberlin, wurde Arzt und arbeitete dann in einer Klinik in …« Er warf einen Blick auf seine Notizen. »Irgendwo auf dem Land.«

»Im Osten?«

»Ja.« Frank zündete sich eine neue Lucky Strike an, Jo lehnte diesmal dankend ab. »Vor zwei Jahren oder so«, fuhr Frank fort, »hat Althaus eine Praxis in Ostberlin übernommen. Beringer stand mit ihm noch in lockerem Briefkontakt, und daher wollten sie sich bei nächster Gelegenheit persönlich treffen.«

»Zwei alte Freunde. West und Ost.«

»Richtig.«

»Hat das Treffen denn stattgefunden? Wenn ja, wo?«

»Claim hatte keine Ahnung.«

Jo zuckte mit den Schultern. »Dann werden wir Althaus selbst dazu befragen müssen. Auf einen so wichtigen Zeugen können wir nicht verzichten. Ist seine aktuelle Adresse bekannt?«

»Die seiner Arztpraxis.« Frank sah Jo stirnrunzelnd an. »Die Person Althaus ist ... wie soll ich sagen? Sie könnte dem Fall Beringer eine *Cold-War*-Note geben.«

»Möglich. Aber es handelt sich hier um Mord, Frank. Und ein Zeuge wie Althaus könnte helfen, ihn aufzuklären. Da muss die große Politik eben mal zurückstehen.«

»Unsere Chefs, Jo, werden das anders sehen. Und damit meine ich: die Chefs ganz oben auf der Hühnerleiter.«

»Vermutlich.« Die Chefs hatten sich bereits von der ersten Sekunde an in diesen Fall eingeschaltet. Selbst Curow von der Senatskanzlei war trotz seiner zur Schau getragenen Arroganz sicher nur der Laufbursche der politischen Chefetage.

»Okay, Jo. Deine Entscheidung.« Frank riss ein kleines Blatt von einem Block und schrieb etwas aus seinen Notizen darauf. »Kelly hat vor einigen Monaten für Beringer eine Buchsendung an Althaus' Berliner Adresse geschickt. Keine Ahnung, ob er selbst oder die Stasi sie erhalten hat, aber hier ist sie.« Er schob Jo das Blatt zu.

»Thank you, Sir.« Jo steckte den Zettel ein.

Frank sah auf seine Armbanduhr und blitzte Jo im nächsten Moment unternehmungslustig an. »Heute Abend werden wir den Fall nicht mehr lösen, richtig?« Er lachte. »Im Harnack-House drüben findet später eine kleine Party für die neuen Offiziere statt, die in der letzten Zeit nach Berlin beordert wurden. Für Typen wie mich, also. Hast du Lust, mitzukommen? Es spielt eine kleine Jazz-Combo.«

Jo hatte schon vom Harnack-Haus, dem Offiziersclub der Amerikaner, gehört. Früher einmal war es eine wissenschaftliche Einrichtung gewesen, die Army hatte das Gebäude nach dem Krieg für ihre Zwecke umgebaut, hieß es.

Jo sah nun ebenfalls auf seine Uhr. Gleich sieben. Er überlegte nicht lange. »Okay. Warum nicht?«

»Gute Entscheidung!« Frank sprang von seinem Stuhl auf. »Wir fahren zuerst zu mir, okay? Ich wohne am Duck Pond.«

Jo nickte, er wusste Bescheid. Mit Duck Pond war die Dreipfuhlsiedlung gleich neben dem Headquarter gemeint. Die Housing Area war hufeisenförmig um den Dreipfuhlteich angelegt und erst kürzlich fertiggestellt worden. Kasernen wie die Andrews Barracks waren für die unteren Dienstgrade bestimmt, Frank war Offizier, ihm stand offensichtlich sogar eine Wohnung am Duck Pond zu.

Sie verließen das Hauptquartier auf demselben Weg wie vorhin. Er gehe die kurze Strecke bis zu seiner Wohnung gewöhnlich zu Fuß, erläuterte Frank. Doch es machte ihm jetzt großen Spaß, sich die wenigen Hundert

Meter bis dorthin auf Jos DKW-Zweisitzer kutschieren zu lassen.

Die Sonne war bereits untergegangen, das Licht des Motorrads streifte beim Einbiegen in die Hufeisensiedlung hell verputzte Bungalows. Große amerikanische Schlitten standen vor den Garagen, die Vorgärten waren offene, zur Straße hin nicht eingezäunte Rasenflächen. Straßenlaternen beleuchteten die schmalen Grünstreifen an beiden Seiten der mit großen Betonplatten gepflasterten Gehwege.

Schon beim dritten Haus signalisierte Frank, dass sie am Ziel seien, und Jo stellte seinen Roller in der Auffahrt zur Garage neben einem blauen, im Laternenlicht seidenmatt schimmernden Schlitten, einem Eldorado Brougham, ab.

Über einen aus Mosaiksteinen gebildeten Weg, vorbei an schlanken, v-förmig gesetzten Stahlstützen für das überkragende Vordach gingen sie ins Haus. Frank eilte voraus in ein Zimmer mit Parkettfußboden, das Jo auf mindestens fünfzig Quadratmeter schätzte. Linker Hand befand sich ein Essplatz mit rundem Tisch, Anbauschrank und einer Durchreiche zur Küche, wie es schien. Rechts der Wohnbereich mit einem offenen Kamin, Wandregalen, Einbauschränken und einem abgrundtief hässlichen, braun gemusterten Teppich. Jo ließ sich in einen der beiden weinroten Plüschsessel fallen, nachdem Frank ihm einen Whisky angeboten und ihn gebeten hatte, einen Moment zu warten, bis er sich umgezogen habe.

Jo kippte sich den Whisky in einem Zug hinter den Binder. Und das tat gut.

Kurz darauf erschien Frank in einem graublauen Anzug, weißem Hemd und blaurot gestreifter Krawatte. Er sah so alltagstauglich elegant aus wie ein amerikanischer

Detective in einem Hollywoodkrimi – und er bewegte sich auch so.

Jo machte eine kreisende Bewegung mit seinem Glas. »Viel Platz für einen Offizier«, sagte er anerkennend. Dachte zugleich aber auch an die Wohnungsknappheit, die für Berliner in der Stadt herrschte.

»Stimmt.« Der Amerikaner wirkte ein wenig verlegen, und Jo tat seine Bemerkung bereits leid, die Frank jetzt zu einer Erklärung zwang. »Ich hatte Glück, dass die Housing-Leute keine Probleme gemacht haben, als ihnen klar wurde, dass meine Frau nicht mit einzieht.«

»Du bist verheiratet?«

»Nicht mehr lange, schätze ich. Caren will nicht mit nach Europa, sagt sie. Sondern die Scheidung.«

»Das tut mir leid.«

Frank verzog das Gesicht, ein etwas kläglicher Versuch, zu lachen. »Caren weiß nicht, was sie verpasst.« Sie tranken noch zwei weitere Gläser zusammen, und als sich Jo aus dem Sessel schraubte, um mit Frank das Haus zu verlassen, merkte er, dass er bereits etwas angetrunken war. Und hungrig.

Der Offiziersclub, das Harnack-House, befand sich nur wenige Hundert Meter entfernt in der Ihnestraße; seine unmittelbare Nähe zum Gelände und zu den Gebäuden der Freien Universität erinnerte an seine frühere Bedeutung als ein Ort, an dem sich die Nobelpreisträger die Klinke in die Hand gegeben hatten, wie Jo irgendwo gelesen hatte.

Frank führte ihn in einen Saal voller gut gelaunt wirkender, teils uniformierter, überwiegend aber in Zivil gekleideter Menschen. Auf einer viel zu großen Bühne am Kopfende des Saals spielte eine fünfköpfige Combo ein Stück, das sich entfernt nach Benny Goodman anhörte. Frank sah sich zu dem Hinweis genötigt, dass es sich um eine Berliner Band aus Zehlendorf handele. Er steuerte mit Jo auf ein Büfett in der Nähe des Eingangsbereichs zu, während er zugleich in seiner lebhaften Art in alle Richtungen grüßte. Jo ließ sich nicht lange bitten und nahm von den mit US-Fähnchen gespickten Käsehäppchen ebenso wie von den Sandwiches mit Roastbeef. Frank ließ ihn mit seinem Teller voller kleiner Köstlichkeiten kurz allein und kam bald darauf mit zwei gefüllten Sektgläsern zurück. Sie hatten kaum angestoßen, als Frank von einem Offizierskollegen in Uniform erkannt und zu einer Gruppe weiterer Uniformierter entführt wurde. Jo ließ ihn lächelnd ziehen und wandte sich wieder dem Büfett zu. Während er ein Truthahn-Sandwich aß, beobachtete er die Party im Saal. Die Stimmung war blendend. Paare tanzten ausgelassen und fröhlich in der Mitte des Parketts, an den Tischen verschiedener Größe entlang der Seitenwände saßen die übrigen Gäste in kleinen und größeren Gruppen, unterhielten sich lebhaft, tranken und aßen. Auffallend war jedoch, dass es kaum schwarze Offiziere gab. Und auf der Tanzfläche herrschte vollständige Apartheid, die wenigen schwarzen und die Masse der weißen Gäste tanzten ausschließlich getrennt voneinander.

»Hi, Jo! Was machst du denn hier?« Die Stimme einer Frau, die ihm bekannt vorkam, dicht an seinem Ohr. Er wandte sich um und blickte in das gut gelaunte, sorgfältig geschminkte Gesicht der Amerikanerin, die er Samstagnacht zusammen mit Frank in der »Badewanne« kennengelernt hatte.

»Hallo, Julia. Schön, dich zu sehen!«, antwortete er, ebenso überrascht wie sie. »Frank hat mich kurzerhand eingeladen. Aber ich wusste gar nicht, dass du auch zu den Neuen in Little America gehörst. Sonst hätte ich selbstverständlich nach dir gesucht.«

Sie lachte spitz auf, ihre perlweißen Zähne leuchteten im Licht der riesigen Deckenlampen im Saal. Sie trug ein figurbetontes, erdbeerrotes Cocktailkleid – in einer etwas verrückten Assoziation musste Jo plötzlich an Gerbers blitzsauberes Borgward-Coupé denken.

»Mir geht's wie dir«, sagte sie. »Ein Bekannter, Ross, hat mich eingeladen. Oder besser, ich habe mich ihm *angeboten*.« Sie versuchte sich an einem ordinären Ton, der ihr ganz gut gelang. »Leider vergnügt sich Ross inzwischen mit Helen, meiner Mitbewohnerin.« Sie warf einen suchenden Blick durch den Saal. »Vorhin haben sie noch zusammen getanzt.« Sie machte eine neckische Bewegung mit ihrer Hand. »Egal. Jetzt hab ich ja dich gefunden, Jo.« Sie spitzte die korallenroten Lippen und sah ihn munter an.

Die Zehlendorfer Combo setzte nach einer kurzen Pause zu einem neuen Stück an. »Autumn in New York«, zum Heulen langsam gespielt und ohne jedes Gefühl, Jo standen beinahe die Haare zu Berge.

»Komm«, rief Julia aus, als würde sie das Katzengejammer noch anfeuern. Sie fasste Jo unvermittelt an der Hand und zog ihn zur Tanzfläche. Überrumpelt trottete er hinter ihr her.

»Du tanzt wie ein Bär.« Sie lachte. »Nicht mal dein Griff sitzt an der richtigen Stelle. Pass auf, so!« Sie führte mit einer raschen Bewegung seine Hand in ihrem Rücken tiefer und drückte sie fester an ihren Körper, und so spürte er die harten Spitzen ihres Büstenhalters an seiner Brust. Er schaute in ihr Gesicht, sie war schön, und sie erregte ihn. Sie versuchten es noch mit einer weiteren Runde, einem schnelleren Stück aus dem Repertoire von Benny Goodman. Doch Julia brach keuchend ab und führte Jo kichernd zu einem kleinen runden Tisch, der gerade frei geworden war.

Ein junger Kellner kam, der sie in gebrochenem Englisch mit Berliner Akzent fragte, was sie trinken wollten. Wahrscheinlich ein Student oder Schüler, der sich mit dem Nebenjob etwas verdiente, vermutete Jo. Julia bestellte Sekt, Jo ein Bier. Nach einer kurzen Verschnaufpause, in der sie schweigend den tanzenden – schwarzen und weißen – Paaren zusahen, wandte Julia ihm ihr Gesicht zu. »Du sagtest, Frank hat dich eingeladen?«

»Ja. Ganz spontan. Ich habe … Wir hatten etwas zu besprechen.«

Sie sah ihn überrascht an. »Im Headquarter? Ich meine, Frank arbeitet doch dort.«

Er stockte. Trotz des Alkohols, den er an diesem Abend schon getrunken hatte, war ihm doch klar, dass er über den Inhalt des Gesprächs mit Frank, über den aktuellen Fall, nicht mit ihr reden durfte.

Julia schien das sogleich zu begreifen und wechselte mit erfrischender Leichtigkeit das Thema. »Weißt du, Frank und ich mussten sehr darüber lachen, dass wir uns nicht persönlich kannten, obwohl wir nur einige Straßen entfernt voneinander wohnen. Aber ich arbeite im Gebäude der Kommandantur und Frank im Headquarter, daher sind wir uns nie begegnet. So was passiert.« Sie berührte mit zwei Fingern seinen Handrücken. »Ich erzähle dir eine Geschichte, pass auf, sehr lustig: An der Uni in London hatte ich eine Freundin, Sylvia, eine Italienerin aus Mailand. Sie studierte Wirtschaft wie ich. Eines Tages fällt ihr auf, dass sie ihr Skript im Vortragssaal vergessen hat. Sie also zurück, stößt die Tür zum Saal auf – und prallt mit einem Mann zusammen, der genau in diesem Moment hinaus will. Sie stoßen mit den Köpfen zusammen und fluchen beide gleichzeitig: Cazzo!« Julia lachte und senkte verschwörerisch die Stimme. »Ich glaube, Cazzo ist ein etwas unanständiges Wort im Italienischen.

Aber daran erkannten Sylvia und Marcello, so hieß der junge Mann, dass sie Landsleute waren. Noch dazu beide aus Mailand. In London, stellten sie fest, hatten sie – wie Frank und ich hier in Berlin – nur wenige Straßen entfernt voneinander gewohnt. Und sie studierten am selben Institut, ohne voneinander zu wissen.«

Die Getränke kamen.

»Schrecklich.« Jo verzog das Gesicht.

»Was, die Geschichte?«

»Nein, das Bier.« Er sah Julia an. »Was ist aus den beiden geworden, Sylvia und Marcello?«

Sie seufzte. »Ein geschiedenes Paar. Was sonst?«

»Was sonst?« Er schaute sie neugierig an.

Julia sah sich gespielt um. »Unter prüden Amerikanern sagt man so etwas besser nicht. Aber unter uns …« Sie kam ihm mit einem verschwörerischen Ausdruck im Gesicht so nahe, dass ihre Lippen beinahe seinen Mund berührten. »Ich glaube nicht an die Ehe. Oder die Familie. Du etwa?«

Er schüttelte sich demonstrativ, und sie lachte herzlich.

»Darauf stoßen wir an, Jo!« Sie rief lautstark den Kellner herbei und bestellte einen Whisky für ihn. »Eis, Soda oder pur?« Sie sah ihn eine Sekunde lang fragend an und entschied dann selbst, ohne seine Antwort abzuwarten: »Pur.«

Der Whisky kam schnell, und wenig später folgte der nächste. Jo sah Frank den ganzen Abend nicht wieder und spürte auch kein Verlangen danach. Irgendwann verließ ihn das Zeitgefühl, er hätte nicht sagen können, wann er mit Julia die Party verlassen hatte, noch wie viel und was er vorher getrunken hatte.

Julia wohnte am westlichen Ende der Dreipfuhlsiedlung, in der Ripleystraße. Jedoch nicht wie Frank in einem eigenen Bungalow, sondern in einem doppelstöckigen Flachbau, das Haus teilte sie sich mit ihrer Mitbewohnerin Helen. Jede für sich allein, erklärte sie Jo, hätte den Zuschlag der Housing, der amerikanischen Wohnungsverwaltung, für das Haus nicht bekommen.

Julia schloss auf, und sie betraten den Hausflur, in dem bereits das Licht brannte. Auf einer kleinen Kommode vor dem Flurspiegel lag eine geöffnete Schachtel Fromms.

»Ts, ts«, machte sie, »Helen und Ross konnten es anscheinend gar nicht mehr erwarten.« Sie nahm die Schachtel in die Hände und zog lächelnd ein noch verpacktes Kondom heraus. »Okay.« Sie wedelte damit vor Jos Nase. »Was machen wir jetzt damit?«

Dienstag, 24. September 1957

Julia weckte ihn am nächsten Morgen durch einen keineswegs sanften Biss in sein Ohrläppchen. Er lag mit schwerem Schädel in ihrem Bett – nahm wenigstens an, dass es ihres war. Sie saß in einem kurzen nebelweißen Nachthemd auf der Bettkante und lächelte ihn mit müden Augen an.

»Gleich sieben, Jo. Ich nehme an, du musst zur Arbeit, genau wie wir? Ross und Helen sind schon aus dem Haus.«

»Sieben Uhr?« Er stöhnte auf. »Ich sollte um acht im Präsidium sein. Zumindest erwartet man das von mir.«

»Ich kann dich rasch mit meinem T-Bird fahren, wenn du willst?«

»Danke, nicht nötig. Mein Motorrad steht noch vor Franks Haus. Hoffe ich.«

Plötzlich hörten sie einen lauten Knall, ganz in der Nähe. Jo richtete sich erschrocken auf. »Das war ein Schuss.« Er war sich ganz sicher.

Sie winkte gelangweilt ab. »Die Kinder schießen manchmal auf Hasen und Enten, ehe sie zur Schule gehen.«

Jo starrte sie an. »Kinder *schießen*? Mit was, Gewehren?«

Sie gähnte. »Jedenfalls nicht mit Pfeil und Bogen. Was erwartest du? Es sind Kinder von Soldaten. Aber keine Sorge, die Eltern wurden schon ermahnt.« Sie beugte sich zu ihm herunter und küsste ihn.

Dann zeigte sie ihm das Bad, wo er duschte und sich frisch machen konnte. Sie schien gut präpariert, hatte sogar eine neue Zahnbürste für ihn, angeblich hatte ihre Mitbewohnerin Helen sie aus dem PX, dem Supermarkt in der Truman Hall, besorgt.

Zum Frühstücken blieb keine Zeit mehr. Bevor er das Haus verließ, tauschten sie ihre privaten Telefonnummern.

»War schön mit dir, heute Nacht, Jo. Sollten wir bald wiederholen.«

»Sollten wir«, sagte er pflichtgemäß, obwohl er sich an das, was in der Nacht geschehen war, kaum erinnern konnte. Es rauschte noch immer in seinem Schädel wie in einer Muschel, die man sich ans Ohr legte.

Julia küsste ihn flüchtig zum Abschied und schloss die Haustür. Neben der Klingel las er das Namensschild: Julia Range und Helen Tomley.

Vor der Garage stand ihr Wagen, ein kirschroter Ford Thunderbird, der T-Bird, mit dem sie ihn hatte fahren wollen. Er warf einen skeptischen Blick in den grauen Himmel, schlug den Mantelkragen hoch und machte sich auf den Weg.

Fünf Minuten später befand er sich vor dem Bungalow, in dem Frank Stewart wohnte. Die Rollläden waren heruntergelassen, Frank schlief also noch. Oder war er bereits wieder im Headquarter?

Jo sah sich um. Das Alltagsleben am Duck Pond in Little America begann sich zu regen. Jalousien wurden hochgezogen, die Lichter in den meisten Häusern brannten, manche Fenster wurden zum Lüften geöffnet, hollywoodreife Limousinen verließen hier und da die Einfahrten oder rollten bereits sanft tuckernd an ihm vorbei. Weitere Schüsse fielen nicht. An dem Bus Stop, zwei Steinwürfe entfernt, lärmten Kinder, die auf den Schulbus warteten, weiter nichts.

Jo startete die DKW und fuhr los. Ein Mercedes-Taxi

kam ihm auf der Garystraße entgegen. Der Fahrer warf ihm einen wütenden Blick zu, als hätte Jo ihm die Vorfahrt genommen. Dann bog er scharf rechts in den Lützelsteiner Weg ein.

Wahrscheinlich gab es nicht nur in Berlin, sondern auf der ganzen Welt solche Taxifahrer. Die glaubten, ihnen gehöre die Straße ganz allein.

Was, zum Teufel, hatte der Blonde am Dreipfuhl zu suchen? Noch dazu um diese Uhrzeit? Der Bulle war von der Reichshofer Straße her auf die Garystraße gefahren. Andernfalls hätte kein Zweifel bestanden, dass er von der Ami-Braut gekommen wäre. Doch Julia Range wohnte auf der westlichen Seite der Ami-Siedlung. Zusammen mit dem anderen Flittchen, Helen Soundso, teilte sie sich eines der Duplex-Häuser in der Ripleystraße. Duplex – Zweistock hätte man früher dazu gesagt, schlicht und auf gut Deutsch.

Der blonde Bulle musste also von Stewarts Haus gekommen sein. Was hatte das wieder zu bedeuten? Die Männer hatten sich demnach Samstagnacht in dem Affenstall in der Nürnberger Straße kennengelernt. Waren die beiden pervers, hatten es die Nacht über zusammen getrieben? Allein die Vorstellung …

Früher hatten sie solche Kerle als Gemeinschaftsfremde ins Lager gesteckt. Kurzer Prozess und fertig. Die Leute, die er *kannte, dachten auch heute nicht anders darüber. Gesundes Volksempfinden nannte sich das.*

Er bog vom Lützelsteiner Weg in die Ripleystraße ein, nahm die Biegung nach links und parkte den Wagen sauber neben der flachen Bordsteinkante. Praktisch, dass die Amis keine Zäune und Hecken mochten, so hatte er das Duplex-Haus der zwei Ami-Huren über Rück- und Außenspiegel gut im Blick.

Der blonde Bulle fiel ihm wieder ein, und seine Laune gefror. Nein, der hatte nichts mit Stewart. Samstagnacht erst hatte der Amerikaner sich von Julia Range in ihrem

Wagen nach Hause kutschieren lassen und die halbe Nacht mit ihr in seinem schnieken Bungalow verbracht. Reife Leistung, das musste man anerkennen. Der Ami war doch sternhagelvoll gewesen, das hatte er sogar von seinem Taxi aus beobachten können.

Aber der Bulle vorhin? Er sollte das melden. Gab vielleicht eine Prämie? Seine Laune besserte sich schlagartig.

Ein jüngerer Kollege von Hoyer saß heute im Foyer, er las Zeitung und nahm Jo kaum zur Kenntnis. Jo überlegte, ob er den Fahrstuhl nehmen sollte, doch nachdem sein Kopf durch die Fahrt von Dahlem zum Präsidium ausreichend gelüftet worden war, fühlte er sich frisch genug, die fünf Stockwerke im Treppenhaus zu bewältigen.

Die Wanduhr über den Regalen zeigte kurz nach acht, als er das Büro betrat. Gerber saß an seinem Schreibtisch und telefonierte. Jo nickte ihm zu, Gerber blickte nur auf, während er weiter konzentriert zuzuhören schien.

Jo hängte seinen Mantel an den Garderobenhaken und bemerkte einen grauen Umschlag auf seinem Schreibtisch. Mit einer Klammer war ein Zettel daran befestigt, auf dem sein Name, die Büronummer und das Kürzel von Lene Spohn, mit dem Zusatz »zur Kenntnis«, zu lesen waren.

Der Umschlag enthielt die an alle zuständigen Dienststellen ausgegebene »Suchmeldung Katja Zern«. Jo überflog rasch die Daten und versuchte, aus dem abgedruckten Foto schlau zu werden. Keine besonders gute Aufnahme. Eine Frau um die vierzig, mit lockigen dunklen Haaren, mehr war im Grund nicht zu erkennen.

Die Vorgangsnummer, die Lene auf einem eigenen Blatt hinzugefügt hatte, zeigte ihm an, dass sie nun alle weiteren Informationen zu dem Fall für ihn sammeln würde. Lene beherrschte die geheime Sprache der Verwaltung perfekt.

Gerber, der mit seinem Gegenüber in der Leitung ein

paar kurze Bemerkungen gewechselt hatte, bedankte sich jetzt und legte auf. Er sah zu Jo herüber und musterte ihn mit einem ironischen Blick. »Noch nicht lange her, dass Sie aus dem Bett gefallen sind, was? Wenn es denn ein Bett *war.*«

»War es. Nur zu weich.« Sollte Gerber seine Schlüsse daraus ziehen, dachte Jo und kam zu Wichtigerem: »Kollege Schuchardt noch krank?«

»Leidend.« Er klopfte sich mit der flachen Hand seitlich an die Hüfte.

»Verstehe.«

Gerber setzte mit einem Mal eine ernste Miene auf. »Können Sie etwas für sich behalten, Sturm?«

»Wenn Sie mich nett bitten.«

»Ich meine, gegenüber Granzow.«

Gerber schien es ernst zu meinen. Jo ging zu ihm hinüber und setzte sich mit einem Bein auf die Schreibtischkante.

»Geht um Pasewalk«, sagte Gerber mit gedämpfter Stimme.

Deshalb tat Gerber so geheimnisvoll. Granzow hatte ihnen gegenüber zu verstehen gegeben, dass er im Fall Pasewalk keinen Handlungsbedarf sah, solange die Forensik einen Selbstmord nicht ausschloss.

»Ich habe inzwischen mit den Meldebehörden über den Fall gesprochen.« Gerber kniff die Brauen zusammen. »Das Verrückte ist, dass Otto Pasewalk praktisch keine Geschichte hatte. Oder gleich zwei. Mindestens.«

Jo sah ihn verständnislos an.

»Wir wissen, was Pasewalk aktuell gearbeitet und wo er gewohnt hat. Gut. Aber seine Geburtsdaten weisen auf eine Familie in Mainz, die laut örtlichen Unterlagen während des Krieges durch einen Bombenangriff vollständig ums Leben gekommen ist.«

»Mit anderen Worten, unser Pasewalk wäre von den Toten auferstanden, um gestern ein zweites Mal zu sterben?«

»Oder etwas schlichter: Pasewalks Papiere, sein Pass sind gefälscht. Und zwar schon vor Jahren, ich nehme an, spätestens seit er im Savoy als Hoteldetektiv angeheuert hat.«

Gerber atmete tief ein und griff mechanisch zu seinen Zigaretten, die vor ihm auf dem Schreibtisch lagen. Er sah zu Jo auf und bot ihm eine an.

»Trotzdem«, entschied Gerber, nachdem sie schweigend eine Weile geraucht hatten. »Wir behalten das vorerst noch für uns.«

Von Gerbers dezentem Widerstandsgeist gegenüber Granzow, einer Art innerer Unabhängigkeit, war Jo durchaus überrascht.

Es klopfte, und die Tür flog auf. Gundula Krauß, die Sekretärin. Klein, rund und gesund stand sie im Rahmen und verwedelte unwirsch den Zigarettenqualm mit ihren schönen schlanken Händen. »Das nächste Mal bringe ich ein Nebelhorn mit, Männer. Der Chef ruft.« Sie machte eine heftige Seitwärtsbewegung mit dem Kopf, dass man es knacken hörte. »Lagebesprechung.« Sie machte auf dem Absatz kehrt und ließ die Tür weit offen.

»Auf in den Kampf, Torero«, sagte Gerber, packte Nil-Schachtel und Feuerzeug in seine Jacketttasche, und sie gingen gemeinsam rüber zu Granzow.

×

Mit aufgerichteten Brauen und starrem Blick thronte Granzow hinter seinem Schreibtisch wie ein Uhu.

»Was ist mit Schuchardt?«

Gerber gab ihm die entsprechende Auskunft.

»Splitter, Splitter. Wenn ich das schon höre. Nichts als Ausreden.«

Dann verlangte er Rapport zum Fall Beringer.

Gerber berichtete, dass alle verfügbaren Kollegen die infrage kommenden Quellen in der Stadt kontaktierten. »Bisher nur eine Rückmeldung. Zu Kabusz, einem alten Kunden aus der Abteilung Raub. Er wurde vor gut zweieinhalb Wochen aus Tegel entlassen. Hatte vorher angekündigt, er werde als Erstes ein paar reiche Amis fertigmachen.«

»Und?« Granzow trommelte ungeduldig mit dem Daumen auf die Schreibtischplatte.

»Kabusz hat im Tiergarten, allerdings in der Nähe des Zoos, einen englischen Touristen überfallen und halb totgeprügelt. Er war schon immer mehr Schläger als Räuber, sagen die Kollegen. Zwei Zoomitarbeiter auf dem Weg nach Hause haben den Mann schreien gehört und Kabusz an der Flucht gehindert. Seitdem sitzt er wieder ein. Er war nicht mal drei Tage draußen, der Vorfall fand schon vor zwei Wochen statt.«

Granzow ließ ein unbestimmtes Knurren hören. »Trotzdem. Die Kollegen sollen sich weiter umhören. Die Kabusz-Sache ist vielleicht das Muster für den Beringer-Fall. Ähnlich primitiv.«

Ein *brauchbares* Muster, dachte Jo. Aber keines, das der Wahrheit mit zwingender Logik nahekam.

Granzow wandte den mächtigen Uhuschädel und fixierte Jo, als hätte er seinen ketzerischen Gedanken von der Stirn ablesen können. »Was ist mit Ihnen, Sturm? Gelegenheit zum Übersetzen gehabt?« Er schickte ein kurzes, derbes Lachen in Gerbers Richtung, der jedoch keine Miene verzog.

Jo hatte seinen Stuhl heute nicht frontal, sondern schräg zu Granzows Schreibtisch gestellt. So hatte er dessen Familienporträts auf dem Sideboard direkt vor Augen. Wieder fiel ihm der seltsam starre Blick des Dreißigjährigen auf der rechten Fotografie auf. War das wirklich Granzows Sohn? Er sah aus, als wäre er mit knapper Not einem Mordanschlag entkommen und stünde noch unter Schock.

Jo richtete die Augen wieder auf Granzow, der ihn wütend ansah.

»Herrgott, Sturm, brauchen Sie eine Extraeinladung für Ihren Bericht?«

»Verzeihung.« Jo hatte nicht vor, sich aus der Ruhe bringen zu lassen. Nicht von Granzow. »Ich habe mit Verbindungsoffizier Stewart vom Hauptquartier gesprochen. Er hat mir, neben Beringers offiziellem Programm in der Kongresshalle, das wir ja schon kennen, von zwei weiteren Terminen berichtet, die laut Beringers New Yorker Verleger in Berlin geplant waren.« Jo fasste kurz zusammen, was Frank Stewart von Jonathan Claim erfahren hatte. Sein Fazit war knapp: »Wir müssen mit beiden sprechen: Schwittow, dem Verleger im Westen, und Althaus, dem Arzt in Ostberlin.«

Granzow warf sich auf seinem Stuhl zurück und brach in ein theatralisches Lachen aus, das er abrupt wieder abbrach. »Dieser Schwittow, einverstanden. Aber eine Vernehmung in Ostberlin? Haben Sie eine Ahnung, wie lange es dauern kann, bis wir die Genehmigung der Alliierten dafür bekommen? Falls wir sie je erhalten.«

»Er ist Arzt, einfacher Hausarzt. Warum sollte es problematisch sein, für ihn eine Genehmigung zu bekommen?«

»Er war strammer Kommunist in seiner Jugend! Haben Sie doch vorhin erwähnt, Sturm. Wahrscheinlich ist er es immer noch. Andernfalls hätte er längst rübergemacht, wie so viele seiner Kollegen. So einer als Zeuge in einem Mordfall in Westberlin? Noch dazu an einem Amerikaner? Das wäre Kalter Krieg im Zeugenstand. Vergessen Sie das, Sturm.«

»Beringers Wunsch, seinen Jugendfreund zu sehen, könnte vollkommen privat und persönlich motiviert gewesen sein.« Was, wenn ausgerechnet Althaus der Schlüssel für die Lösung des Falls war?

»Hören Sie, Sturm.« Granzow sah jetzt sehr von oben herab auf Jo hinunter, wie auf einen Schuljungen, der sich noch einnässte.

»Da Schuchardt sich nun mal nicht *fühlt*, wollen wir mal sagen, können Sie diesen Quitzow ...«

»Schwittow.«

»Schwittow, meinetwegen. Den Mann können Sie von mir aus zu Beringer vernehmen. Ich bezweifle, dass viel dabei herauskommt. Aber wir wollen gründlich sein. Sauber arbeiten ist das A und O.«

Granzow wandte sich wieder an beide, Jo und Gerber. »Übrigens habe ich mit dem Kriminalrat über Beringers Vergangenheit als Bomberpilot gesprochen. Inwiefern das eine Rolle bei unseren Ermittlungen spielen sollte.«

»Ja?« Jo sah Granzow gespannt an.

»Vorerst keine.«

»Mit welcher Begründung?«, wollte nun auch Gerber wissen.

»Erstens fehlen uns die Mittel und Möglichkeiten dafür. Zweitens wäre der Teufel los, wenn die Presse Wind davon bekäme, dass wir prüfen, ob sich alte Kameraden durch Beringers Bombervergangenheit provoziert gefühlt haben könnten. Wir wissen nicht, wer aus diesen Kreisen davon überhaupt Kenntnis gehabt haben könnte. Aber wir sind kein Geheimdienst. Wenn die Amis sich dafür interessieren, sollen *sie* sich darum kümmern.«

Jo spürte Wut in sich aufsteigen. Er wusste, dass er seinen Protest im Augenblick besser für sich behielt. Aber es platzte dennoch aus ihm heraus: »Wir können doch aber … unsere Ermittlungen nicht von der … politischen Gemengelage abhängig machen, die gerade in der Stadt herrscht. Wir *müssen* in alle Richtungen ermitteln. Ob es nun alte Nazis betrifft oder einen früheren Kommunisten wie Althaus.«

Granzows fleischige Wangen bebten vor Wut. »Ich warne Sie, Sturm. Überspannen Sie nicht den Bogen.« Er drohte ihm sogar mit dem Zeigefinger, den er wie einen Pistolenlauf auf Jo richtete. Dann klappte er die Akte auf seinem Schreibtisch zu, verpasste ihr noch einen Schlag mit der Faust und zog eine Overstolz aus der Schachtel, die neben dem Aschenbecher lag.

»Ende der Sitzung.«

Damit stampfte er zum Fenster und zündete sich eine Zigarette an. Jo und Gerber demonstrativ den kompakten, breiten Rücken zukehrend, fing er an, Rauch gegen das Fensterglas zu blasen.

×

Im Flur wandte sich Gerber an ihn: »Seien Sie vorsichtig, Kollege. Mit Granzow ist nicht zu spaßen. Sie sind doch ein kluger Bursche, Mensch.« Er tippte ihm mit der Faust leicht auf den Arm. »Denken und von mir aus tun Sie, was Sie für richtig halten. Aber binden Sie es Granzow nicht auf die Nase. Nur so überleben Sie in dieser Schlangengrube hier.«

Er wühlte in seiner Jackettasche. »Scheint, dass meine Zigaretten alle sind. Werde mal für Nachschub sorgen.« Er nickte Jo noch einmal mahnend zu und machte sich auf den Weg zur Kantine.

Auch Jo hatte das Gefühl, dass er nach dem unschönen Abgang erst einmal eine Verschnaufpause brauchte.

Auf dem Weg zurück in das Büro nebenan wurde ihm plötzlich bewusst, wie wenig er von der Arbeit der anderen Kollegen, im Grunde des gesamten Ermittlerapparats wusste, von den Aufgaben all derer, die hinter den vielen verschlossenen Bürotüren der Fünften auf die eine oder andere Weise mit dem Fall befasst waren. Alle Fäden und damit sämtliche Informationen zu dem Fall liefen bei Granzow und Kettler zusammen. Sie entschieden, wer was wann von wem erfuhr, falls überhaupt. Seine eigene Rolle, die ihm zugedachte Funktion in diesem undurchsichtigen System begriff er dabei am allerwenigsten. Genau genommen wurde er im harten Kern der Ermittler um Granzow herum nur geduldet.

Was nicht hieß, dass er sich damit abfand.

Im Büro fand er das Berliner Telefonbuch auf Schuchardts verwaistem Schreibtisch und suchte unter der Rubrik »Druckerzeugnisse, Verlage« nach dem Namen Schwittow. Der H.W. Schwittow Verlag hatte seinen Sitz in Schöneberg, in der Nollendorfstraße. Er schrieb die Telefonnummer auf einen Zettel, den er von einem Notizblock auf Schuchardts Tisch abriss, und rief auch gleich von dessen Apparat an.

Eine etwas schnarrende Frauenstimme meldete sich. »Schwittow Verlag, Jenners, guten Tag.«

Jo nannte seinen Namen und wünschte Hans Werner Schwittow zu sprechen.

»In welcher Angelegenheit, bitte?«

»Einer ernsten.«

»So.« Falls sie überrascht war, ließ sie es sich nicht anmerken. »Das tut mir leid, Herr Sturm. Dr. Schwittow nimmt zurzeit einen Außentermin wahr. Wenn Sie in einer Stunde noch einmal anrufen würden? Besser noch, in zwei Stunden. Dann kann ich direkt mit ihm einen Termin für Sie vereinbaren.«

»Vielen Dank, bis später.« Und zwar direkt vor Ort. Aber das würde sie dann schon sehen.

Jo legte auf und sah auf die Uhr. Kurz nach neun. Bis um elf ließ sich die Zeit durchaus sinnvoll nutzen.

×

Die Sonne hatte endlich eine Lücke in der trüben Wolkensuppe gefunden, als Jo seinen Roller vor dem Odeon abstellte. Der Autoverkehr auf dem Ku'damm, Ecke Uhlandstraße war belebt wie immer, selbst der Mittelstreifen belegt mit parkenden Autos. Auf den breiten Bürgersteigen drängten sich jedoch noch nicht die Touristengruppen und drückten sich die Nasen an den Schaufenstern platt wie an den Nachmittagen oder gar den Wochenenden.

Jo fand den Ku'damm ziemlich langweilig. Eine breite Geschäftsstraße eben, die ihre Aura als Boulevard allein aus der Dichte ihrer Mode- und Juwelierläden, Schuh- oder Teppichgeschäfte, der Banken und Kinos bezog. Für ihn war von allen Läden nur das Odeon Musikhaus unverzichtbar. Es bot eine große, stets aktuelle Auswahl Schallplatten, die man in Kabinen anhören konnte, so oft und so lange man wollte. Niemand beschwerte sich, wenn man selbst nach Stunden des »Durchhörens« der neuesten Platten nichts kaufte.

Es waren noch kaum Kunden im Laden, eine Verkäuferin segelte beschwingt auf ihn zu, erkannte sein Gesicht und ließ ihn lächelnd an sich vorbeiziehen. Er marschierte gleich durch bis zur Jazz-Abteilung und wühlte sich durch die bekannten Fächer. Chet Baker, Gerry Mulligan, Sarah Vaughan, Sinatra, Lee Konitz … nein, das kannte er alles schon. Dann entdeckte er Erroll Garners »Concert by the Sea«, die berühmte Aufnahme von fünfundfünfzig. Er hatte schon mehrfach Ausschnitte daraus im Radio gehört, kannte aber noch nicht alle Stücke. Er zog die Platte aus dem Regalfach und war bereits auf dem Weg zur nächsten freien Kabine, als ihm eine Frau mit kurzen brünetten Haaren in einem hellen Regenmantel entgegenkam. Sie trug zwei Platten in der Hand, die sie anscheinend angehört hatte.

Er erkannte ihr Gesicht sofort wieder und hob zum Gruß die Hand, in der er die Erroll-Garner-Platte hielt.

»Tag, Lore.«

Sie hatte den Kopf gesenkt und auf die Platten in ihren Händen geschaut, als überlege sie, welche von beiden sie kaufen sollte. Sie zuckte vor Schreck zusammen, als er so plötzlich vor ihr stand. Eine der Platten fiel ihr aus der Hand.

Jo, selbst ein wenig erschrocken angesichts ihrer schreckhaften Reaktion, bückte sich, hob die Platte vom Boden auf, wendete sie prüfend hin und her und reichte sie ihr.

»Sieht noch ganz gut aus, der alte Count, oder?«

Der Umschlag zeigte eine ältere Frau mit einem Strauß roter Nelken, die sie dem ebenfalls nicht mehr taufrischen Count Basie, eine Baskenmütze auf dem Kopf, reichte.

Sie atmete erleichtert auf. »*Sie* sind es.« Sie schien kurz zu überlegen. »Jo. Richtig? Aus der ›Badewanne‹.«

»Richtig.« Er deutete auf die Platte, die heruntergefallen war. »›April in Paris‹. Gute Wahl.« Count Basie war ein Swing-Dinosaurier, der es geschafft hatte, sein Orchester bis in die Gegenwart hinüberzuretten. Auch wenn er sichtlich nicht mehr von Teenagern vergöttert wurde, wie der Plattenumschlag zeigte.

»Was steht noch zur Auswahl?« Jo versuchte einen Blick auf die andere Platte zu erhaschen, die Lore in der Hand hielt.

»›September in Berlin‹«, sagte sie trocken.

»Wie?«

»Quatsch.« Sie zeigte ihm den Umschlag.

»Fontessa«, The Modern Jazz Quartett, las er. Das Motiv auf dem Umschlag zeigte Figuren der Commedia dell'Arte. Falls das die richtige Bezeichnung war.

»Ich habe die vier Herren im Sportpalast gesehen. Unbeschreiblich schön.«

»Kaufen Sie beide Platten, falls Sie sich nicht entscheiden können«, schlug Jo vor. »Ich mach's auch so.«

»Geht nicht. Zu teuer für unsereins. Ich werde keine von beiden kaufen.«

»Und wenn ich sie Ihnen spendiere?«, hörte Jo sich auf einmal sagen.

»Nein. Aber danke.« Ihre Stimme klang förmlich und unmissverständlich. Sie begann sich prüfend umzusehen.

Er sog verlegen die trockene Ladenluft tief ein. Es war offensichtlich nicht sein Tag heute.

Sie sah ihn auf einmal direkt an, ihre schmale Stirn in Höhe seines Kinns. »Aber wenn Sie mir einen Kaffee spendieren möchten, sage ich nicht Nein«, raunte sie.

Jo ließ die Luft heraus, die er angehalten hatte. »Das Café Schilling dürfte schon geöffnet haben.«

Zudem war es ganz in der Nähe. Sie stellten beide ihre Platten zurück und verließen zusammen den Laden. Jo ließ seine DKW auf dem Bürgersteig stehen, und sie gingen das kurze Stück zu Fuß. Das Café Schilling, das schräg gegenüber der Ruine der Gedächtniskirche lag, hatte den Krieg im Unterschied zu vielen anderen Kaffeehäusern im Zentrum der Stadt wundersamerweise unbeschadet überstanden und war nach wie vor sehr beliebt.

Im Augenblick war es voll. Glücklicherweise verließ soeben ein älteres Paar einen der kleinen runden Tische an der Fensterfront, den sie sofort kaperten.

Sie bestellten ein Kännchen Kaffee für sie beide und saßen sich auf einmal betreten gegenüber. Schauten hinaus auf den Autoverkehr, der noch dichter und hektischer geworden war, und beobachteten die Fußgänger, die draußen an der verglasten Front vorbeizogen wie Figuren in einem Film.

Bis Lore ihn ansah und sagte: »Was machen Sie eigentlich hier, Jo? Schlecht rasiert, in einem Plattenladen, morgens um zehn?« Ihre Mundwinkel zuckten spöttisch.

»Ich schlage die Zeit tot. Lustiges Beamtenleben, wissen Sie.«

Sie legte den Kopf schief und zog skeptisch die Brauen zusammen.

»Wirklich wahr.« Er stieß einen Seufzer aus und entschloss sich, kein Geheimnis daraus zu machen. »Die meisten Leute stehen gewöhnlich auf und verschwinden, wenn ich es zugebe: Ich bin Polizeibeamter. Kripo, momentan. Meine Kollegen gehen in der Pause Zigaretten kaufen. Ich höre mir Platten an.«

Sie schien das nicht witzig zu finden, sah nun eher besorgt aus.

Er beugte sich zu ihr vor. »Und Sie, Lore? Kommen extra aus dem Osten hierher, um sich am Ku'damm Platten anzuhören? Count Basie und das Modern Jazz Quartett?«

»Richtig. Die gibt es bei uns nämlich nicht. Weder zu kaufen noch zu hören.« Sie stieß einen Seufzer aus. »Was meine Arbeit nicht gerade erleichtert.«

»Wie? Ihre Arbeit ist es, Jazz-Platten im Westen zu hören? Ich glaube, ich sollte auch im Osten arbeiten.« Gab ja immer noch etliche Tausend Westberliner, die als Grenzgänger im Osten arbeiteten. Sogar Horst Buchholz war lange einer gewesen, nur in umgekehrter Richtung, von Ost- nach Westberlin. Wohnte der eigentlich noch drüben?

Lore musterte ihn, als fragte sie sich, ob er die richtige Unterhaltung für sie war. Dann atmete sie durch und sagte: »Haben Sie vielleicht eine Zigarette für mich?«

Er holte seine Camel-Schachtel heraus und bot ihr eine an. »Wenn Sie ohne Filter mögen?«

Sie rauchten.

Der Kaffee kam.

Lore sagte: »Ich arbeite beim Berliner Rundfunk. Im Funkhaus Nalepastraße. Musikredaktion. Aufgabengebiet Lied der Zeit.«

»Ach, du Schreck.«

Sie lachte.

»Und Count Basie und das Modern Jazz? Wie passen die dazu?«

»Die Partei findet derzeit mal wieder: gar nicht.«

»Lieber Volkstänze aus der Ukraine?«

Sie lachte wieder.

»Aber die Musik ist ja nun mal in der Welt«, wandte er ein. »Und die westlichen Sender, AFN, BFN, Voice of America, sind doch auch im Osten zu hören.«

»Der RIAS, nicht zu vergessen.« Sie spitzte die Lippen. »Deshalb muss ich wenigstens informiert darüber sein, wie dekadent der Westen ist.«

»Aber Sie könnten doch einfach Feindsender hören. Statt durch den Westen zu streunen und vor Ort schlimme imperialistische Musik in der ›Badewanne‹ und dekadente amerikanische Schallplatten am Ku'damm zu hören.« Er zog an seiner Zigarette. »Wäre bequemer.«

Sie kniff die Augen zusammen. »Und warum waren *Sie* vorhin in dem Plattenladen? Sie könnten doch auch den ganzen Tag RIAS hören! Inklusive Propaganda.«

»Ihre ist aber auch nicht schlecht!«

»Stimmt. Aber im Ernst, Jo ...« Sie senkte die Stimme und rückte näher an die Tischplatte. »Ich finde, wenn Sie schon schwarze Musik hören, Count Basie oder Duke Ellington oder Satchmo, Sie wissen schon, dann denken Sie auch mal daran, dass dieselben schwarzen Musiker in keinem amerikanischen Bus auf einem Platz sitzen dürften, der Weißen vorbehalten ist.«

»Klingt, als ob Sie schon mal in den Staaten gewesen wären.«

»Das nicht. Werde ich schon noch. Eines Tages. Und Sie? Waren Sie schon mal jenseits vom Großen Teich?«

»Lange her.« Er überlegte, ob er davon anfangen sollte. Doch eigentlich hatte er im Augenblick keine Lust dazu.

»Entschuldigung«, sagte sie auf einmal, indem sie die Zigarette im Drehascher auf dem Tisch versenkte. Ein wenig verlegen, wie ihm schien, suchte sie seinen Blick. »Ist ein bisschen der Gaul mit mir durchgegangen, was?«

»Ulbricht wäre stolz auf Sie.«

»So schlimm?«

»Nein. Sie haben ja recht. Aber nicht generell. Zum Beispiel neulich, Frank und Julia, die Amerikaner, die ich in der ›Badewanne‹ kennengelernt habe, Sie haben mit Ihnen am Tisch gesessen, sind bestimmt keine Rassenhasser.«

Sie nickte halbherzig. »Ich erinnere mich. Frank war sternhagelvoll, und Julia, die Blonde, die ...« Sie brach ab und wedelte unbestimmt mit der Hand.

»Die Blonde, die was?« Das interessierte ihn jetzt.

»Schon gut.«

»Doch, sagen Sie ruhig, was Sie denken. Ich habe Julia danach nämlich noch mal getroffen. Ganz zufällig.«

»Zufällig, aha.« Sie sah ihn ironisch an. »Mir ist nur aufgefallen, wie sie, diese Julia, die Leute beobachtet.« Sie deutete ein Kopfschütteln an. »Das gefiel mir nicht.« Sie war jetzt ganz und gar ernst. »Falls Sie sie weiterhin …« Plötzlich warf sie den Kopf zurück und lachte über sich selbst. »Also wirklich, was ist heute mit mir los? Da will ich Ihnen schon Ratschläge wie eine alte Tante erteilen.« Sie blickte auf die Uhr und sah ihn erschrocken an. »Gott, schon halb elf.«

Er legte einen Schein auf den Tisch, der auch ein gutes Trinkgeld bedeutete, und sie verließen das Café.

An der Kreuzung Joachimstaler Straße verabschiedeten sie sich voneinander.

»Wann streiten wir weiter, Lore? Macht Spaß mit Ihnen.«

»Danke für den Kaffee, Jo.« Sie lachte verhalten, gab ihm die Hand und ging davon Richtung S-Bahnhof Zoologischer Garten.

×

Gleich neben dem Odeon befand sich Löschers Buchladen. Jo ging auf eine ältere Verkäuferin zu, die soeben ein Gespräch mit einer Kundin beendet hatte.

Selbstverständlich führten sie Bücher des Schwittow-Verlags. Ob Jo sich für ein bestimmtes Buch interessiere?

»Im Grunde für alle.« Er wolle sich nur einen Überblick verschaffen, habe erst kürzlich von dem Verlag erfahren. »Was davon geht denn am besten bei Ihnen?«

»Politik, Kunst, Architektur. Aber das liegt an unserem Publikum, das sehr offen ist für Kultur und Politik, wissen Sie. Früher haben wir andere Sachen von Schwittow verkauft.«

»Ah ja?«

»Ja, das ›Vademecum‹ vor allem. Von Dr. Ratibor. Ein Arzt aus Berlin übrigens, leitet die Ratibor-Klinik in

Wannsee, falls Sie die kennen.« Jo zuckte mit den Achseln. »Der korrekte Titel war, glaube ich: ›Glücklich und gesund: Köpfchen statt Kopfschmerz‹. Aber wir haben es immer nach seinem Untertitel genannt, ›Ein Vademecum für die ganze Familie‹. Das Buch ist bereits 1950 herausgekommen. Dr. Ratibor hat wohl gespürt, was die Leute brauchten.«

»Nämlich?«

»Kluge Ratschläge für den Umgang mit anderen Menschen, gewürzt mit einer feinen Prise Humor. Wer wollte denn damals noch vom Krieg lesen, nicht wahr? Das Vademecum war sehr beliebt bei unserer Kundschaft. Vor allem der weiblichen.«

Jo fiel spontan Petra Küpper ein. Neben Musikerbiografien und Liebesromanen passte seiner Beobachtung nach auch ein solches Buch in ihr Beuteschema.

»Schade, dass es nicht wieder aufgelegt wurde«, sagte die Buchhändlerin. »Vor ein paar Jahren wurde es sogar noch mal angekündigt, kam dann aber doch nicht.«

»Und heute verlegt Schwittow Kultur?«

»Und immer mehr Politisches, wie gesagt. Das bringt unsere Zeit eben so mit sich, nicht wahr? Die Russen, die Amerikaner und wir Berliner immer mittenmang, wie man so sagt. Denken Sie nur an die furchtbaren Schauprozesse in Ostberlin.«

»Ja, Sie haben recht.« Erst vor einigen Monaten waren wieder Kritiker des DDR-Regimes zu langjährigen Haftstrafen verurteilt worden. »Eine andere Meinung zu haben kann tödlich sein drüben.«

Sie sah Jo einladend an. »Möchten Sie, dass ich Ihnen einige aktuelle Schwittow-Titel zeige? Falls sie nicht im Regal stehen, hole ich gerne einige Exemplare vom Lager für Sie.«

Jo schaute auf die Uhr. Viertel vor elf. »Vielen Dank.

Leider fehlt mir im Augenblick die Zeit dafür. Aber ich komme bestimmt darauf zurück.«

Die Frau lächelte verständnisvoll, und er verabschiedete sich.

×

Der Schwittow-Verlag befand sich in der Nollendorfstraße, nur ein paar Steinwürfe vom verkehrsumtosten Nollendorf- und ebensoweit vom friedlichen Winterfeldtplatz entfernt.

Jo stellte seinen Roller direkt vor dem Gebäude ab, in der Lücke zwischen dem Haifischmaul eines lindgrünen Opel Kapitän und dem Heck eines VW-Pritschenwagens einer Malerfirma.

Er blickte an der Gründerzeitfassade des Hauses hoch, sie schien vollständig erhalten oder wiederhergestellt zu sein. An der Haustür wollte er bereits klingeln, als sie von innen geöffnet wurde. Ein Handwerker, in der Hand einen leeren Farbeimer mit einer Malerquaste darin, strebte an ihm vorbei auf den Pritschenwagen zu.

Die Verlagsräume lagen gleich rechts im Hochparterre, wie ein Firmenschild aus Messing anzeigte. Der Handwerker hatte die Tür weit offen gelassen. Jo lief die fünf, sechs Stufen hinauf und betrat einen langen Flur, in dessen hinterem Bereich weitere Maler arbeiteten.

Vorne links klopfte er an eine Doppeltür und trat ein. Er sah sich einem brusthohen Tresen gegenüber, hinter dem ein Büro lag, dessen hohe Fenster den Blick auf die Straße freigaben. Rechts an der Wand ein Regal mit Aktenordnern, links eine Tür, neben der an beiden Seiten hoch angebrachte Porträtfotografien von Männern im Halbprofil auf den Besuch hinuntersahen.

An zwei wuchtigen, zusammengestellten Schreibtischen saßen zwei Frauen im mittleren Alter. Während sich die eine, schwarzhaarig und pummelig, durch sein Eintreten nicht von ihrer Arbeit ablenken ließ, hob die andere den blonden Dauerwellen-Kopf und sah Jo missmutig an. »Ach, bitte könnten Sie die Tür schließen, junger Mann?«

Jo drehte sich um und tat ihr den Gefallen.

»Ich dachte eigentlich, von außen.« Die Blonde hob das Kinn. »Wir haben nämlich momentan keine Geschäftszeiten. Sie sehen ja selbst, die Handwerker.« Sie wies unbestimmt mit ihrem Bleistift in Richtung Flur.

Jo erkannte die schnarrende Stimme wieder. Er trat an den Holztresen. »Mein Name ist Sturm. Ich denke, wir haben vorhin telefoniert. Ich würde gerne Herrn Schwittow sprechen.«

»Ach, Sie waren das?« Diesmal deutete sie mit ihrem Bleistift auf Jo. »Aber ich sagte Ihnen doch, dass Doktor Schwittow …«

»Worum geht's denn?«, schaltete sich die schwarzhaarige Frau ein, ihre dunklen Augen hinter der braunen Hornbrille stoisch auf Jo gerichtet.

Er zog seinen Ausweis aus der Manteltasche und hielt ihn hoch. »Kriminalpolizei. Es geht lediglich um eine Auskunft, die ich von Herrn Schwittow benötige.«

»Geht sicher um den armen Herrn Beringer, was?«, meldete sich die Blonde zurück.

»Wissen Sie etwas darüber?«

»Nur, dass er tot sein soll.«

»Sonia!«, zischelte die Kollegin mit der Hornbrille tadelnd.

»Wieso?«, wehrte sich die Blonde. »Das wird man doch noch sagen dürfen. Stand ja schließlich schon in der Zeitung. Und im Radio kam es noch vorher.«

In diesem Moment wurde die Tür zum Nebenraum geöffnet. Ein mittelgroßer, grauhaariger Mann Anfang sechzig in einem sandfarbenen Anzug trat heraus. Seine dunkle Brille verstärkte noch den Leichenbitterausdruck in seinem fahlen Gesicht, mit dem Hut in der Hand klopfte er nervös gegen sein Hosenbein. Ihm folgte unmittelbar ein schlanker, hochgewachsener Mann Mitte fünfzig, mit spärlichem grau meliertem Haar, in einem grauen Zweireiher. Er blieb einen Moment im Türrahmen stehen und musterte Jo mit einem schnellen Blick. »Nanu, Besuch«, stieß er ohne erkennbares Interesse an ihm hervor und widmete sich gleich wieder dem Mann mit der Brille. »Wie erreiche ich dich in den nächsten Tagen, Johann?«

»In der Klinik, wie immer.«

»Ich danke dir.«

Die Männer schüttelten sich die Hände und der mit der Brille wandte sich zum Gehen. Er machte zwei Schritte, da entdeckte er etwas auf dem Boden und blieb stehen. Jo sah ebenfalls hin. Es war ein roter Bleistift, der vor seinen Füßen auf dem Parkettboden lag, wahrscheinlich von einem der Schreibtische heruntergefallen. Der Mann wies mit seinem Hut darauf wie auf eine Sprengstofffalle und blickte ausdruckslos die beiden Sekretärinnen an. Dann stieg er bedeutsam wie über eine Demarkationslinie darüber hinweg.

Während die beiden Sekretärinnen ihm verblüfft hinterherschauten, bis er um den Tresen herum und durch die Tür verschwunden war, machte Jo zwei schnelle Schritte, hob den Bleistift auf und legte ihn der Schwarzhaarigen auf den Schreibtisch.

Sie quittierte es mit einem schwachen Lächeln. »Danke, Herr Kommissar.«

»Kommissar?« Der Mann im grauen Zweireiher, der

noch in der Tür zum angrenzenden Zimmer stand, wandte Jo das Gesicht zu und richtete sich dann wieder an die beiden Frauen, die Sekretärinnen. »Das letzte Mal, als wir mit der Kriminalpolizei zu tun hatten, war der Einbruch damals, wissen Sie noch?«

»Das muss vor unserer Zeit gewesen sein, Herr Schwittow«, erwiderte die Blonde, und ihre Kollegin bestätigte dies durch ein schwaches Nicken.

»Ja, natürlich.« Schwittow winkte lässig ab. »Ist sicher schon fünf, sechs Jahre her.« Dann wandte er sich wieder mit einem fragenden Blick an Jo. »Was können wir für Sie tun, Herr ...?«

»Kriminalkommissar Sturm.« Jo hielt seinen Ausweis hoch. »Dr. Schwittow, ich würde gern mit Ihnen sprechen. Unter vier Augen, wenn es geht.«

Die Sekretärinnen beugten sich sogleich über ihre Papiere auf den Schreibtischen, als könnten sie sich auf diese Weise unsichtbar machen.

Schwittow ließ einige Sekunden vergehen, ehe er antwortete. »Sie kommen wegen Beringer, nehme ich an.«

Die Blonde hob den Kopf und warf der Schwarzhaarigen einen Blick satter Genugtuung zu.

Jo registrierte zugleich, wie sich Schwittows Haltung beinahe unmerklich veränderte, es sah aus, als müsse er einer unsichtbaren Hand standhalten, die leicht an seinem Hinterkopf zog.

»Bitte kommen Sie«, sagte er und bat Jo in sein Zimmer.

Jo betrat ein überraschend kleines, aber äußerst funktional wirkendes Büro mit einer kleinen Sitzecke. Schwittow nahm ihm formvollendet den Regenmantel ab, um ihn an den Garderobenständer zu hängen, und entschuldigte sich dafür, dass das Zimmer nur ein provisorisches Büro sei, solange die Maler und später noch andere

Handwerker in den hinteren Räumen arbeiteten. »Ein frischer Anstrich für den Verlag. Hin und wieder braucht es das, Herr Sturm.«

Sie setzten sich gegenüber, und Schwittow fragte ihn, was er trinken wolle. Jo lehnte dankend ab und zog sein kleines Notizbuch samt Kugelschreiber aus der Jackett-tasche. Schwittow bot Jo eine Zigarre an.

»Danke, im Augenblick nicht.«

Während sich Schwittow, recht umständlich, wie ihm schien, selbst eine Zigarre anzündete, ließ Jo seinen Blick über die Buchrücken in den Fächern des Wandregals gegenüber gleiten. Einige Bücher, vermutlich die Neuerscheinungen, standen im mittleren Fach und sahen ihn mit breiter Brust an: »Architektur heute«, »Neue Kunst aus der Neuen Welt« und ähnliche Titel. Außerdem die Sorte politischer Sachbücher entlang der Frontlinie des Kalten Kriegs, auf die ihn die Buchhändlerin in Löschers Bücherstube vorhin hingewiesen hatte: »Berlin und der Bolschewismus«, »Stalinkult«, »Masse, Mord, Moskau«.

Schwittow setzte die Zigarre zu einem neuen Zug an, nahm sie wieder fort und sah Jo auffordernd an. »Also, was kann ich für Sie tun? Ich liege doch richtig mit meiner Vermutung, dass es Ihnen um Rudy Beringers gewaltsamen Tod geht?«

Jo schob sich bis fast zum Rand des Schalensessels vor und erwiderte Schwittows fragenden Blick. Eine Stimme in ihm riet ihm, ganz instinktiv vorzugehen. Und zwar mit einem Test. »Wann und durch wen, Herr Schwittow, haben Sie von Beringers Tod erfahren?«

Schwittow musste nicht überlegen. »Jonathan Claim, Beringers New Yorker Verleger, rief mich am Sonntag an, um mich darüber zu informieren. Ich hatte Claim bereits am Sonnabend angerufen, weil Beringer einen Termin für diesen Tag erneut hatte platzen lassen. *Vermeintlich* platzen lassen, im Nachhinein betrachtet. Zu dem Zeitpunkt ahnte ich natürlich nicht, was geschehen war.«

»Auch nicht aufgrund der ersten Pressemeldungen über den Mord im Tiergarten?«

»Es war, soweit ich mich erinnere, von einem Raubmord an einem ausländischen Touristen die Rede. Nein, ich ahnte nichts. Claim ebensowenig. Doch am Sonntag hatten ihn die amerikanischen Behörden oder wer auch immer informiert. Weshalb er mich dann anrief.«

»Mit der Bitte um Verschwiegenheit gegenüber der Öffentlichkeit, nehme ich an?«

»Das ist in unserer Branche nicht nötig zu betonen, Herr Sturm. Solange die Presse nicht drängt, hängen wir uns nicht aus dem Fenster.«

»Tut sie es denn inzwischen? Bedrängt die Presse Sie?«

»Nein. Glücklicherweise nicht. Dass Beringer, Claim und ich in Kontakt standen, wissen ja nur wir unmittelbar Beteiligten. Und mittlerweile die Polizei, wie ich sehe.«

»Keine Angst, wir haben keinen Grund, der Presse die Arbeit zu erleichtern.« Es sei denn, sie schmierte irgendwelche Kollegen. »Beringer war, wie Sie sicher wissen, zur Eröffnung der Kongresshalle geladen. Hatten Sie bereits vorher Gelegenheit, ihn zu treffen?«

»Das hatte ich gehofft. So war es auch geplant. Wir hatten uns ursprünglich für den Dienstag vergangener Woche verabredet. Aber Rudy Beringer musste leider absagen. Aus einem dringenden Grund, den er mir jedoch nicht nennen konnte – oder mochte. Nun ja …« Schwittow beugte sich vor und tupfte die Zigarrenasche beinahe zärtlich an dem Rand des Aschenbechers aus weißem Porzellan ab. »Autoren sind mitunter ein wenig eigen.«

»Sie wollten Beringer für Ihren Verlag gewinnen, richtig?«

Schwittow sah ihn prüfend an. »Sie sind recht gut informiert, junger Mann.«

Jo gefiel das »junger Mann« nicht. Nicht aus dem Mund eines möglichen Zeugen. Er ignorierte Schwittows Bemerkung. »Warum wollten Sie Beringer als Autor gewinnen?«

Schwittow mahlte ein wenig mit seinen Zähnen, ehe er antwortete. »Nun, ich wundere mich, wofür sich die Polizei so alles interessiert. Aber es ist ja auch kein Geheimnis: Amerika boomt in Westdeutschland und natürlich auch in Westberlin. Schauen Sie sich nur einmal das Kulturprogramm zur Eröffnung der Kongresshalle an: nichts als amerikanische Autoren, ausgewählt von einem Amerikaner, das Bauwerk selbst konstruiert von einem amerikanischen Architekten. Beringer wäre ein Hauptgewinn für uns gewesen.« Er schüttelte den schmalen Kopf. »Es ist ein Jammer. Für Beringer, für Claim. Aber ebenso für uns. Er hätte uns auch den Kontakt zu weiteren Autoren erleichtert, quasi als Eisbrecher.«

Jo setzte eine möglichst neutrale Miene auf. »Wussten Sie, dass Beringer im Krieg Pilot war? Er war als Bomberpilot im Einsatz gegen Deutschland.«

»Tatsächlich? Nein, das wusste ich nicht. Dass er deutsche Wurzeln hatte, war mir natürlich bekannt. Aber offen gesagt«, Schwittow machte eine nachlässige Geste, »hat mich das nicht sehr interessiert. Weil es mit seiner Eigenschaft als Architekturkritiker aus Amerika nichts zu tun hatte. Nur darauf kam es mir an.«

»Verstehe.« Aus irgendeinem Grund – zu diffus, um ihn zu benennen – kaufte Jo ihm das nicht ab. Konnte aber auch keine Schlüsse daraus ziehen. »Sie waren nicht zu der Veranstaltung in der Kongresshalle geladen, nein? Zum Beispiel Freitagabend? Dort hätten Sie Herrn Beringer ebenfalls treffen können.«

»So bedeutend bin ich leider nicht, dass man mich

eingeladen hätte.« Schwittow zeigte ihm ein kleines Lächeln, das man auch für ein schwach unterdrücktes Zähnefletschen halten konnte. »Freitagabend hätte ich übrigens gar keine Zeit gehabt. Ich hatte einen Gast zu Hause. Ein langjähriger Autor, Johann Ratibor. Sie haben ihn übrigens vorhin gesehen.«

»Was denn, der ...«, um ein Haar hätte er gesagt: blasierte, »Herr eben war Dr. Ratibor?«

»Sie haben schon von ihm gehört?«

»Nur von seiner ... seiner Klinik am Wannsee«, schob Jo etwas lahm hinterher.

»Ja. Ein viel beschäftigter Mann. Er ist, wenn Sie so wollen, Freund und Arzt meiner Familie in einer Person.« Er kratzte sich an der Schläfe. »Für meine Haushälterin, die gute Frau Dietzenburg, ist Johann allerdings immer eine Herausforderung. Wissen Sie, er ist ein Gourmet. Und sie, eine wahre Perle, besteht darauf, ihn jedes Mal zu bekochen, wenn er uns besucht. Mindestens drei Gänge. Auch am Freitag haben wir bis tief in die Nacht getafelt. Fragen Sie meine Frau, die war dabei.« Er lächelte zufrieden.

Jo notierte sich beiläufig den Namen der Haushälterin. Er war sicher, dass »die gute Frau Dietzenburg« ganz schnell ihre Stellung los wäre, wenn sie nicht bis zum Umfallen um ihren Arbeitgeber, dessen Frau und den guten, alten Freund und Arzt der Familie bemüht gewesen wäre. Aber das stand auf einem anderen Blatt. »Gegebenenfalls«, sagte er, indem er aufstand, »komme ich noch einmal auf Sie zu, Herr Schwittow.«

Schwittow ging zum Garderobenständer und half Jo in seinen Mantel. »Sollten Ihnen noch weitere Fragen einfallen, rufen Sie mich jederzeit an, Herr Kommissar.«

Er begleitete Jo durch das angrenzende Sekretariat, in

dem die beiden Frauen an ihren Plätzen nur kurz aufblickten, um den Tresen herum und verabschiedete sich von Jo mit einem festen, selbstsicheren Händedruck.

Als Jo durch das feuchtgraue Schöneberg zurück zum Präsidium fuhr, ließ er Schwittows Aussage im Geiste Revue passieren. Als Zeuge war der Mann eine Enttäuschung. Er hatte sich nicht mit Beringer in Berlin getroffen, wusste nichts Konkretes über den Grund für die Absage des ersten Termins. Und von Beringers Einsatz als Bomberpilot wollte er nichts gewusst, nicht einmal ein Interesse an seiner deutschen Herkunft gehabt haben. Unnötig, den Verleger zu fragen, ob ihm bewusst gewesen sei, was dies womöglich für bestimmte politische Kreise in Deutschland bedeutet haben mochte.

Als Tatverdächtiger schied Schwittow erst recht aus. Er hatte nicht nur kein Mordmotiv, sondern sogar geschäftlichen Schaden durch Beringers Tod. Mit Rudy Beringer war auch der erhoffte Türöffner für den amerikanischen Markt gestorben. Schwittow hatte, davon abgesehen, wie nebenbei gleich mehrere Zeugen für die Tatzeit nennen können. Ein felsenfestes Alibi, falls nötig. Sofern es bestätigt wurde.

×

Im verwaisten, aber völlig überheizten Büro schrieb Jo seinen Bericht über Schwittows Vernehmung. Er trug die drei Seiten Handgeschriebenes zu Gundula Krauß hinüber. Als er ihr Zimmer betrat, betrachtete sie gerade einen Zeitschriftenartikel über Schlankheitstabletten. Jo sah ihr über die Schulter. Eine superschlanke Wasserstoffblondine im Bikini stand schadenfroh grinsend auf Stöckelschuhen neben einer Frau in einem schäbigen grauen Haushaltskittel, mit einer Figur wie eine Litfaßsäule.

Gundula Krauß sah zu Jo auf und tippte mit dem grazilen Finger auf die Werbezeile: »Dreißig Pfund Gewichtsabnahme in sechs Monaten. Glauben Sie das, Herr Sturm?«

»Ich denke, sechs in dreißig wäre realistischer.«

Sie fasste die Zeitschrift und hieb ihm damit gegen seinen Oberschenkel. Dann bemerkte sie die Zettel in seiner Hand und schaltete blitzschnell um: »Was kann ich für Sie tun?«

Er gab ihr seinen Bericht.

»Na, das nenne ich mal eine schöne Handschrift. Die meisten Männer haben eine Saukralle. Aber das hier?« Sie wedelte mit den Blättern. »Sehr schön. Vier Durchschläge? Für die Herren Granzow, Gerber, Schuchardt und den Laufordner? Das Original bekommen Sie von mir zurück, Herr Sturm.«

»Danke.«

Er wollte gehen, doch ihr Blick hielt ihn noch gefangen.

»Ist Unsinn, die Tabletten zu nehmen, oder?«

»Ich würde sie nicht schlucken.«

»*Sie* haben das ja auch nicht nötig.« Sie schenkte ihm einen schmachtenden Blick, der jedenfalls nicht seiner verborgenen Seele galt. »Na, nun ziehen Sie mal Leine. Sonst werden wir beide noch schwach.«

Er lachte und verließ ihr Zimmer. Zurück in seinem Büro stellte er das Radio an, suchte AFN und hörte etwas zerstreut Miles Davis' eben erst neu erschienene Version von »I don't wanna be kissed …«. Die Gesichter von Julia und Lore tauchten in seiner Phantasie auf. Julia, deren fernem Amerika er sich innerlich weit näher fühlte als Lores nahem Ostberlin. Er ging zu seinem Schreibtisch hinüber, um sich eine Zigarette anzuzünden und die Beine quer über die Platte zu legen.

Der Fall Beringer pulste durch sein Hirn. Was war eigentlich der Stand der Dinge? Erstens, die halbe Abteilung M fahndete hinter den Kulissen nach Hinweisen für einen Raubmord. Den im Grunde nur ein weiterer Halbirrer wie dieser Kabusz begangen haben konnte. Aber glaubte irgendwer daran? Offiziell alle. Inoffiziell sicher kaum jemand. Zweitens, Beringers Bomberpilotenvergangenheit und die Möglichkeit eines Racheakts alter oder neuer Nazis. Granzow und Kettler schlossen Ermittlungen deswegen aus. Zu aufwendig, nicht leistbar, Geheimdienstsache, Bundesangelegenheit. Keine inhaltlichen, sondern rein formale Gründe. Vielen Dank auch für die Blockadehaltung, falls die Wahrheit genau hier zu suchen war. Drittens, der Zeuge Schwittow, einer von Beringers Kontaktpersonen in Berlin. Hat Beringer angeblich nicht getroffen, keine weiteren Informationen und am Ende nur wirtschaftlichen Schaden durch Beringers Tod. Alles sehr plausibel. Eine Sackgasse, wenn nichts Neues hinzukam. Viertens, Beringers Kontakt in Ostberlin, Cornelius Althaus, konnte, nein: durfte nicht befragt werden. Zu heiß im Kalten Krieg. Vor fünf Jahren hätte man ihn eventuell noch telefonisch befragen können, ohne offizielle Genehmigung durch die Alliierten. Doch seitdem waren die Telefonleitungen in den Westteil der Stadt einseitig von Ostberlin gekappt worden. Der Fernschreiber zwischen Berlin-Mitte und Kreuzberg war der einzig verbliebene heiße Draht zwischen West- und Ostberlin.

Andererseits, überlegte Jo, war das Risiko, beim Passieren der Sektorengrenze aufzufallen, gering … Es war Polizisten aus Westberlin offiziell nicht verboten, privat den Osten zu besuchen. Nur inoffiziell nicht erwünscht. Denn wurde man entdeckt, waren einem stunden-, eventuell tagelange Verhöre durch die Stasi sicher. Wenn man Pech hatte, auch ein Prozess wegen Spionage. Aber in Zivil sah man aus wie ein Tourist oder konnte äußerlich einer der Tausenden Grenzgänger sein, die täglich zwischen West- und Ostberlin hin und her pendelten. Sein Freund Richard, der im Wedding nahe der Sektorengrenze wohnte, radelte sogar regelmäßig zu einem Zahnarzt auf die andere Seite. Die Krankenversicherung bezahlte die Ärzte, auch wenn sie im Osten praktizierten.

Theoretisch war der west-östliche Grenzverkehr schon wegen der zwei Währungen kompliziert. Die Straßenbahn im Osten musste mit Ostgeld bezahlt werden, ebenso telefonieren oder ein Theater- oder Kinobesuch. Kaffee und Kuchen kosteten Besucher aus dem Westen dagegen D-Mark. Das Einkaufen in Ostberliner Geschäften, egal ob Brot, Milch oder Radiogerät, war in keiner Währung erlaubt. Westberliner Familien, die es nicht so dicke hatten, und das waren immer noch viele, riskierten es trotzdem jeden Tag, »verbotene Handelswaren« nach Hause in den Westen zu schmuggeln. Besonders bei technischen Geräten, die im Westen teuer waren, griff der Westberliner Zoll zu und konfiszierte humorlos. Umgekehrt tauschten Ostberliner ihr Geld in den Westberliner Wechselstuben, um sich mit schicken Klamotten oder italienischen Schuhen zu versorgen. Sündhaft teuer, wenn man den Wechselkurs von eins zu vier bis fünf bedachte.

»I don't wanna be kissed … by anyone but you«, Miles Davis' Trompetentöne schwebten weiter durch den Raum. Jo fragte sich, wer für ihn derzeit »you« wäre, Julia, Ilse oder sogar …

Manche machten auch aus Liebe rüber, so oft wie möglich. In der Vermisstenabteilung hatte Jo einen Kollegen gekannt, der wegen einer Frau so oft wie möglich nach Pankow gefahren war. Bis sie sich endlich entschlossen hatte, in den Westen zu gehen, um ihn zu heiraten. Inzwischen waren die zwei schon wieder geschieden und die Frau zurück im Osten.

Fünftens, Pasewalk, der Hoteldetektiv des Savoy. Tot. Jedoch kein persönlicher Bezug zu Beringer erkennbar, allerdings ein örtlicher und zeitlicher Zusammenhang. Selbstmord nicht ausgeschlossen, Mord möglicherweise nicht eindeutig nachweisbar. Für Granzow daher nachrangig. Doch auch Gerber war die Sache nicht geheuer: Wer war Pasewalk, der laut Behördenwissen im Krieg ums Leben gekommen sein musste, wirklich gewesen? Ein Mann mit falscher Identität und Sicherheitsaufgaben im Savoy, Beringers Hotel. Und das gab seinem Selbstmord, sofern es einer war, einen äußerst faulen Beigeschmack. Jo fragte sich, wann Gerber Granzow eigentlich mit diesen Ergebnissen konfrontieren wollte, statt sie taktisch zurückzuhalten, bis Granzow offen dafür war. Denn das konnte vielleicht nie der Fall sein.

Und sechstens? Der Punkt war rein hypothetisch und betraf Katja Zern, die verschwundene Journalistin.

Die Tür wurde geöffnet, und Gerber kam mit einem finsteren Gesichtsausdruck herein. Er ließ die Tür offen stehen, ging zum Radio und schaltete es ab.

Jo sah ihn fragend an.

Gerber deutete mit dem Daumen in Richtung Flur. »Gundula Krauß hat eine Information für Sie, Kollege.«

»Was für eine *Information*?«

»Das müssen Sie sie schon selber fragen.« Gerber fuhr sich mit der Hand über den Hinterkopf. »Na, gehen Sie mal zu ihr rüber.«

Dreißig Sekunden später bekam Jo die Information.

Gundula Krauß machte ein betrübtes Gesicht. »Sie sollen wieder in der Dritten arbeiten, Herr Sturm.«

»Wie bitte?« Jo war wie vor den Kopf geschlagen.

»Ja. Vermisstensachen.«

»Ab wann?«

»Ab sofort.«

»Wer sagt das?«

»Herr Hauptkommissar.«

»Granzow. Ich hätte es mir denken können.« Jo ärgerte sich kolossal über seinen dummen Protest am Ende der heutigen Sitzung gegenüber Granzow. Aber so schnell? Er hatte gedacht, wenigstens gehofft, dass sie ihn hier oben noch brauchten, solange der Fall noch nicht abgeschlossen war.

»Der Hauptkommissar …« Die Sekretärin räusperte ihre Stimme. »Herr Granzow sagt, die Entscheidung gehe nicht auf ihn zurück. Das soll ich Ihnen ausrichten, Herr Sturm.«

Dieser Heuchler, dachte Jo. Die Rückversetzung in die Vermisstenabteilung war eine Degradierung, die Granzow sich von Beginn an gewünscht hatte. – Aber letztlich hatte er sich das selbst zuzuschreiben, er war dem alten Bärbeiß in die Falle gegangen und hatte sich provozieren lassen.

»Es tut mir aufrichtig leid für Sie, Herr Sturm.« Gundula Krauß bedachte ihn mit einem gefühlvollen Blick. Wie für einen Hund, schien ihm, den man ins Tierheim steckte, weil er die Nachbarn zu oft angekläfft hatte.

»Danke, das …« War immerhin freundlich gemeint.

»Schauen Sie mal vorbei, wenn Ihnen langweilig ist.« Sie wandte sich wieder ihrer Schreibmaschine zu.

Zurück in Zimmer 504, klärte er Gerber darüber auf, dass das Büro nun wieder ungeteilt ihm und Schuchardt gehöre.

Gerber wirkte nicht sehr überrascht. »Ich habe Ihnen ja gesagt, mit Granzow ist nicht zu spaßen.«

Jo ging schweigend zu seinem Schreibtisch. Granzow hatte sicher schon veranlasst, ihn baldmöglichst abtransportieren zu lassen.

Er nahm die Unterlagen zu der Vermisstensache Katja Zern aus seiner Schublade, überlegte, was von hier aus noch zu erledigen sei, und entschloss sich, Frank Stewart anzurufen, um ihn zu informieren.

Im Headquarter wurde er direkt durchgestellt. Frank hörte sich Jos knappe Darstellung seines Rauswurfs aus dem Fall zunächst ohne Kommentar an. Selbst als Jo geendet hatte, schwieg er noch. Äußerst ungewöhnlich für den sonst so lebhaften jungen Officer.

»Ich nehme an«, fügte Jo schließlich hinzu, »dass sich heute oder morgen ein neuer Kollege bei dir melden wird, um den Fall weiterzuverfolgen.«

»Dann sag deinem Kollegen, dass er sich das sparen kann, Jo. Es ist etwas sehr Merkwürdiges passiert. Ich habe ebenfalls Order bekommen, den Fall Beringer nicht weiter zu bearbeiten. Weder mit euch, der Berliner Polizei, zusammen noch selbstständig mit unseren eigenen Möglichkeiten in meiner Abteilung. Heute Morgen erhielt ich die Anordnung, quasi zum Frühstück.«

»Ich hoffe, man hat dir wenigstens guten Appetit gewünscht. Oder noch besser: den Grund dafür genannt.«

»Den Grund kenne ich nicht, Jo. Aber … ich denke, es ist Politik. Wie ich schon befürchtet hatte.«

»Du meinst, es hat mit Beringers Jugendfreund zu tun, Althaus?«

»Ein möglicher Zeuge, vielleicht sogar Tatverdächtiger in Ostberlin? Das setzt Kooperation mit den Russen voraus. Undenkbar momentan. Die Situation in Berlin ist zu angespannt. Aber das ist, wie gesagt, nur eine Vermutung von mir. Niemand würde dir das offiziell bestätigen. Nicht mal deinen Bossen, sollten sie fragen. Wir stehen alle ganz unten auf der Hühnerleiter.«

»Das heißt, der Fall ist generell gestorben? Oder nur für dich?«

»Ehrlich, ich weiß es nicht, wer im Headquarter den Fall an sich gezogen hat. Und wie es damit weitergehen soll. Ob überhaupt.«

Ein bedrückendes Schweigen entstand zwischen ihnen, ehe Frank den Abschied einleitete. »Vielleicht sehen wir uns bald mal wieder, mate? In der ›Badewanne‹ zum Beispiel. Ich würde mich freuen. – Und Julia sicher auch«, fügte er nach einer Sekunde hinzu.

»Ja«, sagte Jo ohne Schwung, »dann trinken wir gemeinsam darauf, dass sich der Fall Beringer so ganz von allein gelöst hat. In Luft aufgelöst.«

»See ya, Jo.«

Gerber hatte geduldig rauchend Jos Gespräch abgewartet, um nun seinerseits in Ruhe telefonieren zu können. Jo verabschiedete sich mit einem Blick von ihm und verließ das Büro, um mit seinen Siebensachen im Arm in den dritten Stock hinunterzufahren. Schon ein Stockwerk tiefer hielt der Fahrstuhl. Unter denen, die einstiegen, war auch Ilse, die ihn freudlos grüßte. Ein echter Glückstag heute. Hinter Ilse drängte ihr neuer Kavalier nach, der die Enge im Fahrstuhl ausnutzte, um sich wie ein feuchtes Handtuch an Ilses Rückseite zu heften. Jo verdrehte die Augen, Ilse wurde rot. Jo war froh, als er aussteigen konnte.

Auf dem Weg in seine Besenkammer hinten im Flur überlegte er, ob er Lene Spohn einen Höflichkeitsbesuch abstatten sollte. Doch er fühlte sich nicht in Stimmung dazu und wollte ihr nicht mit seinem Miesepetergesicht die Laune verderben. In seinem Kämmerlein legte er die Sachen auf seinem Schreibtisch ab und ging wie sonst zu seiner Peggie hinüber. Doch es war eben nicht wie sonst. Er merkte, dass er nicht einmal zum Radiohören in Stimmung war.

Er warf sich auf seinen Stuhl, hängte die Beine über die Lehne und zündete sich eine Zigarette an. Ihm ging durch den Kopf, was er eben erst von Frank erfahren hatte. Wenn dessen Vorgesetzte in der Army schon heute früh entschieden hatten, dass er die Finger vom Fall Beringer lassen solle, hatte das noch *vor* Jos Rauswurf aus der Mordabteilung, vielleicht sogar vor Jos Streit mit Granzow am Morgen stattgefunden. War sein Streit mit dem Hauptkommissar also womöglich ohne Belang dafür gewesen, ihn von dem Fall abzuziehen? Dann hätte Granzow nicht gelogen mit seiner Behauptung, dies sei nicht seine Entscheidung gewesen, sondern eine, die den Fall grundsätzlich betraf. Hatte man tatsächlich, wie Frank befürchtet hatte, auf höchster Ebene beschlossen, den Fall unter den Teppich zu kehren? Weil die Ermittlungen die Sektorengrenzen überschreiten würden, daher nicht opportun momentan? Eine Politik, die Stop oder Go zu Mordermittlungen sagte, gerade, wie es ihr passte? Ging es darum?

Jos Haltung dazu war eindeutig. Die Amerikaner selbst hatten ihm beigebracht, was Demokratie bedeutete. In Camp Campbell hatten sie ihm und den anderen »Krauts« eingebläut, dass die Politik sich in die Justiz nicht einzumischen habe. Schon gar nicht in laufende Ermittlungen. Never. Unter keinen Umständen.

Er drückte seine Zigarette im Aschenbecher aus, stand auf und verließ das Büro.

×

Die Tür zu Helgas Zimmer stand halb offen, als Jo kurz darauf die Wohnung betrat. Sie hatte Besuch von ihrer Freundin Grit, die ein paar Straßen weiter wohnte. Die Mädchen hörten Chuck Berrys »Roll over Beethoven« in voller Lautstärke und tanzten dazu. Was sie sich erlauben konnten, weil Helgas Mutter nicht zu Hause war, um ihr die Platte zu zertrümmern.

»Hallo.« Helga drehte erschrocken den Ton leiser, als sie Jo bemerkte, und sah ihn verwundert an. »Schon zurück von der Arbeit?« Ihre magere kleine Freundin Grit, die eher wie zwölf als wie fünfzehn aussah, schien darüber sichtlich enttäuscht zu sein und starrte sehnsüchtig zum Plattenspieler hinüber.

»Hitzefrei«, erwiderte Jo, als er seinen Mantel an die Garderobe hängte und den Brief an sich nahm, der auf der Konsole lag. Er kam aus Weimar, von seiner Mutter.

»Hitzefrei, sehr witzig.« Helga verzog genervt das Gesicht.

»Und ihr zwei? Müsst ihr nicht zur Schule? Oder wenigstens Hausaufgaben machen?«

»Grippefrei«, konterte Helga, sichtlich stolz auf ihre Retourkutsche. »Was dagegen, wenn wir noch etwas Musik hören?«, schob sie mit weichgespülter Stimme nach.

»Solange es nicht Beethoven ist. Und bis heute Abend dauert.«

»Nein, nein. Nur Chuck Berry!«, klinkte sich Helgas Freundin lautstark ein und wurde ganz rot im Gesicht.

Helgas Augen wanderten zu ihrer Freundin und wieder zu Jo. »Grit hat die Platte geschenkt bekommen.«

»Na, dann erwarte ich von euch ebenfalls Toleranz, wenn ich das nächste Mal Charlie Parker auflege«, sagte Jo und verschwand mit dem Brief in seinem Zimmer. Er öffnete ihn und überflog den Inhalt rasch. Seine Mutter klagte über verschiedene Malaisen, vor allem Magenkrämpfe, die sie im Wesentlichen den Streitereien zwischen seiner Schwester und ihrem Mann zuschrieb. »Sylvia und Heinz, ich weiß nicht, wo das noch enden soll.« Es folgten ein paar floskelhafte Bemerkungen über Jos hoffentlich gute Gesundheit und die Vorfreude darauf, bald wieder »schöne Post« von ihm zu erhalten. Ein Wink mit dem Zaunpfahl. Er überlegte, wann er zuletzt ein Westpaket nach Weimar geschickt hatte, vor drei Wochen oder vier ...?

Die Mädchen hatten nicht lange Freude an Chuck Berry. Nachdem sie ihn zum dritten oder vierten Mal hintereinander in dröhnender Lautstärke gespielt hatten, begleitet von donnernden Tanzschritten, verstärkt vom nackten, reichlich abgenutzten Parkettfußboden in Helgas Zimmer, kehrte Petra Küpper heim. Und ehe ihre Mutter Gelegenheit erhielt, den Plattenspieler ihrer Tochter wieder mal eigenhändig zu stoppen, kam Helga ihr zuvor und nahm vorsorglich die Nadel von der Platte.

Jo hatte den Rock 'n' Roll nebenan trotz des begleitenden Lärms der Gören kaum zur Kenntnis genommen. Er stand ratlos am Fenster seines Zimmers, und die Begegnungen des heutigen Tages zogen unsystematisch an seinem inneren Auge vorüber. Julia, Granzow, Frank Stewart, Schwittow, Lore ... Als ihm auch die Buchhändlerin wieder einfiel, kam er plötzlich auf einen Gedanken. Er ging durch den dunklen, schlauchartigen Flur, in dem zu jeder Tageszeit das Licht brannte, in die Küche, wo sich seine Vermieterin soeben einen Kaffee brühte.

»Tag, Herr Sturm«, begrüßte sie ihn munter. »Auch einen?«

Jo sagte nicht Nein.

»Ich kann ihn nur leider nicht mit Ihnen zusammen trinken. Hab gleich einen Musikschüler, muss mir noch etwas überlegen, um seine Fingertechnik zu verbessern.« Sie deutete es mit den flinken Fingern ihrer freien Hand an.

»Schade.« Jo kam einen Schritt näher. »Aber vielleicht kann ich mich mit einem Buch von Ihnen trösten, das Sie mir eventuell leihen? Falls Sie es haben.«

Sie sah ihn verblüfft an. »Welches Buch meinen Sie denn?«

»Ich kenne nur den Titel, etwas mit Vademecum.«

»Das *Vademecum*? Habe ich, ja. Aber …« Sie sah ihn noch erstaunter an. »*Das* möchten Sie lesen?«

»Soweit ich weiß, ist es nichts Unanständiges.«

Sie lachte. »Nein, natürlich nicht.«

»Dachte, es wäre vielleicht etwas für meine Mutter. Als Geschenk.«

»Warten Sie, Herr Sturm, ich hole es Ihnen.« Sie goss den Kaffeefilter auf der Kanne noch einmal auf, verschwand in ihrem Zimmer und kam zurück, eifrig mit einem schmalen, höchstens fingerdicken Band schwenkend. »Hier, bitte, das Vademecum. Etwas zerlesen, der Umschlag fehlt leider schon, aber der Inhalt ist wirklich amüsant.« Sie spitzte die dünnen Lippen. »Zumindest für Ihre Mutter, denke ich, falls Sie es ihr schenken wollen.« Offenbar wusste sie nicht, dass das Buch vergriffen war, das sie ihm in die Hand drückte, um sich wieder der Kaffeekanne zuzuwenden.

Er nahm das Buch mit dem nackten, tannengrünen Buchrücken und auch die Tasse schwarzen Kaffee, die Petra Küpper ihm reichte, mit in sein Zimmer.

Es war nur eine spontane Idee gewesen, nachdem ihm das Gespräch mit der Buchhändlerin vom Vormittag und auch die unverhoffte Begegnung mit Ratibor plötzlich wieder durch den Kopf gegangen war. Man hatte ihn aus der Abteilung Mord verbannt wie einen Aussätzigen. Das

»Vademecum«-Buch kam ihm daher wie ein letztes, nicht sehr schmerzvolles Abschiednehmen vom Fall Beringer vor, als er sich damit auf sein Bettsofa setzte, um den einen oder anderen Lesehappen zu Frau Küppers frisch gebrühtem Kaffee zu nehmen.

Die Lektüre überraschte ihn angenehm. Der Autor, Johann Ratibor, »ein erfolgreicher Berliner Arzt mit dem Herz am rechten Fleck«, wie es im Klappentext hieß, erteilte keine medizinischen Ratschläge. Anhand einer von ihm erfundenen »Familie Fuchs« zeigte er vielmehr auf ziemlich komische Weise, wie sinnlos es sei, sich über Konflikte »mit den lieben Mitmenschen« zu ärgern, bis man selbst davon krank werde, zum Beispiel Magengeschwüre, Migräne, Hexenschuss und andere psychosomatische Beschwerden entwickelte. Statt sich darüber aufzuregen, was an Verletzendem und Frevelhaftem sie gesagt und getan hätten, solle man sich lieber fragen, mit welchem *Ziel* sie es taten: »mit welcher bewussten oder unbewussten Absicht«.

Jo, der zuerst skeptisch war, musste zugeben, dass dieser neue Blickwinkel recht attraktiv klang, als er ihn probeweise auf sein eigenes Umfeld übertrug. Wenn etwa Granzow ihn angeblafft, Kettler ihn ignoriert, ein Dr. Curow, das hohe Tier aus der Senatsverwaltung, ihn gönnerhaft von oben herab behandelt hatten, dann war es in der Tat sinnlos, darüber nachzudenken oder sich gar darüber zu ärgern, was genau sie gesagt oder nicht gesagt, wie schief oder offen sie ihn angesehen hatten. Mit solchen Fragen, so Ratibor, verausgabe man sich nur. Viel interessanter und dazu nervenschonender sei die Frage, was sie damit bezweckten. Welche Ziele sie damit verfolgten. »Nur die *eigenen Ziele* sind der Schlüssel zum Glück«, stellte Ratibor klar. Was er an »unserer ganz und gar eigensinnigen Familie Fuchs« demonstrierte. Nachdem die »kleinen und großen Füchse« sich täglich bis aufs Blut geärgert oder vor Wut in die Tischdecken gebissen hatten, half ihnen Doktor Ratibor aus dem Schlamassel wieder heraus. Indem er Stück für Stück ihre »persönlichen Ziele« offenlegte, so dass sie sich wieder vertrugen. Bis zum nächsten Streit im folgenden Kapitel.

Ein unerwartet amüsantes Buch, lehrreich, ohne zu belehren, dachte Jo, als er es zuklappte. Er konnte sich bestens vorstellen, wie beliebt es bei der Leserschaft vor einigen Jahren gewesen sein musste. Wirklich schade, dass das Buch nicht mehr zu haben war, vergriffen, wie die Buchhändlerin gesagt hatte. Denn Frau Küpper hatte recht, es würde sicher auch seiner Mutter gefallen haben. Andererseits, rief Jo sich in Erinnerung, waren Bücher, »Druckerzeugnisse« überhaupt, in Westpaketen für die DDR nicht erlaubt. Er hätte also darauf hoffen müssen, dass es bei Paketkontrollen durch die Ostbehörden unentdeckt geblieben wäre.

Er wog das Buch in der Hand. Nachdem er nun darin gelesen hatte, hätte er sich den Autor, Johann Ratibor, eigentlich als einen ziemlich humorvollen Menschen vorgestellt. Den verkniffen und blasiert wirkenden Mann, der ihm heute bei Schwittow über den Weg gelaufen war, konnte er damit nur schwer in Verbindung bringen. Aber ein Clown war privat sicher auch nicht immer lustig, vielleicht sogar im Gegenteil.

Als er seiner Vermieterin das Buch zurückgeben wollte, unterrichtete sie bereits den angekündigten Musikschüler. Das beinharte, abgehackte Geklimper aus ihrem Zimmer hörte sich nach einem hoffnungslosen Fall an. Der Junge schien nicht mit den Fingern, sondern mit den Fäusten Klavier zu spielen. Jo entschloss sich, das »Vademecum« später zurückzugeben. Nachdem er ein Bad genommen hatte, um sich von dem Tag zu erholen.

Es dauerte eine Weile, bis er den Badeofen ausreichend mit Holz geheizt hatte. Als er zwischenzeitlich in den Badspiegel schaute, musste er an Lore denken: »Schlecht rasiert in einem Plattenladen …«, hatte sie gelästert. Gar nicht rasiert hätte es besser getroffen, da die Rasur in Julia Ranges Wohnung heute früh hatte ausfallen müssen.

Im kleinen Regal suchte er mal wieder nach seinem Rasierzeug. Fand es dort nicht. Stattdessen hatten Nassrasierer, Pinsel, Rasierseife und -schale über Nacht schon wieder die Wanderung in das große Regal von Frau Küpper angetreten. Jo ging nicht davon aus, dass seine Vermieterin sich (an welcher Körperstelle auch immer) mit seinem scharfen Rasierer malträtierte. Der Verdacht lag nahe, dass es Markwort war, der bei seinen regelmäßigen Besuchen in der Wohnung Jos Rasierzeug ziemlich praktisch fand. Ohne allerdings daran zu denken, es nach Gebrauch wieder an seinen ursprünglichen Ort in Jos Regal zu stellen. Jo versuchte, sich getreu Ratibors Empfehlungen nicht darüber zu ärgern, sondern sich zu fragen, ob dahinter bloße Gedankenlosigkeit, Faulheit oder noch eine andere Absicht steckte. Die Entscheidung darüber vertagte er und ließ das heiße Wasser in die Wanne laufen. Ein zähes Rinnsal, wie er feststellte, das dazu führte, dass das Wasser nur noch lauwarm war, als er schließlich hineinstieg.

Allmählich fragte er sich, ob die Armleuchter, mit denen die Amerikanerin ins Bett stieg, voneinander wussten. Und ob ihre Mitbewohnerin, diese kleine Dralle, gelegentlich mitmischte. Ein Dreier. Wie in den Streifen, die er sich früher mit Kropp angesehen hatte.

Der Scheißkerl ging ihm gelegentlich noch durch den Kopf. Aber hatte er eine Wahl gehabt? Nein. Gott, hatte der sich eingemacht, als ihm die Schlinge schon den Hals abschnürte wie eine Garotte. Bisher keine Meldung dazu vonseiten der Bullen. Konnte natürlich Taktik sein. Wie auch immer, das Sagen hatten am Ende andere. Weil das hier war Krieg. Deshalb herrschte Kriegsrecht. Und Kriegsrecht war das Recht des Stärkeren. Wer stärker war, entschied sich im Kampf. Und manchmal noch Mann gegen Mann.

Aber was dieses blonde Weib mit den Männern dort in ihrem Haus veranstaltete – Duplex, meine Güte –, das war kein Kampf, das war Fallenstellen. Den Mann, mit dem sie vorhin hineingegangen war, hatte er schon einmal gesehen, da war er ganz sicher. War noch gar nicht so lange her. Leider waren sie nicht mit ihm gefahren. Doch er hatte sie am Taxistand miteinander reden hören. Der Mann sprach wie ein Österreicher. Aber er hatte in seinem Leben genügend Österreicher kennengelernt, vor allem damals, ein Reich, ein Führer und so weiter. Daher wusste er, dass in dem österreichischen Geschwätz des Manns ein Dialekt mitschwang, den er nicht ablegen konnte. Aus Prag. Oder Umgebung.

Die Frage war, wer hier wen aufs Kreuz legte. Der Tscheche die Amerikanerin oder umgekehrt? Im Moment trieben sie es noch zusammen. Aber er würde seinen Kopf darauf verwetten, dass sie ihn am Ende hereinlegte.

Und den jungen Bullen würde sie auch noch rumkriegen. Wenn sie es nicht vielleicht schon geschafft hatte. Es war doch letztlich unwahrscheinlich, dass der Blonde die Nacht bei dem kleinen Ami am anderen Ende der Dreipfuhlsiedlung verbracht hatte. Oder? Man konnte nie wissen. Ehe man es nicht selbst gesehen hatte.

Mittwoch, 25. September 1957

Lene Spohn stand mit einer kleinen goldfarbenen Gießkanne am Fenster, um ihre Orchideen zu benetzen, wie sie es nannte, und vollzog eine sportliche halbe Drehung, als Jo nach dem Klopfen eintrat.

»Morgen, Jo! Siehst gar nicht mal schlecht aus. Für das, was man dir seit gestern nachsagt.«

»Der Flurfunk, was?«

»Mach dir nichts draus, ich bleib dir trotzdem treu.«

»Danke, Lene.«

Lene war für Jo seit jeher die wichtigste und vertrauteste Person in der Vermisstenabteilung gewesen. Sie war Mitte vierzig und schlank, ihre Dauerwellenfrisur schimmerte graublond. Sie trug dezent gemusterte Kostüme in gedeckten Farben, die ihr auf den ersten Blick eine sterile Strenge verliehen. Im Kontrast dazu standen ihre oft korallen- oder kirschroten Ohrringe und ein darauf jeweils abgestimmter Lippenstift. Sie nahm in Jos Gegenwart kein Blatt vor den Mund, er wusste das zu schätzen. Und er liebte ihr berstendes Lachen. Bei dem ihre langen Zähne und stark zurückweichendes Zahnfleisch sichtbar wurden, weshalb sie dabei schützend zwei Finger vor den Mund hielt. Sie hatte zu den ersten Frauen gehört, die im öffentlichen Dienst arbeiten durften, obwohl sie verheiratet waren. Kürzlich wurde sie geschieden, »schuldlos«, wie sie betonte. Ihr Exmann hatte nachweislich eine andere. Lene hatte Briefe entdeckt. »Ein Glück, dass ich ihn los bin. Jetzt kann er mir nicht mehr den Dienstvertrag kündigen, wenn ihm plötzlich danach sein sollte.« Er habe ihr mehrfach damit gedroht.

Auf dem Schreibtisch in Lene Spohns Büro, dem Sekretariat in der Vermisstenabteilung, stand seit der Scheidung ein gerahmtes farbiges Porträtfoto von Paul Hubschmid, der Schauspieler lässig im Pullover, mit einem zahnblitzenden Lächeln. »Wenn mich mein Georg auch nur einmal so angelächelt hätte«, hatte sie Jo einmal erklärt, »hätte ich ihm alles verziehen. Sogar seinen Mundgeruch.« Ihr explosives Lachen, als sie Jos irritierte Reaktion sah, klärte ihn darüber auf, wie ernst sie das gemeint hatte.

Lene benetzte in aller Ruhe auch die restlichen Orchideen, stellte die Gießkanne mit dem strohhalmdünnen Schnabel zurück auf einen winzigen Hocker und ging zum Schreibtisch, um sich ihre Zigaretten, Lux ohne Filter, und das Feuerzeug aus der Schublade zu angeln. Lene gehörte zu den wenigen Frauen, die sich niemals Feuer geben ließen, Jo machte daher gar nicht erst den Versuch dazu. Danach ließ sie Schachtel und Feuerzeug wie immer gleich wieder in der Lade verschwinden. »Sieht einfach sauberer aus«, hatte sie das einmal kommentiert.

Er nahm auf ihren Besucherstuhl neben dem Schreibtisch Platz und rauchte schweigend eine Zigarettenlänge mit. Anschließend setzte sie Tee auf und bereitete ihn zu – für sich, nicht für Jo, da sie wusste, dass er keinen trank, es sei denn, er fühlte sich krank. Währenddessen berichtete er ihr in Kürze von seinen Erfahrungen in der Mordabteilung.

Jos Einschätzung seit dem Gespräch mit Frank Stewart, dass eher politische Entscheidungen auf viel höherer Ebene am Werk seien, teilte sie nicht. »Ich tippe auf Granzow. Wetten, dass er hinter deinem Rauswurf steckt, Jo? Ist doch bekannt, dass der alte Nazi Widerspruch nicht leiden kann.«

»War er einer? Nazi, meine ich?«

»Mitläufer, laut Persilschein. Wie die meisten in seinem Alter hier im Haus.« Sie zog die Mundwinkel hoch. »Jetzt bist du also wieder bei uns. Schön. Muss ich die neusten Vermisstensachen nicht mehr auf Bergtour in die Fünfte zu dir hochschicken. Wondrasch würde es ebenfalls freuen.«

»Wieso würde? Ist er immer noch krank?«

»Schlimme Grippe, sagt seine Frau. Die übrigens selber hustet wie ein Weltmeister. Hab heute früh mit ihr telefoniert. Die Gute hat eine Stimme wie ein Reibeisen. Und er gar keine mehr, sagt sie.«

Jo deutete mit dem Kinn auf die zwei Papierstapel, die auf ihrem Schreibtisch lagen. »Was gibt es an Neuem?«

Sie stieß einen Seufzer aus. »Drei neue Sachen, die Jugendliche betreffen, Ausreißer vermutlich. Schon an die Kollegen verteilt.«

»Was ist mit der Katja-Zern-Sache?«

»Die Suchmeldung aus Steglitz hast du erhalten, nehme ich an?«

Er nickte.

»Seitdem nichts Neues. Immer noch vermisst, die Dame. Zumindest vom Ehemann.« Sie sah ihn prüfend an. »Denkst du, es steckt mehr dahinter? Vielleicht, weil sie Journalistin war?«

»Du hast die Meldung gelesen?«

»Ich war so frei. Außerdem habe ich ihren Namen schon mal gehört. Oder besser, gelesen. Tagesspiegel, Morgenpost, ich weiß nicht mehr genau.«

»Geht mir genauso.« Er spürte auf einmal ein Kribbeln im Nacken und stand abrupt auf.

Lene zuckte zusammen. »Hoppla, was kommt jetzt?« Sie lachte und sah ihn verblüfft an.

»Danke, Lene. Für deine Zeit, meine ich.«

Sie winkte ab und wandte sich ihrem Schreibtisch zu. »Lass dich nicht unterkriegen, Schatz.«

Jo ging den langen Flur entlang zurück zu seiner Kammer. Die zwei älteren Kollegen, die ihm begegneten, Kremser und Mewes, nahmen ihn kaum zur Kenntnis.

In seinem Büro widerstand er der Versuchung durch Peggie und rief stattdessen in Steglitz an. Eine junge weibliche Stimme stellte ihn lustlos zu Polizeimeister Nowak durch.

»Morgen. Sturm hier, Gothaer Straße.«

»Morgen, Herr Kommissar. Das trifft sich aber gut! Wollte Sie gerade selbst anrufen.«

»Etwas Neues zu Katja Zern? Hat sie sich gemeldet?«

»Nein. Leider nicht. Dafür wieder der Ehemann. Er ruft andauernd an und jammert.«

»Er jammert?«

»Ich weiß nicht, wie ich anders dazu sagen soll, Herr Kommissar. Er lässt sich am Telefon kaum noch beruhigen. Meint, seine Frau wäre entweder entführt worden oder bereits tot.«

Jo warf einen Blick auf die in der Akte vermerkte Telefonnummer und Adresse der Zerns und ließ sie sich von dem Polizeimeister noch einmal bestätigen.

»Lepsiusstraße, in der Nähe vom Botanischen«, ergänzte Nowak.

»Okay. Ich kümmere mich darum. Wiederhören.«

Jo drückte die Hörergabel und wählte gleich darauf die Nummer des Ehepaars Zern. Beinahe in derselben Sekunde noch wurde abgenommen.

»Zern!«, dröhnte eine Bassstimme an sein Ohr. »Katja? Bist du das, Katja?«

»Mein Name ist Sturm, Herr Zern. Ich bin Kriminalkommissar von der zentralen –«

»Na, endlich! Verflucht noch mal, endlich kümmert sich ein Kriminaler um meine Frau. Sie ist … Haben Sie eine Ahnung, wie lange ich schon trommle, dass die Polizei … dass die Kriminal… Ich bitte und bettle schon seit Tagen, seit …« Er brach unvermittelt ab.

Nowak hatte recht, hier half anscheinend kein Telefongespräch mehr.

»Herr Zern, wäre es Ihnen recht, wenn ich bei Ihnen vorbeikomme, damit Sie mir alles direkt berichten können?«

»Ob mir das recht ist? Warum sind Sie nicht schon da?«

»Sind Sie in der nächsten Stunde zu Hause?«

»Selbstverständlich bin ich zu Hause. Ich bin immer … Kommen Sie vorbei, Herr …«

»In einer halben Stunde etwa, Herr Zern. Bis dann.«

×

Das Eckhaus, in dem die Zerns wohnten, war ein renovierter Altbau in der Steglitzer Lepsiusstraße. Im Parterre befand sich eine Zahnarztpraxis, eine Frau mit einem etwa zehnjährigen Mädchen, das sich die Backe hielt, trat aus dem Hausflur. Jo schlüpfte hinein, ehe die Tür ins Schloss fiel.

Max und Katja Zern wohnten im zweiten Stock, das Haus hatte einen alten Käfigfahrstuhl, doch Jo nahm wie gewöhnlich den Treppenaufgang. Max Zern öffnete keine drei Sekunden, nachdem Jo an der Wohnungstür geklingelt hatte. Bevor er das Präsidium verlassen hatte, war er noch einmal zu Lene Spohn hereingeschneit, um sie nach dem Schauspieler zu fragen. Der Name war ihr zwar nicht geläufig, aber auch nicht ganz unbekannt. »Theaterschauspieler, oder?« Nicht gerade Lenes Spezialgebiet, sie ging, wie Jo, lieber ins Kino.

Max Zern, der ihm nun die Tür öffnete, war ein Mann Ende vierzig, mit Silberfäden im braunen Haar und trübgrauen Augen in einem ledrigen Gesicht. Er trug graue Flanellhosen und einen schwarzen Rollkragenpullover, und als er Jo begrüßte – »Hatte Sie eigentlich früher erwartet« –, wurden seine etwas vorstehenden Schneidezähne sichtbar.

Sein Atem roch nach Alkohol. Sein leichter Seemannsgang, als er Jo durch den breiten Flur der Wohnung vorausging, sah ebenfalls hochprozentig angereichert aus.

An den Wänden links und rechts hingen verblichene Schwarz-Weiß-Fotografien, Bühnenaufnahmen des jungen Zern in verschiedenen Rollen, sofern Jo das im Vorbeigehen erfassen konnte. Zwei, drei Farbfotografien sahen auch nach Standbildern von Filmaufnahmen der Vorkriegszeit aus. In dem agfabunten Kostüm wirkte Zern wie die ideale Verkörperung einer Knallcharge. Vielleicht war die Komödie sein Markenzeichen. Gewesen. Denn Max Zern hatte, wenn man seinen Watschelgang betrachtete, seine große Zeit als Schauspieler offensichtlich schon hinter sich.

Sie betraten ein geräumiges Wohnzimmer, das optisch von einigen großformatigen Reproduktionen abstrakter Gemälde an den Wänden dominiert wurde. Um einen länglichen Tisch, auf dem eine halb volle Flasche Kognak und ein leeres Glas standen, gruppierten sich eine Couch, die aussah wie eine harte Liege, und zwei dünnbeinige Sessel. Am Kopfende des Zimmers ein großer Musikschrank aus Mahagoni mit Radio- und Fernsehgerät, an der Längsseite, gegenüber dem Doppelfenster zur Straße hin, ein Sideboard mit Büchern. An der Wand darüber eine Galerie kleinformatiger Schwarz-Weiß-Fotografien des Paars: Max Zern, deutlich jünger als heute, mal in legerem Freizeithemd, meist jedoch in verschiedenen Anzügen, mit Schlips und Kragen, an der Seite einer etwas jüngeren Frau mit wachen, intelligenten Augen und lockigen dunklen Haaren. Ein Foto aus jüngster Zeit, erkennbar an dem weiten modischen Mantel, den die Frau trug, ließ sie einen halben Kopf größer als ihr Mann erscheinen. Trotz der Halbdistanz eine gute Aufnahme, deutlich zu erkennen, dass es sich um eine attraktive, selbstbewusste, großstädtische Frau im mittleren Alter handelte.

Zern hatte inzwischen einen weiteren Weinbrandschwenker aus einem schmalen Hängeschrank neben der Tür genommen und gondelte jetzt damit zu dem Tisch, auf dem die Kognakflasche stand.

Jo hob abwehrend die Hand. »Für mich nicht, vielen Dank.«

Zern goss sich selbst großzügig ein und kippte sich den Inhalt wie billigen Schnaps in zwei raschen Schlucken hinter den Rollkragen. Dann erst bat er Jo mit einer beiläufigen Geste, Platz zu nehmen.

Der Mann machte keinen Hehl aus seinem Alkoholkonsum.

Er starrte Jo plötzlich an. »Seit fünf Tagen warte ich darauf, dass die Polizei etwas tut, Herr Kommissar. Sie *sind* doch Kommissar?«

»Kriminalkommissar.«

Zern musterte ihn kritisch. »Sie sehen so jung aus, kaum dreißig.«

»Einunddreißig.«

»Und wie wollen Sie meine Frau nun finden? Eine Großfahndung wäre doch endlich mal angebracht, meinen Sie nicht auch?«

»Die Suchmeldung ist schon raus, Herr Zern.«

»Suchmeldung, Suchmeldung. Wenn ich das schon höre.« Er stellte sein Glas ab und goss sich nach. Hob die

Flasche ein wenig und sah Jo einladend an, wie Trinker das häufig tun.

»Nein, danke, wirklich nicht.«

»Entschuldigung, Herr ... Kommissar, ich brauche das jetzt. Ich halte es sonst nicht aus.«

»Ohne Ihre Frau, meinen Sie?« Oder ohne den Alkohol?

»Ohne dass ich weiß, was mit ihr ist, meine ich.«

Jo zog seinen schmalen Notizblock mit dem daran festgeklemmten Kugelschreiber aus dem Mantel und sah Zern konzentriert an. »Herr Zern, wann genau haben Sie Ihre Frau zum letzten Mal gesehen?«

»Letzten Freitag, so gegen zehn, halb elf am Abend ungefähr. Ich hatte Radio gehört, ein Konzert, Mozart, als Katja sagte, sie müsse noch mal fort.«

»Kam Ihnen das nicht ungewöhnlich vor?« Selbst im quirligen Nachtleben Berlins war es unüblich, dass eine Frau kurz vor Mitternacht allein ausging.

»Gelegentlich kommt das durchaus vor. Sie ist Journalistin, manchmal muss sie noch auf den letzten Drücker in eine Redaktion, um einen Text abzuliefern, der noch schnell gedruckt werden soll.« Zern sprach langsam, bemühte sich aber spürbar, trotz des Alkohols, den er intus hatte, deutlich zu artikulieren. Wie ein Schauspielschüler in seiner ersten Sprechrolle vielleicht, überlegte Jo. »Manchmal bespricht sie auch noch letzte Korrekturen mit einem Redakteur oder Setzer oder was weiß ich.«

»Wie lange dauert so etwas gewöhnlich?«

»Unterschiedlich. Manchmal kommt sie erst weit nach Mitternacht nach Haus.«

Doch Freitagnacht war sie nicht zurückgekehrt.

»Am Samstagmorgen, Herr Zern, fürchteten Sie bereits, dass Ihrer Frau etwas zugestoßen sein könnte. Warum?«

Zern stülpte die Lippen um seine vorstehenden Zähne. »Im Grunde hatte ich an dem Abend von Anfang an kein gutes Gefühl. Katja war eben erst von einem Termin zurückgekehrt, eilte in ihr Arbeitszimmer, kam kurz darauf wie eine Kugel wieder herausgeschossen und verschwand …« Er machte eine zittrige Handbewegung.

»Ohne eine Erklärung?«

»Mit dem üblichen Kommentar, sie hätte noch einen dringenden Termin, Materialabgabe, irgend so etwas.«

»Hat sie Ihnen mitgeteilt, von welchem Termin sie kam und wohin sie dann gehen wollte?«

»Nein. Es war ja kaum Zeit, wie gesagt.«

»Auch vorher keine Andeutungen von ihr über ihre Termine, Pläne oder mögliche Treffen für diesen Abend?«

»Nein. Ich zermartere mir ja schon die ganze Zeit den Schädel.« Er trommelte mit dem Zeigefinger hart gegen seine zerfurchte Stirn. »Ich erinnere mich an nichts.«

»Und in den Tagen davor? War sie die ganze Zeit anwesend?«

»In der Stadt, meinen Sie? Nein, Montag und Dienstag hatte sie noch eine Dienstreise. Eine Rechercheereise nach … Frankfurt, glaube ich. Ja, Frankfurt, war es.«

»Frankfurt am Main, nehme ich an?«

»Ja, natürlich. Mit dem Osten hatte sie es nicht so.«

Jo hätte fragen können, was Zern Freitagnacht getan hatte. Doch das war nicht seine Art. »Haben Sie und Ihre Frau ein gemeinsames Schlafzimmer, Herr Zern?«

Zern blickte ihn zwei Sekunden lang erstaunt an, ehe er antwortete. »Nein. Wissen Sie, ich schnarche sehr laut. Behauptet Katja.« Er erlaubte sich ein winziges, klägliches Lächeln. »Ich verstehe, worauf Sie hinauswollen.« Er musterte Jo aufmerksam. »Sind Sie verheiratet?« Er deutete auf Jos Hände. »Nein, oder? Sie tragen keinen Ehering.«

»Sie hätten zur Polizei gehen sollen.«

»Nichts für ungut, Herr Kommissar, aber ich fürchte, Sie sind zu jung, um so etwas zu verstehen.«

»Was genau?«

»Wie schnell man nach langen Ehejahren einfach spürt, dass dem anderen etwas zugestoßen sein könnte.«

»Das spricht für eine intensive Nähe zwischen Ihnen und Ihrer Frau.« Wenn es denn stimmte. Aber eine kleine Portion Honig ums Maul schmierte meist auch die Zunge der Zeugen, hatte Jo immer wieder festgestellt.

»Abgesehen von kleinen Meinungsverschiedenheiten und Streitereien, die es schließlich in allen Ehen gibt, verstehen wir uns gut, ja. Seit fast zwanzig Jahren.«

»Und die kleinen Streitereien? Worum geht es dabei gewöhnlich?« Geld, Schnaps, fehlende Liebe? Wenigstens *ein* Pfeiler dieses klassischen Dreiecks von Ehekrisen dürfte auf Max Zern zutreffen. Der Schnaps.

Zern stierte ihn plötzlich an. »Wollen Sie damit etwas andeuten, sagen Sie mal?« Seine Empörung sprühte ihm aus den Augen.

Jo begriff, dass er zu weit gegangen war, und hob die Hände wie der sprichwörtliche Unschuldsengel. »Ich versuche nur, mir ein Bild von Ihrer Frau zu machen, Herr Zern. Ich kenne sie ja nicht.«

»Gut.« Zern kriegte sich wieder ein. »Na ja, worüber streitet man sich: wohin der nächste Urlaub gehen soll, neue Anschaffungen, Geschmacksfragen, solche Dinge.«

»Eifersucht?«

Zern rollte mit den Augen. »Fragen Sie doch direkt, Kommissar: Hatte sie einen anderen? Könnte sie jetzt nicht mit dem zusammen sein?«

»Könnte sie?«

Zum ersten Mal lachte Zern aus vollem Hals. »Herr Kommissar: Katja ist keine vierzehn mehr. Sie würde nicht mit einem Mann *durchbrennen*. Sie ist erwachsen, eine vernünftige Frau, wir sind verheiratet, sie würde mit mir darüber reden. Verstehen Sie?«

»Ich denke schon.« Die Frage war nur, für wie vernünftig sie *ihn* hielt, ihren Ehemann. Vielleicht wäre sie so klug wie andere Frauen, stillschweigend zu gehen, um ihm erst später mitzuteilen, wie die Dinge standen. Per Anwalt zum Beispiel. Statt sich seiner spontanen Wut und Verzweiflung auszusetzen.

Jo betrachtete das Häuflein Elend, das ihm gegenübersaß. Max Zerns Abhängigkeit von seiner Frau war offensichtlich. Ohne sie schien er sich nur noch an der Kognakflasche aufrechthalten zu können. Seine Angst um sie, seine Verzweiflung über ihr Verschwinden wirkten alles andere als gespielt. Das trieb ihn gerade endgültig in den Suff, wie man sehen konnte.

Doch der Mann war Schauspieler, wenn auch vielleicht nur ein schlechter. Täuschte er das alles vor, weil er in Wahrheit bereits wusste, dass sie nicht mehr zu ihm zurückkehren wollte: ein Drama veranstalten, um die Frau zu zwingen, sich zu melden?

Andererseits gab es jenseits solcher Spekulationen über die Ehe des Paars noch ganz andere, mindestens ebenso konkrete Möglichkeiten: Sie lebten in Berlin, immer wieder verschwanden hier Menschen, die dem Osten, der Stasi, dem KGB ein Dorn im Auge waren. Den meisten Entführungsopfern war in Grenznähe aufgelauert worden. Andere hatte man unter einem Vorwand in von Geheimdiensten angemietete Westberliner Wohnungen gelockt, sie überwältigt und in den Ostteil der Stadt verschleppt.

Jo beugte sich ein wenig vor in dem harten, alles andere als bequemen Sessel. »Herr Zern, Ihre Frau ist Journalistin. Sie sagten vorhin, sie hätte es nicht so mit dem

Osten. Meinten Sie damit, dass Ihre Frau an einem für die DDR oder Ostberlin brisanten Auftrag gearbeitet hat, der sie in Schwierigkeiten gebracht haben könnte? Fürchten Sie deshalb, sie könnte entführt worden sein?«

»Woher soll ich wissen, woran Katja gearbeitet hat?«, brauste Zern plötzlich auf. »Sie redet ja kaum mit mir darüber!« Er schlug wütend mit der flachen Hand auf die hölzerne Sessellehne. »Ich habe auch schon in den Redaktionen angerufen, für die sie gewöhnlich arbeitet. Soweit sie mir bekannt sind, natürlich. Die Herren Redakteure behaupten, sie hätten keine Ahnung, wo Katja sein könnte. Über irgendwelche Aufträge, Interviews und so weiter wollten sie mir nichts mitteilen. Presserecht und Informantenschutz würden auch gegenüber Ehemännern gelten. Blablabla. Ein hochmütiges Pack, diese Zeitungsfritzen.«

Jo stieß bedauernd einen Seufzer aus, klappte sein Notizbuch zu und bat Zern, ihm eine Liste der Zeitungen und Zeitschriften zu geben, für die seine Frau schrieb. »Alle, die Ihnen einfallen, auch die, mit denen Sie schon telefoniert haben, bitte.« In der Zwischenzeit würde er sich gerne einmal das Arbeitszimmer seiner Frau ansehen, wenn er erlaube.

Zern stellte sein Glas ab und stand bereitwillig, wenn auch mit einer unbeholfenen Schraubbewegung auf, um Jo in den angrenzenden Raum zu führen.

Es war ein kleines, schmuckloses Arbeitszimmer. Schmaler Schreibtisch mit einer Reiseschreibmaschine darauf, daneben eine Flasche stilles Wasser. Unzählige Papiere und Papierstapel auf verschiedenen Ablagen und teils auch auf dem blaugrauen Teppichboden. Ein Metallregal mit Büchern, Ordnern und Karteikästen an der einen Wand. Gegenüber ein kleiner Gummibaum und daneben, auf einer Konsole, ein Kamerastativ mit einer

Zeiss-Ikon, die offenbar zum Fotografieren von Dokumenten und Ähnlichem diente. Jo ließ seinen Blick über all das hinweggleiten und trat dann ans Regal. Die Masse der Bücher bildeten große Bildbände zu historischen Stätten wie der Akropolis in Athen oder dem Kolosseum in Rom. Daneben gab es Sach- und Fachbücher zu allen möglichen kulturellen und zeitgeschichtlichen Themen. Auch einige Titel zur NS-Geschichte fielen ihm auf. Und zur Architektur, etliche davon in Englisch. Jo schaute genauer hin, ein Buch von Beringer war ebenfalls darunter: »Modern American Architecture«. Jo nahm es heraus und schlug es auf. »For Katja! Rudy Beringer, Dec., 2nd, 1955.« Eine Widmung auf der Titelseite.

Er stellte das Buch zurück ins Regalfach und wandte sich zu Zern um, der sich tief über den Schreibtisch beugte. Offenbar war er dabei, die Adressenliste zu kritzeln, um die Jo ihn gebeten hatte.

»Ich sehe, Ihre Frau interessiert sich auch für Baugeschichte und moderne Architektur.«

Zern hob den Kopf und nickte.

»War sie auch zur Eröffnung der Schwangeren Auster geladen?« Jo sah Zern, der sein Schreiben unterbrach, gespannt an.

»Wäre sie liebend gerne gewesen, hat sie mir erzählt. Aber die festen Redakteure der Zeitungen hatten sich schon die Presseplätze gesichert. Für Katja blieb nur die Einladung zu irgendeinem Vortrag übrig. Der soll aber erst nächste Woche stattfinden, glaube ich.«

Jo überlegte, ob er Zern nach Beringer fragen sollte. Entschied sich dann aber dagegen. Wenn Zern bereits durch Zeitung oder Radio von Beringers Tod im Tiergarten erfahren hatte, würde er aufgrund von Jos Nachfrage unweigerlich einen Zusammenhang mit dem Verschwinden seiner Frau herstellen, ehe überhaupt erwiesen war, dass der wirklich bestand. Höchstwahrscheinlich würde er dann endgültig durchdrehen.

Nein, zu riskant. Der Mann schien ohnehin am Rande des Wahnsinns angelangt. Mit geröteten Augen beugte Zern sich wieder über den Schreibtisch und zerrte ein neues leeres Blatt von einem kleinen Stapel, obwohl er das bereits begonnene noch nicht vollgeschrieben hatte. Unter dem Schreibpapier lugte jetzt die Ecke einer bunten Zeichnung ein wenig hervor. Jo trat an den Schreibtisch und hob die Blätter an. Der farbenfrohe Umschlag eines schmalen Buchs wurde sichtbar, eine Familie, Mutter, Vater und drei Kinder, allesamt mit fuchsrot kolorierten Haaren, standen in einem blühenden Garten vor einem ziegelroten Einfamilienhaus. Jo las den Titel: »Glücklich und gesund: Köpfchen statt Kopfschmerz. Ein Vademecum für die ganze Familie«. Der Autor hieß Johann Ratibor.

»Arbeitet Ihre Frau derzeit an einem Familienthema?«

Zern hielt inne mit dem Schreiben der Liste und hob den Kopf. »Nicht, dass ich wüsste. Wieso fragen Sie?«

Jo zog das schmale Buch unter dem Papierstapel hervor und hielt es hoch. »Kennen Sie es?«

Zern kniff die Augen zusammen, als wäre er kurzsichtig – vielleicht war er es ja auch. »Nein. Nicht mein Fall. Ratgeber und so etwas lese ich nicht.«

Jo tippte mit dem Finger auf den Namen. »Ratibor ist Arzt, betreibt eine Klinik in Berlin.«

Zern schob wieder seine Zähne vor. »Den Namen habe ich schon mal gehört. Aber mich behandelt der Doktor nicht, falls Sie das meinen.«

»Und Ihre Frau?«

»Hören Sie, Herr Kommissar, zu welchen Ärzten meine Frau geht, ist ihre Sache. Ich will das gar nicht wissen, verstehen Sie?«

»Sicher.« Jo legte das Buch zurück auf den Papierstapel. Ratibor war ohnehin nicht Teil seiner Ermittlungen. Nur dass der Name ihm nun schon mehrfach über den Weg gelaufen war, berührte ihn seltsam.

Zern war mittlerweile fertig geworden und reichte Jo die zwei Zettel mit den Namen der Redaktionen. »Vielleicht bekommen Sie als Polizist mehr aus denen heraus als ich.«

Zumindest war es einen Versuch wert, dachte Jo, als er die Blätter samt seinem Notizbuch einsteckte.

Er bedankte sich, und Zern brachte ihn missmutig zur Wohnungstür.

»Sobald Sie einen Hinweis haben, Herr Kommissar, rufen Sie mich sofort an! Ich bin den ganzen Tag hier zu erreichen. Auch nachts, jederzeit.«

Jo trat einen Schritt zurück, um Zerns grässlicher Fahne zu entgehen. »Sie sind Schauspieler, richtig? Proben Sie momentan zu Hause für eine neue Rolle?«

Zern warf sich ein wenig in die Brust. »Ich … Wir Schauspieler proben an sich immer für neue Rollen. Aber im Moment arbeite ich an meiner Autobiografie, teils persönlich, teils beruflich ge… Na, Sie wissen schon.«

Nein, eigentlich wusste Jo nicht. »Eine Autobiografie? Interessant.« Für eine Handvoll Theaterbesessene vielleicht. »Wann werden Sie damit fertig sein?« Wenn er weiter so soff, vermutlich nie.

»Nächstes Jahr soll sie erscheinen.«

»Als Buch?«

»Als was denn sonst?« Ein kleines Rülpsen entfuhr ihm wie ein Zeichen seiner gekränkten Eitelkeit.

Als Jo auf dem breiten Bürgersteig vor dem Haus seine DKW startete, ging ihm der Name Beringer nicht aus dem Kopf. Dessen Buch mit der Widmung für Katja Zern …

Zurück im Präsidium telefonierte er die Liste der Zeitungen durch, die er von Max Zern erhalten hatte. Mit exakt dem gleichen Ergebnis. Keiner der Redakteure hatte irgendeine Vorstellung davon, wo Katja Zern sich aufhalten könnte. Sie habe alle letzten Aufträge, die aktuelle Kulturereignisse beträfen, wie immer zuverlässig abgeliefert. Das Archiv stehe ihm jederzeit zur Verfügung, für weitere Auskünfte gelte der Quellen- und Informantenschutz. Solange ein Gericht nichts anderes anordne. Doch das war beim gegenwärtigen Stand der Suche nach Katja Zern nicht anzunehmen.

×

Der Nachmittag dämmerte bereits, Chet Bakers schwermütige Trompetenklänge auf VoA, Voice of America presented by Radio Peggie, erfüllten den kleinen Raum. Jo saß ratlos in seinem Büro, rauchte und dachte über den Fall nach. Für ihn war nicht die Frage, ob Katja Zern ihren Mann für einen anderen verlassen haben könnte. Selbstverständlich bestand diese Möglichkeit. Sondern: Würde sie ihn tagelang darüber in Unkenntnis lassen? Falls ja, wären alle Spekulationen über ihr plötzliches Verschwinden und dessen Hintergründe, bis hin zur möglichen Querverbindung zum Fall Beringer – überflüssig.

Er war einmal mehr an einen Punkt der Ermittlungen geraten, dem er häufig begegnete. Und der ihn jedes Mal neu zutiefst beunruhigte. Denn, um diese Frage zu beantworten, hätte er die vermisste Person eigentlich persönlich kennen müssen.

Was aber wusste er inzwischen von Katja Zern, ohne spekulieren zu müssen?

Sie war berufstätig, offensichtlich erfolgreich in ihrem Beruf als Journalistin, sie galt als zuverlässig und selbstständig und unabhängig in ihrem Urteil. Sie bearbeitete Kulturthemen, die aktuell, aber politisch nicht allzu brisant erschienen. Ihr Artikel zur Schwangeren Auster, an den Jo sich erinnerte, passte in dieses Bild. Sie hatte sich dabei auf die Wirkung der Architektur konzentriert, eine bestimmte politische Aussage, in welcher Richtung auch immer, ließ sich daraus nicht ablesen.

Aus dem Rahmen dieses Porträts der Frau fiel hingegen – ihr Mann. Wie musste man sich den alkoholabhängigen, alles in allem doch ziemlich glücklosen Schauspieler Max Zern an der Seite dieser erfolgreichen, selbstbewussten, etwas jüngeren und noch immer gut aussehenden Frau vorstellen? Jo bekam kein klares Bild dazu. Das Verschwinden seiner Frau stürzte Max Zern in tiefe Verzweiflung, die nicht gespielt schien. Sollte sie tatsächlich bereits tot sein, wäre das auch das Ende für ihn selbst, das schien er zu wissen.

Was war andererseits mit Katja Zerns beruflichen Kontakten? Spätestens hier kam Rudy Beringer ins Spiel. Jo fühlte immer stärker, dass er in diesem Vermisstenfall nicht einmal in Gedanken weiterkam, wenn er nicht genau den Bezug herstellte, der sich unmittelbar aufdrängte: Katja Zern war Beringer höchstwahrscheinlich mindestens einmal persönlich begegnet, wie die Widmung für sie in seinem Buch nahelegte. Sie hatte sich zuletzt mit demselben Thema beschäftigt wie Beringer, nämlich der Kongresshalle. Für sich genommen, unbedeutende Zufälle. Wäre nicht ihr Verschwinden nur Stunden nach Beringers Ermordung angezeigt worden.

Was also tun? Abwarten, bis Katja Zern wieder auftauchte, tot oder lebendig? Das konnte Tage dauern, vielleicht Wochen oder Monate. Oder jetzt schon ausloten, wie tief die Zusammenhänge zwischen beiden Fällen wirklich waren? Um seine Spekulationen beenden zu können.

Er griff zum Hörer und rief das Headquarter der Amerikaner an. Nach zwei hausinternen Schaltungen hatte er Frank Stewart am Apparat.

»Hi, Jo! How are you?«

»Bescheiden, Frank.«

»He, das ist Chet Baker bei dir im Hintergrund, ›My funny Valentine‹. Du hörst unseren Sender, richtig?«

Frank fuhr die Lautstärke an seinem Radiogerät kurz hoch, und sie lachten darüber, dass sie via Telefon gemeinsam Musik hörten.

»Hör mal, Frank«, begann Jo etwas zögerlich, »ich habe da noch eine Frage zu der Beringer-Sache.«

»Ich dachte, du wärst von dem Fall abgezogen worden?«

»Bin ich auch. Ich will eigentlich auch nur überprüfen, ob mein neuer Vermisstenfall irgendwie damit zu tun haben könnte.«

»Jo!« Frank lachte laut auf. »Ich wüsste nicht, wie ich dir noch helfen kann. Du weißt, wie der Fall Beringer von unserer Seite behandelt wird.«

»Gar nicht, schon klar.« Oder wie man den Zünder eines Blindgängers entschärfte. »Aber ich meine es ernst, Frank. In meinem Vermisstenfall geht es um eine Journalistin namens Katja Zern. Sie hat sich unter anderem mit moderner Architektur beschäftigt. Auch mit der Schwangeren Auster, der neuen Kongresshalle im Tiergarten. Und wie es aussieht, kannte sie womöglich Beringer.«

»Verstehe. Du willst herausfinden, ob sie sich in Berlin getroffen haben könnten, deine verschwundene Lady und Mister Beringer.«

»Yes, Sir. Ich dachte, vielleicht könntest du noch mal in New York bei Jonathan Claim nachhaken, ob die zwei sich persönlich kannten, ob es vielleicht sogar eine Verabredung, einen Termin zwischen den beiden in Berlin gab.«

Frank konnte anscheinend ein Lachen nicht mehr unterdrücken. »Ich komme mir gerade vor wie in einer Screwball-Comedy, Jo. Arsen und Spitzenhäubchen oder so.«

»Dann lass mich Cary Grant sein und die Braut kriegen, Frank. Sie heißt Katja Zern. Sollte sich herausstellen, dass gar keine aktuelle Verbindung zwischen ihr und Beringer bestand, hilft mir das auch weiter. Der Ausschluss einer Möglichkeit.«

Frank ließ vier oder fünf Sekunden verstreichen. »Wir sehen uns heute Abend in der ›Badewanne‹, Kumpel. Absolut privat. Okay?«

»Okay.« Jo verstand, was Frank ihm damit sagen wollte. »Danke, Frank.«

Sie legten auf.

Chet Baker hatte sein »Funny Valentine« ausklingen lassen, und Jo stand auf, um die Nachrichten im RIAS einzuschalten. Neben dem Radio stehend, hörte er noch etwas zerstreut zu. Bei den Auslandsnachrichten horchte er auf. Eisenhower musste eintausend Mann einer Luftlandedivision nach Little Rock in Arkansas beordern, um die neun schwarzen Schüler dort vor Übergriffen zu schützen. Der Gerichtsbeschluss vor einigen Tagen hatte also nicht ausgereicht, um ihren Schulbesuch zu garantieren. Louis Armstrong sagte aus Protest gegen die Vorgänge eine Reise in die Sowjetunion ab, um die ihn die US-Regierung – als »kulturellen Botschafter Amerikas« – gebeten hatte. Der NATO-Oberbefehlshaber in Europa, General Norstad, forderte eine Erhöhung der westdeutschen Militärausgaben von neun auf zwölf Milliarden DM jährlich. Gute Idee, wenn man den Kalten Krieg ein wenig anheizen wollte. Jo wollte bereits abschalten, als folgende Nachricht kam: »Berlin. Aus gegebenem Anlass noch eine Sondermeldung unserer Redaktion: Aus gut unterrichteten Quellen ist soeben bekanntgeworden, dass die Berliner Journalistin Katja Zern tot aufgefunden wurde.« Jo erstarrte. »Zern, die sich im Bereich der Kulturberichterstattung erhebliche Verdienste erworben hat, war unter anderem auch für den RIAS tätig. Nach derzeitigem Stand kann ein Mordanschlag auf die Journalistin nicht ausgeschlossen werden, heißt es. Katja Zern wurde dreiundvierzig Jahre alt und hinterlässt ihren Mann, den früheren Bühnen- und Filmschauspieler Max Zern. – Und nun das Wetter, danach weiter mit Musik.«

Jo stand wie paralysiert neben dem Radio, das weiterlief. Was war dran an dieser Meldung? Falls sie stimmte: Wieso wusste *er* nichts davon? Schnitt man ihn in der Fünften so vollständig von jeglichen Informationen ab, dass man ihm nicht einmal mitteilte, worauf er Anspruch hatte? Wut stieg in ihm auf. Am Vormittag hatte er noch mit Katja Zerns Mann, dem »früheren Bühnenschauspieler Max Zern« gesprochen. Ganz nebenbei war in der Meldung auch Zerns Karriere kurzerhand für beendet erklärt worden. Danach hatte er den ganzen Nachmittag mit kurzangebundenen Redakteuren gesprochen. Nur um jetzt zu erfahren, dass aus dem Vermisstenfall Zern schlagartig ein Mordfall geworden war?

Im nächsten Moment flog ohne Ankündigung die Tür auf. Zu seiner Überraschung stand Gerber im Rahmen, gut gekleidet wie immer, in einem eleganten beigen Tweedanzug, die Klinke behielt er in der Hand.

»Wir haben einen Leichenfund, Kollege. Grunewald. Die Kollegen vor Ort sehen Anhaltspunkte, dass es sich um die Frau handelt, nach der Sie suchen lassen.«

»Katja Zern?«

»Jedenfalls ist es nicht das Fräulein Gerda.« Gerber deutete mit dem Kinn auf das Radio, das noch immer lief. Peter Igelhoff schwärmte: »Ist sie nicht süß, ist sie nicht lieb, ist sie nicht nett, das Fräulein Gerda?«

Jo schaltete aus und klärte ihn darüber auf, dass der RIAS gerade eben von einem Leichenfund im Grunewald berichtet hatte. »Der Name Katja Zern fiel ebenfalls schon.«

»Schöne Schweinerei! Hat vor Ort also wieder jemand die Hand aufgehalten und brühwarm der Presse zugeflüstert, was die lieben Kollegen so vermuten.«

Gerber hatte vermutlich recht. Die bezirkliche Kriminalpolizei war zwar der zentralen Mordinspektion in der Gothaer unterstellt, aber bei der jeweiligen Polizeiinspektion vor Ort angesiedelt. Vertrauliche Informationen waren dort so sicher wie auf einem Kaffeekränzchen.

»Nehmen Sie die Suchmeldung mit und fahren Sie mit mir zum Tatort, Sturm. Unterwegs erzählen Sie mir, was Sie über diese Vermisste Katja Zern bereits wissen. Falls sie wirklich die Tote ist, sparen wir beide Zeit.«

»Falls nicht?«

»Auch.«

Jo zögerte. »Was sagt der Hauptkommissar dazu?«

»Nichts.«

»Nichts?«

»Kann derzeit nur durchs Telefon krächzen. Hat mir Gundula Krauß verraten.«

»Grippe?«

»Die aus Asien oder hausgemacht, keine Ahnung. Und da Kollege Schuchardts Splitter momentan für ihn nur den Innendienst zulässt, müssen Sie dran glauben, Sturm.«

»Muss ich wohl.« Jo eilte zum Schreibtisch, zupfte ein Exemplar der Suchmeldung aus dem Ordner und nahm seinen Regenmantel vom Haken des altersschwachen Garderobenständers in der Ecke. Gemeinsam verließen sie das Haus.

Im Hof des Präsidiums stand bereits ein 180er Mercedes für sie bereit. Gerber bestand darauf, den Wagen zu fahren. »Man hat nicht jeden Tag das Glück, dass genügend Chefs krank sind, um auch mal in den Genuss zu kommen.« Normalerweise war der »Ponton«-Mercedes dem Führungspersonal in der Gothaer vorbehalten. Einschließlich Chauffeur.

Jo ließ ihm gern den Vortritt und schwang sich auf den Beifahrersitz.

Während Gerber den Wagen aus der Innenstadt heraus Richtung Westen, zur Avus hin, steuerte, fasste Jo zusammen, was er von Katja Zern und ihrem Verschwinden seit letztem Freitag wusste. Seine Spekulationen über mögliche Verbindungen zum Fall Beringer behielt er jedoch lieber noch für sich. Seinen Besuch am Vormittag bei Max Zern verschwieg er nicht.

»Zern, Max Zern …?« Gerber hatte kein Gesicht eines Schauspielers dieses Namens vor Augen.

»Seine beste Zeit hat er anscheinend lange hinter sich. Er schreibt gerade seine Memoiren. Behauptet er.«

»Ach ja? Wenn ich Sie richtig verstanden habe, müsste jedes zweite Wort darin Kognak sein.«

»Und: Katja. Von seiner Frau scheint mir Zern ebenso abhängig zu sein wie von der Flasche.«

»Bin gespannt, ob sie es wirklich ist«, sagte Gerber, als sie bereits auf der Avus fuhren. »Katja Zern, meine ich. Selbst der RIAS kann sich täuschen. Behaupten die Kommunisten drüben.«

Sie bogen ab in den Hüttenweg und fuhren weiter nach Westen, Richtung Havelchaussee. Die Sonne blinkte durch die Baumwipfel wie eine riesige Taschenlampe, es war mild und trocken heute, ein schöner Herbsttag, sofern man nicht gerade eine Leiche zu untersuchen hatte.

Kurz hinter einer Nord-Süd-Verbindung namens Schwarzer Weg, der rechts zu einem alten Forsthaus und links zum Fischerhüttenweg führte, hatten sie ihr Ziel erreicht. Schon aus einiger Entfernung waren Fahrzeuge mit den Aufschriften der Presse zu erkennen, die von der Schutzpolizei daran gehindert wurden, weiterzufahren.

»Jetzt schau sich einer den Aufgalopp an!«, schimpfte Gerber. »Wie auf dem Rummel.«

Jo und Gerber stiegen aus, ließen ein paar Presseleute mit ihren Schreibblöcken und Fotoapparaten links liegen und zeigten den Schupo-Kollegen ihre Ausweise. Der Zugang zum Tatort war recht weiträumig abgesperrt worden, etwa fünfzig Meter weiter auf dem breiten Weg standen Funk- und Einsatzwagen der bezirklichen Polizei, etwas ungeordnet daneben uniformierte Polizisten.

Ein korpulenter Mann in Zivil mit kurzem Bürstenhaar und Schnauzbart kam auf sie zu. Er stellte sich Gerber vor: »Minthall.« »Gerber. Wir haben vorhin telefoniert.«

»Dann kommen Sie.«

Er führte sie vom Weg fort in den Wald hinein, etwa dreißig Meter durch leichtes Unterholz bis zur Fundstelle der Leiche. Die wurde von weiteren Schupos bewacht und von hohen Buchen und Eichen, die die Stelle umgaben.

Der Verwesungsgeruch war bereits unverkennbar, die Kollegen kämpften sichtlich gegen die Übelkeit an.

Bevor Jo und Gerber dichter herantreten konnten, nahm Minthall sie zur Seite. »Der Arzt sagt, sie liegt hier schon einige Tage. Die Leiche ist vergraben worden. Allerdings nicht tief genug, eigentlich nur oberflächlich, das Übliche. Wildtiere, Nager vermutlich, haben hier und da schon mal einen Happen von ihr genommen, wie es aussieht. Wir haben sie gewendet. Wie der Fundort ursprünglich aussah, bekommen Sie dann ja auf den Tatortfotos zu sehen.«

»Falls es der Tatort war«, schränkte Gerber ein, während er trockenes Laub von seinem Anzug zupfte und ärgerlich den Schmutz an seinen hellbraunen Schuhen betrachtete.

»Wer hat sie gefunden?«, wollte Jo wissen.

»Ein Förster. Wir haben ihn vernommen. Und ins Krankenhaus gebracht, der Mann steht unter Schock.«

Gerber kniff verärgert die Brauen zusammen. »Wie kommt es, dass die Presse anscheinend schon vor uns im Präsidium Bescheid weiß?«

Minthall zuckte mit den Schultern.

»Auch der Name Katja Zern ist bereits genannt worden«, setzte Jo unwirsch hinzu. »Wie sicher ist denn das?«

Minthall wirkte verlegen. »Ja, also wir denken, dass es die Frau sein könnte. Aufgrund einer Suchmeldung gestern aus Steglitz.«

Jo deutete ein Nicken an. »Ich kenne die Meldung.«

»Der junge Kollege ist von der Vermisstenabteilung«, erklärte Gerber mit Blick auf Jo. »Hat die Suche nach Zern veranlasst.«

»Na, dann wären wir ja fast vollständig«, sagte Minthall, wenig beeindruckt.

»Wieso fast?« Jo sah ihn überrascht an.

»Der Ehemann Zern. Wir hätten ihn sowieso kontaktet. Aber er hatte die Meldung leider schon im Radio gehört. Will sofort herkommen. Wir lassen ihn abholen. Er dürfte schon auf dem Weg sein.«

»Na, dann Prost!« Gerber warf Jo einen vielsagenden Blick zu.

»Wollen wir dann?« Minthall wies mit dem ausgestreckten Arm zur Leichenfundstelle hinter den Beamten, die sich davor platziert hatten. »Der Arzt hat sie schon gesehen, die Spusi den Nahbereich gesichert, allerdings keine Spuren, keine Werkzeuge et cetera gefunden. Sie erweitern jetzt den Radius.« Er deutete es lustlos mit der Hand an.

Minthall führte sie nun an zwei Uniformierten vorbei zu der Stelle. Und da lag sie. Inmitten einer rundherum bemoosten, hier aber vollkommen aufgewühlten Mulde im Unterholz, das rundherum zertreten worden war. Eine Frau mit dunklen, lockigen, schulterlangen Haaren. In einem grauen Kostüm, von Erdbrocken, Moos und Laub beschmutzt. Sie lag flach auf dem Rücken, das weiße, teigige Gesicht nach oben, die toten Augen auf die Baumwipfel gerichtet. Ihre Arme ausgebreitet wie ein gefallener Engel, die gedunsenen Finger gekrümmt und offensichtlich angefressen. Sie trug dunkle Strümpfe, die ihr in Fetzen von den Beinen hingen. Keine Schuhe, die nackten Füße waren offensichtlich ebenfalls Opfer von Wildfraß geworden. Der Rock ihres Kostüms war bis knapp über die Knie hochgerutscht, ein Bein lag leicht angewinkelt, aber flach auf dem Boden.

Der Leichengeruch war schier unerträglich. Minthall hielt sich den Ärmel seines grauen Mantels vor den Mund. Jo dagegen versuchte trotz des Würgereizes normal zu atmen. Zusammen mit Gerber, dessen Gesicht ganz grau geworden war, trat er noch dichter an die Leiche heran. Der Kragen der weißen Bluse unter dem Kostüm war zerrissen, an ihrem Hals waren dunkle Spuren unter einer dünnen goldenen Kette zu erkennen, die gequollene Zunge hing heraus wie ein erstarrtes Stück Magma.

Jo wandte sich zu Minthall um. »Was sagt der Arzt fürs Erste?«

»Gebrochenes Zungenbein.«

Gerber ließ sich von Jo die Suchmeldung geben und starrte stirnrunzelnd auf das abgedruckte Foto. »Also, ich werde daraus nicht schlau.« Er sah Jo ratlos an. »Ist sie es? Sie erwähnten, sie hätten Fotos von Katja Zern in ihrer Wohnung gesehen.«

»Sie wirkt korpulenter als auf den Fotos.« Was wohl nicht nur daran lag, dass ihr Körper aufgedunsen war. »Aber ja, ich bin mir sicher. Sie ist es. Katja Zern.«

»Gut. Dann steht dem armen Teufel jetzt einiges bevor.« Gerber reichte Jo den Zettel mit der Suchmeldung zurück und stieß einen Seufzer hervor. »Der Mann sollte besser warten, bis wir sie in die Pathologie geschafft haben.«

»Zern ist kein Mann, der es aushält zu warten«, erwiderte Jo. Nicht, wenn es um seine Frau ging.

Sie liefen mit Minthall zurück zum Hauptweg und rauchten mit den Kollegen dort eine Zigarette nach der anderen. Nach etwa zwanzig Minuten wurde Max Zern gebracht. Der Ausdruck stimmte, denn er wurde von zwei Schupos mehr gestützt als flankiert. Sein Gesicht war kreidebleich, er schlotterte am ganzen Körper, ein Gang wie zum Schafott.

»Ich hoffe, der Arzt ist noch in der Nähe«, sagte Gerber leise.

»Es ist seine Entscheidung«, sagte Minthall. »Und uns hilft es, Zeit zu sparen.«

Sie folgten Zern und seinen Begleitern. Schon als ihn der Leichengeruch das erste Mal anwehte, stieß er ein Wimmern hervor, das an ein krankes Tier erinnerte. Doch er riss sich spürbar zusammen. In dem Mann steckte vielleicht mehr Energie, als man ihm ansah, dachte Jo.

Dann aber erblickte Max Zern sie direkt vor sich, im

Dreck liegend, am Boden, aufgedunsen und entstellt. Schmutziger toter Engel.

Zern sackte zusammen und kroch ein Stück über den Boden auf sie zu. »Sie haben ihr … haben ihr die Zehen abgebissen … und die Finger. Ihre … schönen Finger, Herrgott!«

Minthall schob die Hände in die Manteltaschen. »Davon hat sie aber nichts mehr gespürt.«

×

In Kettlers Zimmer standen sie dicht an dicht wie die Pinguine. Mindestens ein Dutzend Kollegen von der fünften Etage, die der Kriminalrat zu einer aktuellen Lagebesprechung nach 502 hatte beordern lassen. Jo mitten unter ihnen, in einer beißenden Qualmwolke stetig glimmender Zigaretten.

Gerber hatte Jo geradezu genötigt, dabei zu sein, und Schuchardt, der mit seiner schlimmen Hüfte lieber noch an seinem Schreibtisch blieb, hatte Jo gebeten, sich quasi als seine Vertretung zu fühlen. Gerbers Kommentar dazu: »Quasi heißt, Sie sollen anschließend das Protokoll schreiben.«

Kettler stand am Kopfende des großen Raums und wirkte im Gegensatz zu dem Porträt des gütig auf sie niederblickenden Bundespräsidenten, unter dem er stand, recht ungnädig. Die fahlgelbe Hautfarbe seines knittrigen Gesichts glich der seiner Zigarre.

»Meine Herren«, begann er mit einer fahrigen Handbewegung, »die Umstände zwingen mich, Sie so unerwartet hier zusammenzurufen. Ich kann Sie beruhigen, es wird nicht lange dauern.«

Jo sah sich kurz um, niemand reagierte auf Kettlers flachen Witz, alle sahen ihn konzentriert an.

»Mit dem heutigen Leichenfund Zern«, fuhr er grimmig fort, »haben wir binnen weniger Tage drei ungeklärte, gewaltsame Todesfälle vorliegen. Erstens Beringer, nahe der Kongresshalle, zweitens Pasewalk in Moabit, drittens nun die Zern im Grunewald. Ich betone: ›ungeklärt‹, meine Herren. Denn die Sowjetzone hat selbstverständlich immer ein Interesse daran, hinter jedem Todesfall im Westen Mord und Totschlag zu vermuten. Als Beweis für die moralische Verderbtheit des Kapitalismus et cetera.«

Einen Mord kategorisch auszuschließen schien allerdings auch nicht besser, dachte Jo.

Kettler fuchtelte mit seiner Zigarre herum und achtete nicht auf die Asche, die auf den Boden rieselte wie schmutziger Schnee. »Und die Presse«, machte er im gleichen herablassenden Tonfall weiter, »wünscht sich nichts lieber als einen Serienmord, nicht wahr? Weil das die Auflagen ihrer Blätter in die Höhe treibt. Mit dem Radio ist es noch schlimmer.«

Kettler machte eine wegwerfende Handbewegung, noch mehr graue Asche rieselte zu Boden. »Jeder Schweinehund kann beim Rundfunk um fünf vor zwölf anrufen, und schon um zwölf wird seine Behauptung als Nachricht verkündet. – Übrigens, Gerber!« Kettler nahm Gerber, der neben Jo stand, scharf in den Blick. »Vor weiteren Ermittlungen ist hier unbedingt erst die undichte Stelle bei den Kollegen vor Ort zu stopfen. Ehe noch mehr an die Presse durchgestochen wird.«

Gerber nickte und setzte kaum vernehmlich hinzu: »Wir haben ja auch sonst nichts zu tun.«

Jo unterdrückte ein Lachen und fragte sich allmählich, worauf Kettler eigentlich hinauswollte. Standen sie hier dicht an dicht in der Rauchwolke, um sich seine gesammelten Abneigungen anzuhören?

Kettler blickte drohend in die Runde: »Wir haben von

folgender Sachlage auszugehen: Erstens, im Beringer-Fall fehlt bislang jeder Hinweis auf eine geplante, vorsätzlich und mit Heimtücke ausgeführte Tat. Die Voraussetzungen, wie Sie wissen, um von einem Mord sprechen zu können. Vielmehr müssen wir davon ausgehen, dass es sich um die außer Kontrolle geratene Tat eines Raubtäters gehandelt hat, wie wir sie in ähnlicher Weise kürzlich gegenüber einem englischen Touristen gesehen haben. Zweitens, der Fall Pasewalk. Wir wissen alle, hundertprozentige Sicherheit gibt es in solchen Fällen zwar nicht. Der neueste Stand ist jedoch, dass die Forensik auch nach näherer Untersuchung keine Veranlassung sieht, von ihrer Suizidthese abzuweichen. Das Verletzungs- und Spurenmuster der Leiche entspricht dem üblichen Erscheinungsbild bei Selbstmord durch Erhängen.«

Kettler legte eine Pause ein, in der er seine Zigarre wie einen völlig fremden Gegenstand anstarrte: »Und damit zu Opfer Nummer drei. Katja Zern wurde seit Freitag letzter Woche, also dem zwanzigsten, von ihrem Ehemann vermisst. Dazu passt der erste Befund, dass sie bereits vor Tagen getötet wurde. Strangulation mit den Händen. Leichenfundort und Tatort können, aber müssen sich nicht unterscheiden. Es dürfte noch ein paar Tage dauern, ehe das Labor die an der Leiche haftenden Erdreste et cetera analysiert hat. Nur in diesem einen aktuellen Fall also, meine Herren, kann bislang eindeutig von Mord gesprochen werden. Hier stehen wir aber natürlich noch ganz am Anfang. Die Leitung der Ermittlung hat übrigens KOK Gerber, der HK Granzow vertritt, solange dieser erkrankt ist. Wie so viele Kollegen momentan.«

Kettler hob die Zigarre in seiner Hand wie einen geschwollenen Zeigefinger: »Achtung: Alle aktuellen Anfragen vonseiten der Presse sind derzeit an mein Büro weiterzuleiten. Also nicht an die Pressestelle. Ich bitte, sich das zu merken.« Er ging zu seinem Schreibtisch, drückte seine Zigarre im Aschenbecher aus und verzog sich dann zum Fenster. Ohne es zu öffnen, verschränkte er die Hände auf dem Rücken wie ein Feldherr und blickte hinaus wie auf ein imaginäres Schlachtfeld. Das Zeichen für alle, den Raum so schnell wie möglich zu verlassen und den Feldherrn am Fenster allein in seinem Qualmnebel zurückzulassen. Jo beobachtete erstaunt, dass Kettler sogar noch einen tiefen Atemzug nahm, als befinde er sich auf einem Alpenhügel in klarster Luft.

Gerber, der Jos Blick auffing, raunte ihm zu: »Nicht wundern. Der Mann hat eine lederne Lunge. Hat schon das Gas im Ersten Weltkrieg überstanden.«

Auf dem Flur beobachtete Jo, dass sich beinahe die gesamte Meute der Kollegen Richtung Fahrstuhl und Treppenhaus bewegte.

Auch Gerber zog es dorthin. »Kommen Sie mit zur Kantine, Kollege? Vielleicht ist noch Apfelkuchen da.«

»Hatte ich gestern schon.« Was gelogen war. Jo war nur Ilse und ihr neuer Verehrer eingefallen, denen er womöglich dort begegnete. Das allein verdarb ihm schon den Appetit.

Gerber deutete mit dem Finger auf ihn. »In der Zern-Sache kommen wir aber wieder auf Sie zu, Kollege. Jetzt, wo Granzow krank ist.« Er leistete sich ein listiges kleines Grinsen. »Den beruflichen Hintergrund der Dame hatten Sie schon etwas ausgeleuchtet, wie Sie sagten?«

»Ja. Allerdings ohne Erfolg. Die Redaktionen, für die sie gearbeitet hat, bocken.«

»Das wird sich ändern müssen, jetzt wo sie tot ist.« Gerber stöhnte auf. »Und um die undichte Stelle sollen wir uns auch noch kümmern.«

Sie gingen gemeinsam bis zu den Aufzügen, Gerber

verschwand im Fahrstuhl, und Jo lief die zwei Stockwerke bis zur Dritten wie üblich die Treppe hinunter.

In seinem Zimmer fand er eine Notiz von Lene Spohn auf seinem Schreibtisch. »Anruf amerik. Off. Stewart. Treff Badewanne (??) schon um 18. Wichtig.«

Jo rief Lene an.

»Jo hier, hallo. Zu deiner Notiz, Lene: Hat Stewart eventuell noch mehr gesagt? Warum es wichtig ist, zum Beispiel, dass wir uns schon um sechs treffen?«

»Wie heißt das Zauberwort?«

Jo stutzte.

»Bitte heißt es. Und nein, der junge Mann hat nicht mehr gesagt, als auf dem Zettel steht. Was macht ihr zwei übrigens in der Badewanne?«

»Deutsch-amerikanische Freundschaft pflegen.«

»Na, dann viel Spaß.«

»Danke, Lene.«

×

In der »Badewanne« war es um sechs bereits ebenso voll wie am späten Abend. Was daran lag, dass die Vorbereitung auf einen Jitterbug-Wettbewerb stattfand. Auf der Tanzfläche wärmten sich die Tanzpaare dadurch auf, dass sie sich gegenseitig fortschleuderten und wieder einfingen, knapp bevor sie die Brüstung durchschlugen. Drumherum drängte sich das kreischende, klatschende Publikum, und auf dem leicht erhöhten Podium probte die Hausband den eigenen Kollaps.

Der Rhythmus schoss Jo sofort in die Beine, und er mühte sich, niemandem auf die Füße zu treten, als er sich durch die Masse heißer Körper drängte, um im hinteren Bereich des Lokals nach Frank Stewart Ausschau zu halten.

Er fand ihn an einem kleinen Tisch in der Ecke, unter einem Plakat, das einen Abend ankündigte, auf dem die »Miss Intelligenz« der »Badewanne« gekürt werden sollte.

Frank war nicht allein am Tisch. Er unterhielt sich lebhaft mit einer hübschen Brünetten mit keckem Blick. Sie trug eine schwarzseidene Bluse und einen bis zur Hüfte hinauf geschlitzten weißen Rock. Ihre muskulösen Beine ruhten auf seinen Knien.

»Hi, mate!«, brüllte Frank zur Begrüßung gegen die Live-Musik an und stellte ihm beinahe im selben Atemzug »Gretchen« vor.

Die Brünette tadelte ihn scherzend auf Englisch: »So wie du es aussprichst, Frank, hört es sich an wie ›Grätschen‹.«

»Dafür sagst du Frank wie ›Danke‹«, konterte er lachend.

Das Musikstück endete damit, dass gleich das nächste explodierte. Noch schneller, noch hotter. Ein blutjunges männliches Gesicht mit gut gestriegelter Elvisfrisur tauchte neben Jo auf und reichte Gretchen die Hand: »Wir sind dran, Kleenchen!«

Das Mädchen sprang auf, und im Grunde tanzten sie sich vom Fleck weg bis zur Tanzfläche durch.

Jo setzte sich auf Gretchens Stuhl, Frank hielt einen Kellner an, reichte ihm sein leeres Bierglas und bestellte zwei weitere. Frank beugte sich weit zu Jo vor, so dass er ihm mit halbwegs erträglicher Lautstärke ins Ohr brüllen konnte. »Jo, das hier ist absolut privat, okay? Du weißt, später am Abend sind auch die anderen GIs da. Besser, wenn das Treffen unter uns bleibt.«

»Sicher.« Jo beugte sich nun seinerseits zu Frank vor. »Du hast Claim in New York erreicht? Ihn nach Katja Zern fragen können?«

»Ich habe nicht mit Claim gesprochen, sondern mit Kelly, der Sekretärin.« Frank war die Sache spürbar nicht geheuer. Offenbar segelte er lieber unter dem offiziellen Radar, um keinen Staub aufzuwirbeln. »Beringer und Katja Zern kannten sich persönlich. Katja Zern hat manchmal sogar im New Yorker Verlag angerufen, wenn sie glaubte, Beringer dort zu erreichen. Aber selbst Kelly glaubt, nur aus beruflichen Gründen. Sie schrieben ja beide über Architektur und so weiter.«

»Keine private Beziehung zwischen den beiden?«

»Kelly glaubt mehr an gute Freundschaft. Sie hätte keine Leidenschaft gespürt, jedenfalls nicht von Beringers Seite. Wie auch immer.« Frank zuckte die Achseln. »In Berlin, weiß Kelly ganz sicher, hätte sich Beringer auch früher schon aus beruflichen Gründen mit Zern getroffen, wenn er in der Stadt war.«

Ihr Bier kam, sie stießen an und tranken.

»Deshalb nimmt Kelly an, dass Beringer sich auch diesmal mit Katja Zern in Berlin verabredet hat. Ob sie sich wirklich getroffen haben, weiß sie natürlich nicht.«

Die Musik legte eine Pause ein. Jo bemerkte Franks ernsten Gesichtsausdruck. Er berührte ihn am Ärmel und beugte sich wieder zu ihm vor. »Ich muss dir etwas sagen, Frank.«

»Okay.«

»Katja Zern ist tot. Sie wurde heute gefunden. Ich hab's erst erfahren, nachdem wir am Vormittag telefoniert hatten. Hab ihre Leiche im Grunewald gesehen. Sie wurde erwürgt.«

Franks Miene erstarrte. Sein Blick sagte: Spätestens jetzt, mein Freund, wird die Sache gefährlich.

Beiden war klar, dass sie es mit zwei Mordfällen zu tun hatten, die eng zusammenhängen konnten.

Sie tranken ihr Bier aus, und Jo spürte, dass Frank nicht weiter über das Thema reden wollte, nicht hier, nicht jetzt, vielleicht überhaupt nicht mehr. Er fragte ihn daher nach Julia. »Weißt du, ob sie heute noch herkommt?«

»Glaube nicht. Julia steht nicht auf Jitterbug, soweit ich weiß.«

»Hast du sie heute gesehen?«

»Nein, seit der Party im Harnack-House nicht mehr. Julia hat viel zu tun, schätze ich.«

»Lady Dulles?«

»Mother of Berlin. She's a devil.« Frank lachte endlich wieder so herzhaft, wie Jo es von ihm kannte.

Im nächsten Moment wühlte sich Gretchen durch die Menge und warf sich mit erhitztem Gesicht und dampfendem Körper auf Jos Schoß. »Mein Platz!« Sie lachte. »Oder was hast du gedacht?«

×

Eine gute Stunde später fuhr Jo mit nahezu tauben Ohren nach Hause. Im zweiten Stock kam er an der Wohnung von Christine und Elke Eberhardt vorbei. Die wütende Stimme eines Mannes drang heraus. Und das Weinen eines Mädchens.

Jo klingelte. Die Tür wurde geöffnet. Ein breitschultriger, dickbäuchiger, nahezu kahlköpfiger Mann von Anfang vierzig baute sich vor ihm auf.

»Und, Meister, zu wem wollen wir?« Der Mann schob herausfordernd sein Kinn vor.

»Guten Abend. Zu Christine Eberhardt wollen wir.«

Im Hintergrund nahm Elkes Weinen an Fahrt auf. Der Mann wandte sich abrupt um. »Ruhe im Karton. Man versteht sein eigenes Wort nicht!«

Jo blickte an ihm vorbei in den Flur. »Christine? Jo hier, kann ich dich kurz sprechen.«

»Kannst du nicht, Bürschchen!« Der Mann versuchte, die Tür zuzuschlagen, doch Jo hatte bereits seinen Fuß in die Lücke gestellt und drückte sie wieder auf. Der Mann war so verblüfft, dass er Mühe hatte, das Gleichgewicht zu behalten, und zog dadurch die Tür erst recht weit auf.

Christine schoss um die Ecke und grüßte Jo mit einem erschrockenen Blick. »'n Abend, Jo. Irgendwas Besonderes?«

Jo nickte ihr zu und deutete mit dem Kinn auf den Mann, dessen Gesicht sich gerade gefährlich rot färbte. »Das wollte ich *dich* fragen, Christine. Und Elke.« Er richtete seinen Blick unbestimmt Richtung Flur, an dessen Ende die Kleine jetzt erschien. In einem hellen Schlafanzug, nicht mehr weinend, aber mit deutlich verstörtem Blick.

»Hallo, Elke!«

»Hallo.«

»Hör mal, Bürschchen!« Der Mann war drauf und dran, auf Jo loszugehen, doch Christine stellte sich vor ihn und deutete über die Schulter hinweg auf Jo: »Helmut, das ist Herr Sturm aus dem dritten Stock. Er ist Polizist, ich hab dir von ihm erzählt.«

Der Mann erstarrte in seiner Bewegung. Die Faust, die seine Hand bereits zu bilden begann, lockerte sich augenblicklich.

Christine wandte sich zu Jo um. »Alles in Ordnung, Jo. Ich krieg das hin. Aber danke, dass du reingeschaut hast.«

Jo warf rasch einen Blick auf den Mann an der Tür. Und atmete erleichtert auf, als er sah, dass der Mann sich entspannte.

»Ich wollte nicht stören, Christine. Mir war nur so, als hätte ich Elke schreien gehört.«

»Geheult hat sie«, sagte der Mann. »Weil ich ihr eine geschwalbt habe. Weil sie nicht ins Bette wollte. Weil sie nicht sagen will Papa zu ihrem Vater. Weiter war nüscht. Und nu' schönen Abend noch.«

Jo zog den Fuß weg, und die Tür schlug vor seiner Nase zu.

Du mich auch, dachte er und ging die Treppe hoch.

Jo war Helmut Eberhardt noch nie begegnet. Christine lebte seit Jahren getrennt von ihrem Mann. Weder vor noch nach der Trennung habe er sich um sie und die Kinder gekümmert, hatte sie Jo einmal erzählt. »Außer, wenn er jemand zum Streiten und Verprügeln brauchte.« Sie und ihr Exmann hätten sich zum Glück so gründlich aus den Augen verloren, dass sie nicht einmal wisse, ob er inzwischen »auf Dampferfahrt« sei, hatte sie hinzugefügt. Sollte sie mit ihrer Vermutung recht gehabt haben, fragte sich jetzt allerdings, ob sein Besuch bei ihr nur ein Hafturlaub oder ob er entlassen worden war. Wie auch immer, der Mann führte sich auf, als gehöre ihm die Wohnung mitsamt dem Mobiliar, wozu er anscheinend auch Frau und Kind zählte. Nicht selten sahen so die Familien aus, deren Kinder irgendwann von zu Hause wegliefen, deren Namen dann auf Jos Schreibtisch in der Vermisstenabteilung landeten. Väter, die soffen, unfähig oder unwillens, über das zu reden, was sie störte oder was ihnen vermeintlich fehlte. Ehefrauen, die keinen Weg fanden, sich ihrer Männer zu erwehren. Und Kinder, die darunter am meisten litten. Die kleine Elke tat ihm leid. Das Gesetz schützte sie nicht vor den Schlägen ihres Vaters. Im Gegenteil, Eberhardt durfte sich sogar damit brüsten, dass er sie »erzog«, wenn er sie schlug. Genau wie ihr Lehrer.

In seiner Wohnung ein Stockwerk höher traf er niemanden an. Richtig, heute war ja Mittwoch. An dem Tag lud Markwort Petra Küpper und ihre Tochter häufig zum Italiener ein.

In der Küche aß Jo eine Kleinigkeit und ging dann ins Bad. Sein Rasierzeug, stellte er fest, hatte einmal mehr die Wanderung hinüber in Petra Küppers Regalfach gemacht. Jo beschloss, sich nicht darüber aufzuregen.

Na gut, jetzt wusste er also, wo der Jungbulle wohnte. Keine zwei Steinwürfe von der Sektorengrenze entfernt. Nichts Besonderes letztlich. Früher, kurz nach dem Krieg, hatte er selbst eine Zeit lang in der Gegend gelebt. Die Spelunke dort drüben, Goldene Henne, gab es damals schon. Eins von den wenigen Häusern, die den Krieg halbwegs heil überstanden hatten.

Vielleicht wäre er besser an dem Army-Offizier drangeblieben. War schließlich sein Auftrag. Aber wieso hatte sich der Bulle schon wieder mit dem jungen Ami in dem Affenstall getroffen? Privat, um sich Hottentotten-Musik anzuhören?

Möglich. Aber er glaubte nicht daran. Es steckte garantiert mehr dahinter.

Die beiden tauschten Informationen aus. Deshalb trafen sie sich in der »Badewanne«. Zogen vermutlich ihre ganz eigenen Bahnen. Aber was konnten sie schon wissen? Wie weit würden sie gehen? Vor allem aber: für wen?

Das würde man ihn fragen, und deshalb war es richtig gewesen, sich auch Stewarts Kontakt einmal genauer anzusehen. Der Blonde spielte nach seinen eigenen Regeln, das stand fest. Wetten, dass seine Chefs keine Ahnung hatten, welche Karten er vor ihnen versteckte? Aber darum mussten die sich selbst kümmern. Nicht sein Auftrag.

Die blonde Frau fiel ihm plötzlich wieder ein. Er schlug mit der flachen Hand gegen das Lenkrad. Das Luder. »Hat Julia Range Sie erkannt?«, war er gefragt worden. »Nein!«, hatte er versichert, »hat sie nicht.« Sie durfte ihm nicht durch die Lappen gehen. Denn sie würden ihn dafür ver-

antwortlich machen. Dabei bekam sie Hilfe von dem Tschechen, dem angeblichen Österreicher. Er hatte sie darauf hingewiesen. Frühzeitig. Oder etwa nicht? Doch, hatte er, verflucht!

Donnerstag, 26. September 1957

Jo hatte beschlossen, nicht zu warten, bis Gerber in Sachen Katja Zern wieder auf ihn zukam. Doch als er bereits um kurz nach acht Zimmer 504 betrat, traf er nur Schuchardt an, der ihn erstaunt ansah.

»Nanu, so früh?«

»Ja, ich muss krank sein. Wie geht's Ihnen, Herr Schuchardt?«

Schuchardt rollte mit seinen blauen, wässerigen Glupschaugen. »Als hätte ich ein Schrapnell in der Hüfte.«

»Verstehe.«

»Das bezweifle ich.« Er machte eine lapidare Handbewegung, um zu sagen: Lassen wir das. »Habe gehört, dass Sie uns schon wieder verlassen mussten.«

»Dem Hauptkommissar gefiel anscheinend meine Nase nicht. Aber da er ja noch krank ist, halte ich mich an den kommissarischen Leiter.«

»Gerber.« Schuchardt kratzte sich mit einer Hand die Schläfe.

Es klopfte an der Tür, und Gundula Krauß schob ihre kleine rundliche Figur ins Zimmer. Sie wedelte mit einer Akte in der Hand, grüßte Jo ebenso überrascht wie erfreut und segelte an ihm vorbei auf Schuchardt zu. Sie legte die Akte auf seinen Schreibtisch und sagte: »Da haben Sie Ihren Ordner zurück, Herr Schuchardt. Aber es ist kein Fehler drin, hab's kontrolliert.« Sie beugte sich vor, schlug die blassgrüne Papphülle auf und tippte mit dem eleganten Finger auf die erste Seite eines eng getippten Dokuments. »Das ist der Originalbericht Ihrer Kollegen von der Spurensicherung. Kein Versehen möglich.«

Sie tippte wie zur Bekräftigung noch einmal auf das Dokument, schwenkte herum, schenkte Jo noch einen Blick und entschwand so geschäftig und rasch, wie sie hereingekommen war.

Schuchardt beugte sich über den Ordner und blätterte sichtlich unzufrieden die Seiten des Dokuments durch.

»Ich verstehe das nicht«, sagte er leise zu Jo, fast als würde er mit sich selbst reden. »Hab den Bericht der Spurensicherung im Beringer-Fall noch mal überflogen. Nicht, dass wir etwas übersehen.«

Jo stand mit den Händen in den Hosentaschen neben seinem Schreibtisch und warf einen Blick auf das Dokument.

»Ich bin der Meinung, es fehlt ein Detail.«

Schuchardt hob den Kopf und sah ihn an. »Als wir Freitagnacht zum Tatort kamen, Gerber und ich, hatte die Spusi in der Nähe von Beringers Leiche eine kleines Stück Filmkassette gefunden.«

»Ein Stück Filmkassette?«

»Na ja, ein ganz winziges Ding, nicht größer als ein Daumennagel. Die Spule einer Minox-Kassette, am Steg zerbrochen, man braucht ja nur die Hälfte mit dem belichteten Film. Gerber hat noch gewitzelt, Beringer wäre vielleicht als Spion nach Berlin gekommen. Aber mit seinem Bekanntheitsgrad wäre das natürlich Nonsense gewesen. Nein. Es war ja nicht mal klar, ob es Beringer war, der den Film verloren hatte, oder vielleicht …«

»Der Täter.«

»Jemand anderes zumindest. Aber die hohen Tiere hier im Haus brachte das anscheinend auf die Idee, der Presse die Mär von dem ermordeten Touristen aufzutischen, um vorerst Ruhe vor der Meute zu haben. Bloß, jetzt …« Er legte die flache Hand auf den Bericht und kräuselte die Stirn.

»Der Film wird im Bericht der Spusi nicht erwähnt?«

»Mit keinem Wort. Mir ist das beim ersten Lesen gar nicht aufgefallen. Aber jetzt … finde ich ihn nicht aufgelistet.« Schuchardt verzog ärgerlich das Gesicht. »Das ist mal wieder so eine typische Schlamperei, die einem die Arbeit …«

Schuchardt sprach den Satz nicht zu Ende, denn die Tür wurde geöffnet, diesmal ohne Klopfen. Zu seiner und auch Jos Überraschung trat Granzow ein. Gefolgt von Gerber, der Jo stirnrunzelnd einen warnenden Blick zuwarf.

Der Hauptkommissar baute sich in seiner ganzen Nashornbreite dicht vor Jo auf. Auch sein stechender Blick erinnerte Jo an den Auftritt, den am Vorabend Helmut Eberhardt ihm gegenüber hingelegt hatte. Doch plötzlich tat Granzow einen halben Schritt zur Seite und hustete entsetzlich in seine wulstige Faust.

Als er sich wieder erholt hatte, fixierte er Jo erneut wie ein lästiges Insekt. »Was zum Teufel tun Sie hier, Sturm?« Gerber wollte anscheinend etwas sagen, doch Granzow schnitt ihm das Wort ab. »Nur damit Sie's wissen, Sturm: Dass Sie nicht mehr dabei sind, geht nicht auf meine Kappe. Aber dass Sie meine Anweisung einfach ignorieren, nehme ich persönlich. Sie bewegen jetzt auf der Stelle Ihren Luxuskörper zurück in die Vermisstenabteilung und machen *dort* Ihre Arbeit. Haben Sie irgendetwas von dieser Anordnung nicht verstanden, *Herr* Kriminalkommissar?«

Jo sah ihm noch zwei, drei Sekunden in die Augen. Um sich einzuprägen, wie er niemals werden wollte. Dann verließ er den Raum ohne ein weiteres Wort.

×

Er war zehn oder elf gewesen, als sein Vater ihm eines Tages vorgeworfen hatte, er habe Geld aus seiner Brieftasche gestohlen. Es fehlten Scheine, nur Jo komme dafür infrage, sie genommen und ausgegeben zu haben, zusammen mit seinem Freund Richard. »Wieso ich?« Als Antwort auf die Frage erhielt er den ersten Schlag ins Gesicht. »Willst du etwa behaupten, deine Schwester hätte mich beklaut? Oder deine Mutter?« Den zweiten bekam er dafür, dass er nicht weinte, sich nicht einmal die brennende Backe hielt. »Keine Reue. Mein eigener Sohn ein verlotterter kleiner Dieb, der mich bestiehlt.« Der Schmerz – wegen der Schläge, aber auch wegen der Verleumdung durch seinen Vater – war so gewaltig, dass Jo die Tränen in die Augen schossen, ob er wollte oder nicht. »Na, bitte.« Einen Tag später fand sein Vater das dünne Bündel Geldscheine in einer neuen Börse, die ihm Jos Mutter zum Geburtstag geschenkt und die er schwachsinnigerweise in ein Fach des Wohnzimmerschranks gelegt hatte. Jo erfuhr es von seiner Mutter, der sein Vater anschließend eine neue Handtasche von dem Geld kaufte. Jo hasste diese Tasche, wann immer er sie fortan hatte sehen müssen, was zum Glück nur an Feiertagen und zu besonderen Anlässen der Fall gewesen war.

Sein Vater hatte sich nie entschuldigt. Doch Jo hatte die Sache nie vergessen. Aber es brauchte noch viele ähnliche Schläge und Ungerechtigkeiten, ehe er daraus den Schluss ziehen konnte, dass für Menschen wie seinen Vater die Wahrheit eine Frage der Macht war. Selbst wenn sich ihre Wahrheit als nachweislich falsch erwies, beharrten sie darauf. Niemals gaben sie zu, dass sie sich geirrt hatten. Sie gingen einfach zur Tagesordnung über. In der Weddinger Postfiliale jedoch, in der sein Vater gearbeitet hatte, hatten andere die Wahrheit gepachtet, Männer, zu denen sein Vater sehr weit hinaufschauen musste. Weil er so weit unten stand.

Jo aber hatte sich geschworen, dass für ihn die Wahrheit nicht verhandelbar war: nicht abhängig davon, wer gerade die Macht in den Händen hielt. Deshalb war er zur Polizei gegangen. Es ging darum, die Wahrheit zu *suchen* und dafür einzutreten. Nicht, sie zu vertuschen.

Doch genau das geschah hier im Augenblick. Er durchschaute nicht die Hintergründe der Fälle Beringer, Katja Zern und vermutlich auch Pasewalk. Doch Ausgangspunkt war zweifellos der Mord an Beringer. Möglicherweise zeitgleich mit der Ermordung Katja Zerns. Kurz darauf der Tod von Pasewalk. Um Katja Zerns berufliches Umfeld kümmerte sich Gerber (sobald er »die undichte Stelle« gefunden hatte). Um Beringers »Raubmörder« kümmerte sich jetzt wieder Schuchardt. Die Jagd nach einem Phantom. Um Pasewalk aber kümmerte sich niemand. Selbstmord nicht ausgeschlossen, sagte der Forensiker. *Nichts anderes* als Selbstmord, schloss daraus der Hauptkommissar.

Die Wahrheit, nach denen sie in allen drei Fällen zu suchen hatten, konnte jedoch in ihrer möglichen Verbindung liegen: zeitlich, örtlich, persönlich. Was die Art des Verhältnisses zwischen Beringer und Katja Zern betraf, vor allem aber ihr mögliches Zusammentreffen in Berlin, so war ausgerechnet die Person, die darüber vielleicht berichten konnte – Cornelius Althaus, aufgrund seines anscheinend nie ganz abgerissenen Kontakts zu Beringer – schier unerreichbar.

Jo kramte seine Notizen zum Beringer-Fall aus der Schreibtischschublade und nahm den Zettel mit der Ostberliner Adresse von Cornelius Althaus heraus, den er sich nach Frank Stewarts Angaben in sein Notizbuch gelegt hatte. Eine Hausarztpraxis in der Holmstraße. Er griff nach dem Stadtplan und faltete ihn auseinander. Die Adresse lag unweit der Jannowitzbrücke, entlang der Grenzlinie zwischen den Ostbezirken Mitte und Friedrichshain. Und nah genug an Kreuzberg gelegen, dass Jo selbst ein Patient von Doktor Althaus hätte sein können. Wäre da nicht die Sektorengrenze und er ein Kriminalbeamter aus dem Westen.

Er dachte eine Weile darüber nach.

Schließlich legte er seine Dienstmarke in die Schreibtischschublade, zog seinen Mantel an, steckte den Stadtplan ein, schloss sein Zimmer ab und eilte den Flur entlang. Die Treppe hinunter, durch das Foyer an dem freundlich winkenden Hoyer vorbei, alles in einem Tempo wie bei einem Probealarm. Draußen startete er die DKW, fädelte sich in den Verkehr ein und konzentrierte sich aufs Fahren. All das tat er flüssig und schnell. Um nur nicht über das nachzudenken, was er im Begriff war, zu tun.

In seiner Wohnung suchte er seinen unscheinbarsten Anzug heraus, beige und schon ein paar Jahre alt, dazu ein graues Oberhemd und eine anthrazitfarbene Krawatte. Die Kleidung sollte nur sicherstellen, dass er nicht bereits auf den ersten Blick als Westler auffiel, mit einem Faible für legere Klamotten nach eindeutig amerikanischem Vorbild. Es war mild heute und leidlich sonnig, auf einen Mantel konnte er daher verzichten. Zumal er wegen der Kontrollen an der Sektorengrenze nicht mit dem Motorrad in den Osten fahren würde. Sollte es dennoch dazu kommen, dass er in der Bahn kontrolliert wurde, würde er sich brav mit seinem behelfsmäßigen Personalausweis ausweisen und hoffen, dass sein Name nicht bereits auf einer Liste mit Westberliner Kriminalpolizisten stand. Dann konnte es allerdings eng werden, die Stasi würde sich auf ein Verhör mit einem wie ihm sicherlich freuen.

Für den Fall brauchte er eine taugliche Erklärung für seine Fahrt in den Osten. Er beschloss, die Wahrheit zu sagen. Besser gesagt, die halbe Wahrheit. Er sei auf dem Weg zu Doktor Althaus, einem Internisten nahe der Jannowitzbrücke, der ihm wegen seiner akuten Beschwerden – in der Brust zum Beispiel – empfohlen worden sei. Das kam durchaus vor, dass sich Westberliner im Osten behandeln ließen. Wie zum Beispiel sein Freund Richard, der zu seinem Zahnarzt über die Grenze nach Pankow fuhr. Luftlinie keinen Kilometer entfernt.

Jo ging zu Fuß die kurze Strecke bis zum Moritzplatz und stieg dort die Stufen zur U-Bahn-Linie D in Richtung Gesundbrunnen im Norden hinunter. Im Eingangsbereich kaufte er rasch eine Fahrkarte am Schalter, auf dem Bahnsteig erinnerte ein Lautsprecher daran, dass dies der letzte Bahnhof im Westsektor sei. Das zwei Dutzend wartender Fahrgäste nahm es gleichmütig zur Kenntnis – so wie Schinkenhäger-Reklame an den Bussen oder die Eigenwerbung des Senats an den Baustellen des Aufbauprogramms.

Er fuhr in einem Raucherwaggon und steckte sich eine an. Nach dem Berufsverkehr am frühen Morgen war es nun nicht sehr voll, viele Sitzplätze waren noch frei, dennoch war er zu nervös, um sich zu setzen. Der Zug rumpelte, wie er wusste, beinahe unmittelbar nach Weiterfahrt bereits unter der Sektorengrenze hindurch.

Am nächsten Halt, U-Bahnhof Neanderstraße, wollte er aussteigen, um den Weg zur Althaus-Praxis größtenteils zu Fuß zurückzulegen – als er im letzten Moment eine Gruppe bewaffneter Volkspolizisten in graugrünen Uniformen auf dem Bahnsteig bemerkte. Ihre Pistolenholster an den Hüften waren deutlich zu erkennen. Neben ihnen standen zwei Frauen mit Armbinden des Ostberliner Amts für Warenkontrolle.

Jo brach der Schweiß aus, er blieb im Wagen und hoffte, dass die Truppe nicht einstieg. Sie gruppierten sich um eine Litfaßsäule, auf der mit großen Plakaten für den Sieg des Sozialismus in der DDR und die deutsch-sowjetische Freundschaft geworben wurde. Und mit weniger großen Plakaten für eine Bauausstellung und eine Aktion zur Bekämpfung der Rattenplage. Letztere machte vor keiner Grenze halt. Jo hatte erst vor einigen Tagen im Rinnstein der Waldemarstraße eine Ratte, groß wie ein junges Kaninchen, gesehen, und das mitten am Tag.

Fahrgäste stiegen aus, andere ein, der Zug ruckte an und fuhr weiter. Jo ließ erleichtert den Zigarettenrauch entweichen, den er vor Aufregung angehalten hatte.

Am Bahnhof Jannowitzbrücke beging er den Fehler, allzu hastig aussteigen zu wollen. Er erntete entsprechend saftige Kommentare und böse Blicke von Leuten, die zusteigen wollten. Er entschuldigte sich flüchtig für die Rempelei und eilte über den Bahnsteig davon zum Ausgang. Glücklicherweise begegnete er keinen Uniform- und Waffenträgern mehr. Etwa den berüchtigten ruppigen Typen von der Transitpolizei. Die Trapo war offiziell für die Reichsbahn zuständig, an der Jannowitzbrücke hieß das für die S-Bahn. Doch neuerdings unterstanden sie dem Stasi-Ministerium. Was sie besonders gefährlich machte, egal, wo sie auftauchten.

Stattdessen wurde er gleich zweimal – von einem Spruchband und einem Plakat – gefragt: »Hast du schon deine Aufbaustunden geleistet?«

Die Praxis von Dr. Cornelius Althaus befand sich auf der südlichen Seite der Spree, politisch gesehen dem Westen zugewandt. Jo musste also über die schmucklose Brücke ein gutes Stück zurückgehen. Nur wenige Pkw waren unterwegs, fast durchweg Ostmodelle wie Wartburg, P70 oder IFA. Schon das gab ihm ein deutliches Gefühl von »Osten«, und es steigerte sich noch angesichts eines hellblutroten Spruchbands entlang des Brückengeländers mit der Parole: »Für die Stärkung unserer Arbeiter- und Bauern-Macht – Kampfbereit!« und einem knallbunten Plakat an der ersten Hausfront jenseits der Brücke: Eine junge Frau mit glühenden roten Wangen, kerngesund wie das Zwieback-Kind in der Westreklame, blond und dauergewellt wie Eva Braun. Sichtlich stolz trug sie die Orden wie schicke Broschen an ihrem uniformgrünen Kragen. Irgendwie unpassend dazu hielt sie in der Hand einen blassrosa Blumenstrauß. Darunter, in fetter Schrift, sattgelb wie amerikanischer Mais, der Spruch: »Ruhm und Ehre unseren Aktivisten«. Und wer die Botschaft auf dem Bild noch immer nicht kapiert hatte, für den applaudierte zusätzlich eine fröhliche Gruppe der ordensbehängten Aktivistin. Als Jo auf seinem Weg nah an dem Plakat vorbeikam, las er, dass es für den bald bevorstehenden »Tag der Aktivisten« warb und sich die junge Aktivistin »auf Friedenswacht« befand.

Er kam an einem HO-Laden vorbei, der außen für sich selbst mit der Zeile warb: »Der *kluge* Berliner kauft bei der HO.« In Anbetracht der notorischen Warenknappheit der staatlichen Verkaufsläden und der Konkurrenz von Cola und Camel im Westen schien die Reklame durchaus nötig zu sein. Viele Lebensmittel waren im Osten noch immer nur mit Lebensmittelkarten zu bekommen, teils anscheinend auch, um Westberliner nicht zu billigen Hamsterkäufen zu ermuntern. Seine Mutter oder seine Schwester in Weimar schrieben in ihren Briefen und Postkarten jedoch grundsätzlich nichts Negatives über ihren Alltag im Osten. Zu groß und zu berechtigt war ihre Furcht, ihre Post könnte kontrolliert werden.

Cornelius Althaus' Arztpraxis befand sich in der nächsten Seitenstraße links, im Erdgeschoss eines Altbaus, dem das vorangehende und die nachfolgenden Nachbargebäude weggebombt worden waren. Wie ein einsamer alter Zahn im Mund eines Greises stand nur noch das eine Gründerzeit-Haus, umgeben von Brachland. Sandhaufen türmten sich wie riesige Termitenhügel auf der freien Fläche, flankiert von gigantischen Stapeln alter Ziegel und haushohen Haufen von Bruchsteinen. Am Ende der kleinen Seitenstraße war es geschäftig und laut. Von Lkw, die diese tristen, traurigen Reste kriegszerstörter Häuser abfuhren, zwölf Jahre nach Kriegsende.

Ein Metallschild neben der schweren Haustür, die durch ein dickes Lederband über dem Schloss am Zufallen gehindert wurde, gab Auskunft über Dr. Cornelius Althaus. Demnach war er Allgemeinarzt und Facharzt für Innere Krankheiten, seine Sprechzeiten waren 8–12 und 14–18 Uhr. Jo drückte die Tür auf und betrat einen dunklen Flur mit einem schadhaften, an vielen Stellen aufgeplatzten Betonboden. Die Praxis befand sich rechter Hand, er klingelte, und nach wenigen Sekunden öffnete ihm eine große, dunkelhaarige Frau Mitte vierzig in einem weißen Kittel.

»Guten Morgen, ich möchte zu Doktor Althaus.«

»Ja, natürlich.« Die Frau winkte ihn lächelnd herein und umkurvte einen langen Schreibtisch, um sich auf einem Stuhl dahinter niederzulassen. Ohne weitere Fragen nahm sie eine Karteikarte und einen Stift zur Hand und bat Jo um seine Patientenangaben:

»Der Name?«

»Stu… Stahmer, Jo-sef.«

»Josef Stahmer. Und Sie wohnen, bitte?«

»Wie?«

»In welchem Bezirk wohnen Sie, Herr Stahmer? In der Nähe, nehme ich an, in Mitte oder Friedrichshain?«

»Nein, ich wohne in … Kreuzberg.« Bei der genauen Adresse würde er allerdings lügen.

Sie sah kurz zu ihm auf, interessiert, aber nicht sonderlich beeindruckt. »Und wie sind Sie versichert?«

»Privat. Ich bin privat versichert.«

»Selbstzahler, also. In Ordnung, Herr Stahmer.« Zu Jos Erstaunen wollte sie weder seine genaue Adresse erfahren noch erste Angaben zu seinen Beschwerden. »Es ist leider sehr voll im Moment. Ich hoffe, Sie haben Zeit mitgebracht. Ich habe etliche Voranmeldungen, die ich Ihnen leider vorziehen muss. Es sei denn, Sie haben Schmerzen.« Sie schaute fragend zu ihm auf. »*Haben* Sie Schmerzen?«

»Nein. Keine Schmerzen. Nur dieses komische Gefühl in der Brust.« Er klopfte sich flatterhaft mit der Hand auf die Herzgegend.

Ihr Blick verdunkelte sich etwas. »Wirklich keine Schmerzen, nein? Oder ein Druck, Unwohlsein oder Engegefühl?«

»Nein, nein, nichts davon«, versicherte er rasch. »Nur wie ein … ein Husten, der klemmt.«

Sie lachte. »Gut. Dann nehmen Sie in unserem Wartezimmer Platz, Herr Stahmer.« Sie deutete mit der Hand auf eine offene Tür gleich rechts gegenüber.

Jo bedankte sich und betrat ein großes Zimmer voller wartender Patienten und murmelte ein leises »Guten Morgen«. Auf den im Rechteck stehenden Stühlen saßen vorwiegend ältere Frauen. Mit blassen Gesichtern und glasigen Augen sahen sie ihn neugierig an oder lasen weiter in Zeitschriften, die sie sich anscheinend von dem niedrigen Holztisch in der Mitte des Raums genommen hatten.

Im Augenblick war buchstäblich kein Platz frei, und so lehnte er sich neben der Tür an die Wand und ließ seinen

Blick schweifen. An den mattweiß gestrichenen Wänden hingen in regelmäßigen Abständen Stiche alter Segelschiffe in schmalen, dunklen Rahmen. Gegenüber zwei hohe Doppelfenster, die einen neuen Anstrich gebrauchen konnten. In der Lücke dazwischen ein Jahreskalender mit dem Schwarz-Weiß-Foto eines jungen Paars, das fröhlich seine blitzblanken, rostfreien Gartengeräte betrachtete. Wahrscheinlich eben erst im Westen gekauft, schoss es Jo ein wenig ketzerisch durch den Kopf.

Er ging zu dem Tisch in der Mitte und warf einen Blick auf die Zeitschriften. »Sibylle«, eine »Zeitschrift für Mode und Kultur«, auf dem Titelblatt eine junge, schöne Frau, gekleidet wie eine Flugbegleiterin, die ihren Blick in die Ferne richtete, während im Hintergrund eine ältere Frau mit einem Stößel (oder was auch immer) etwas in einer Schale zerdrückte. Gift vermutlich, ihrem bitteren Gesichtsausdruck nach. Daneben lag eine Literaturzeitschrift, »Sinn und Form«, mit dem sterilen Charme eines Amtsblatts. So oder ähnlich sahen auch die Literaturzeitschriften im Westen aus. Die Zeitschrift »Der Hund, Ausgabe B für Kleingärtner, Siedler und Kleintierzüchter« zeigte einen großen Terrier auf dem Titelblatt, der mit glücklichem Ausdruck seine Zunge heraushängen ließ. Zwei Kinderzeitschriften komplettierten das Ensemble, »Mosaik«, ein Heft mit drei koboldähnlichen Figuren, den Digedags, und »Die ABC-Zeitung«, auf deren buntem Titelblatt ein Affe und ein Bär Ruderboot fuhren, etwas für die ganz Kleinen, wie es schien.

Jo war bereits drauf und dran, eine »Sibylle« vom Tisch zu angeln, um sich von den jungen Ost-Schönheiten ein genaueres Bild zu machen, blickte sich dann aber noch einmal um und entschied sich angesichts der Frauen, die dies sicher merkwürdig fanden, mit einem leisen Seufzer des Bedauerns für eine Nummer der Literaturzeitschrift.

So kurz vor dem Ziel sollte er es nicht darauf anlegen, aufzufallen.

Beim Durchblättern der »Sinn und Form« merkte er, dass fast alle Beiträge darin von Bertolt Brecht stammten oder von ihm handelten, seinen Theaterstücken, seiner Musik, seinen Gedichten … Er hatte eine Sondernummer zu Brecht erwischt, der im letzten Jahr gestorben war. In der Literaturzeitschrift aber schien er weiterzuleben wie James Dean in der Bravo.

Jo legte die »Sinn und Form« zurück und sah in der folgenden Zeit mit wachsender Ungeduld, dass sich die Patientenzahl in diesem Wartesaal des keuchenden Hustens und dezenten Schniefens nur langsam reduzierte. Wenigstens wurde bald ein Stuhl frei, auf den er sich setzen konnte.

Als er nach anderthalb Stunden dachte, es seien immer noch zwei Patienten vor ihm an der Reihe, wurde er selbst aufgerufen. Doch zuerst reagierte er gar nicht, als die Sprechstundenhilfe ihn vom Vorraum aus aufforderte: »Herr Stahmer, bitte ins Sprechzimmer.«

Erst als sie bereits vor ihm stand und ironisch fragte: »Herr Stahmer, möchten Sie lieber noch länger warten?«, begriff er.

Er lachte erleichtert und ließ sich von ihr über den kurzen Flur in das angrenzende Zimmer führen, wo sie dem Arzt, der einen knielangen weißen Kittel trug, die Patientenkarte auf den Schreibtisch legte, neben dem er stand.

Cornelius Althaus war ein großer, breitschultriger Mann Mitte vierzig, mit großer Brille, braunen Haaren und einem knochigen, tief gefurchten Gesicht. Die Wände seines Sprechzimmers waren ebenso mattweiß gestrichen wie im Wartezimmer, nur hingen in den Lücken zwischen den Glasvitrinen mit Arzneimitteln und medizinischen Geräten keine Stiche mit Segel-, sondern mit Dampfschiffen in den dünnen Holzbilderrahmen.

»Nehmen Sie Platz, Herr Stahmer«, sagte der Arzt mit einer dunklen, weichen Stimme und deutete auf einen Stuhl neben dem cremefarbenen Schreibtisch, der im Vergleich zu seiner Körpergröße eher klein wirkte. »Welche Beschwerden haben Sie denn?«

Jo setzte sich und fühlte, dass er dunkelrot wurde, als der Arzt ihn interessiert musterte, innerlich wahrscheinlich schon bereit, ihm den Puls zu messen oder ihm in den Rachen zu schauen.

»Herr … Doktor Althaus, ich komme aus dem Westen, Westberlin, meine ich.«

Althaus sah ihn amüsiert an. »Das steht bereits auf der Patientenkarte, die meine Frau mir gereicht hat.« Er tippte mit zwei Fingern seiner großen Hand darauf. »Sie sind nicht der einzige Patient aus den Westsektoren, Herr Stahmer, der zu mir findet. Sie sind privat versichert, lese ich.«

»Ja, ich bin Polizist.«

Althaus schien das weiterhin zu amüsieren. »Nun, dann muss ich ja nicht um mein Honorar fürchten. Aber nun sagen Sie mir mal, was fehlt Ihnen denn?«

Jo fühlte, wie sein Puls immer schneller ging, der Schweiß brach ihm aus. Er hatte leichtsinnigerweise angenommen, dass ihm Auge in Auge mit dem Arzt schon die richtigen Worte einfallen würden. Doch jetzt fühlte er sich wie in einer Sackgasse. Nicht er war es, der das Gespräch führte, sondern Althaus. Als Arzt.

Der jetzt mit ernster Miene einen Blutdruckmesser aus einer Schublade herausnahm und Anstalten machte, ihm die Manschette um den Arm zu legen. »Ich würde Sie gerne untersuchen, Herr Stahmer. Wenn Sie bitte den Oberarm freimachen würden?«

Jo hob abwehrend die Hände. »Herr Doktor, Herr Althaus, ich bin, wie gesagt, von der Westberliner Polizei und, rundheraus gesagt, zu Ihnen gekommen, um mit Ihnen über Rudy Beringer zu reden. Ihren Freund.« Er griff in seine Jacketttasche, zog seinen Dienstausweis heraus und zeigte ihn.

Der Arzt starrte darauf wie auf eine Waffe, die Jo ihm vor das Gesicht hielt, und wich dann zurück. »Still! Ich will nichts davon hören.« Er legte das Messgerät auf den Schreibtisch, seine Hände zitterten vor Aufregung. »Sie … Sie kommen hierher und wagen es … Verlassen Sie sofort meine Praxis!«

Jo öffnete bittend die Arme. »Herr Althaus, ich riskiere persönlich sehr viel durch meinen Besuch bei Ihnen. Und damit meine ich nicht die Staatssicherheit, die mich …«

»Gehen Sie! Sofort!« Althaus sah ihn hart und unmissverständlich an.

Jos Herz raste jetzt wirklich. Er sah Althaus an. »Es tut mir leid. Ich sah keine andere Möglichkeit, mit Ihnen zu reden, ohne Sie und mich in Schwierigkeiten zu bringen.« Er stand auf und ging mit schweren Schritten zurück zur Tür.

»Halt! Warten Sie!«

Jo wandte sich um. Ein Fünkchen Hoffnung keimte unerwartet wieder auf, als er in Althaus' Gesicht blickte. Der Arzt schien jetzt mehr verwirrt als wütend zu sein.

»Was meinen Sie damit, Sie riskierten persönlich viel, indem Sie hier auftauchen?«

Jo holte Luft, um einen zweiten Anlauf zu nehmen. Es kam jetzt auf jedes einzelne Wort an, das er sagte. »Rudy Beringer ist tot, er wurde ermordet.«

»Das weiß ich.« Althaus schien jedoch nicht gewillt, auch nur anzudeuten, von wem er das wusste.

»Ich will nicht, dass der Mord oder seine Hintergründe vertuscht werden. Ich will, dass die Wahrheit ans Licht kommt.«

Der Arzt sah ihn mit zunehmend besorgter Miene an. »Das heißt, Sie denken, dass diese Wahrheit, an die Sie glauben, unerwünscht ist? Im Westen?«

Jo sah ihn offen an. »Ich fürchte es, ja.«

Althaus senkte den Kopf und betrachtete mit leerem Blick Jos Patientenkarte auf der Schreibtischplatte. Dann nahm er sie zur Hand, zerriss sie mit einer langsamen Bewegung mittendurch und warf die Hälften mit einer matten Geste in den Papierkorb neben seinem Schreibtisch.

»Sagen Sie meiner Frau im Vorzimmer, sie soll die nächsten Patienten hereinbitten. Gehen Sie entweder sofort, oder warten Sie im Patientenzimmer, bis sie Sie wieder zu mir hereinruft. Oder Sie auffordert, die Praxis zu verlassen. Die Entscheidung überlege ich mir noch.«

»Danke. Ich werde warten.«

Jo ging hinaus und teilte Althaus' Frau zu ihrem Erstaunen, vermutlich sogar Erschrecken, mit, was der Arzt ihm gesagt hatte. Zurück im Wartezimmer setzte er sich wieder auf seinen Platz und beobachtete, wie die Frau des Arztes in sein Sprechzimmer eilte, dort allerdings nur eine kurze Weile blieb, um dann mit hektischen Flecken im Gesicht wieder herauszukommen und die vorletzte Patientin aufzurufen.

In der nun folgenden Wartezeit war Jo immer wieder kurz davor, die Praxis fluchtartig zu verlassen. Wer garantierte ihm denn, dass der Arzt – oder seine Frau – nicht in ihrer Panik die Ostberliner Polizei anrief? Dann würde er sich in kürzester Zeit in einem Verhörraum der Staatssicherheit wiederfinden. Doch trotz dieser Angst, trotz seines Herzrasens und des vor Anspannung vollkommen durchgeschwitzten Hemds blieb er wie festgenagelt an seinem Platz. Nun hatte er bereits so viel riskiert, daher beschloss er, jetzt alles auf eine Karte zu setzen, dem Arzt zu vertrauen, gewissermaßen dem Jugendfreund Beringers, und abzuwarten, was geschehen würde.

Es war bereits kurz vor eins, die letzte Patientin schon vor einer halben Stunde gegangen, als Cornelius Althaus Jo wieder in sein Zimmer rufen ließ. Die Frau des Arztes vermied es dabei demonstrativ, ihn anzusehen.

Er sah sich dem Arzt, der in seinem weißen Kittel hinter dem Schreibtisch saß, nun frontal gegenübersitzen. Seine Miene wirkte nicht mehr versteinert, die braunen Augen hinter der Brille waren hellwach und musterten kritisch Jos Dienstausweis, den er sich erneut hatte geben lassen.

Auf Althaus' Schreibtisch stand ein großes Glas Wasser, das er nun zur Seite schob, um Jo den Ausweis zurückzureichen.

»Ich werde Ihnen jetzt einige Fragen stellen«, sagte der Arzt. »Und glauben Sie mir, ich werde sofort merken, ob Sie mich anlügen. Im selben Augenblick wird unser Gespräch beendet sein.«

Jo nickte stumm. Dieser Arzt besaß sicher genügend Menschenkenntnis, um Lügen und Lavieren zu erkennen.

»Stahmer, ist nicht Ihr richtiger Name, sondern Sturm, behauptet Ihr Ausweis. Wenn Sie wirklich Polizist in Westberlin sind, was arbeiten Sie genau?«

»Ich arbeite in der Vermisstenabteilung der Kriminalpolizei.«

»Und warum beschäftigen Sie sich – angeblich – mit Rudy Beringer? Er wird nicht vermisst, sondern wurde getötet, wie Sie selbst gesagt haben.«

»Ich werde zeitweise in der Mordkommission eingesetzt. Aufgrund meiner Englischkenntnisse und weil …«

Jo zögerte, war nicht sicher, wie viel er von sich preisgeben sollte.

»Weil *was*?« Der Arzt fixierte ihn hart und unnachgiebig.

»Weil ich früher in amerikanischer Gefangenschaft war. Der Mord an Rudy Beringer, einem Amerikaner, ruft natürlich die US-Vertreter in Berlin auf den Plan.«

»Dann verstehe ich eins nicht, Herr ... Polizist.« Althaus' Augen blitzten hellwach hinter den Brillengläsern. »Sie haben vorhin angedeutet, der Mord an Rudy ... an Rudy Beringer oder dessen Hintergründe sollten vertuscht werden. Aber Rudy war Amerikaner deutscher Herkunft. Beide Seiten, die amerikanische ebenso wie die Westberliner, müssten im Gegenteil ein riesengroßes Interesse daran haben, dass der Mord aufgeklärt wird. Wenigstens aus politischen Gründen.«

Althaus, stellte Jo fest, schien sofort in der Lage, die wahren Ziele hinter offiziellen Worten zu erahnen.

»Anfangs schien das auch so zu sein, wie Sie vermuten«, bestätigte Jo. »Aber im Laufe der Ermittlungen hat sich das geändert. Ich muss ehrlicherweise zugeben, dass mir noch nicht einmal klar ist, wer hier blockt und warum. Nicht mal in meinem eigenen Laden.«

»Ihrem Laden?«

»Meine Behörde, meine ich, die Westberliner Kripo.« Wie sollte er Althaus die Dimension des Falls verdeutlichen, wenn er sie selbst noch nicht erfasst hatte? »Der Mordfall, wie soll ich sagen, steht nicht für sich. Er zieht Kreise.«

Althaus musterte Jo plötzlich wieder misstrauisch. Die Frage, die ihn beschäftigte, stand auf seiner tief gerunzelten Stirn: Konnte er Jo wirklich vertrauen? Oder ließ er sich auf etwas ein, das ihn in Schwierigkeiten brachte?

»Dass der Mord an Beringer Kreise zieht«, sagte Jo, »damit wollte ich andeuten, dass tragischerweise noch mindestens eine weitere Person darin verwickelt ist. Die inzwischen ebenfalls ermordet aufgefunden wurde: Katja Zern, eine Journalistin, die im Westen für verschiedene Zeitungen gearbeitet hat.«

Althaus zuckte merklich zusammen. Er wirkte schockiert.

»Sie kennen die Frau?«

»Nur … ihren Namen. Durch Rudy. Er hat von ihr erzählt.«

Aber dass sie nun ebenfalls ermordet wurde, wusste Althaus sichtlich nicht. Er wirkte jetzt sehr beunruhigt. Jo hoffte, dass er sich nicht bereits wieder verschloss.

»Sie sagten, Sie wussten bereits, dass Beringer tot ist, Herr Althaus. Dass er ermordet wurde. Die Nachricht ist offiziell bislang nur in der Westpresse veröffentlicht worden, soweit ich weiß.«

Der Arzt musterte ihn fast mitleidig. »Sie scheinen zu glauben, dass wir hier im Osten nur ›Das kommunistische Manifest‹ lesen.« Er schüttelte nicht wirklich belustigt den Kopf. »Wenn ein Amerikaner im Berliner Tiergarten ermordet wird, berichtet darüber nicht nur eine freie Stimme einer angeblich freien Welt, sondern selbstverständlich auch die Presse im Osten. Auch wenn Rudy Beringers Name dabei nur eine Randnotiz ist, im Vergleich mit dem *Ort*, an dem man ihn getötet hat: im Westen, fast in Sichtweite der Kongresshalle, dem neuen Symbol deutsch-amerikanischer Verbundenheit.«

Althaus hatte sich ein wenig in Rage geredet und stutzte plötzlich. »Ich bemerke soeben, dass Sie dabei sind, mich auszuquetschen wie eine Zitrone, junger Mann.«

Jo zog es vor, nicht darauf zu antworten.

Althaus beugte sich zu ihm vor. »Na schön, Herr Kommissar. Aber eines sage ich Ihnen im Voraus: Sollte irgendetwas von diesem Gespräch nach außen dringen oder Sie sogar eine offizielle Aussage oder etwas Ähnliches von mir verlangen, werde ich alles abstreiten. Sogar, Sie je getroffen zu haben.«

»Ihr gutes Recht.«

Althaus stieß einen schweren Seufzer aus und blickte auf seine Armbanduhr. »In spätestens einer Dreiviertelstunde beginnt meine Sprechstunde wieder. Was ich Ihnen bis dahin nicht erzählt habe, bekommen Sie von mir niemals mehr zu hören. Denn offen gesagt«, Althaus schaute ihn todernst an, »ich hoffe, Sie danach nie wiederzusehen.«

»Ich werde Sie in Ruhe lassen. Sie haben mein Wort.«

Althaus blickte ihn schweigend an. Dann schien er sich innerlich einen Ruck zu geben. »Also hören Sie zu. Bevor ich Ihnen … Rudy Beringer und ich …« Er atmete noch einmal durch und streckte seinen Rücken. »Rudy und ich, wir kannten uns schon sehr lange. Seit Kindertagen, der Schulzeit in Prenzlauer Berg. Wir sind beide Jahrgang elf. Rudy war in seiner Jugend politisch aktiv, ich ebenfalls. Er bei den Sozialdemokraten, ich bei den Kommunisten. Dann kamen die Nazis, Rudy konnte noch rechtzeitig mit seiner Familie nach Amerika gehen, was seinem Vater und dessen beruflichen Kontakten zu verdanken war. Mich verschlug es nach Amsterdam, der Rest meiner Familie blieb in Berlin, mein älterer Bruder, ebenfalls Kommunist, wurde im KZ Oranienburg umgebracht. Meine Eltern … Nein, lassen wir das.« Mit bitterem Ausdruck im Gesicht winkte er ab. »Als die Wehrmacht 1940 Holland überfiel, gelang mir in letzter Minute die Flucht nach London. Von dort kehrte ich nach dem Krieg zurück nach Berlin. Studierte Medizin, arbeitete in Dresden und übernahm vor einem Jahr diese

Praxis von einem Kollegen, der in den Ruhestand gegangen ist. Im Westen.« Sein Mund verzog sich zu einem ironischen Lächeln. »Was ich Ihnen sagen will, Herr Sturm: In all diesen Jahren haben Rudy Beringer und ich uns nicht mehr persönlich sehen können. Die äußeren Umstände ließen es einfach nicht zu. Aber wir haben nie völlig den Kontakt zueinander verloren. Und uns, wenn auch in großen Abständen, geschrieben. Dass wir uns kürzlich nach so langer Zeit das erste Mal in Berlin wieder getroffen haben, hatte also keinerlei politische Hintergründe. Es war rein privat. Mir ist wichtig, dass Ihnen das klar ist.«

»Ist es.« Jo fragte sich zugleich, ob der Arzt die Privatheit seiner Freundschaft mit Beringer vor allem für den Fall betonte, dass Jo in Wahrheit für die Stasi arbeitete. »Ich habe Sie vollkommen verstanden, Herr Althaus: Sie beide waren alte Freunde, und nach so vielen Jahren ergab sich für Sie endlich die Gelegenheit, sich persönlich zu sehen. Der Kalte Krieg, Sie aus dem Osten, Beringer aus Amerika, das spielte in dem Moment keine Rolle.«

»Genau.« Althaus schien sich etwas zu entspannen.

»Für mich«, fuhr Jo fort, »ist jetzt wichtig zu wissen: Wann und wo haben Sie sich getroffen?«

»Montagabend vor einer Woche. Er hat es gemacht wie Sie, ist einfach in meiner Praxis erschienen, allerdings erst gegen Ende der Nachmittagssprechstunde, und danach sind wir zu mir nach Hause gegangen, ein paar Straßen weiter.«

»Sie wussten, dass er sich in Berlin aufhielt?«

»Er hatte mir vor einiger Zeit geschrieben und es vage angedeutet. Ohne seinen Besuch bei mir direkt anzukündigen.«

»Beringer wollte kein Risiko eingehen, auch was Sie betraf?«

»Nein.«

Andernfalls hätte Althaus längst Besuch von Männern in auffallend unauffälliger Kleidung bekommen. Und zwar mehrfach. Oder hatte er bereits? Die Frage konnte Jo ihm leider nicht stellen, ohne sich selbst verdächtig zu machen, ein doppeltes Spiel mit ihm zu treiben: als Stasi-Agent, der sich als Westpolizist ausgab.

»Herr Althaus«, fuhr Jo stattdessen fort, »neben den persönlichen Dingen, den alten Zeiten, über die Sie beide sicher gesprochen haben – die mich selbstverständlich gar nichts angehen –, hat Rudy Beringer in dem Gespräch mit Ihnen irgendetwas angedeutet, das mir helfen könnte, seinen Mörder zu finden?« Jo hoffte, dass er damit den entscheidenden Hebel in der Hand hielt: Althaus' Interesse daran, den oder die Mörder seines alten Freunds, den er nach so langer Zeit erst hatte wiedersehen können, nun nicht davonkommen zu lassen.

»Sie haben recht, es ging um die alten Zeiten, wie Sie sagen. Um sehr persönliche Dinge zwischen Rudy und mir.« Althaus zögerte. »Und es ging um zwei ... aktuelle Probleme, die ihn beschäftigten«, fuhr er etwas schleppend fort und schwieg wieder.

»Worum ging es dabei, Herr Althaus? Wenigstens in etwa?«

»Zum einen ging es um das Angebot – oder ›das Werben‹, wie Rudy sich ausdrückte – eines Verlegers aus Westberlin, der Rudys Architekturkritiken verlegen wollte.«

Jo sah ihn verblüfft an. »Sie meinen Schwittow?«

»Ach, Sie wissen bereits davon?« Althaus wirkte nicht minder erstaunt.

»Bisher weiß ich nur das, was Sie erwähnt haben. Die Tatsache, dass Schwittow sich um Beringer bemüht hat. Aber inwiefern war das ein Problem für Beringer?«

»Rudy traute dem Angebot nicht recht über den Weg«, fuhr Althaus fort, »und das anscheinend von Anfang an, das heißt seit einem Jahr etwa, sagte er.«

»Woher rührte sein Misstrauen?«

»Daher, dass sich ein Verleger aus dem Westen überhaupt für einen wie ihn interessierte.«

»Einen wie ihn?«

»Einen Exilanten.« Althaus ließ einige Sekunden verstreichen, in denen er Jo aufmerksam musterte. »Sie wissen, dass man in Westdeutschland heute nicht eben begeistert von Landsleuten ist, die vor den Nazis ins Ausland geflohen sind. Vor wenigen Monaten erst ist Alfred Döblin gestorben, ein Kollege, er war Arzt in Berlin, vor allem aber der Autor von ›Berlin Alexanderplatz‹, falls Ihnen das etwas sagt.«

»Ja. Ein Roman aus der Vorkriegszeit.« Jo hatte von dem Buch gehört, es aber nicht gelesen.

»Schade, dass Döblin sich nicht entschließen konnte, zu uns zu kommen.«

»In die DDR, meinen Sie?«

»Nach Ost-Berlin, ja. Dann wäre ihm die Missachtung der kalten Krieger und der alten und neuen Nazis im Westen erspart geblieben. Davon bin ich überzeugt. Wissen Sie, Rudy und ich, wir haben die Nazizeit nicht vergessen. Und deshalb verstand ich ihn gut, dass er sichergehen wollte, dass der deutsche Verleger, der vorgab, eine weiße politische Weste zu haben, nicht in Wahrheit braunen Dreck am Stecken hatte.«

»Wie wollte er das in Erfahrung bringen?«

»Durch die Journalistin. Die jetzt ebenfalls ...«

»Katja Zern.«

»Sie und Rudy hatten sich anscheinend schon seit Jahren gekannt und sich auch in unregelmäßigen Abständen hier und da getroffen.«

»Hatten sie eine Liebesbeziehung?«

Althaus wiegte leicht den Kopf hin und her. »Er hat sehr zurückhaltend und dezent von ihr gesprochen, nur berufliche Dinge und Kulturelles erwähnt. Aber seine, sagen wir, starke Sympathie für die Frau war doch zu erkennen.« Althaus verzog die Lippen zu einem kleinen Lächeln.

»Die Journalistin sollte Beringer also dabei helfen, die Vergangenheit des Verlegers zu beleuchten?«

»Rudy sagte, er habe sie vor einigen Monaten darum gebeten. Und sie habe ihm den Gefallen getan. Als Journalistin habe sie Kontakte, Zugang zu allen möglichen Archiven und so weiter.«

Jo spürte, wie sich sein Puls enorm beschleunigte. »Und? Was hat sie herausgefunden?«

»Dass der Verleger wirklich eine weiße Weste hatte. Der Mann war nicht mal in der Partei gewesen. Kein Eintrag irgendwo.«

Jo zog eine Braue hoch. »Dann war doch alles in bester Ordnung. Wieso war Beringer dennoch beunruhigt, wie Sie sagten?«

»Weil es da etwas gab, meinte Rudy, das ihn irritiert hätte. Etwas, dem die Journalistin anfangs keine große Bedeutung zugemessen habe, weil es den Verleger nur indirekt betraf.«

»Das verstehe ich nicht.«

»Es ging um einen der ersten Autoren des Verlags. Dessen Publikation ich allerdings nicht kenne.«

Jo versuchte, sich seine Aufregung nicht anmerken zu lassen, als er vorsichtig fragte: »Und dessen Namen Sie mir ebenfalls nicht nennen möchten?«

»Doch. Bei ehemaligen Nazis hört meine Rücksichtnahme auf. Es handelt sich um Johann Ratibor. Übrigens ebenfalls ein Berufskollege von mir. Nur eben das glatte Gegenstück zu einem aufrechten Charakter wie Döblin. Deshalb interessieren mich Ratibors Veröffentlichungen grundsätzlich nicht, mit dem Erscheinungsort, Osten oder Westen, hat das nichts zu tun.« Althaus schien sich in diesem Fall keine Hemmungen aufzuerlegen. »Laut Recherchen der Journalistin war Ratibor nach dreiunddreißig Funktionär in der Berliner NS-Ärzteschaft. Spezialgebiet: deutsche Familie und Volkskörper. Wir wissen alle, was daraus geworden ist. Und jetzt überlegen Sie mal: der ehemals braune Ratibor, heute ein enger Freund und sogar Autor des Verlegers mit der blütenweißen Weste? Für Rudy passte das nicht zusammen.«

»Und welche Konsequenz hat Beringer daraus gezogen?«

»Rudy war ein gründlicher Mensch. Schon immer. Er sagte, er sei im Grunde schon entschlossen gewesen, Schwittow abblitzen zu lassen. Habe aber die Journalistin gebeten, weiterzurecherchieren.«

»Mit welchem Ergebnis?«

»Ich muss Sie enttäuschen, das weiß ich nicht. Rudy meinte, es sei besser für mich, wenn er mir die Details vorerst nicht sagen würde. Dann könne mich auch niemand deswegen unter Druck setzen. Ich würde es ohnehin bald aus der Zeitung erfahren.«

»Aus der Zeitung? Das klingt nach einer großen Sache. Einem Skandal geradezu. Hat Beringer keine weiteren Andeutungen gemacht? Abgesehen von den Inhalten, meine ich, die er Ihnen aus Vorsicht verschwiegen hat?«

Althaus nahm seine Brille ab und griff sich mit zwei Fingern an die Nasenwurzel. Nachdem er sie wieder aufgesetzt hatte, musterte er Jo beinahe wieder so misstrauisch wie zu Beginn. »Ich bin nicht sicher, ob es gut ist, Ihnen davon zu erzählen. Ich will niemanden in Schwierigkeiten bringen, der unschuldig ist, weder hier noch dort.«

Jo öffnete die Hände. »Aber Sie könnten mir damit helfen, den oder die Schuldigen zu finden, Herr Althaus. Rudy Beringers Mörder.«

Althaus stieß einen leisen Seufzer aus. »Rudy … sprach von einer ehemaligen Sekretärin des Verlegers, die lange Zeit in dem Betrieb gearbeitet hätte und bestimmte Dinge wüsste.«

»Eine Sekretärin? Mit der Beringer sich treffen wollte?«

»Ja.« Er schüttelte leicht den Kopf. »Andererseits schien sie Rudy auch wieder recht suspekt zu sein. Ich weiß, wie gesagt, nicht, worum es ging.«

»Kennen Sie ihren Namen?«

»Den hat Rudy nicht erwähnt. Nur, dass die Journalistin die Frau vor einiger Zeit ausfindig gemacht und auch privat besucht habe.«

»Hat Beringer erwähnt, was dabei herausgekommen ist?«

»Ich sagte doch, dass er mir die Details nicht genannt hat.« Althaus klang zunehmend gereizt. »Anscheinend hat die Journalistin etwas Wichtiges von der Frau, dieser ehemaligen Sekretärin, erfahren. Mehr weiß ich nicht. Rudy sagte noch, die Journalistin habe es ihm überlassen, was er mit der Information anfangen wolle. Es schien ihm immerhin so wichtig zu sein, dass er mehr über die Hintergründe erfahren wollte. Deshalb wollte er nun in Berlin auch selbst Kontakt zu der Frau aufnehmen. Er hatte es bereits versucht, nur leider Pech gehabt. Die Frau war wohl umgezogen, nachdem die Journalistin sie zuletzt besucht hatte. Rudy war aber ganz zuversichtlich, dass er sie noch finden würde. Notfalls würde ihm die Journalistin dabei helfen, sobald sie zurück sei. Sie war noch verreist.«

»Wissen Sie, ob Beringer die Sekretärin später noch gefunden hat?«

»Nein. Ich hatte vor seinem geplanten Abflug nach New York leider keine Zeit mehr für ein weiteres Treffen mit Rudy. Uns hält die Asiatische Grippe hier genauso in Atem wie die Kollegen im Westen. Das Virus kennt keine Sektorengrenzen. Sie haben ja gesehen, wie voll das Wartezimmer heute wieder war. Nein, ich weiß nicht, was aus der Suche nach der Frau geworden ist. Und schon gar nicht, was sie wusste, das für Rudy so furchtbar bedeutsam war.«

Der Arzt schaute auf seine Armbanduhr. »Wir müssen zum Ende kommen, in zehn Minuten beginnt meine Nachmittagssprechstunde.«

»Ja, natürlich.« Jos Hände wurden noch feuchter, sein Hemd fühlte sich schweißgebadet an. »Sie sagten, Herr Althaus, Beringer habe noch eine weitere Sache sehr beschäftigt.«

»Eher sogar beunruhigt, würde ich sagen. Wahrscheinlich hat er mir deshalb davon kaum etwas erzählt.« Der Arzt kniff die Brauen zusammen. »Alles, was er mir dazu angedeutet hat, war, dass es in irgendeiner Weise mit Paris zu tun hat.«

»*Paris*?«

»Ja. Und der neuen Kongresshalle in Westberlin.«

»Der Schwangeren Auster?«

»Wenn Sie es so nennen wollen.«

»Ich verstehe nicht ...«

»Ich auch nicht, Herr Sturm. Ich weiß nichts darüber. Und offen gesagt, ich bin spätestens heute, wo Sie so plötzlich bei mir auftauchen, froh darüber. Ich danke Rudy im Nachhinein dafür, dass er so vorsichtig und weitsichtig war, mir praktisch nichts darüber zu erzählen. Über Dinge, meine ich, die vielleicht auch für die Unsrigen von Interesse wären. Sie verstehen schon.«

Althaus sah ihn an, als habe er ohnehin schon zu viel angedeutet. Mit den »Unsrigen« waren natürlich die Geheimdienste im Osten gemeint, allen voran Stasi und KGB.

Plötzlich klopfte es an der Tür. Althaus' Frau zeigte sich. Sie warf ihrem Mann einen unzweideutig missbilligenden Blick zu, ohne Jo anzusehen. »Die Patienten werden bald da sein, Cornelius.«

»Ich weiß. Wir sind hier gleich fertig, Gesine.«

Gesine Althaus schloss wortlos die Tür.

»Eine letzte Frage hätte ich noch, Herr Althaus.«

»Wenn es wirklich die letzte ist.« Althaus sah ihn noch einmal konzentriert an.

»Hat Beringer Ihnen gegenüber noch weitere Kontakte erwähnt? Geplante Treffen mit bestimmten Personen?«

Althaus nahm wieder seine Brille ab, senkte den Blick und dachte kurz nach. »Nein, soweit ich mich erinnere, nicht. Rudy nahm an den offiziellen Eröffnungsveranstaltungen der Kongresshalle teil, er witzelte über das Kulturprogramm: ›Die werden noch Tränen lachen‹, hat er gemeint.«

»Tränen lachen?«

Althaus hob den Blick und setzte die Brille auf. Er wirkte erschöpft. »Ja, so in etwa drückte er sich aus. Ich habe nicht nachgefragt. Ich bin Arzt. Wenn ich Kultur höre, denke ich als Erstes an eine Bakterienkultur.« Er lachte kurz auf. »Ich habe nicht mal Zeit, die ›Sinn und Form‹ zu lesen, die ich in meinem Wartezimmer auslege, damit auch die Kulturbeflissenen unter meinen Patienten nicht zu kurz kommen.«

»Und darüber hinaus? Abgesehen von seinen Kontakten in der Kongresshalle?«

»Keine Ahnung. Oder na ja …« Er wiegte den Kopf ein wenig hin und her. »Er war an einem der folgenden

Tage noch mit einer Amerikanerin verabredet, die ihn zum Essen zu sich nach Hause eingeladen hatte. Aber das schien gewissermaßen zum erweiterten Kulturprogramm zu gehören. Allerdings …« Er schmunzelte.

»Ja?«

»Diese Amerikanerin schien ziemlich jung und hübsch zu sein. Sie arbeitete anscheinend auch nicht direkt in der Kulturabteilung der Amerikaner, sondern für die Dulles, die ihr im Westen so liebt. Aber Rudys Verabredung mit der jungen Schönheit dürfte eigentlich kein Geheimnis für Sie sein, oder?«

»Nein, ist es nicht.« Jetzt nicht mehr. »Wir reden von einer gewissen Julia Range, nehme ich an.« Ein Schuss ins Blaue.

»Möglich. Ich erinnere mich nicht.« Vielleicht hatte Beringer den Namen auch nicht erwähnt. »Ich glaube aber nicht«, fügte Althaus hinzu, »dass das Treffen mit der jungen Frau wichtig für ihn war. Mehr eine willkommene Abwechslung in Anbetracht der vielen offiziellen Termine, die er vor der Brust hatte.«

Sie hörten es draußen klingeln und Gesine Althaus' Schritte, die zur Tür ging, um sie zu öffnen.

Der Arzt stand auf und deutete mit einer kleinen Kopfbewegung zur Tür hin. »Meine Frau hätte Sie übrigens am liebsten hinausgeworfen. Wir haben uns im Exil kennengelernt, und sie weiß ebenso gut wie ich, dass Fehleinschätzungen anderer Personen schlimme Folgen haben können. Wenn ich Ihnen also sage, enttäuschen Sie mich nicht, meine ich: Finden Sie Rudys Mörder. Aber sorgen Sie dafür, dass dabei keine anderen Menschen zu Schaden kommen. Keine Unschuldigen.«

»Danke für Ihr Vertrauen, Herr Althaus.« Denn mit den Unschuldigen meinte er ganz offensichtlich auch sich selbst. Und seine Frau.

Der Arzt blickte ihm plötzlich ein wenig schalkhaft in die Augen. »Sollten Sie einmal Mangel an Fachärzten im Westen haben, so wissen Sie jetzt wenigstens, wo Sie mich finden.«

Jo bedankte sich lachend. »Und umgekehrt?«, fragte er, beinahe schon im Gehen. »Wollen Sie bleiben?« Viele von Althaus' Arztkollegen hatten Ostberlin und die DDR schon längst verlassen, um in den Westen zu gehen.

»Solange ich diese Praxis privat führen kann wie bisher und mir keiner in meine Diagnosen hineinredet, bleibe ich. Ich bin damals nicht vor den Nazis geflüchtet, um mich ihnen heute im Westen anzudienen.«

»Auch im Osten soll es sie geben.«

»Aber hier wird ihre braune Vergangenheit nicht mit der gleichen Ignoranz hingenommen wie im Westen.«

Jo kommentierte das nicht. Er lebte in Westberlin und war kein Experte für den Osten. Aber dem staatlich verordneten Antifaschismus von Stalins Erben traute er weniger als den Versicherungen eines Gebrauchtwagenhändlers.

»Wiedersehen, Herr Althaus.« Er verließ das Zimmer. An der Tür warf er noch einen Blick über die Schulter zurück. Der Arzt stand an seinem Schreibtisch und trank sein Glas Wasser jetzt in einem Zug leer. Er hatte es das ganze Gespräch über nicht wieder angerührt.

Im Vorraum bedachte ihn Gesine Althaus mit einem furchtsamen Blick.

»Auf Wiedersehen, Frau Althaus.«

Sie sah ihn mit unbewegter Miene an. Nein, sie würde ihn in Zukunft nicht mal als Patienten wiedersehen wollen.

×

Ein feiner Nieselregen erwartete Jo, als er auf die Straße trat. Der Staub von Schutt und Ziegelsteinen war aus der Luft gewaschen worden und floss jetzt als zäher Schmierfilm über Flächen und Fassaden.

Er klemmte das Revers seiner Anzugjacke mit einer Faust zusammen und eilte über den glitschigen, schadhaften Bürgersteig zur Hauptstraße. Von dort wandte er sich nach links. Alte Häuser aus Vorkriegsbestand, deren Fassaden oft nur noch Mörtel und Backstein zeigten, wechselten sich mit Baulücken und Brachen ab. Eine HO-Bierstube lockte mit weit geöffneter Eingangstür und stieß ab mit dem abgestandenen Dunst, der herausdrang. Passanten schlugen die Kragen ihrer Mäntel hoch oder huschten mit ihren gespannten Regenschirmen und den Taschen und Einkaufsbeuteln in ihren Händen über das feuchte Pflaster.

Über die Brücken- erreichte er die Neanderstraße. Er wollte schon links in die Köpenicker einbiegen, wo sich in einem Teil des Eckhauses der U-Bahn-Eingang befand. Doch aus dem Augenwinkel fielen ihm plötzlich zwei Männer auf, die ihm womöglich gefolgt waren. Sie trugen wie in einem Hollywoodstreifen über alte Nazis lange schwarze Ledermäntel und schienen den feinen Regen gar nicht zu bemerken, nicht mal ihre Kragen hatten sie hochgeklappt.

Statt nach links wandte Jo sich nach rechts und überquerte mit langen Schritten die Brückenstraße. Vor einer Gaststätte blieb er stehen und besah sich zum Schein die Preise auf der Stelltafel. Er war so aufgeregt, dass er sie sich innerlich vorlas, um seine Nerven im Zaum zu halten: Bauernomelette mit Salat eins achtzig, Gulaschsuppe neunzig Pfennige, halbe Schlachtplatte zweizwanzig. Im dunklen Fenster der innen kaum beleuchteten Kneipe verfolgte er den Weg der beiden Männer auf der anderen

Straßenseite. Sie folgten ihm nicht, blieben auch nicht stehen, um auf ihn zu warten, sondern bogen links um die Ecke und marschierten am U-Bahn-Eingang vorbei. Ihr Stechschritt war entweder noch alte Nazi-Schule oder schon der neue sozialistische Drill. Wie auch immer, sie entfernten sich rasch.

Jo verlor keine Zeit, ließ zwei Pkw vorbeifahren und eilte zurück auf die andere Straßenseite. Nur noch das kurze Stück den Bürgersteig entlang, dann verschwand er im dunklen Schlund des U-Bahn-Eingangs Neanderstraße.

Doch die Gefahr war noch nicht vorbei. Sicher war er erst, wenn er wieder im Westen war.

Der Bahnsteig war fast leer, ein Gefühl von Beklemmung und Enge stieg in ihm auf, auch wenn gar keine uniformierten Gestalten zu erkennen waren. Er richtete den Blick auf eine Reklametafel für »Parfümerie, Kosmetik und spez. Pediküre« in den Friseursalons der Mitropa. Fragte sich, wofür eigentlich »spez.« stand: speziell, spezifisch …?

Zwei nervenaufreibende Minuten später fuhr der Zug ein. Jo stieg als einziger neuer Fahrgast in den zweitletzten Wagen ein, nachdem er sich mit einem schnellen Blick davon überzeugt hatte, dass sich keine Kontrolleure darin befanden. Die auf einen Kripobeamten aus dem Westen wie ihn nur gewartet hätten.

Er setzte sich. Das gute Dutzend Fahrgäste, das mit ihm fuhr, kümmerte sich nicht um ihn. Der Schweiß rann ihm den Rücken hinunter. Keine Minute später erreichten sie den Moritzplatz im Westen. Mit einem Gefühl unbeschreiblicher Erleichterung stieg er aus und zündete sich eine Camel an. Oben in der Vorhalle des Bahnhofs kam er an dem Schalter vorbei, an dem er vor der Hinfahrt die Fahrkarte gekauft hatte. Und brach in ein erschrockenes Lachen aus, das ihm befremdete Blicke eines älteren Paars einbrachte, das gerade neben ihm dem Ausgang zustrebte. Er hatte, wie ihm erst jetzt bewusst wurde, vergessen, eine Karte für die Rückfahrt zu kaufen. Jede simple Fahrkartenkontrolle im Osten hätte zu einer Personenüberprüfung führen können und an deren Ende die persönliche Bekanntschaft mit der Staatssicherheit. Noch nachträglich bekam er weiche Knie, als er die Treppen zum Moritzplatz hinaufstieg.

Doch der Regen hatte noch zugenommen. Er kehrte um, löste einen neuen Fahrschein und fuhr bis Kottbusser Tor, wo er in die B-Linie umstieg, um später am Nollendorfplatz in die B III bis zum Bayerischen Platz zu fahren. Von dort war es nur noch ein Katzensprung bis zur Gothaer.

Im dritten Stock besuchte er als Erstes Lene Spohn.

Sie staunte nicht schlecht, als sie ihn sah. »Sag mal, wie siehst du denn aus, mein Lieber? Ist das dein Kommunionsanzug, oder ist der im Regen eingelaufen?«

Er lachte. »Irgendwas Neues, Lene?«

Sie tippte auf einen neu angelegten roten Pappordner. »Zwei Jugendliche sind seit gestern verschwunden, er sechzehn, sie fünfzehn. Ein Liebespaar. Willst du den Fall? Könnte ihn aber auch in die Vierte, zur Weiblichen hochtragen, damit die sich darum kümmern?«

»Wenn es dir nichts ausmacht, Lene? Ich hab noch zu tun. Altlasten, verstehst du?«

»Nee. Aber muss ich auch nicht verstehen, was du so treibst, draußen im Regen und was weiß ich wo.« Sie ließ ihren Blick streng über seinen feuchten Anzug wandern. »Vermutlich«, fügte sie hinzu, »wird man die beiden Hübschen sowieso bald in Großmutters Laube finden.«

»Beim Brötchenklau, Lene. Nur von Luft und Liebe in der Laube werden die beiden nicht satt.«

»Aber glücklich.« Sie seufzte übertrieben und wandte sich dann wieder dem Ordner zu. »Den Akt kriegt die Ilse Bonneur. Apropos Akt«, schob sie, ohne aufzublicken, mit abgründigem Tonfall hinterher, »hattest du mit Ilse nicht auch mal was?«

»Wir sehen uns, Lene.«

In seinem Zimmer hängte er seine Anzugjacke zum Trocknen an den Garderobenhaken, nahm die Zigaretten samt Feuerzeug heraus, zündete sich eine an und ging damit zum Fenster. Dort drehte er den Heizkörper darunter auf und klemmte sich mit seinem Hinterteil daran.

Er rauchte in langen, tiefen Zügen und dachte über das Gespräch mit Althaus nach. Auch wenn Jo es offiziell nicht verwenden konnte, hatte es für ihn alles verändert. Es hatte ihm womöglich für den Mord an Rudy Beringer und auch für den an Katja Zern ein Tatmotiv beschert. Die beiden hatten Althaus zufolge etwas über Hans Werner Schwittow herausgefunden, das insbesondere Beringer in Rage gebracht haben musste. Was, wenn es für den Verleger plötzlich galt, eine skandalträchtige Enthüllung durch Beringer, vielleicht mithilfe der Journalistin, zu verhindern? Schwittow hatte womöglich ein existenzielles Interesse daran, Beringer und Zern zum Schweigen zu bringen. Und zwar für immer.

Doch worum ging es dabei?

In jedem Fall um weit mehr als um Ratibors frühere Tätigkeit als Nazifunktionär und seine völkische Medizin. Das allein konnte weder Ratibors eigenem Ruf noch dem seines Freundes Schwittow ernsthaft schaden. Schließlich beschäftigte selbst der Bundeskanzler hochrangige ehemalige Nazi-Ideologen in seiner Regierung. Althaus hatte auch darauf deutlich genug angespielt. Es schien sogar der Hauptgrund zu sein, warum für ihn der Westen *kein* Sehnsuchtsort war.

Jo machte zwei Schritte zum Schreibtisch, streifte die Asche am Aschenbecher ab und ging zurück zum Fenster. In gewisser Weise, dachte er, hatte Althaus zwar vieles nur angedeutet – angeblich wusste er nicht mehr –, aber doch manches preisgegeben. Immerhin den Hinweis auf Schwittows frühere Sekretärin. Eine von Beringer offenbar als zwiespältig empfundene Frau, die Katja Zern mit dem Instinkt der Journalistin aufgespürt und der sie anscheinend eine Art Betriebsgeheimnis entlockt hatte. Ein Gedanke drängte sich ihm plötzlich auf: Was, wenn Beringer in Berlin nach dieser Sekretärin mit Namen Louise – oder schlicht Luise – Müller gesucht hatte? Statt nach der Prostituierten, die der Hotelportier Richthofen seinem Gast vertraulich ans Herz gelegt hatte? Vielleicht hatte Beringer Louises Adresskarte diskret entsorgt und war Richthofen gegenüber stillschweigend über dieses etwas peinliche Missverständnis hinweggegangen. Sofern es ein Missverständnis *war*. Und nicht etwa vonseiten des Portiers so frei ausgelegt, dass es passte. Weil er vielleicht entgegen seiner Beteuerung durchaus an »Louises« Geschäften beteiligt war, in Form von kleinen Provisionen zum Beispiel, die im Hotelgewerbe im Grunde gang und gäbe waren.

Angenommen, überlegte Jo, es gelang ihm, diese Sekretärin zu finden. Und sie würde ihm ihre offenbar heiklen Informationen über Schwittow preisgeben. Dann stellte sich, sofern etwas daran war, natürlich die Frage nach dem Alibi.

Schwittow hatte behauptet, eines für die Mordnacht zu haben. Er sei zu Hause gewesen, im Kreis seiner Familie. Wie praktisch, dass auch sein Freund Ratibor an dem Abend bei ihm zu Gast gewesen war. Ein Grund mehr, es nun zu überprüfen.

Das führte Jo allerdings zu dem fundamental praktischen Problem, dass ihm die Legitimation fehlte, weiter im Mordfall Beringer zu ermitteln.

Es sei denn, er bearbeitete »im Nachgang zum Vermisstenfall Katja Zern«, wie es im Verwaltungsdeutsch hieß, noch Details, die der Mordermittlung dienen konnten. Die Zuständigkeit müsste sein Chef klären, und der hieß nicht Granzow, sondern noch immer Wondrasch. Derzeit ein Opfer der Asiatischen Grippe.

So what?, wie die Amis sagten.

Jo ging zum Schreibtisch, erstickte die Zigarette und trocknete dann an der Heizung auch die Vorderseite seiner nassen Hosenbeine. Beim Blick aus dem kleinen Fenster in den wolkentrüben Himmel dachte er über das zweite Problem nach, das Beringer seinem Jugendfreund Althaus zufolge beschäftigt hatte. Was sollte das heißen, dass es angeblich auch die »Schwangere Auster« betraf? Die werden Tränen lachen, sollte Beringer gesagt haben. War das ein Scherz gewesen? Althaus hatte jedoch ganz im Gegenteil den Eindruck, dass es dabei um eine große Sache ging. So brisant oder sogar gefährlich, dass sich der Arzt froh zeigte, von Beringer auch darüber nichts Konkretes erfahren zu haben.

Doch was konnte das sein?

Beringer war Architekt und Architekturkritiker. Aber die bautechnischen Bedenken gegen den kühnen Entwurf von Hugh Stubbins für die neue Kongresshalle kamen nicht zuletzt von deutscher Seite. Und sie waren öffentlich. Was also konnte Beringer zusätzlich wissen, dass er daraus ein solches Geheimnis gemacht hatte?

Oder hatte Althaus schlicht übertrieben?

Jo kam plötzlich ein ganz anderer, äußerst beunruhigender Gedanke. Er konnte nicht ohne Weiteres davon ausgehen, dass Althaus die Wahrheit sagte. Was, wenn der Arzt längst unter dem Einfluss, vielleicht dem Druck der Staatssicherheit stand? Unwahrscheinlich, dass die Stasi nichts von Althaus' Kontakt zu seinem amerikanischen Freund wusste. Könnte nicht daher er selbst, Jo, in dem Fall das Ziel geheimdienstlicher Beeinflussung geworden sein?

Doch als er nun darüber nachdachte – nein: Er hatte den Arzt heute ohne Vorwarnung kontaktiert. Auf Jos plötzliches Auftauchen konnte Althaus nicht vorbereitet gewesen sein. Nicht einmal Jos Vorgesetzte oder Kollegen wussten davon. Entsprechend überrascht, buchstäblich entsetzt hatte der Arzt sich anfangs Jo gegenüber verhalten. Im Laufe des Gesprächs aber war er aufgetaut. Wenn Althaus ihn dennoch auf die eine oder andere Weise getäuscht hatte, ließe sich das nun überprüfen.

Er stieß sich von der Heizung ab, ging zu seinem Schreibtisch und nahm das Berliner Stadtadressbuch zur Hand, das zusammen mit dem Fernsprechverzeichnis neben dem Telefon lag. Die letzte Ausgabe für ganz Berlin war 1943 erschienen, die aktuelle, für Westberlin, in der er nun blätterte, war laut stolzem Vorwort – »mehr als eine Million Adressen« – im August in Druck gegangen, der Meldeschluss dafür war bereits vor acht Monaten gewesen. Da Schwittows ehemalige Sekretärin, die Beringer laut Althaus hatte sprechen wollen, offenbar kürzlich umgezogen war, hatte ihre neue Adresse also noch nicht aufgenommen werden können.

Ähnliches Spiel mit dem Telefonbuch. Das aktuelle Fernsprechverzeichnis vom Mai 57 hatte Redaktionsschluss im Januar gehabt. Doppeltes Pech für Beringer also. Ihm wäre nur die Auskunft geblieben. Mit äußerst zweifelhaftem Erfolg, da auch Abkürzungen des Vornamens oder allein die Hinterlegung des Nachnamens ohne Adresszusatz möglich waren.

Jo blätterte durch die Seiten des Adressverzeichnisses. Die Müllers dieser Stadt machten sich darin auf zwei Dutzend Seiten breit, von ihnen hießen allein fünfzig bis sechzig Frauen Luise mit Vornamen. Die unzähligen L. Müller und Müller ohne weitere Angaben nicht mitgerechnet.

Üblicherweise rief Jo die Kollegen von der Meldebehörde an, um die aktuellen Adressen gesuchter Personen zu erfahren. Doch war seiner Erfahrung nach die Ermittlung einer neuen Adresse über das Melderegister nur dann problemlos, wenn er die frühere Adresse wusste. Es sei denn, nur wenige Personen kamen infrage. Was bei dem Namen Luise Müller nachweislich nicht der Fall war. Zumal er nicht einmal den Zeitraum der Neuanmeldung genau eingrenzen konnte, manche ließen sich Monate Zeit damit.

Und wie sicher konnte er sich eigentlich sein, dass Schwittows ehemalige Sekretärin *wirklich* Luise oder gar Louise Müller hieß? Sein Gewährsmann in dieser Hinsicht war ein alter Hotelportier, der sich womöglich seriöser gab, als er tatsächlich war.

Die Katze biss sich also in den Schwanz.

Dummerweise konnte er nicht einfach im Schwittow-Verlag anrufen, um den Namen der früheren Sekretärin zu erfragen, ohne dort schlafende Hunde zu wecken.

Doch als er darüber nachdachte, wurde ihm plötzlich klar, dass das auch gar nicht nötig war ... Ihm fiel sein Besuch im Schwittow-Verlag ein, die etwas komplizierte Begrüßungsszene im Sekretariat an dem Morgen. – »Der Einbruch damals!«

Er nahm die Liste mit den hausinternen Apparatnummern zur Hand und griff zum Hörer.

»Kamarek, Einbruchsdezernat.«

»Tag, Frau Kamarek, Sturm hier von der Dritten.«

»Tag.«

»Frau Kamarek, ich hätte ein Anliegen.«

»Was Sie nicht sagen.«

Frau Kamarek, kurz vor der Rente, war ein Herzchen, sie zeigte es nur nicht so.

»Ich suche nach einer Einbruchsache vor fünf oder sechs Jahren. Ort Schwittow-Verlag, Nollendorfstraße. Mich interessieren die Namen der Zeugen, insbesondere der einer Mitarbeiterin des Verlags. Falls vorhanden.«

»Vor fünf, sechs Jahren, Herr Sturm? Ihr Ernst? Das haben doch bestimmt die Kollegen vor Ort, in Schöneberg, bearbeitet.«

»Aber der Vorgang muss doch archiviert worden sein.«

»Ja, sicher. Der Akt muss im Archiv liegen.«

»Bei Ihnen. Hier im Haus, meine ich?«

»So sollte es sein.«

»Könnten Sie das nachprüfen und mir die Akte zukommen lassen?«

»Das dauert aber.«

»Dauert wie lange?«

»Nicht vor morgen früh. Und wenn ich Ihnen die Akte mit der Hauspost schicke, nicht vor …«

»Gut, gut. Lassen wir das mit der Hauspost, Frau Kamarek. Fordern Sie die Akte aus dem Archiv an, und ich melde mich morgen früh bei Ihnen.«

»Aber ohne Garantie, Herr … Sturm.«

»Danke, Frau Kamarek. Bis morgen dann.«

Jo legte auf, behielt aber den Hörer in der Hand, atmete durch und rief Schuchardt an. Nach mehrmaligem Klingeln nahm überraschend Gerber ab.

»Jo Sturm hier, hallo.«

»Herr Kollege! Sehnsucht nach uns?«

»Im Augenblick nach Herrn Schuchardt.«

»Der ist schon wieder weg. Hat es nicht mehr ausgehalten.«

»Granzow?«

»Hüfte. Immer noch. Aber vielleicht auch Granzow, da mögen Sie richtig liegen. Tut mir übrigens leid, wie der alte Bärbeiß mal wieder mit Ihnen Schlitten gefahren ist.«

»Irgendwann wird auch Granzow unter die Kufen kommen.« Zumindest gönnte Jo ihm das von Herzen.

»Was wollten Sie denn von Schuchardt?«

Jo zögerte etwas. »Ach, es ist die reine Neugier.«

»Neugier ist immer gut. Solange noch nicht Feierabend ist. Was wollten Sie denn wissen?« Jetzt war Gerber selbst neugierig geworden.

»Schuchardt hat mir heute früh – vor meinem Rausschmiss aus dem Büro – davon erzählt, dass in dem Bericht der Spurensicherung eine Filmkassette fehlte. Sie hätten noch darüber gewitzelt, weil sie aussah wie für eine Minox.«

»Der Spionagefilm – was ist damit?«

»Hat sich der Film wieder eingefunden?«

»Nein. Deshalb hat sich der Kollege ja auch so über den Alten geärgert. Er hat den HK pflichtgemäß darauf hingewiesen, dass der Film in der Liste der Spusi fehlt. Aber der hat nur abgewinkt und erklärt, es sei nun mal Sache der Spurensicherung, die Liste zu erstellen. Basta.«

»Basta? Der Film ist eventuell ein Beweismittel.«

»Tja, wem sagen Sie das?« Er hörte Gerber genervt durchatmen. »Granzow weiß natürlich, dass das Schlamperei ist. Aber es interessiert ihn in dem Fall nicht, weil er jetzt stur bei der Theorie vom aus dem Ruder gelaufenen Raubmord bleibt.«

»Weil er weiß, dass das von ihm erwartet wird?«

»Glauben Sie, wie soll ich sagen, an eine Verschwörung von ganz oben, Sturm?« Jo hörte Gerber leise lachen. »Als ich so alt war wie Sie, hatte ich gelegentlich ähnliche

Phantasien. Wollen Sie einen Rat von mir: Vergessen Sie das. Man macht sich nur lächerlich.«

»Danke, bestens.«

»Fragen Sie mich doch mal nach meinen Erfolgen im Finden undichter Stellen im Polizeiapparat unserer lieben Kollegen!«

»Was macht das Stopfen undichter Löcher, Herr Gerber?«

Jo hörte Gerber aufstöhnen. »Es könnte mindestens zwei Lecks geben. Die Wilmersdorfer, zuständig für den Grunewald, wo Zerns Leiche gefunden wurde, zeigen mit dem Finger auf Steglitz. Von dort sei ja die Suchmeldung ausgegeben und sicher auch eine Standleitung zur Presse gebastelt worden.«

»Und jetzt?«

»Wird genau diese Presse von uns befragt. Zumindest der Teil, für den die Dame gearbeitet hat. Sie hatten ja schon das Vergnügen. Haben Sie irgendeinen nützlichen Hinweis für uns, für mich und die Kollegen, meine ich, die sich auf den Weg zu den Redaktionen machen?«

»Hartnäckig bleiben. Ich frage mich, ob Katja Zern nicht doch an einer großen, heißen Sache gearbeitet hat, die sie vielleicht hier und da schon mal angeboten hat.«

»Klingt, als hätten Sie einen bestimmten Verdacht.«

Damit lag Gerber durchaus richtig. Nur konnte Jo ihm nichts Konkretes nennen. Und auch nicht offen darüber reden. Noch nicht.

»Simple Logik, Herr Gerber. Katja Zern hat für die Berliner Zeitungen geschrieben, nicht für irgendwelche Provinzblätter. Sie musste erstklassige Storys abliefern, sonst hätte man sie sehr schnell abgeschrieben. Statt gedruckt.«

»Schönes Bonmot. Wer sagt das? Ihr Ehemann?«

»Der gesunde Menschenverstand.«

Gerber lachte. »Mit dem kommen Sie hier nicht weit, Herr Kollege. Lassen Sie sich das von einem alten Hasen sagen.«

Sie legten auf.

Jo war im Gegensatz zu Gerber nicht zum Lachen zumute. In ihm stieg ein brennendes Gefühl der Unzufriedenheit auf. Es machte ihn wütend. Was zum Teufel war los in der Fünften? Von der er bis vor Kurzem so viel gehalten hatte? Was auch immer die dort anfassten, es versickerte, wurde verschlampt oder schlimmstenfalls sogar verschleppt. Er begriff die Kräfte nicht, die dahintersteckten. Auch nicht, was sie antrieb.

Aber er war es jetzt leid.

Er rief Lene Spohn an.

»Lene, ich fühle mich nicht so.«

»Was haben wir denn? Doch nichts Ernstes?«

»Könntest du bitte was Schönes für mich aussuchen? Morgen bin ich wieder im Einsatz.«

»Zahnschmerzen. Die gehen immer. Einverstanden?«

»Zahnschmerzen sind prima. Danke, Lene.«

»Bis morgen.«

Das Haus war hell erleuchtet, aber die Dame, auf die es ankam, war verschwunden. Sah leider ganz danach aus, dass ihm die Amerikanerin durch die Lappen gegangen war. Das Miststück hatte es tatsächlich geschafft, abzutauchen. Mithilfe des Tschechen sicherlich.

Er hatte ja davor gewarnt.

Inzwischen war anscheinend auch Stewart darauf gekommen, dass etwas mit ihr nicht stimmte. Den armen Teufel ließen seine eigenen Leute im Regen stehen. Immer nur gerade so viel Informationen wie nötig, aber nichts, was ihn das große Ganze erkennen lassen würde. Doch der junge Ami war ein gewiefter Typ, das musste man ihm lassen. Er war vorsichtig. Und hinter seiner schlampigen Art verbarg er anscheinend eine Riesenportion Neugier und Initiative. Wäre er sonst hergekommen? Der Ami fragte sich natürlich, wo sie steckte, diese Julia Range. Die doch sonst kein Parkett ausließ, um darauf mit ihren Hüften zu wackeln. Gute Frage. Wer wusste schon, wo sie jetzt war, was sie machte? Ihre Mitbewohnerin, die gute Helen, Stewarts Kollegin, sicher nicht. Es sei denn … Nein, von ihr gingen keine Aktivitäten aus. Nicht, soweit er das hatte – Sieh mal einer an: der junge Sturm! Der durfte jetzt natürlich nicht fehlen. Hatte Stewart ihn alarmiert? Oder Sturm sich selbst eingeladen? Konnte sicher noch ein lustiger Abend werden für die drei in dem schönen großen Haus.

Sturm sah mit einem langen Blick zu ihm herüber. Hatte er Verdacht geschöpft?

Er startete den Motor, schaltete das Licht ein und fuhr

ohne Seitenblick an dem Haus vorbei. Im Rückspiegel sah er Sturm sich umdrehen und durch den Vorgarten zur Haustür gehen.

Jo war am Nachmittag vom Präsidium nach Hause gefahren, um zuerst heiß zu baden (so heiß wie das bei diesem Badeofen möglich war) und sich für den Abend in Schale zu werfen. Falls er Julia antraf, würde es vermutlich ein Rendezvous der besonderen Art geben. Während er sich in seinem Zimmer hinter der halb offenen Tür umgezogen hatte, machte Helga, die noch immer schulfrei hatte, vom Flur aus das überraschende Geständnis, sie vermisse ihren Lehrer in Rechnen und Erdkunde. Ihre Freundin Grit sei der Meinung, das sei ein todsicheres Zeichen, dass Helga in Herrn Grüpers verliebt sei. Was Jo dazu denke? »Unbedingt, Helga. Die ganz große Liebe.« »Ach, Sie nehmen mich nicht ernst«, hatte sie gerufen und war beleidigt in ihr Zimmer abgezogen. Wie dumm von ihm, gefühllos, wie er sich eingestehen musste. Er nahm sich vor, es bald wiedergutzumachen. Mit einer Elvis-Platte vielleicht.

Er knöpfte seine cremefarbene Weste unter dem dunklen Sakko, fuhr mit der Hand über die Bundfalte seiner Flanellhose und zog seinen Alligator-Mantel an.

Es dunkelte bereits, als er seinen Roller startete, doch der Regen hatte aufgehört, und von Westen her wehte sogar ein für die späten Septembertage lauer Wind. Eine Dreiviertelstunde später hatte er die Dreipfuhlsiedlung erreicht und die DKW vor dem Haus in der Ripleystraße abgestellt.

Auf der anderen Straßenseite stand im Schatten eines Baums ein schwarzes Taxi, das auf niemanden zu warten schien, obwohl deutlich die Umrisse eines Fahrers zu erkennen waren. Jo sah das Aufglimmen einer Zigarette auf der Fahrerseite, doch beinahe im selben Augenblick sprang der Motor an, und die Scheinwerfer wurden eingeschaltet. Als das Taxi an ihm vorbeifuhr, registrierte Jo im Profil das lange Pferdegesicht eines Mannes, der stur geradeaus blickte.

Er versuchte, das Nummernschild zu lesen, doch es war zu verdreckt und bereits zu dunkel, um irgendetwas zu erkennen.

Mit einem unguten Gefühl wandte er sich um, ging über den schmalen Weg aus grauen Betonplatten zur Haustür und klingelte.

Eine kleine dunkelhaarige Frau, etwa in seinem Alter, öffnete ihm die Tür. Ihre mollige Figur hatte sie in dunkle Röhrenjeans und eine himbeerrot gestreifte weiße Bluse gesteckt.

»Hi«, sagte sie und lächelte Jo irritiert an. Ihr Blick schien zu fragen: Sind wir verabredet?

Das musste Helen sein, Julias Mitbewohnerin.

Jo stellte sich vor und fragte, ein wenig förmlich vielleicht, nach Julia Range.

Helens Blick verdüsterte sich etwas, und sie rief in Richtung Wohnzimmer, das, wie Jo sich erinnerte, auf der anderen Seite der Diele lag: »Frank! Würdest du bitte herkommen?«

Zu ihrer beider Überraschung standen sich gleich darauf Frank Stewart und Jo gegenüber, der freudig hereingebeten wurde. Jo hängte seinen Mantel an der Garderobe auf und bemerkte Franks ironischen Blick, mit dem er seinen Dreiteiler, den weinroten Schlips und die italienischen Schuhe registrierte.

Sie gingen ins Wohnzimmer, wo ihm Helen auf Nachfrage ein Budweiser aus der Küche holte. Sie fläzten sich vor dem offenen Kamin, in dem kein Feuer brannte, in die schwarzen Ledersessel auf dem hässlichen braunen Teppich. Auf dem niedrigen Glastisch vor ihnen standen bereits ein Bier und ein Glas mit Cola. Daneben eine halb volle Whiskyflasche.

Helen sah Frank, der das Bier trank, unsicher an.

»Julia ist nicht da, oder?«, sagte Jo, der den beiden mehr oder weniger gegenübersaß.

»Nein«, sagte Frank und stellte sein Bier zurück auf den Glastisch. »Julia ist – wo auch immer.«

»Fffft!«, sagte Helen und ließ ihre kleinen, gut gepolsterten Hände durch die warme Zimmerluft flattern.

Franks Mundwinkel zuckten ein wenig. »Du … hattest was mit ihr, Jo?«

Er blickte etwas unsicher zu Helen hinüber, die ihr Lächeln mit einem Schluck Cola hinunterspülte. Ein flüchtiger Whiskyhauch, der herüberwehte, ließ darauf schließen, dass sie ihr Getränk ein wenig angereichert hatte.

Frank sah ihn ernst an. »Hast du mit ihr über den Fall gesprochen? Über Beringer?«

Jo zögerte zu antworten. Er war überrascht, dass Frank so offen vor Helen davon anfing.

Frank bemerkte es. »Helen kennt die Hintergründe, Jo. Sie arbeitet mit mir im Headquarter. In derselben Abteilung.«

Sie hob ihr Glas und versuchte sich an einem komischen Gesicht, das jedoch eher gequält aussah.

»Das heißt, du bist nicht privat hier, Frank?«

»Die Sache ist die«, sagte Frank. »Julia Range ist plötzlich verschwunden. Wie vom Erdboden verschluckt. Was im Headquarter natürlich jedem aufgefallen ist, der sie kannte. Und das waren viele. Nur offensichtlich zu spät.«

»Zu spät? Was heißt das?«

»Sie ist vermutlich in den Osten gegangen.«

»Was? Ich dachte …« Jo war so verwirrt, dass er plötzlich nicht mehr wusste, was er gedacht hatte oder denken sollte.

»Wir alle dachten so wie du, Jo«, sagte Helen und trank ihr Glas aus. »Julia, Eleanor Dulles' Girl, ihr liebstes, fleißigstes Mädchen, aufgewachsen in New York, studiert in London, Schwarm aller Kerle …« Sie machte eine etwas ungelenke Kopfbewegung, die nun unfreiwillig komisch wirkte. »Dieselbe Julia – oder eine, die ganz anders ist, wer weiß das schon – hatte offenbar Kontakte hinter dem Eisernen Vorhang.«

»Zu einem Tschechen, wie es aussieht, der sich als Österreicher ausgibt.« Frank sah Jo fragend an. »Dir ist so jemand nicht zufällig aufgefallen oder begegnet? Wir suchen fieberhaft nach ihm. Der Mann gibt vor, Journalist zu sein.«

»Nein. Mir nicht aufgefallen.« Jo war sich ganz sicher.

»Schade. Helen und ich haben vorhin erst Julias Zimmer durchgeforstet.« Ihre frustrierten Blicke trafen sich. »Keine Hinweise, kein Material. Nichts.«

»Julia war trotz der Eile, mit der sie abgetaucht ist, äußerst gründlich«, ergänzte Helen. »Und vorsichtig. Nicht mal mir ist der Mann aufgefallen. Falls sie sich hier mit ihm getroffen hat, muss sie genau gewusst haben, dass und wie lange ich außer Haus sein würde.«

»Das heißt …?« Jo presste die Lippen zusammen. »Sie arbeitet als Agentin für den Osten?« Das würde dem Fall Beringer eine ganz neue Dimension geben.

»Mindestens«, sagte Frank.

»Mindestens?«

»Wir arbeiten zwar im Headquarter, Frank und ich«, erklärte Helen, die sich nachschenkte, indem sie das Mischungsverhältnis zwischen Cola und Whisky umdrehte. »Aber deshalb erzählt man uns noch lange nicht, wer von unseren vielen Leuten in Wahrheit für unsere Geheimdienste arbeitet.«

»Ihr meint, sie hat für beide Seiten gearbeitet?«

Frank und Helen schwiegen. Sie wussten es eben nicht, das war ihren ratlosen Gesichtern abzulesen.

»Wir versuchen, den Schaden zu begrenzen.«

»Das betrifft jetzt natürlich auch dich, Jo«, sagte Frank.

Jo dachte darüber nach. Er erinnerte sich, dass Julia ihn nach seiner Arbeit gefragt, doch angesichts seines Zögerns nicht weiter gebohrt hatte.

»Die Informationen im Fall Beringer«, sagte Jo, »hat sie sich womöglich selbst verschafft. Und zwar, als er noch lebte.«

Frank starrte ihn ungläubig an. »Wie soll sie das gemacht haben?«

»Ich habe Hinweise«, sagte Jo, ohne auf seine Quelle in Ostberlin einzugehen, »dass eine junge, schöne Mitarbeiterin von Eleanor Dulles Rudy Beringer wenige Tage vor seinem Tod in Berlin zu sich nach Hause eingeladen haben soll. Zum Essen. Und vielleicht noch mehr.« Jo richtete seine Augen nach oben, um auf die Schlafzimmer im oberen Stockwerk zu deuten. Womöglich hatte Julia mit Beringer zusammen das Bett geteilt, in dem sie dann nach dessen Tod mit Jo geschlafen hatte.

Helen stülpte die hagebuttenrot geschminkten Lippen vor und deutete mit einem leichten Kopfschütteln an, dass ihr von einem solchen Besuch Beringers in ihrem Haus nichts bekannt sei. Was, wie sie vorhin selbst zugegeben hatte, nicht viel zu bedeuten hatte, da Julia offenbar gut abschätzen konnte, wann Helen außer Haus war. Und selbst wenn Helen zu Hause war, wie neulich, als Jo hier übernachtet hatte, war es möglich, dass sie Julias nächtliche Liebhaber nicht einmal zu Gesicht bekam.

»Die Frage ist, was genau sie von Beringer erfahren wollte«, sagte Jo.

»Gar nicht nötig, dass sie etwas Konkretes von ihm wollte«, erwiderte Frank. »Vielleicht war das nur ein Versuch, ihn an den Haken zu bekommen, um ihn später auf verschiedene Weise abzuschöpfen. Ohne dass er etwas davon bemerkte.«

Jo fiel ein, was Beringer Althaus gegenüber angedeutet hatte. Doch solange er keine genauen Inhalte kannte, war nicht einzuschätzen, was dahintersteckte. Und welcher Seite diese Informationen schaden könnten: dem Osten oder dem Westen? Vielleicht waren sie aber auch gänzlich unpolitisch.

»Es ist gut, dass du hergekommen bist, Jo«, sagte Frank schließlich. »Immer besser, direkt miteinander zu reden.« Sie stießen mit ihren Bieren an.

»Er will damit sagen, Jo«, fügte Helen mit süffisanter Miene hinzu, »dass das Headquarter viele Augen und Ohren hat. Du hörst sie nicht, du siehst sie nicht, aber sie hören und sehen *dich*. Zum Wohle Amerikas, natürlich. Cheers.« Sie hob ihr Glas und trank es aus.

Jo nahm sein Bierglas, prostete ihr zu und deutete damit auf die beiden. »Das heißt, ihr zwei könnt nicht mal für euch selbst die Hände ins Feuer legen, richtig?«

Zwei Sekunden lang herrschte plötzlich tödliche Stille. Dann brachen beide in ein wieherndes Lachen aus, das ein wenig nach Verzweiflung klang.

Helen ging in die Küche und holte neue Getränke.

Etliche Stunden und ungezählte Drinks später raunte sie Jo ins Ohr: »Du kannst hier übernachten, wenn du willst, Jo.«

Freitag, 27. September 1957

Am nächsten Morgen wurde Jo mit der Morgendämmerung um halb sieben wach. Helen bestand darauf, mit ihm zu frühstücken. Sie aßen Pancakes mit Ahornsirup und tranken anthrazitfarbenen Kaffee.

Helen war die Unkompliziertheit in Person. Sie rollte lustig mit den Augen, um anzudeuten, wie sie die Nacht mit Jo fand. »It was … you know!« Gerne wieder, schien ihr Motto zu sein. Wenn nicht, war's trotzdem schön.

Sie kam aus St. Louis, Missouri und schwärmte für Josephine Baker, die ebenfalls dort geboren sei. »Wusstest du, dass sie inzwischen Adlige ist und mit einem Dutzend Adoptivkinder auf einem Schloss in Frankreich lebt?«

Helens zweites Idol war Marlene Dietrich. »Stell dir vor, für Hollywood hat sie dreißig Pfund abgenommen. Da war sie so alt wie ich jetzt. Wie hat sie das gemacht? Na, bestimmt nicht mit Pancakes. Sie ist jetzt schon verdammt alt, so alt wie dieses Jahrhundert. Aber ihre Stimme wird immer besser, oder?«

Um das zu unterstreichen, legte Helen eine Platte auf, und Jo musste sich dreimal hintereinander »Awake in a Dream« anhören, Helens Lieblingslied der Dietrich. Jos unmaßgeblicher Meinung nach war der Sprechgesang der Diva kaum der Rede wert, auch wenn einem ihre Stimme unter die Haut ging.

»Von uns«, damit meinte Helen die USA, »hat sie die Medal of Freedom bekommen. Bei den Franzosen ist sie Chevalier oder Chevalieuse, etwas in der Art. Und bei euch?«

»Bei uns ist sie einfach die Dietrich«, sagte Jo. Was Helen irrtümlicherweise als ungeteilte Bewunderung der Deutschen für ihr Idol auffasste.

Sie verabschiedete Jo sehr herzlich an der Haustür, in der sie mit einem glockenförmigen, knatschgelben Morgenrock stand und nebenbei die ersten Kinder auf dem Weg zu ihrem Schulbus – oder zu ihren Schießübungen – grüßte.

»Ich hoffe, Julia ist wirklich in den Osten gegangen«, sagte sie unvermittelt zu Jo, während sie mit der Hand über seinen verlängerten Rücken fuhr.

»Wieso das auf einmal?«

»Damit du das nächste Mal bei mir statt bei ihr anrufst, wenn du Lust auf ein Budweiser hast.«

»Wenn ich Lust auf ein Budweiser habe, Helen, rufe ich Frank an. Bei dir rufe ich an, wenn ich Lust auf dich habe.«

Sie lachte hell auf, zwickte ihn in den Hintern und schloss die Tür.

×

Um kurz nach acht ging er zuerst in sein Büro, zog seine Weste aus, um sie an den Haken zu hängen, und rief Frau Kamarek vom Einbruch an. Vergeblich. Sie nahm nicht ab. Was immer das zu bedeuten hatte. Hier war offensichtlich Geduld gefragt.

Also stattete er als Nächstes Lene einen kurzen Besuch ab.

»Wie war's beim Zahnarzt?«, fragte sie.

»Es war eine Ärztin.«

»Die Behandlung hat die ganze Nacht gedauert, was?« Sie musterte ihn mit gespielter Strenge von oben bis unten.

»Etwas Neues, Lene?«

»Jede Menge Krankmeldungen auf der Etage seit gestern. Du bist übrigens der Einzige mit Zahn. Die anderen haben Knie, Rücken oder die Asiatische.«

Jo rauchte noch eine Zigarette mit ihr, dann eilte er über den frisch geputzten, nebelfeuchten Steinfußboden zurück in seine Kammer. Diesmal hatte er Erfolg.

»Kamarek, Einbruch.«

»Morgen, Frau Kamarek, Sturm hier.«

»Hab den Akt vorliegen.«

»Im Ernst?« Jo hatte kaum darauf zu hoffen gewagt.

»Was wollen Sie denn wissen? War ein Allerweltsdelikt. Erheblicher Sachschaden durch den Bruch, Vandalismus, weil die Täter nichts Bares gefunden haben. Die Sache wurde mehr für die Versicherung aufgenommen, das Übliche eben.«

»Wen haben die Kollegen vor Ort denn dazu vernommen?«

»Einen Doktor Schwittow, den Chef von's Janze, und die Sekretärin.«

»Mich interessiert der Name dieser Sekretärin, Frau Kamarek.«

»Möller.«

»*Möller*?« Jo glaubte einen Moment lang, sich verhört zu haben. »Möller mit ö wie …?«

»Wie Ökonom, ja. Möller, Luise. Sie hat den Schaden frühmorgens als Erste entdeckt.«

»Luise Möller.« Jo wusste nicht, ob er lachen oder weinen sollte. Ihm stand auf einmal sein erfolgloser Besuch bei der Prostituierten, Rita Müller alias »Louise«, wieder vor Augen. Ihre reizenden Abschiedsworte schepperten noch in seinen Ohren. »Sagen Sie mir bitte noch die Privatanschrift der Zeugin von damals, Frau Kamarek?«

»Mahlower Str. 13. Neukölln.«

Jo notierte sich die Adresse.

»Die Akte kann wieder in den Keller, Herr …?«

»Da liegt sie gut, ja. Danke, Frau Kamarek.«

Er legte auf, schüttelte noch einmal kräftig den Kopf, mehr über sich selbst als über Richthofen und dessen schlüpfriges Adressenbündel, von dem er sich hatte in die Irre leiten lassen. Dann rief er den Kollegen Storkowiak in der Meldestelle an, mit dem sich erfahrungsgemäß schnell und geräuschlos zusammenarbeiten ließ. Storkowiak brauchte nur wenige Minuten, um ihm die neue Adresse einer Luise Möller durchzugeben, die zuvor in der Mahlower Straße 13 in Neukölln gewohnt hatte:

»Pestalozzistraße 192.«

»Charlottenburg.«

»Richtig.«

»Danke, Herr Storkowiak.«

»Keine Ursache. Bis zum nächsten Mal.«

Luise Möllers aktuelle Adresse vor Augen, rief er die Auskunft an und erhielt prompt ihre neue Telefonnummer, die nur noch nicht im gedruckten Fernsprechverzeichnis stand. Mit der interessanten Zusatzinformation, dass Frau Möller zwar ihre Adresse veröffentlichen ließ, nicht jedoch ihren Vornamen.

Ohne ihre aktuelle Anschrift zu kennen, war es daher nicht ohne Weiteres möglich, ihre neue Telefonnummer herauszufinden, hieß das. Man musste sich entweder auf gut Glück durch sämtliche Möller-Nummern telefonieren, die einem mitgeteilt wurden. Anstrengend und zeitaufwendig. Oder man machte es ähnlich wie Jo und besorgte sich beim bezirklichen Einwohnermeldeamt gegen eine kleine Gebühr die neue Adresse. Vielleicht war Katja Zern diesen Weg gegangen, um Beringer nach ihrer Rückkehr aus Frankfurt zu der gewünschten Adresse zu verhelfen, überlegte Jo. Im Unterschied zu Jo hatte sie

Luise Möllers frühere Adresse ja gekannt. Und als Journalistin hatte sie vielleicht sogar einen privilegierten Zugang zum Melderegister.

Noch während ihm der Gedanke durch den Kopf ging, wählte er ungeduldig die erhaltene Telefonnummer. Nach dreimal Klingeln wurde abgenommen.

»Ja?« Die schwache Fistelstimme einer alten, vielleicht auch kranken Frau.

Jo nannte seinen Namen und fragte, ob er mit Luise Möller spreche, die früher als Sekretärin im Schwittow-Verlag gearbeitet habe.

»Sekretärin? Nein«, krächzte die Stimme. »Ich war doch Näherin früher. Über vierzig Jahre genäht. Können Sie sich das vorstellen, junger Mann? Nein, das können Sie nicht. Ich kann es ja selbst nicht glauben. Vierzig Jahre und immer genäht, genäht, genäht.«

»Ihr Name ist nicht Möller, nein?«

»Nein. Kleiber, Johanna.«

Jo entschuldigte sich, dass er sich offensichtlich verwählt hatte, wünschte ihr alles Gute und legte etwas beschämt auf.

»Möller?«, meldete sich bei seinem zweiten Anlauf die kräftig klingende Stimme einer Frau. Jo nannte wie zuvor seinen Namen und fragte nach der früheren Sekretärin Luise Möller.

»Am Apparat.«

»Das freut mich sehr, Frau Möller.« Was maßlos untertrieben war, sein Puls begann zu rasen. Doch er zwang sich zur Ruhe. »Ich würde Sie gerne sprechen, Frau Möller, um mit Ihnen über Ihre frühere Tätigkeit im Schwittow-Verlag zu reden.«

Stille knisterte in der Leitung. Jo hatte Angst, sie könnte auflegen, deshalb schob er rasch nach. »Frau Möller, ich bin von der Berliner Kriminalpolizei.«

Ein hartes Lachen stieß in sein Ohr. »Ha, woher soll ich das wissen?«

Richtig, das konnte sie nicht wissen. »Kann ich Sie besuchen? Sagen wir, in einer Stunde? Ich werde mich ausweisen.«

Wieder Stille für einige Sekunden.

Dann: »Ich nehme an, Sie kennen meine Adresse.«

»Pestalozzi 192.«

»Parterre, rechts.«

»Danke, Frau Möller. Bis gleich.«

Kaum hatte er aufgelegt, fielen ihm zwei Dinge auf. Erstens, sie hatte ihn nicht gefragt, worum es eigentlich ging. Zweitens, sie klang ausgesprochen feindselig. Ahnte sie also oder wusste es so gut wie sicher, wonach er sie fragen würde?

Bereits eine halbe Stunde später stand er in dem schmalen Flur eines Hauses des Berliner Aufbauprogramms. Eine hagere Frau Ende sechzig mit grauer Dauerwelle, in einem dunkelblauen Wollkleid mit weißem Stickkragen öffnete die Tür einen Spaltbreit. Jo beeilte sich, brav »Guten Tag« zu sagen und seine Dienstmarke zu zeigen.

Sie öffnete die Tür mit spürbarem Widerwillen und ließ ihn wortlos herein. Was allerdings nicht ungewöhnlich war. Wer hatte schon gern die Polizei in seiner Wohnung?

»Danke, Frau Möller.« Er trat ein.

»Links! Das Wohnzimmer.« Sie deutete mit der Hand in die Richtung.

Die Türen zur Küche am Ende des kurzen Flurs und rechts zum Bad waren verschlossen. Doch Jo hatte schon Dutzende solcher Wohnungen gesehen und kannte ihren Zuschnitt auswendig. Auch das Wohnzimmer entsprach dem üblichen Standard. Nur waren die wuchtigen Möbel, der Schrank, die Kredenz, das Sideboard mit Büchern, der Musikschrank, Sofa, Sessel, Tisch und Stühle anscheinend noch aus einer größeren Altbauwohnung; hier stand alles so dicht beieinander, dass Jo ein etwas klaustrophobisches Gefühl beschlich, als er eintrat. Die Galerie verblichener Schwarz-Weiß-Fotografien von Sportlern mit gestählten männlichen und sehnigen weiblichen Körpern vor stets irgendwie bedrohlich wirkenden Hintergründen machte die Sache nicht besser.

Die Frau wies ihn mit einer strengen Geste an, auf einem Stuhl an dem großen runden Tisch mit blütenweißer Tischdecke Platz zu nehmen. Außer einem winzigen Blumengesteck in einer weißen Porzellanschale stand nur noch eine dampfende Tasse Tee darauf, die stark nach Kamille roch. In Jo stiegen unwillkürlich Erinnerungen an kranke Tage auf, als er das Bett hüten musste und von seiner Mutter Kamillentee eingeflößt bekam.

Luise Möller setzte sich Jo gegenüber und zog die Tasse zu sich heran. Ihre großen hellen Augen verengten sich zu einem harten Blick. Ihr Mund zuckte nervös, was die vielen Falten um ihre rubinrot geschminkten Lippen noch betonte. Sie hatte eine große, fleischige Nase, die dadurch, dass sie ihr spitzes Kinn anhob, wie eine Drohung auf ihn gerichtet war.

Sie schien extrem angespannt zu sein. Und Jo war es jetzt auch.

Er überlegte, wie er anfangen sollte, doch den Part übernahm sie gleich selbst: »Sie kommen wegen dieser Mordsachen, richtig?«

Jo sah sie verblüfft an.

»Was starren Sie denn so?« Ihr Blick wurde giftig. »Ja oder nein?«

Eine beinharte Eröffnung. Die Frau schien geistig mit Granzow verwandt zu sein.

»Ich sagte ja schon am Telefon, dass ich bei der Kriminalpolizei arbeite.« Er tippte mit dem Stift auf seinen Notizblock, den er aus der Innentasche seines Mantels hervorgeholt und vor sich auf den Tisch gelegt hatte.

»Das habe ich verstanden.«

Herablassung und Ironie beherrschte sie ebenfalls perfekt.

»Sie haben recht, Frau Möller, ich untersuche die Mordfälle Rudy Beringer und Katja Zern.«

»Dachte mir schon, dass Sie zu mir kommen.«

Die Frau verblüffte ihn immer mehr.

»Warum dachten Sie das?«

»Ich lese Zeitung, junger Mann. Höre Radio.« Sie deutete auf den Beistelltisch neben der Stehlampe mit Stoffschirm in der Ecke, auf dem oben ein Grundig-Gerät stand und unten Zeitungen und Zeitschriften akkurat nebeneinander in Reihe gebracht waren.

Ihre schnippische Art ging Jo auf die Nerven.

Angriff als Verteidigung, das beherrschte sie.

Er beschloss, den Schalter umzulegen.

»Tausende Leute lesen Zeitung und hören Radio, Frau Möller. Aber bislang hat sich noch niemand bei der Polizei gemeldet, um mit uns über die Morde an Beringer und Zern zu reden. Auch Sie nicht. Obwohl Sie etwas dazu zu sagen hätten.«

Sie ruckte mit dem Kopf nach hinten, schwieg aber, überdachte vielleicht, was sie gesagt hatte.

Jo legte beide Arme auf den Tisch und beugte sich vor. »Frau Möller, wir wissen, dass sowohl die Journalistin Katja Zern als auch der Amerikaner Rudy Beringer im Laufe des vergangenen Jahres Kontakt zu Ihnen aufgenommen haben. Und dass sie Sie in einer bestimmten Angelegenheit sprechen wollten, die sowohl Ihren früheren Chef, Hans Werner Schwittow, als auch seinen Freund Dr. Ratibor betreffen.«

Damit hatte er im Grunde schon alles gesagt, was er wusste. Mehr als diesen einen Köder hatte er nicht.

Sie wischte mit ihrer langgliedrigen Hand schnell über die weiße Tischdecke. »Gut, wenn Sie es eh schon wissen, die Journalistin war zweimal bei mir. Der Amerikaner, wie Sie ihn nennen, hat angerufen, ein Mal.«

»Wie würden *Sie* ihn denn bezeichnen, Frau Möller, wenn nicht als Amerikaner?«

»Das geht Sie nichts an.«

»Mich geht aber an, wann Herr Beringer Sie angerufen und die Journalistin Sie besucht hat.«

Und aus welchem Grund. Aber dazu würde er noch kommen.

»Die Journalistin war das erste Mal im Sommer dieses Jahres bei mir. Juni oder Juli, ich erinnere mich nicht genau. Damals habe ich noch in Neukölln gewohnt.« Sie nahm einen Schluck Tee und fixierte wieder die Tischdecke, als stünde darauf in unsichtbarer Schrift die Aussage, die sie Jo zu präsentieren gedachte.

»Und das zweite Mal, Frau Möller?«

»Am Freitag.«

Jo erstarrte. »Sie meinen letzten Freitag?«

»Richtig.«

»Um welche Uhrzeit war sie bei Ihnen?«

»Freitagabend um acht hat sie sich angekündigt. Sie war pünktlich. Wenigstens das.« Luise Möller verschränkte die Arme vor der Brust und versuchte sich an einem stoischen Blick.

»Klingt nicht sehr begeistert, Frau Möller.«

»Wie denn auch?« Ihre Nasenflügel bebten vor Wut. »Es war die reine Erpressung. Ich habe die Frau nicht gebeten zu kommen, sie hat sich selbst eingeladen. Aber …« Wieder machte sie diese ungehaltene Wischbewegung mit der Hand über die weiße Tischdecke.

»Aber was, Frau Möller? Ersparen Sie mir – und sich selbst –, dass ich Sie für Ihre Zeugenaussage aufs Präsidium laden muss.«

Sie hob den Blick und schaute ihn mit kalten Augen an. »Eigentlich hatte *er* sie geschickt. Dieser Beringer. Er wollte, dass sie mich unter Druck setzt.«

»Moment, bitte.« Jo hob die Hand ein wenig. »Sie wollen sagen, dass Katja Zern zu Ihnen gekommen ist, weil Rudy Beringer es so wünschte?«

»Ja. Natürlich. Schon bei ihrem ersten Besuch war das so.«

Das deckte sich mit dem, was Althaus angedeutet hatte.

»Aber damals, also im Sommer«, fuhr sie fort, »war mir noch nicht klar, wer dahintersteckte.«

»Bitte, erzählen Sie genau, wie das alles vor sich ging, Frau Möller. Es ist wichtig.« Er blickte sie eindringlich an.

Sie stieß einen Schnaufer durch die große Nase und warf mit harter Hand eine Locke zurück, die ihr ins Gesicht gefallen war, ehe sie beginnen konnte, zusammenhängend ihre Version der Geschichte zu erzählen.

»Diese Journalistin hatte mich angerufen. Im Sommer, wie gesagt. Behauptete, sie schreibe einen Artikel über die veränderten Aufgaben eines Sekretariats einst und jetzt. Ich sei ihr von Dr. Schwittow empfohlen worden. Schon das hätte mich stutzig machen sollen. Warum hätte ausgerechnet Schwittow mich empfehlen sollen? Aber gut, ich fühlte mich geschmeichelt und lud sie zu mir ein. Und sie kam. Doch sie hatte etwas ganz anderes im Sinn. Sehr schnell betonte sie, dass ich den Schwittow-Verlag überraschenderweise kurz vor meiner Rente noch verlassen hätte, um dann noch zwei Jahre bei einer anderen Firma zu arbeiten. Ich habe die teuflische Stimme dieser

Journalistin noch im Ohr. Sie schmeichelte mir mit ihrer zuckersüßen Stimme, sie sagte: ›Bei meinen Recherchen habe ich erfahren, wie beliebt Sie bei den Leuten waren. Ohne Sie wäre Schwittow nie das geworden, was er heute ist, heißt es überall. Sie seien quasi das Hirn des ganzen Betriebs gewesen.‹ Ich habe erst im Nachhinein begriffen, dass diese Spinne damit nur ihr Netz ausgelegt hatte. Im nächsten Moment zog sie es zu, sie sagte: ›Sie verlassen eine jahrelange, verantwortungsvolle Position als Chefsekretärin, Frau Möller, um bei einer kleinen Firma, die eiserne Türzargen herstellt, die Lohnbuchhaltung zu erstellen? Warum?‹ Sie verspottete mich plötzlich, wollte mich provozieren! Und leider ist ihr das gelungen. Sie sagte, meine Kündigung bei Schwittow habe doch sicher mit dem zu tun, was ich über Ratibor erfahren hätte. Mir war in dem Moment nicht klar, dass sie auf Dr. Ratibors Tätigkeit im Dritten Reich aus war. Das begriff ich ebenfalls erst später. Mir platzte der Kragen. Ich erklärte ihr, dass ich es schlichtweg abgelehnt hätte, noch länger in einem Verlag zu arbeiten, der unter einem Deckmantel jüdische Autoren verlegt. Ich dachte wirklich, darum sei es ihr gegangen.« Sie lachte, aber nur mit den Mundwinkeln, nicht mit den harten hellen Augen.

Jo stutzte. »Sie meinen …?«

»Die Auseinandersetzung zwischen Dr. Ratibor und Dr. Schwittow, die ich zufällig mitangehört hatte. Was dann letztendlich zu meinem Entschluss geführt hat, zu kündigen. Sie haben die Zusammenfassung der Journalistin ja gefunden, oder? Sonst wären Sie wohl kaum hier.«

»Richtig.« Er hatte keine Ahnung, wovon sie redete. »Aber wir brauchen natürlich Ihre eigene Darstellung der Dinge. Erzählen Sie einfach von Anfang an.«

»Wie Sie meinen.« Sie verzog ein wenig das Gesicht.

»Also, die beiden stritten sich und achteten nicht darauf, dass die Tür zum Sekretariat offen stand, das ich damals übrigens noch ganz allein führte. Heutzutage machen zwei Sekretärinnen eine Arbeit, die ich früher allein geschafft habe. Jedenfalls war ich dadurch die Einzige, die mitanhören konnte oder musste, dass Dr. Ratibor sein ›Vademecum‹ …«

»Seinen Familienratgeber?«

»Ja. Dass er das Buch gar nicht selbst geschrieben hatte.« Ihr Gesicht war jetzt flammendrot vor Empörung. »Er hatte es nicht mal selbst *erdacht*. Die Idee, das Grundgerüst, der Stil, die Streitereien dieser albernen Familie Fuchs, das alles stammte von einem Oberarzt, der einmal Ratibors Vorgesetzter in einer Privatklinik gewesen war. Einem Juden, Heymann hieß er. Der Mann war bekannt für das, was man heitere Ratgeber nennt. Bis er Deutschland verlassen musste.«

»Er konnte fliehen?«

»Nein.« Ihr Gesicht versteifte.

»Wurde er also deportiert?«

»So habe ich es verstanden.«

»Und das ›Vademecum‹?«

»Lag als Manuskript in seinem Schreibtisch und fiel Ratibor in die Hände, als er Heymanns Hinterlassenschaften in der Klinik forträumte. Das Manuskript hatte Heymann natürlich nicht mitnehmen können. Dort, wo er hinging, hätte er es auch nicht gebraucht.«

Jo stieß die brutale Härte dieser Frau ab. Er misstraute ihr zutiefst. »Warum hat Ratibor das Buch nicht schon früher unter seinem Namen veröffentlicht?«

»Denken Sie doch mal nach. Man hätte unter Umständen sofort erkannt, dass das Buch in Heymanns Manier verfasst war. Er war ja eben erst deportiert worden. Aber Ratibor war so weitsichtig, es zu verwahren. Und als

Schwittow Jahre später seinen Verlag gründete, sah er die Zeit gekommen für … so etwas.« Ihre Verachtung für das »Vademecum« war unüberhörbar.

Für Jo klang das Ganze so ungeheuerlich, dass er nicht mal sicher war, ob er sie eigentlich richtig verstanden hatte. »Sie waren also vor einigen Jahren unfreiwillig Zeugin eines Streits zwischen Ihrem Chef Schwittow und Dr. Ratibor geworden«, rekapitulierte er daher. »In dem Ratibor Schwittow gestand, dass die Idee und alle Vorarbeiten für das erfolgreiche Ratgeberbuch gar nicht von ihm selbst stammten, sondern von einem jüdischen Kollegen, der deportiert worden war?«

»Dr. Ratibor musste es ihm gar nicht gestehen. Schwittow wusste bereits davon. Und zwar von Anfang an.«

»Was denn, noch vor der ersten Veröffentlichung?«

»Richtig. Das wurde mir ebenfalls in dem Moment klar. Schwittow war trotzdem wütend. Er schrie ihn an. Dr. Ratibor habe ihm damals doch versichert, dass es nur das eine Exemplar des Manuskripts von Heymann gebe. Und dass niemand von der Heymann-Familie überlebt habe. Aber Ratibor war sich in dem Punkt nicht mehr sicher.«

»Es gab noch Verwandte?«

»Noch einen. Heymanns einziger Neffe, der Sohn seiner Schwester, der seit seiner Flucht aus Deutschland in Schweden lebt, habe sich bei ihm gemeldet, sagte Ratibor. Dieser Neffe – er arbeitet anscheinend als Lehrer an einer schwedischen Schule – habe durch Nachforschungen, die er kürzlich unternommen hätte, erfahren, dass Ratibor ein früherer Kollege seines Onkels gewesen sei. Ich erinnere nicht mehr die Einzelheiten, nur dass der Neffe sich mit ihm treffen wollte. Ratibor war furchtbar aufgeregt und verlangte von Schwittow, dass die geplante Neuauflage des ›Vademecum‹ gestrichen wird.«

»Was dachten Sie in dem Moment, als Sie Zeugin des Streits zwischen Schwittow und Ratibor wurden, Frau Möller? Sie sagten, Sie wären enttäuscht gewesen.«

»Ich war wütend!« Sie schlug mit der flachen Hand auf die Tischdecke. »Ich hatte Dr. Ratibor bis dahin für einen anständigen Mann gehalten, der im Dritten Reich seine Pflicht für die Volksgesundheit geleistet hatte: für den an Leib und Geist gesunden Volkskörper, wie er manchmal noch sagte. Aber dann erfahre ich so viele Jahre später, dass er keine Skrupel gehabt hatte, nach der Katastrophe, nach dem Untergang des Reichs, unter seinem guten Namen das Geschreibsel eines Juden zu veröffentlichen. Und dass mein eigener Chef ihm das erst ermöglicht hatte. Weil er von Anfang an darin eingeweiht gewesen war.«

Jo lief es eiskalt den Rücken hinunter. Und plötzlich sah er auch die seltsame Galerie verblichener Schwarz-Weiß-Fotos an der Wand gegenüber mit neuen Augen. Vielmehr erkannte er sie *wieder*: Es waren Reproduktionen deutscher Sportler während der Olympischen Spiele 1936. Leni Riefenstahls pathetische Aufnahmen, mit denen sie den Körperkult der Nazis in Szene gesetzt hatte. So hatte sich der verklemmte Volksdeutsche einen schönen Volks-Körper vorzustellen. Luise Möller kam anscheinend noch immer nicht davon los.

Erst jetzt begriff er vollends, was der entscheidende Punkt war, an dem sie gegenüber Katja Zern die Kontrolle verloren hatte: »Sie hat damals aufgeregt und tut es auch heute noch, dass das Buch eines deutschen *Juden* in dem Verlag veröffentlicht wurde, in dem Sie arbeiteten? Richtig?«

»Da er Jude war, kann er kein Deutscher gewesen sein«, erwiderte sie mechanisch, wie auswendig gelernt. »Sie sind zu jung, um das zu verstehen.« Ihr Gesicht nahm einen gönnerhaften Ausdruck an. »Aber Schwittow war alt genug, um diese Verbreitung jüdischer Gedanken, selbst unter einem ehrbaren deutschen Namen, entrüstet abzulehnen.«

»Haben Sie das Buch einmal gelesen?«

»Selbstverständlich. Ich habe es sogar Korrektur gelesen, bevor es in Druck ging. Wenn ich gewusst hätte …«

»Es handelt davon«, schnitt Jo ihr das Wort ab, »wie man Zwistigkeiten in der Familie löst. Und ist ausgesprochen humorvoll geschrieben.«

Sie lächelte ihn an, wie von weit oben herab. »Wie gesagt, Sie sind zu jung, um zu erkennen, dass der sogenannte jüdische Witz, den Ratibor in Heymanns Text leider nicht ausgemerzt hat, nur der Verschleierung zersetzender Ideen dient. Zwistigkeiten in der Familie löst man nicht mit dem, was Sie Humor nennen, sondern mit Disziplin und Anstand.«

Sie sah ihm mit einer Mischung aus Trotz und Triumph in die Augen. Jo war sich allmählich nicht mehr sicher, ob er außer einer unverbesserlichen alten Nazi-Anhängerin nicht auch schon eine halb verrückte alte Schachtel vor sich hatte.

Er musste zurück zu den Tatsachen und ließ ihr für den Augenblick ihren vermeintlichen Sieg.

»Was ich noch nicht verstanden habe, Frau Möller, ist, warum Sie der Journalistin das alles erzählt haben?«

»Das habe ich doch gesagt!« Sie schlug erneut mit der Hand auf den Tisch. »Sie hat mich provoziert. Hat so getan, als wüsste sie alles über Ratibor, seine Vergangenheit, die ja bis heute nur wenigen Personen bekannt war. Auch ich wusste nur vage von seinen genauen Aufgaben in der Partei und so weiter. Aber das ging mich ja auch nichts an. Ich begriff zu spät, dass die Sache mit dem ›Vademecum‹ auch für die Journalistin neu gewesen war.«

Sie stockte und griff nach ihrer Teetasse, ohne jedoch daraus zu trinken. »Ich habe nie mit Schwittow über die Sache gesprochen, er hat nicht verstanden, warum ich gekündigt habe. Aber ich war maßlos von ihm enttäuscht und beschloss, mir für die letzten zwei Jahre bis zu meiner Rente eine neue Stelle zu suchen. Nicht so gut bezahlt, mit weniger Verantwortung, aber ich hatte meinen Seelenfrieden.«

Den Frieden einer noch immer bis in die morschen Knochen ideologisch verbohrten Nationalsozialistin, dachte Jo. Es machte ihn fassungslos.

Doch er musste nun endlich auf Katja Zern und Beringer zu sprechen kommen. Deswegen war er hier. »Katja Zern hat, wie wir wissen, Ihre Informationen nicht veröffentlicht. Hat Sie das nicht gewundert?«

»Nein. Denn ich habe ihr am Ende des Gesprächs damals klargemacht, dass ich alles abstreiten würde, sollte sie damit an die Öffentlichkeit gehen. Sie behauptete, darum ginge es ihr gar nicht, sondern um eine Art Leumundsprüfung. Was damals offenbar stimmte.«

»Aber dann meldete sich Beringer bei Ihnen?«

»Ja.«

»Wann?«

»Am Mittwoch letzter Woche. Ich war inzwischen umgezogen, hatte einen neuen Telefonanschluss. Aber mithilfe der Journalistin oder ohne sie, was weiß ich, hatte er meine Nummer ausfindig gemacht und rief mich an.«

»Erzählen Sie.«

Sie blickte auf. Sein fordernder Ton schien sie zu überraschen. Aber sie folgte ihm. Wie fast alle, die es gewohnt waren, Autoritäten zu gehorchen.

»Er sei ein Freund von Katja Zern, der Journalistin, behauptete er. Er sei in die Sache eingeweiht worden, die ich ihr anvertraut habe. Anvertraut! Reingelegt hatte sie mich. Und *er* war ihr Auftraggeber. Er sagte, er wolle persönlich mit mir reden. Ich habe natürlich abgelehnt. Für wie dumm hielt mich dieser Mann eigentlich? Ich hatte bereits den Fehler gemacht, mich von der Journalistin aufs Glatteis führen zu lassen. Und jetzt kam schon der Nächste, der mich noch tiefer in die Sache hineinziehen wollte.«

»Sie haben also rundheraus abgelehnt?«

»Ja.«

»Und?«

»Daraufhin hat er wieder seine Stellvertreterin vorgeschickt.«

»Katja Zern.«

»Sie rief an und sagte, sie habe meine Angaben vom Sommer auf drei Schreibmaschinenseiten zusammengefasst. Ehrlich gesagt, war ich etwas erstaunt, dass nicht mehr dabei herausgekommen war. Sie sagte, sie wolle sie mir zeigen, damit ich ihre Korrektheit bestätigen könne.«

»Sie haben sich darauf eingelassen.«

»Ja, natürlich. Ich wollte wissen, was sie geschrieben hatte. Und was sie damit vorhatte. Ich muss zugeben, der Inhalt war korrekt. Aber dass ich am Ende meine Unterschrift daruntersetzen sollte, hat sie am Telefon noch verschwiegen. Ich habe ihr Freitagabend, acht Uhr vorgeschlagen. Ahnte ja nicht, wie lange das dauern würde. Anderthalb Stunden lang hat sie auf mich eingeredet. Hat mir die Geschichte von diesem Beringer erzählt. Setzte mir damit zu, wie ungeheuerlich der Mann das alles finde, was ich ihr berichtet hätte. Und so weiter und so fort.«

»Was haben Sie ihr geantwortet?«

»Ich habe ihr klargemacht, dass mich die Meinung eines zu den Amerikanern übergelaufenen Hochverräters herzlich wenig interessiert.«

»Wie hat sie reagiert?«

»Sie sagte, in dem Fall werde sie gezwungen sein, den Fall vor Gericht zu bringen. Dann würden sich Polizei und Staatsanwaltschaft bei mir melden und mich als Zeugin befragen. Wenn ich hingegen jetzt unterschriebe, dass der Inhalt korrekt sei, wie ich selbst festgestellt hätte, sichere sie mir hundertprozentigen Quellenschutz zu. Mit dem Dokument in der Hinterhand sei sie presserechtlich auch selbst auf der sicheren Seite.«

»Das heißt, Katja Zern wollte die Geschichte nun doch veröffentlichen? Anders als noch im Sommer?«

»Ja. Sie und Beringer, alle beide wollten jetzt damit an die Öffentlichkeit gehen. In Deutschland und in Amerika. Sie wollten Schwittow eine Lektion erteilen, glaube ich.«

»Sie haben letztlich unterschrieben.«

»Was sollte ich machen? Polizei, Justiz, womöglich noch eine öffentliche Aussage vor Gericht? Nein. Ich sah keine andere Möglichkeit, meinen Namen da herauszuhalten. Ich war natürlich auch wütend! Auf die Journalistin, auf Beringer. Aber vor allem auf Schwittow. Denn *wem* hatte ich letztlich den ganzen Schlamassel zu verdanken? Warum sollte ich ihn schützen?«

Ihr Gesicht zitterte vor Empörung. Sie hatte vermutlich weniger Skrupel, ihren verhassten früheren Chef ans Messer zu liefern, als sie bisher zugegeben hatte, dachte Jo.

»Nach anderthalb Stunden«, fuhr sie fort, etwas ruhiger geworden, »ich habe jede Minute gezählt, ist sie endlich gegangen.«

»Eine Frage noch, Frau Möller, dann sind Sie auch mich los.« Und ich dich, dachte Jo, inzwischen zutiefst angewidert von dieser Frau.

»Was denn noch?«

»Haben Beringer oder Katja Zern in irgendeiner Weise

angedeutet, oder konnten Sie heraushören, dass auch die ›Schwangere Auster‹ irgendeine Rolle bei dem spielte, was die beiden vorhatten?«

»Schwangere Auster? Sie meinen das furchtbare Ding im Tiergarten, das wir uns von den Amerikanern haben aufschwatzen lassen?« Sie schüttelte den Kopf. »Nein, davon war keine Rede.«

»Ganz sicher?«

»Halten Sie mich für senil? Ich bin noch immer auf dem Quivive, Sie, bekomme noch immer alles mit in der Welt. Und eines sage ich Ihnen ganz ehrlich: Als ich davon hörte, dass erst dieser Beringer, dem ich zum Glück nie persönlich begegnet bin, und dann auch sein Hündchen, die Journalistin, ums Leben gekommen sind, fand ich, dass sie nur ihre verdiente Strafe bekommen haben.«

»Strafe von wem?«

Sie richtete ihre Augen vielsagend nach oben, zu der höchsten Instanz, an die sie offenbar noch glaubte. Für Jo war dort nur die niedrige Zimmerdecke.

Doch sie war noch nicht fertig. »Senil war eher diese Journalistin.« Ihr Gesicht nahm einen überheblichen Ausdruck an und bettelte geradezu um seine erneute Aufmerksamkeit.

»Wie meinen Sie das?«

»Zum Schluss hat sie mich noch etwas gefragt. Wie nebenbei. Hat wohl gedacht, ich würde nicht merken, dass ihr verdammt viel an meiner Antwort lag.«

»Worum ging es denn?«

Sie musterte Jo kalt amüsiert. »Sie hat genauso ausgesehen wie Sie jetzt.«

»Ich habe gefragt, worum es ging, Frau Möller. Nicht, wie ich Ihnen vorkomme.«

Jo hatte scharf und schnell gesprochen. Und sie reagierte:

»Herrgott, es ging um irgendwelche Stiftungen, weiter nichts.«

»Stiftungen?«

»Ja. Sie nannte mir einige ziemlich komplizierte Namen. Wollte wissen, ob mir die Namen der Stiftungen bekannt vorkämen, ich mich an sie erinnern könnte.«

»Aus Ihrer Zeit bei Schwittow?«

»Ja, selbstverständlich, was sonst?«

»Und? Konnten Sie?«

»Nur eine kannte ich, die aber ziemlich gut. Die Neill-Stiftung. Aber nicht Schwittow hat Geld von Neill bekommen, sondern seine Frau. Sie ist ja Künstlerin.«

»Ich verstehe nur nicht …«

»Ich auch nicht. Finde ihre Bilder grässlich. Ich vermute, der Grund dafür, dass sie so abstraktes Zeug malt, ist, dass sie keine Figuren zeichnen kann. Hier ein Farbklecks, da ein Strich, das ist doch keine Kunst. Und ein Stipendium, Geld et cetera hat so was erst recht nicht verdient.«

»Doch von dieser Stiftung bekam sie Geld?«

»Von der Neill-Stiftung, ja. In der Anfangszeit, als Schwittows Frau noch kein eigenes Büro hatte, habe ich oft genug die Förderanträge für sie getippt. Der Chef hat mir die handschriftlichen Vorlagen auf den Tisch gelegt und mich gebeten, sie ein wenig aufzuhübschen. Schön ausgedrückt. Die Dame konnte ja kein Komma richtig setzen, und von Rechtschreibung hielt sie auch nicht viel.«

»Um welche Summen ging es bei diesen Förderungen?«

»Um mehr, als ich in einem Jahr verdient habe. Für eine einzige Ausstellung.« Sie verzog bitter das Gesicht.

»Haben Sie irgendeine Ahnung, warum Katja Zern Sie nach diesen Stiftungen gefragt hat?«

»Ich sagte doch, sie wollte wissen, ob Schwittow Geld von ihnen bekommt. Wahrscheinlich steckte *er* wieder dahinter, Beringer.«

Damit mochte sie recht haben.

Doch worum ging es dabei?

Stiftungen. Da Katja Zern konkrete Namen genannt hatte, mussten sie oder Beringer genaue Vorstellungen damit verbinden.

×

Als Jo kurz darauf das Haus verließ, musste er mehrfach tief durchatmen, um sich von dem Gespräch zu erholen. Gegenüber war ein Kiosk mit Ausschank. Er überquerte die Straße und verlangte einen Klaren von der Bedienung, die ihren gewaltigen Körperumfang in eine Kittelschürze mit großen Blumenmustern gezwängt hatte.

Jo kippte den Schnaps hinunter und reichte der Frau das leere Glas zurück. »Noch einen, bitte.«

»Liebeskummer, Jungchen?«

»Schlimmer.«

»Dann geht der hier aufs Haus.« Sie goss nach.

Jo kippte das Zeug weg wie Wasser.

×

Im Foyer des Präsidiums begegnete ihm Ilse, die zusammen mit einigen Kolleginnen von der Weiblichen das Gebäude verließ. Wahrscheinlich hatten sie beschlossen, ausnahmsweise in der Nähe essen zu gehen statt in der Kantine. Ilses Gesicht war blass, sie wirkte abgemagert, nicht gerade wie im Honeymoon. Sie warf Jo einen verschämten Blick zu, den er mit einem Lächeln beantwortete, das vermutlich nicht allzu überzeugend wirkte. Im

Grunde verstand er ihre abweisende Reaktion nicht. Er mochte sie wirklich, hatte aber nie zu verstehen gegeben, dass er sie oder irgendwen sonst heiraten wolle. Nun hatte sie sich offensichtlich schnell mit einem anderen getröstet, was Jo zugegeben einen Stich versetzt hatte. Aber sie konnten doch in freundschaftlichem Kontakt miteinander bleiben.

Er sah ihr und den anderen, sichtlich gut gelaunten Frauen hinterher und überlegte, ob er den Fall des verschwundenen jugendlichen Liebespaars, den Ilse von Lene Spohn zugeschanzt bekommen hatte, zum Anlass nehmen sollte, um sie später einmal anzurufen.

»Ja, ja«, hörte er Hoyer in seinem Rücken klagen. »Jung müsste man noch mal sein.«

Jo wandte sich interessiert zu ihm um. »Dann was, Herr Hoyer?«

»Dann würde das junge Gemüse nicht so schnöde vorbeilaufen wie an unsereinem.«

»Trösten Sie sich, Herr Hoyer, mich schaut auch keine von denen an. Nicht mal die Frau, die für mich was übrighatte.«

»Haben Sie 'ne Ahnung, Herr Sturm. Haben Sie 'ne Ahnung.« Er lachte, und Jo konnte sehen, wie sich seine Tränensäcke mit Blut füllten. Wusste Hoyer womöglich mehr als er selbst?

In der Kantine kaufte er zwei Buletten, die er mit in seine Kammer nahm und zu John Coltranes Saxofonklängen aus dem Radio verspeiste. Im Stehen. Nach Sitzen war ihm nicht zumute. Er musste nachdenken. Über das, was er erfahren hatte. Und dann entscheiden, was er als Nächstes tun wollte.

Aus der Sicht von Schwittow und Ratibor war das, was Luise Möller gegenüber Katja Zern am Ende sogar schriftlich bezeugt hatte, wenn auch widerwillig und ideologisch verbohrt, brandgefährlich. Existenzgefährdend, wenn die Öffentlichkeit davon erfuhr – und es glaubte. Schwittows blütenweiße Weste wäre moralisch beschmutzt. Er könnte sich angesichts einer so offensichtlichen Insider-Aussage nicht einfach damit herausreden, selbst von Ratibor betrogen worden zu sein. Und dessen schillernder Ruf als Arzt, der die Nerven der ganzen Familie zu beruhigen wusste, wäre wohl ebenfalls dahin, wenn das Ganze tatsächlich der Wahrheit entsprach.

Damit hatte Jo zum ersten Mal ein konkretes, ernst zu nehmendes Mordmotiv in der Hand. Selbst Menschen, die bis dahin nie daran gedacht hatten, verübten die schlimmsten Verbrechen, um ihre Haut zu retten, ihren Ruf oder Reichtum. Notfalls gaben sie Morde in Auftrag.

In diesem Fall setzte das voraus, dass Schwittow und Ratibor *wussten*, was ihnen von Beringers und Zerns Seite drohte. Und zwar *vor* dem letzten Treffen der Journalistin mit Luise Möller am Freitagabend, wenige Stunden vor Beringers Ermordung und wahrscheinlich auch ihrer eigenen. Was also, wenn Schwittow gelogen und sein Termin mit Beringer am Dienstag letzter Woche in Wahrheit doch stattgefunden hatte? Dann hätte Beringer die Möglichkeit gehabt, Schwittow mit seinen Anschuldigungen zu konfrontieren. Vielleicht, weil er es spontan nicht mehr aushielt, damit hinterm Berg zu halten? Freilich, ohne den Namen seiner Informantin zu nennen. Schwittow hätte höchstwahrscheinlich alles abgestritten, was Beringer endgültig klargemacht hätte, dass Luise Möllers schriftliche Erklärung für ihn unabdingbar war. Das Schriftstück, erst wenige Stunden vorher unterzeichnet, war allerdings weder bei Beringers noch bei Zerns Leiche gefunden worden. Vorausgesetzt, es hatte sich nicht in gleicher Weise »in Luft aufgelöst« wie der Minifilm, den Schuchardt vermisste. Wie auch immer, einen Beweis für seine Existenz gab es somit nicht.

Jo hatte das seltsame Gefühl, der Wahrheit zwar nahezukommen, jedoch ohne sie zu verstehen. Vielleicht war sie größer, facettenreicher, als er bislang annahm.

Worauf auch Katja Zerns Frage an Möller, ob Schwittow Geld von bestimmten Stiftungen bekommen habe, hindeuten konnte. Geld wofür? Von welchen Stiftungen genau? In irgendeiner Weise illegal? Nur seine Frau hatte angeblich welches erhalten. Von einer gewissen Neill-Stiftung. Für ihre Kunst. Was ihr vergönnt sei. Doch was war der Hintergrund dieser Stiftungssache, die Katja Zern offenbar nur vage angedeutet hatte?

Jo fragte sich, ob in diesem Puzzle nicht auch die alten Nazi-Seilschaften, die er bereits anfangs in Verdacht gehabt hatte, eine Rolle spielen konnten. Doch um dieser Spur nachzugehen, brauchte man eine eigene Ermittlungsgruppe. Und wenn es zusätzlich um Geldgeschäfte ging, auch die Kollegen von der Wirtschaftskripo. Eine riesige Einheit wäre vonnöten. Aussichtslos. Mit den vagen Vermutungen, die er bisher dazu anstellen konnte, wäre ihm nur der Spott sicher.

Jo kam auf den Ausgangspunkt seiner Überlegungen zurück: Schwittow und Beringer hatten ein starkes Mordmotiv. – So what?

Bei der Vermisstensuche würde er in solchen Situationen die losen Enden ergreifen und sehen, wohin sie führten. Aufgeben konnte man immer noch.

Er griff zum Hörer und rief Zimmer 504 an.

»Gerber am Apparat.«

»Jo Sturm hier. Ich würde gern kurz bei Ihnen reinschauen, wenn's recht ist.«

»Passt im Augenblick gar nicht. Kollege Schuchardt

und ich machen uns gerade auf einen kulinarischen Erkundungsgang in die Kantine.«

»Treffen wir uns doch dort.«

»In Ordnung.«

Jo war noch vor ihnen im ersten Stock und wartete vor der Kantine auf sie. Er hatte schon bei seinem kurzen Abstecher vorhin das heutige Angebot auf der Stelltafel gelesen: Bratfisch mit Kartoffelpüree, Rollmops mit handwarmem Kartoffelsalat, Falscher Hase mit Reis, Milchnudeln. Alternativ dazu die übliche kalte Küche: Schnitzel, Buletten, Kotelett, Pudding und Fruchtquark in verschiedenen Farben.

Ehe Schuchardt und Gerber kurz darauf aus dem Fahrstuhl traten, war Jo bereits vom halben Präsidium »Mahlzeit« gewünscht worden und hatte es mit dem stets gleichen stoischen Nicken quittiert. Man kannte sich vom Sehen, nicht zuletzt in der Kantine, aber von kaum jemandem den Namen. Eher schon von den Kolleginnen, aufgrund der einen oder anderen Tanzeinlage bei den Betriebsfeiern.

»Mahlzeit, Kollege«, wünschte Gerber gegenüber Jo und zog sich als Erstes eine neue Schachtel Nil aus dem Zigarettenautomaten unter der Angebotstafel gleich hinterm Eingang der Kantine.

»Mahlzeit«, wiederholte Schuchardt mechanisch und stemmte die rechte Faust gegen seine Hüfte, was anscheinend den Schmerz lindern half.

Gerber nahm den Bratfisch, Schuchardt Milchnudeln, und Jo entschied sich für einen Kaffee; die Buletten lagen ihm noch wie Kugeln aus Pappmaschee im Magen. Sie fanden einen Tisch in der Nähe des Ausschanks, wo man seltsamerweise nicht gerne saß, auch Jo nicht. Als er den Blick durch den Raum schweifen ließ, entdeckte er ein paar Tische entfernt Ilses platinblonde Kollegin.

Stolze hieß sie, wenn er sich recht erinnerte. Ihr gegenüber am Tisch saß zu seiner Überraschung ein Mann mit einer breiten Silhouette, die ihm bekannt vorkam. War das nicht Ilses neuer Verehrer? Selbst auf die Entfernung hin war zu erkennen, dass die Stolze ihn anstrahlte wie ein Weltwunder. Was sie dabei übersah, war, dass er in Ermangelung eines Aschenbechers die Zigarettenasche dezent unter seinem Stuhl entsorgte.

»Keine Angst«, sagte Gerber, der Jos irritierten Blick aufgefangen hatte. »Hier ist cheffreie Zone. Granzow isst seine Leberwurststullen im Büro, und Kettler tafelt grundsätzlich außer Haus. Manche sagen, er fährt jeden Mittag zu Mutti nach Hause.«

»Kann nicht sein«, sagte Schuchardt. »Er lebt mit seiner Schwester zusammen im Bayrischen Viertel.«

»Da schau her, was wir alles wissen, Herr Kollege«, lästerte Gerber.

»Wir wissen das von Gundula Krauß, mein Lieber«, meinte Schuchardt. »Sie weiß auch, dass die Schwester im Rollstuhl sitzt, Rückgratverletzung durch einen Bombensplitter.«

Gerber zog beeindruckt die Brauen hoch und machte sich über seinen Bratfisch her, während Schuchardt begann, seine Milchnudeln zu löffeln.

Jo trank einen Schluck von seinem schwarzen Kaffee und beschloss, den Herren keine Pause zu gönnen. »Sie baten mich, Sie im Fall Zern auf dem Laufenden zu halten«, sagte er in Richtung Gerber, der Fisch und Püree mit unglaublichem Heißhunger in sich hineinschaufelte.

»Hmm, ja.« Mit dem Messer, das er kurz kreisen ließ, bat er Jo, zu berichten, während Schuchardt erstaunt von seinem Teller hochsah. Er schien sichtlich überrascht, dass Jo im Fall Zern überhaupt noch involviert war, sagte aber nichts.

»Ich habe mit einer Zeugin gesprochen, die in der letzten Woche Kontakt zu Katja Zern hatte. Sogar noch am Freitagabend. Wenige Stunden vor ihrem Tod also, wenn die Forensik recht hat.«

»Die Forensik hat immer recht«, sagte Gerber mit dem nächsten Fischhappen vor der Nase.

»Wer behauptet das?«, hielt Schuchardt leicht mokant dagegen.

»Die Forensik.« Gerber schob sich den Happen in den Mund und signalisierte Jo, weiterzuerzählen.

Jo ließ die Vorgeschichte, seinen Besuch in Ostberlin, aus und berichtete von seinem Besuch bei Luise Möller.

Gerber beendete bereits seine Mahlzeit und wischte sich den Mund mit der Papierserviette ab. »Donnerwetter, Sturm. Da haben Sie beinahe die Quadratur des Kreises geschafft. Einen Bezug zwischen Beringer und Zern. Nur schade, dass die Zeugin, mit der Sie gesprochen haben, schon Ende sechzig ist. Kommt als Doppelmörderin kaum infrage.«

Jo verdrehte die Augen. Manchmal ging ihm Gerbers ständiges Witzeln gehörig auf die Nerven.

»Na schön.« Auch Schuchardt schob seinen nur halb leer gegessenen Nudelteller ein Stück fort. »Wir lassen mal außen vor, wie genau Sie die Zeugin ausfindig gemacht haben. Und vorausgesetzt natürlich, sie sagt die Wahrheit. Dann deutet die Aussage der Frau zwar auf ein Motiv für Schwittow und diesen …«

»Ratibor.«

»Diesen Ratibor hin. Aber glauben Sie, dass die beiden Herren, ein Verleger und ein Arzt, gleich einen Mord planen und begehen oder ihn notfalls in Auftrag geben, um das Problem zu lösen?«

»Wäre nicht das erste Mal, dass saubere Herren auf die Idee kämen«, warf Gerber trocken ein.

»Schon«, gab Schuchardt zu. Und dann fasste er einen Einwand zusammen, der auch Jo schon durch den Kopf gegangen war: Diese Männer, ein Verleger, ein Arzt, schienen nicht Profi genug zu sein, um selbst zu töten. »Und als Auftragsmord?« Schuchardt kniff die Brauen zusammen. »Eine Standleitung zum organisierten Verbrechen dürften die Herren auf die Schnelle nicht hinbekommen haben. Abgesehen davon können Sie, scheint's, nicht sicher sein, dass die beiden tatsächlich von den belastenden Recherchen der Journalistin wussten. Falls nicht, hatten die beiden keinen Anlass, Zern noch Beringer zu töten – oder töten zu lassen.« Schuchardt hatte diese Art, stets den Finger in die Wunde zu legen.

»Trotzdem«, beharrte Jo, »die Spuren weisen in beiden Fällen in Richtung Schwittow und Ratibor.« Wie Eisenspäne auf einen Magneten. »Dafür muss es einen Grund geben.«

»*Ihre* Spuren, Sturm, weisen in die Richtung«, widersprach Schuchardt, ließ seine Schlussfolgerung daraus aber in der Luft hängen.

Jo kippte genervt seinen Kaffee hinunter. Er schmeckte bitter. »Und worauf deuten *Ihre* Spuren, meine Herren, wenn ich fragen darf?« Er sah abwechselnd den einen, dann den anderen an. »Was ist mit den alten Nazis, die Grund gehabt hätten, sich an Beringer – wegen seiner Vergangenheit – und an Zern – wegen eventuell einschlägiger Recherchen – zu rächen? Was ist mit Pasewalk, von dem wir inzwischen wissen, dass er seit Jahren mit falscher Identität durch sein Leben schlich?« Das ging an Gerber. »Was ist mit dem Minox-Film vom Tatort, der womöglich Beringer gehörte? Immer noch verschwunden?«

»Darüber lässt sich momentan nur spekulieren, Sturm«, versuchte Schuchardt zu beschwichtigen. Von seinem leicht aufmüpfigen Ton gestern – war es erst gestern gewesen? – war nichts mehr zu spüren. »Wir sind noch in der Phase, wo wir notgedrungen in alle Richtungen ermitteln. Das ist wie Stochern im Nebel. Dazu extrem unterbesetzt, mit wenig Personal.«

Jo konnte das nicht gelten lassen. »Sie stochern mit Binden vor den Augen, Herr Schuchardt! Verordnet von der Obersten Heeresleitung: Granzow, Kettler, Curow, wie auch immer sie heißen.«

Gerber leckte sich über die Lippen und beugte sich zu Schuchardt vor. »Der Junge hat nicht ganz unrecht, Schuchardt«, sagte er leise, aber eindringlich. »Du hast selbst gesagt, dass irgendetwas mit dem Fall Beringer nicht stimmt. Erst heißt es: Fasst den Täter, am besten schon gestern! Und dann auf einmal interessiert den Fall scheint's keinen mehr in den Chefetagen. Und im Fall Zern? Du weißt selbst, dass Granzow ihn an sich gerissen hat. Seitdem fühlt sich das Ganze für mich an wie ein Hamsterrad. Und weit und breit keine Strategie zu erkennen.«

»Willst du seine Stelle?«

»Jetzt hör aber auf, Schuchardt! Das ist unter der Gürtellinie.« Gerber warf sich entrüstet auf seinem Stuhl zurück. Setzte dann aber ein unverschämtes Grinsen auf. »Natürlich will ich seine Stelle. Gehaltsstufe Wünsch-dir-was, Mann!«

Jo und Schuchardt lachten.

Gerber kam wieder vor und sah Jo an. »Uns beiden«, er zeigte blitzschnell mit dem Finger auf Schuchardt und sich, »sind die Hände gebunden. Wir haben Granzow vor der Nase. Sie aber nicht, Sturm. Sie gehören jetzt wieder zur dritten Etage. Wir können Ihnen deshalb keine Weisung erteilen, was Sie tun oder lassen sollen. Nicht mal Granzow kann das.« Gerber sah Jo weiter eindringlich an. »Wenn Sie's riskieren wollen, Sturm, kümmern Sie sich um die Spur Schwittow, Ratibor. Das stinkt gewaltig. Selbst, wenn es nicht direkt mit dem Fall zu tun hat. Aber wer weiß, vielleicht indirekt?«

Schuchardt stieß einen Seufzer aus. »Wisst ihr, woran ich denken muss?«

Gerber richtete sich auf. »An den Nachtisch. Den haben wir vergessen.«

Schuchardt lachte und schüttelte den Kopf. »Nein. Ich muss an Granzows Sohn denken. Günter oder Gunter heißt er, glaube ich.«

»Granzows Sohn?« Jo erinnerte sich vage an den etwa Dreißigjährigen mit dem starren Blick auf einer Fotografie in Granzows Büro.

»Was ist mit Gunter oder Günter oder Ganter?«, spottete Gerber bereits wieder.

»Er hatte früher Angstanfälle. War im Krieg verschüttet gewesen, als er gerade bei Verwandten war. Jede Nacht hat der Junge seitdem geschrien, als wäre der Teufel hinter ihm her, sagt Gundula.«

»Und die hat es von Granzow?«, riet Gerber.

»Richtig.«

»Und warum erzählst du uns das jetzt?«

»Weil mir wieder eingefallen ist, dass es dieser Ratibor war, der Arzt, von dem unser junger Held hier berichtet hat, der Granzows Sohn von seiner Angst geheilt hat. Ein richtiger Wunderdoktor.«

»Inwiefern?«, wollte Jo wissen.

»Der Mann ist Nervenarzt. Also hat er dem jungen Granzow was für die Nerven gegeben. Ein neues Mittel aus Frankreich, Mega-Irgendwas. Seitdem ist Granzows Sohn still und sanft wie ein Lamm.«

Gerber legte seine Stirn effektvoll in Falten. »Auf dem Foto in Granzows Zimmer sieht der Ärmste allerdings aus, als würde sein Fuß in einem Nagel stecken und seine Lippen wären versiegelt.«

»So ungefähr soll das Megazeug wirken«, sagte Schuchardt.

»Laut Gundula, oder wie?«

»Laut Granzow, sagt Gundula.«

»Dann hat Ratibor nicht seinen Patienten von der Angst befreit«, bemerkte Jo beiläufig dazu, »sondern den alten Granzow von den Anfällen seines Sohns.«

»Das nenne ich mal die Perspektive wechseln«, sagte Gerber verblüfft.

Schuchardt sah Jo betroffen an. Er schien über etwas nachzudenken und kam mit dem Gesicht näher an Jo heran. »Hören Sie, Sturm«, sagte er mit gesenkter Stimme. »Wenn Sie das Risiko eingehen wollen, mächtig Ärger mit den Bossen hier im Haus zu bekommen, dann machen Sie weiter. Mir geht's wie Gerber.« Er warf dem Kollegen einen kurzen Blick zu. »Diese Schwittow-Ratibor-Geschichte stinkt zum Himmel. Aber wie sie mit unseren Morden zusammenhängen soll, kann ich mir beim besten Willen nicht vorstellen. Nur eins müssen Sie wissen, falls Sie wirklich dranbleiben wollen.« Er sah Jo todernst an und hob sogar leicht den Zeigefinger über dem halb vollen Nudelteller. »Wenn Ihnen die Sache um die Ohren fliegt, weil Sie sich verrannt haben, wissen wir beide hier von nichts. Dann haben wir nie mit Ihnen darüber gesprochen.« Er vergewisserte sich erneut mit einem Blick bei Gerber, der ihm schweigend zustimmte. »Andererseits: Wenn es gut geht und Sie stoßen dabei auf etwas, das die Fälle voranbringt, setzen wir uns dafür ein, dass Granzow Ihren Anteil am Erfolg nicht kleinredet und Ihr Katzentisch wieder in unserem Zimmer aufgestellt wird.«

»Zumindest würden wir uns dem nicht widersetzen«, schob Gerber listig lächelnd nach.

»Wenn es aber schiefgeht, was Sie da versuchen, Sturm …« Schuchardt zog vielsagend die Brauen hoch.

»Das darf ja nicht wahr sein!«, zischelte Gerber auf einmal. »Seht ihr das Traumpaar dort? Blondie und ihr Paul Hubschmid?« Er wies kopfschüttelnd auf den Tisch, an dem Ilses Kollegin Stolze mit ihrem – oder Ilses – neuem Verehrer saß. »Dieser Barbar. Drückt seine Zigarette in ihrem Pudding aus. Ferkel.«

Jo sah es jetzt auch. Die weiße Kippe steckte wie ein Miniaturmast in dem Schokoladenpudding, den sie kaum angerührt hatte. Seltsame Masche, dachte Jo. Wie ein Hund, der sein Revier markiert.

Schuchardt drehte sich erst gar nicht um. »Ich glaube, ich verzichte auf den Nachtisch.«

Die beiden standen auf und brachten ihre Tabletts mit dem schmutzigen Geschirr zurück. Jo nickte ihnen zu, als sie hinausschlenderten, und besorgte sich noch einen Kaffee. Während er ihn, zurück am Tisch, langsam austrank, konnte er beobachten, wie »Paul Hubschmid« unter dem Tisch sein linkes Knie zwischen Stolzes Schenkel zwängte. Ihr Gesicht wirkte eher erschrocken als beglückt. Doch sie ließ ihn gewähren.

Jo stand auf und ging rasch hinaus.

Was sollte das heißen, er hätte einen Fehler gemacht? Leider nicht nur einen?

»Ihr zweiter Fehler war es, Ihren Informanten zu töten«, hatte er sich sagen lassen müssen.

»Kropp?«, hatte er zurückgeschnauzt.

»Pasewalk. Es spricht gegen Sie, dass Sie sich noch immer nicht an seinen Tarnnamen gewöhnt haben. Es war unnötig, Pasewalk zu töten. Nicht schlecht gemacht. Aber unnötig.«

»Kropp, ich meine Pasewalk war eine Gefahr geworden, Herrgott noch mal.«

»Lassen Sie Gott mal aus dem Spiel.«

»Scheiße, Mann! Ich will ...« Er hatte sagen, ihnen ein weiteres Mal erklären wollen, dass Kropp zum Wackelkandidaten geworden war. »Kropp – Pasewalk war die Sache zu heiß. Er behauptete steif und fest, das Material nicht gefunden zu haben, das Sie bei Beringer vermutet hatten.«

»Das Material ist aufgetaucht. Wir haben es, sagen wir, an uns gebracht.«

Ihm war wahrhaftig die Klappe heruntergefallen. Wer hatte ihm denn vorher die Hölle heiß gemacht, das Material müsse vorhanden sein. »Entweder Sie haben es gefunden. Oder Pasewalk. Eine andere Möglichkeit existiert nicht.« Und jetzt war es eben doch vorhanden, einfach so. Mehr erfuhr man von den Bastarden ja nicht.

»Was hätte ich denn mit Pasewalk machen sollen? Ihn alles ausplaudern oder das Material anderweitig anbieten lassen?«

»Ihn uns überlassen. Statt auf eigene Faust zu handeln. So etwas ist eine Nummer zu groß für Sie.«

Er hätte dem Typen am liebsten eine reingehauen. Stattdessen hatte er gefragt: »Und was war angeblich mein erster Fehler?«

»Dass Sie das Hotel ins Spiel gebracht haben. Und damit einen Hinweis auf Beringer. Verplappert wie ein Anfänger.«

»Ich … ich wurde überrascht. Überrumpelt. Ich musste mich irgendwie rechtfertigen. Um nicht aufzufliegen.«

»Sie hätten mit einer Lüge antworten können.«

»Habe ich doch.«

»Aber mit einer falschen. Einer Lüge, die einen Schluss zuließ.«

Er hatte versucht, ein entspanntes Grinsen aufzusetzen. Die Auseinandersetzung nahm bedrohliche Züge an. Am Ende …

»Ich dachte«, hatte er angefügt, »Des…information, dachte ich. Kann nicht schaden.«

»Desinformation? So arbeiten wir nicht. Versuchen Sie das nie wieder.«

»Gut. Verstanden.« Er hatte seine Wut hinuntergeschluckt.

»Der Mann wird sich bald an Sie erinnern. Er wird Sie suchen. Und dann wiederholen Sie nicht Ihren dritten Fehler.«

»Dritten Fehler? Was denn?«

»Uns nicht zu informieren.«

Schwittow-Verlag, Jenners, guten Tag.« Die Stimme der blonden Sekretärin.

»Tag. Sturm, Kripo Berlin. Ich würde gern Herrn Schwittow sprechen.«

»Leider nicht möglich, Herr Sturm. Dr. Schwittow bereitet soeben eine Besprechung vor.«

»Wie Sie meinen. Ich kann ihn selbstverständlich auch von den Kollegen vor Ort aus der Sitzung herausholen lassen, um ihn vorzuladen.«

»Was denn, so dringend?« Ihre Stimme klang erschrocken genug, um aktiv zu werden. »Einen Moment, bitte.«

Es knackte in der Leitung, rauschte einige Sekunden lang. Dann hatte Jo Schwittows joviale Stimme in der Leitung. »Kommissar Sturm? Sagen Sie, warum erschrecken Sie denn das tüchtige Fräulein Jenners derart, dass sie heute sicher nur noch Tippfehler macht?« Er bemühte sich hörbar hölzern, Jos sicher unerwartete Attacke von der lustigen Seite zu nehmen.

Jo ging nicht darauf ein. »Herr Schwittow, im Mordfall Beringer und zusätzlich einem Vermisstenfall, der damit zusammenhängt, habe ich noch ein paar Fragen an Sie.«

»Ein Vermisstenfall? Und der soll mit Beringer zusammenhängen?«

»Ein Vermisstenfall, der sich zu einem Mord ausgewachsen hat, Herr Schwittow. Es geht um eine Frau namens Katja Zern.« Nun war die Katze aus dem Sack. »Sagt Ihnen der Name etwas?«

Jo konnte deutlich hören, wie Schwittow jede Menge

Luft aus seinen Lungen entweichen ließ. Entspannte oder verkrampfte er?, war die Frage.

»Aber natürlich sagt mir der Name etwas. Katja Zern ist … oder war eine recht umtriebige, dadurch ziemlich bekannte Kulturjournalistin.« Was in Jos Ohren alles andere als wertschätzend klang. »Ich habe gelesen oder im Radio gehört, ich weiß nicht mehr genau, dass sie ermordet wurde. Nur …«, er stieß ein kurzes Lachen hervor, »was hatte Beringer mit der armen Frau zu tun? Wieso fragen Sie ausgerechnet mich nach ihr?«

»Weil Katja Zern engen Kontakt zu Beringer hatte.«

»Ach, und da dachten Sie, nur weil ich Beringer treffen wollte, müsste ich zwangsläufig auch seinen näheren oder weiteren Bekannten- und Kollegenkreis kennen?«

»Sie, Herr Schwittow, und Katja Zern gehörten zu den wenigen Personen, die Beringer in Berlin außerhalb seiner Kongresshallentermine treffen wollte. Und auch Katja Zern hat sich für Sie interessiert, wie es scheint.«

»Interessiert? Was soll das heißen?«

»Das wüsste ich gerne von Ihnen.«

»Hören Sie, ich weiß nicht, worauf Sie anspielen …« Er klang jetzt sehr vorsichtig.

»Einzelheiten darf ich Ihnen nicht nennen.« Den Teufel würde er tun.

»Aber …« Schwittow räusperte sich. »Es ist ja nicht ungewöhnlich, dass Kulturjournalisten sich für Verlage interessieren. Und ihre Macher. Ich habe nie mit dieser Journalistin gesprochen, nicht mal telefoniert. Ich kenne Katja Zern nicht. Nicht persönlich, meine ich. Nur ihren Namen.«

»Durch Beringer?«

Plötzlich Stille in der Leitung. »Nein! Nein, nicht durch Herrn Beringer. Wie denn auch? Wir haben uns ja gar nicht getroffen, Beringer und ich. Ich sagte Ihnen doch schon ... Versuchen Sie eigentlich, mich aufs Glatteis zu führen?«

Da hatte er nicht ganz unrecht. »Im Gegenteil, Herr Schwittow, ich nehme Ihre früheren Angaben sehr ernst.« Jo ließ eine kleine Pause entstehen. »Deshalb wundert es mich nach wie vor, dass Beringer das anberaumte Treffen mit Ihnen vom Dienstag letzter Woche hat platzen lassen.«

Jo hörte Schwittow plötzlich sarkastisch auflachen. »Vielleicht hat er sich in der Zeit lieber mit der Zern getroffen, nach der Sie offenbar vergeblich gesucht haben, was?«

»Ihr Sarkasmus in Ehren, Herr Schwittow. Aber man könnte auch auf einen Konflikt zwischen Ihnen und Beringer schließen.«

»Einen Konflikt? Weil mal ein Termin ausfällt?«

»*Mal* ein Termin, Herr Schwittow? Sie selbst haben betont, wie wichtig er für Sie war. Und dann akzeptieren Sie ohne Weiteres, dass Beringer Sie im Regen stehen lässt?«

Wieder Schweigen. Sekundenlang. Jo begriff, dass er abrüsten musste, wenn Schwittow nicht einfach auflegen sollte. »Verstehen Sie mich nicht falsch, Herr Schwittow, ich bin einfach verpflichtet, meinen Teil der Ermittlungen ordnungsgemäß abzuschließen, bevor ich sie den anschließend zuständigen Kollegen übergeben kann.« Was grundsätzlich durchaus der Wahrheit entsprach.

»Ach, Sie arbeiten dann gar nicht weiter an dem Fall?« Der Verleger schien wenig betrübt darüber zu sein.

»Manchmal wechseln die Zuständigkeiten. Als Unternehmer kennen Sie das sicher. Ihr Sekretariat zum Beispiel ist bestimmt auch schon einmal von jemand anderem geführt worden als von Fräulein Jenners und ihrer Kollegin.« Jo versuchte sich an einem Lachen. »Wahrscheinlich erinnern Sie sich nicht mal mehr an deren Namen.« Sie hieß Luise Möller.

»Natürlich erinnere ich mich, aber … Gut, die Botschaft ist angekommen, Herr Kommissar.« Schwittow schnaufte in den Hörer. »Und was wollen Sie jetzt noch von mir?«

»Sie sagten, Ihre Frau und sogar die Haushälterin könnten bestätigen, dass Sie am Freitagabend letzter Woche bei sich zu Hause waren. Und zwar den ganzen Abend.«

»Das … ist nun aber die Überprüfung meines Alibis. Oder?«

»Katja Zern wurde seit der Nacht vermisst, in der auch Beringer getötet wurde. Ihr Name, Herr Schwittow, taucht in Verbindung mit beiden Opfern auf. Wollen Sie mir nicht die einfache Möglichkeit geben, Sie als Verdächtigen in der Sache auszuschließen? Dann wäre für Sie der Fall erledigt. Und für mich auch.«

»In Ordnung. Was genau möchten Sie?«

»Nur die Bestätigung, was Freitagnacht betrifft. Reine Formsache. Sind Ihre Frau und die Haushälterin vielleicht im Augenblick bei Ihnen zu Hause anzutreffen? Sagen wir in einer Stunde?«

»Ich denke schon, aber …« Er brauchte einige Sekunden, um nachzudenken. »Vorschlag: Ich rufe meine Frau an und warne sie schon mal vor Ihnen. Falls Sie nichts mehr von mir hören, geht das in Ordnung.«

Jo bedankte sich matt, bat um die Adresse und legte nachdenklich auf. Was ihn irritierte: Schwittow hatte zuletzt wieder so souverän und selbstbewusst geklungen wie vor einigen Tagen. Keine Spur von Unsicherheit mehr. Die Aussicht, Jo mit dieser abschließenden Befragung, »reine Routine«, loszusein, hatte ihn spürbar beflügelt. Wegen seines Alibis schien er sich jedenfalls keine Sorgen zu machen. Und Ratibor hatte er nicht einmal mehr erwähnt.

Nun fragte sich, ob Schwittows Frau die gleiche Lässigkeit an den Tag legte wie ihr Mann. Ingeborg Schwittow, die von Luise Möller ebenfalls erwähnt worden war. Wenn auch nur in einer Nebenrolle. In Sachen Stiftungen. Was auch immer sich dahinter verbergen mochte.

×

Eine gute Stunde später befand Jo sich auf dem Weg nach Dahlem. Er trug wie immer keinen Helm, es war kalt um die Stirn, doch den kühlen Kopf brauchte er jetzt. Er nahm die Strecke via Haupt-, Rhein- und Schlossstraße, später über den Hindenburgdamm nach Süden. Je weiter er Berlins altes Zentrum hinter sich ließ, desto entspannter wurde der Verkehr, desto geringer erschienen die noch sichtbaren Kriegsschäden, und desto höher war der Anteil noch bestehender und renovierter Altbauten.

Das Haus der Schwittows lag Luftlinie nur einen guten Kilometer vom östlichen Rand des Grunewalds entfernt. Es war nicht ganz so lang, aber doppelt so hoch wie ein Vorstadtbahnhof und erinnerte daran auch durch die Verwendung von hellem Sandstein an den Ecken und Erkern der roten Backsteinfassade. Der Baumeister schien außerdem eine Vorliebe für Spitzdächer gehabt zu haben, die gemauerten Pfosten des eisernen Gartentors hatten ebenso spitze Hüte aufgesetzt bekommen wie Gauben, Erker und der Vorbau des Haupthauses in jeweils passender Größe.

Jo stellte den Roller vor dem mannshohen Tor aus Eisenstreben ab und klingelte. Plötzlich kam ein nicht mehr ganz taufrischer, hüftlahmer Schäferhund gehumpelt, der sich unmittelbar hinter dem Tor aufbaute und tapfer bellte. Das arme Tier stank, wahrscheinlich aus dem Maul. Gleich darauf kam eine etwa fünfzigjährige Frau in einer blauen Kittelschürze aus dem Haus, die, schon während sie über den plattierten Seitenweg herbeieilte, schimpfte, Rolf solle sein Sabbermaul halten und sich zum Teufel scheren. Sie fasste den Hund, der nicht auf sie hörte, resolut an seinem breiten Lederhalsband, zerrte ihn zur Seite und öffnete das Tor mit einem fingerdicken Schlüssel ihres umfangreichen Schlüsselbunds.

Rolf regte sich weiter auf, daher hielt Jo ihm die rechte Hand hin, die die Frau beinahe geschüttelt hätte, wenn nicht der Hund schon zur Stelle gewesen wäre, um sie zu beschnüffeln.

»Ach, Sie kennen sich aus mit Hunden«, sagte die Frau und lachte. Sie war kräftig und groß, hatte ein offenes, gerade geschnittenes Gesicht. Ihr zu einem Pferdeschwanz gebundenes schwarzes Haar wurde von Silberfäden durchzogen.

»Ich hatte als Kind einen Hund«, erklärte Jo. »Einen Mischling.« Jo hatte ihn abgöttisch geliebt. Ingo war nicht größer als ein Pudel gewesen, aber bei Weitem nicht so friedlich, es steckte ein Terrier darin. Der Hund war knapp drei Jahre alt, als ihn ein Nachbar, der sich über sein fleißiges Bellen geärgert hatte, vermutlich vergiftet hatte.

Jo stellte sich vor. »Und Sie müssen Frau Dietzenburg sein.«

»Die bin ich.« Sie signalisierte ihm, dass sie bereits Bescheid wisse. »Dr. Schwittow hat vorhin seine Frau angerufen und Sie angekündigt, Herr Kommissar.«

Während die Haushälterin über den Weg an dem baumbestandenen Vorgarten vorbei zum Haus ging und Rolf nebenherhumpelte, musterte sie Jo ohne Scheu von der Seite.

»Sie sind aber jung für Ihr Alter. Hätte ich beinahe gesagt. Sind Sie wirklich schon Kommissar?«

»Man erkennt es an meinem stechenden Blick, Frau Dietzenburg.« Er hielt sich zwei Finger dicht vor die Augen. »Hat Ihnen Herr Schwittow ausrichten lassen, dass ich auch mit Ihnen kurz sprechen muss?«

»Ja, ja. Keine große Sache, hat er gemeint. Stimmt doch, oder?«

»Vermutlich ja.«

»Gut, ich bringe Sie aber zuerst zu Frau Schwittow. Ich bereite gerade in der Küche etwas für den Abend vor. Heute ist nämlich Schluss mit lustig, wie ich immer sage. Mein Mann, er hatte früher eine Kneipe in Spandau draußen, der würde Rausschmeißer dazu sagen.«

»Rausschmeißer?«

»Frau Schwittow hatte doch wieder eine Ausstellung. Nicht hier im Haus, sondern in Dahlem. Und heute Abend wird praktisch Abschied davon gefeiert.«

Offensichtlich meinte sie eine Finissage.

»Frau Schwittow ist Künstlerin, richtig?«

»Ja, ja.«

Sie erreichten den Seiteneingang des Hauses. Die Haushälterin wies Rolf an, draußen zu bleiben, und führte Jo durch einen langen Flur in eine Art Vorhalle, deren honiggelbes Licht durch ein großes Bleiglasfenster gefiltert wurde. Linker Hand stand eine doppelflügelige Tür nur einen Spaltbreit offen, so dass Jo nicht erkennen konnte, was für ein Raum sich dahinter verbarg, er vermutete aber das Wohnzimmer mit dem Erker, den er von der Straße aus gesehen hatte.

Rechts führte eine weit und elegant geschwungene Eichentreppe hinauf in den ersten Stock, vorbei an großformatigen Ölgemälden von einsamen Seenlandschaften in gedämpften Farben.

In dem Flur im ersten Stock wurde hinten eine Tür geöffnet, und eine schlanke junge Frau in einem schlichten roten Kleid trat heraus. Zugleich drangen klassische Klaviermusik und eine Sopranstimme an Jos Ohr.

Die Haushälterin blieb stehen und wies mit der Hand auf die Frau im roten Kleid, die Jo bereits entgegenblickte.

»Das ist sie. Gehen Sie nur. Sie finden mich unten in der Küche, wenn Sie mich noch brauchen.«

Jo ging ohne Hast weiter auf die Frau des Hauses zu. Je näher er kam, desto größer wurde seine Verwunderung. So jung hatte er sie sich nicht vorgestellt. Sie war Mitte bis Ende dreißig, gut zwanzig Jahre jünger als ihr Mann, gertenschlank und groß, hatte mittelblonde schulterlange Haare, sehr helle Haut und ein sorgenvolles Gesicht. Jo fragte sich spontan, ob es sich auf ihn oder die bevorstehende Veranstaltung bezog, von der die Haushälterin gesprochen hatte.

»Herr Sturm, nehme ich an?« Bei der Frage legte sich ihre Stirn noch mehr in Falten. Sie grüßte ihn mit einem Nicken und blieb kerzengerade vor ihm stehen.

Früher Ballettunterricht, dachte Jo. Die typische aufrechte Haltung als schönes Ergebnis davon.

Plötzlich stoppte die Musik in dem Zimmer, dessen Tür weit aufstand, und eine Frauenstimme rief: »Ingeborg, kannst du bitte noch mal kommen?«

Ingeborg Schwittow sah Jo kurz an und ging wortlos hinein. Da sie die Tür nicht hinter sich zuzog, folgte Jo ihr nach einigen Sekunden.

Er betrat einen großen hellen Raum mit knarzendem Parkettfußboden, dessen hohe Fenster einen Blick in den Garten hinter dem Haus erlaubten. Baumwipfel von Birken und Eichen, die vor dem blassblauen Himmel sanft im Wind schaukelten. Rundherum an den kalkweißen

Wänden hingen Ölgemälde, kleinformatiger als im Treppenaufgang, abstrakte, intensiv leuchtende Farben und Formen.

Rechter Hand schloss sich hinter einer Flügeltür ein weiterer Raum an. Ingeborg Schwittow ging auf zwei junge Frauen zu. Die eine, kräftig und brünett, in einem schwarzen, an den Ärmeln bunt abgesetzten Kleid, saß am Klavier. Die andere, rotblond, hochgewachsen, in einer weißen Bluse und einem ausladenden Rock, dessen Blumenmuster mit den Gemälden um die Wette strahlten, stand neben dem Klavier vor einem Notenständer.

Die drei Frauen sprachen leise miteinander, Jo konnte sie nicht verstehen.

Er sah sich weiter in dem Zimmer mit den abstrakten Gemälden um, in dem er sich befand. In der Ecke neben der Tür stand ein schmaler Tisch, auf dem ein Stapel kleiner Hochglanzprospekte lag. Er ging hinüber und warf einen Blick auf das zuoberst liegende Heft. Eines der Ölgemälde im Raum, das ihn an bunte Kieselsteine in Nahaufnahme erinnerte, leuchtete ihm als brillante Abbildung entgegen. Darüber der Name »Ingeborg Tarnat«. Unter dem Bildmotiv der Titel »Cinque terre. Werke 1953–1957«. Er wendete das Heft und las unten auf der Rückseite, in schlanker goldfarbener Schrift: »Unterstützt von der Henry S. Neill Jr.-Stiftung / Congress of Cultural Freedom CCF / Berlin Paris New York«. Hatte der CCF nicht auch das Kulturprogramm zur Eröffnung der Schwangeren Auster gestaltet? Jo meinte, sich vage daran erinnern zu können. Vor einigen Jahren, soviel wusste er, war der CCF mit viel Tamtam im Titania-Palast in Steglitz von Schriftstellern und Künstlern gegründet worden. Der RIAS hatte live übertragen, und Ernst Reuter, der inzwischen verstorbene Regierende, hatte das

Grußwort gesprochen. Aber was hatte Ingeborg Tarnats Malerei mit dem Verein zu tun?

Mit dem harten Klackern der Absätze ihrer Pumps kam die Künstlerin aus dem Nebenraum zurück und stellte sich wie eine Besucherin neben Jo, der den Prospekt noch in den Händen hielt.

»Die zwei jungen Damen kommen von der Klassik her, wie Sie unschwer hören konnten.« Sie wischte mit einer umgreifenden Geste ihre Haare zur Seite, die jedoch gleich wieder in ihre alte Position zurückfielen. »Aber ich will das nicht. Ich will freien Gesang und Atonales. Schönberg, Bartók, Strawinsky, Krenek, verstehen Sie?«

»Das Stück gefällt Ihnen nicht?«

»Nein. Nicht auf meiner Finissage.« Sie deutete auf das Heft in Jos Händen. »Möchten Sie eines mitnehmen?«

»Wenn ich darf.«

»Wissen Sie, die Finissage heute findet mehr aus Verlegenheit in diesen Räumen statt. Mein Galerist, Guy Dalembert, konnte es nicht mehr möglich machen, sie durchzuführen. Sie haben es sicher auch in der Zeitung gelesen, Dalembert ist kürzlich gestorben. An dieser seltsamen neuen Grippe.« Sie presste die Lippen aufeinander und ließ ein Seufzen hören. »Also machen wir es diesmal wieder in diesen alten Räumen. So wie früher.«

»Früher?«

»Als ich noch keine Galerie hatte, keine Unterstützung, nur mich und, nun ja, die Kunst eben.«

Im angrenzenden Raum begann ein neues Gesangsstück mit Klavierbegleitung, das für Jos Ohren an Atonalität nichts zu wünschen übrig ließ.

Jo sah sich demonstrativ um. »Das Ambiente hier ist aber auch nicht zu verachten.«

»Lässt aber nur eine sehr bescheidene Auswahl meiner neuen Arbeiten zu.«

»Ich meinte mehr das große Ganze. Ihre Villa.«

»Ach, verstehe. Sie haben recht, ein Glücksfall. Meine Großeltern haben schon in dem Haus gewohnt. Und da der Krieg es weitgehend verschont hat, profitiere ich heute davon. Andererseits muss auch eine Villa unterhalten werden. Sie ahnen nicht, was allein an Reparaturkosten jedes Jahr anfällt.«

»Ich werde daran denken, wenn ich meine erste Million gemacht habe.«

Sie lachte nicht darüber. Auf Jo wirkte sie überhaupt ziemlich humorlos, und wenn er in ihre matten bernsteinfarbenen Augen sah, so verströmten sie einen traurigen Glanz.

»Aber Sie sind natürlich nicht meinetwegen hergekommen, Herr Kommissar.«

Doch, schon auch, dachte Jo und beobachtete, wie sie ihre nackten Arme unter der Brust verschränkte, so dass sie ihre schmale goldene Armbanduhr im Blick hatte.

»Mein Mann sagte mir, Sie kämen wegen Freitagabend. Ich muss ehrlich sagen, es kommt mir doch ziemlich übertrieben vor, ihn so unter die Lupe zu nehmen. Nur weil er diesen amerikanischen Schriftsteller kannte. Und eine Journalistin sich für ihn interessiert haben soll. Das sind doch Alltagsdinge für ihn.«

»Weniger alltäglich ist, dass nun beide tot sind, der Schriftsteller und die Journalistin.« Jo sah ihr direkt in die Augen und versuchte, die Atonalität im Nebenraum zu ignorieren, die sogar noch lauter wurde. »Zunächst einmal geht es mir um den Dienstag letzter Woche, Frau Schwittow.«

»Dienstag?« Sie schaute ihn verständnislos an.

»Ihr Mann hatte an diesem Tag einen Termin mit Beringer, dem amerikanischen Schriftsteller.« Die Frage war ein Blindversuch.

»Ja. Er hat mir davon erzählt.«

Jos Puls schoss in die Höhe. »Ihr Mann hat sich also mit Beringer getroffen?«

»Nein, eben nicht. HaWe hat mir gesagt, der Termin sei geplatzt. Aus irgendwelchen Gründen, ich erinnere mich nicht.«

»HaWe?«

»Ich nenne ihn so.«

»Praktisch.« An KaDeWe hatte man sich ja auch gewöhnt. »Nun zu Freitag. Speziell Freitagabend.«

»Was wollen Sie denn wissen?«

»War Ihr Mann zu Hause? Hier in Ihrer Villa?«

»Den ganzen Abend. Ich schätze, gegen sieben ist er vom Verlag heimgekommen – und geblieben.«

»Wer war noch anwesend?«

»Ich und ab acht etwa Dr. Ratibor. Johann Ratibor, guter Freund von HaWe, die zwei kennen sich schon ewig.«

»Sie kennen Ratibor weniger gut?«

»Gott …« Sie blies ein wenig Luft durch die schmalen, braunrot geschminkten Lippen. »Mein Mann und ich haben vor gut zehn Jahren geheiratet, seitdem kenne ich auch Johann Ratibor. Aber er ist eben der Freund meines Mannes.« Sie lockerte ihre Arme, hielt nun die Hände vor den flachen Bauch und drehte mit einem Finger an ihrem Ehering.

»Verstehe. Frau Tarnat – Entschuldigung, Frau *Schwittow*!«

Sie schmunzelte ein wenig spöttisch über seinen Versprecher. Der kein Versprecher war. Dahinter steckte nur eine weitere Frage, die ihm durch den Kopf schoss, als sein Blick noch einmal auf die Titelseite des Prospekts in seiner Hand fiel. »Ist Tarnat Ihr Mädchenname?«

»Nein, Tarnat ist der Name meines ersten Mannes. Er

ist im Krieg gefallen, kurz nachdem wir geheiratet hatten. Ich benutze ihn heute als Künstlernamen.«

Jo blickte ihr wieder direkt in die Augen. »Sie drei, Frau Schwittow, Ihr Mann, Ratibor und Sie, waren also seit circa sieben, spätestens acht Uhr am Freitagabend hier im Haus zusammen und haben es auch zwischendurch nicht verlassen?«

Sie sah ihn plötzlich feindselig an. »Sagen Sie, Sie stellen Ihre Fragen auf eine Art … Verdächtigen Sie meinen Mann etwa wirklich, mit dieser schrecklichen Sache etwas zu tun zu haben, von der er mir erzählt hat?«

»Bitte, nehmen Sie das nicht persönlich, Frau Schwittow. Die Polizei verdächtigt zunächst jeden. Um dann die Unverdächtigen auszuschließen. Deshalb fragen wir.« Er legte den Kopf ein wenig schief, um sie an *seine* Frage zu erinnern.

»Wie ich schon sagte, wir waren zu dritt hier am Freitagabend. Es war etwa halb elf, als Johann ging, schätze ich. Elisabeth ist eine halbe Stunde später gegangen. Die Gute hat ihr Fahrrad um kurz nach elf zum Tor hinausgeschoben. Ich hatte noch auf die Uhr gesehen, weil Ingrid …«

»Ingrid?«

»Oh, ich …« Sie wurde plötzlich rot, der letzte Name war ihr offensichtlich unbeabsichtigt über die Lippen gerutscht. »Ingrid ist meine Tochter. Aus erster Ehe. Sie war um die Uhrzeit nicht … also noch nicht nach Hause gekommen.«

»Um elf?«

»Ja. Sie ist sechzehn und …« Sie stöhnte leicht auf. »Sie macht uns derzeit etwas Sorgen. Hat sich so einem … Rock-'n'-Roll-Club angeschlossen. Fährt dazu extra nach Charlottenburg und kommt dadurch oft erst sehr spät nach Hause. Mir gefällt das nicht. Und Hans Werner noch weniger.«

Ihr Tonfall hatte sich gründlich geändert, ihre Stimme klang deutlich unsicherer und brüchiger. Ein Schweißfilm hatte sich auf der Stirn dieser eleganten, schönen Frau gebildet. Aber sicher nicht wegen der beiden Musikerinnen nebenan. Die bestimmt alles gaben, um atonal zu klingen.

In Jos Kopf begann ein Rädchen zu surren. Was zum Teufel war auf einmal mit ihr los?

»War's das?«, sagte sie mit kieksender Stimme. »Ich würde mich dann gerne wieder um meine jungen Künstlerinnen kümmern, wenn ich darf.«

»Selbstverständlich. Vielen Dank.« Sie wandte sich schon halb von ihm ab, als er hinterherschob. »Wo befindet sich denn Ihre Küche? Ihre Haushaltshilfe sagte, ich würde sie dort finden. Dann kann ich das Kapitel schnell schließen.« Er zwang sich ein Lächeln ab.

»Kommen Sie, ich zeig's Ihnen rasch.«

Sie eilte voraus, mit schnellen Schritten durch den langen Flur, sichtlich froh, ihn gleich los zu sein.

An der Treppe blieb sie stehen und wies mit der Hand ins Erdgeschoss hinunter. »Gehen Sie denselben Weg zurück, den Sie gekommen sind. Unten links halten, den Flur entlang, zweitletzte Tür vor dem Seitenausgang links.«

Jo bedankte sich, und sie hastete bereits wieder zurück, als sein Blick auf die großformatigen Seenlandschaften in Öl fielen, die im Treppenhaus an der Wand hingen.

»Darf ich Sie noch etwas fragen, Frau Schwittow?«, rief er ihr hinterher. »Oder in diesem Fall sollte ich besser Frau Tarnat sagen.«

Wie aufs Stichwort blieb sie stehen und drehte sich noch einmal zu ihm um. »Was denn?«

»Diese Landschaftsbilder.« Er deutete vage mit der Hand darauf. »Haben Sie die ebenfalls gemalt?«

»Ja. Eine frühere, wirklich längst vergangene Phase.« Sie machte eine wegwerfende Handbewegung. »Ich arbeite nicht mehr so.«

»Sie meinen gegenständlich?«

»Ja.«

»Warum nicht?«

»Ach, das ist … im Grunde nicht zu erklären. Es kennzeichnet meine Entwicklung. Heute passt das nicht mehr zu mir. Abgesehen davon kriegen Sie so etwas auch nicht mehr verkauft. Nicht dort, wo ich ausstelle.«

»Und die Stiftung, die Sie unterstützt?« Jo hob das Heft in seiner Hand.

Sie lachte unvermittelt auf. »Nein. Neill unterstützt nur die Moderne. Abstraktes, wissen Sie. Aus Prinzip.«

»Dann hat sich Ihre Entwicklung ja bezahlt gemacht«, sagte Jo abschließend. »Vielen Dank. Alles Gute.«

Sie bedachte ihn mit einem irritierten Blick, wurde jedoch von dem plötzlichen Rückfall der Musikerinnen in die Klassik aufgeschreckt, kehrte Jo den schlanken Rücken zu und eilte zurück durch den Flur, als müsse sie einen Brand löschen.

×

Die Küche, die er kurz darauf betrat, war geräumig, hell, zugleich traditionell und modern ausgestattet. Zwei Fenster des nahezu quadratischen Raums gingen zum weitläufigen, leicht abfallenden Garten hinter dem Haus hinaus.

Es war tropisch warm in der Küche. Die Haushälterin hatte offenbar eben erst Gebäck aus dem Ofen geholt, sie stand an dem großen rechteckigen Tisch in der Mitte des Raums und nahm Laugengebäck von einem Backblech, das sie auf eine große ovale Porzellanschale legte.

Sie hatte Jos Klopfen an der offen stehenden Tür bemerkt, drehte sich halb zu ihm um und signalisierte ihm mit einem Lächeln, er möge sich auf den Stuhl am Kopfende des Tisches setzen. »Sie dürfen mir zusehen, Herr Kommissar.«

Jo erwiderte ihr Lächeln, blieb aber lieber stehen. Er warf einen Blick aus einem Fenster auf den gepflegten Rasen hinter dem Haus, der von den alten Bäumen gesäumt wurde, deren Wipfel er bereits vom Galerieraum im ersten Stock aus gesehen hatte.

Dann wandte er sich der Frau zu, die sich weiter um das Gebäck kümmerte. Er deutete mit dem Notizbuch darauf, das er wieder zur Hand genommen hatte. »Für die Rausschmeißer-Party heute Abend?«

Die Haushälterin lachte, sortierte die letzten Gebäckteilchen um und zog darauf ein zweites Blech aus dem Ofen, um ihre Arbeit zügig fortzusetzen.

Jo stellte ihr nun die gleiche Frage bezüglich des Freitagabends vergangener Woche wie Schwittows Frau. Und er war nicht überrascht, als sie deren Aussage, ohne lange überlegen zu müssen, bestätigte. Ja, das Ehepaar Schwittow und Dr. Ratibor hätten gegessen, dann bis halb elf ungefähr zusammengesessen, der Gast sei gefahren, sie habe anschließend noch das Geschirr weggeräumt und gegen elf das Haus verlassen.

Während die Haushälterin nun auch mit dem zweiten Blech rasch vorankam, routinierte Handgriffe einer Frau, die alles im Blick hatte, ließ Jo im Geiste rasch noch einmal das Gespräch mit ihrer Chefin Revue passieren. Ingeborg Schwittow hatte nicht nur die Aussage ihres Mannes pflichtgemäß bestätigt, sondern sich Jo gegenüber auch in jeder Hinsicht als souverän und selbstsicher präsentiert. Mit einer Ausnahme. Die er nicht vergessen hatte.

Er steckte sein Notizbuch ein, um der Haushälterin zu signalisieren, dass die Befragung bereits beendet sei, und machte einen Schritt zur Tür hin.

Dann sprach er sie erneut an. »Übrigens, was ist das eigentlich für eine Sache mit ihrer Tochter, die mir Frau Schwittow vorhin angedeutet hat?«

Die Haushälterin hielt inne und hob den Kopf. »Ingrid. Sie hat Ihnen von ihr erzählt?« Sie wirkte erstaunt.

»Frau Schwittow hat davon berichtet, dass ihre Tochter letzten Freitag erst spät nach Hause gekommen sei. Noch nicht zurückgekehrt von einem Rock-'n'-Roll-Club in Charlottenburg.«

»Ja, das stimmt.« Die Haushälterin wischte sich, etwas verlegen, wie Jo schien, ein paar Krümel von den Fingern. »Als ich gegangen bin, war Ingrid noch nicht zurück.« Sie seufzte. »Ich fürchte, ich bin ein wenig mit schuld daran, dass sie in letzter Zeit häufig in Charlottenburg ist. Wissen Sie, die Ingrid ist ganz vernarrt in diesen hübschen Jungen aus Amerika.«

»Elvis Presley?«

»Genau.« Sie lachte. »Ich hab ihr mal widersprochen und gesagt, dieser Elvis wäre ja nicht der Erste mit so einer schönen Locke über der Stirn. Die hätte er sich wohl eher bei Tony Curtis abgeschaut, Sie wissen schon, der Schauspieler. Der wäre ja mehr nach meiner Kragenweite. Da hätten Sie die Ingrid mal erleben sollen, wie sauer die auf mich war. Sie kann furchtbar wütend werden. Ich glaube, die Eltern haben sogar früher schon mit Dr. Ratibor darüber gesprochen, ich habe so was läuten hören. Jedenfalls, um das mit ihrem Elvis wiedergutzumachen, habe ich ihr von Karlheinz erzählt, meinem Neffen. Der ist nämlich auch so ein Ruck'n'Roller vor dem Herrn, kann ich Ihnen sagen. Der Kalle, habe ich zu

Ingrid gesagt, geht zum Tanzen immer in einen Club in Charlottenburg. Hot Stompers Club heißt er, glaube ich, jedenfalls Knobelsdorffstraße. Das ist eigentlich richtiger Sport, sagt meine Schwester, also Kalles Mutter. Das ist Tanzsport, sagt sie, richtig anstrengend. Die üben in dem Club sogar für Meisterschaften. Alles ganz gesittet, sagt meine Schwester.«

»Klingt, als hätten andere Zweifel daran.«

»Na, Sie kennen ja sicher das Gerede von den Halbstarken. Die jungen Leute in ihren Lederjacken würden nur Krach schlagen und alles kaputt machen. Zu solchen Leuten sage ich immer, gegen den Krach, den die Hitlerleute früher geschlagen haben, sind die Halbstarken Gentlemen. Und für die kaputten Häuser und Brücken in Berlin sind sie auch nicht verantwortlich. Dann sind die Leute still.«

Sie nahm die Porzellanschale mit dem Laugengebäck und stellte sie auf die Anrichte, legte die beiden Backbleche in die Spüle.

»Die Schwittows sehen es nicht gern, wenn ihre Tochter sich in dem Club aufhält? Mit Halbstarken?«

»Sie finden es etwas vulgär, wenn Ingrid mit Jeans und Pferdeschwanz herumläuft, Kaugummi kaut und so etwas. Zum Glück hat sie nicht verraten, dass sie den Tipp von mir hat. Außerdem bringt der Kalle sie immer bis zum Gartentor zurück.«

»Auch letzten Freitag?«

»Da müssen Sie ihn schon selber fragen. Hab ihn länger nicht gesehen.« Sie wirkte plötzlich, als wüsste sie auf einmal nicht mehr, wie viel sie zu dem Thema sagen dürfe.

Jo machte einen Schritt auf sie zu. »Frau Dietzenburg, wo ist Ingrid jetzt? Was ist mit ihr? Ist sie Freitagnacht vielleicht gar nicht nach Hause gekommen?«

»Doch, natürlich. Ich war Sonnabend ja wieder im Haus, da habe ich sie gesehen. Nur …«

Er sah sie ernst an. »Ich muss das wissen, Frau Dietzenburg.« Um das zu unterstreichen, zog er sein Notizbuch wieder aus der Manteltasche und schlug es auf. »Was war am Sonnabend? Was haben Sie beobachtet?«

»Es hatte am Vormittag anscheinend mächtig Ärger wegen Ingrid gegeben. Frau Schwittow sagte mir nur, sie und ihr Mann hätten Ingrid verboten, weiter in den Club zu gehen. Und da hätte Ingrid einen hysterischen Anfall gekriegt. Deshalb hätten sie, also Frau Schwittow und ihr Mann, den Dr. Ratibor um Hilfe gebeten. Der war dann auch gleich gekommen, um sie zu beruhigen.«

»Und ist ihm das gelungen?«

»Ja. Er hatte ihr wohl ein Beruhigungsmittel gegeben. Als ich kam, war Ingrid schon wieder ganz friedlich. Aber er hat sie dann zur Sicherheit mit in die Klinik genommen. Den Eltern war das ganz recht, ich glaube, sie hatten Angst vor Ingrids nächstem Wutanfall.«

»Das war am Sonnabend. Und wo ist Ingrid jetzt?«

»Noch in Dr. Ratibors Klinik, sagt Frau Schwittow. Zur Beobachtung, heißt es. Und in der Schule verpasst sie ja nichts, meint Herr Schwittow. Die ist sowieso noch geschlossen. Wegen der Grippewelle.«

Jo bedankte sich bei ihr und verabschiedete sich. »Ich finde allein hinaus.«

Im Hof, gleich hinter der Eingangstür, begegnete er wieder Rolf, dem hüftlahmen Schäferhund, der ihn freundlicherweise noch humpelnd bis zum Tor begleitete. Jo bedankte sich bei ihm für seine Freundlichkeit mit einem leichten Klaps auf die Schultern.

×

Auf dem Nachhauseweg fiel Jo Schuchardts Bemerkung über Granzows Sohn ein, der vor einigen Jahren wegen seiner Angstanfälle von Ratibor behandelt worden sei. Leider wäre Granzow der Letzte, den er zu der Behandlung durch den Wunderdoktor fragen konnte. Zudem hätte Jo ihm gestehen müssen, dass er derzeit nicht mal begründen könnte, warum er diese Frage stellte, noch wohin sie führen sollte. Ähnlich wie Schuchardt konnte sich Jo nur schwer einen Arzt als Todesschützen vorstellen. Und in der Tat wäre es Ratibor nach den Aussagen, die er jetzt gesammelt hatte, allenfalls theoretisch möglich gewesen, in der halben Stunde zwischen halb elf und elf in der Nacht vom Grunewald bis zum Tiergarten zu rasen, um dort Beringer abzupassen und ihn zu erschießen.

Und doch gab es ein Ereignis, das einen dunklen Schatten auf die scheinbare Idylle im Hause Schwittow warf. Ratibor spielte dabei eine Hauptrolle: Schwittows Stieftochter hatte einen »hysterischen« Wutanfall bekommen. Und zwar an dem Vormittag nach Beringers Ermordung und Katja Zerns Verschwinden. Unmittelbar nach dem Abend, an dem die Schwittows noch bis gegen halb elf mit Ratibor die Köpfe zusammengesteckt hatten. Der Arzt war gleich am folgenden Tag wieder erschienen, um die Schwittow-Tochter zu behandeln, so dass sie ihm wie ein frommes Lamm in seine Klinik gefolgt war. Seitdem war sie zu Hause nicht mehr gesehen worden.

Den Rest der Fahrt auf seinem Roller musste Jo sich auf den Verkehr konzentrieren, der nun lebhafter und lauter wurde, je näher er dem Zentrum kam. Freitagnachmittag. In Berlin herrschte vorgezogener Feierabendverkehr.

Zurück im Präsidium wollte er im Foyer bereits an Hoyer vorbeieilen, als der ihn anrief: »Herr Sturm! Hallo! Warten Sie bitte!«

»Was gibt's denn?«

»Sie möchten als Erstes bitte mal zu Frau Spohn gehen.«

»Warum?«

Hoyer senkte den Kopf und machte eine unbestimmte Handbewegung. »Na, gehen Sie mal hin zu sie.« Hoyer hatte mitunter seine eigene Grammatik, besonders wenn ihn etwas sehr bewegte oder aufregte. »Se hat Sie was zu sagen.«

»In Ordnung, danke.« Jo sprintete die Treppe hoch bis zur Dritten, klopfte an Lene Spohns Bürotür und trat ein.

»Jo, gut, dass du vorbeikommst.« Sie sah ihn todernst an.

»Hoyer hat mich zu dir geschickt. Was ist denn los? Jemand gestorben?«

»Wondrasch.«

»Wondrasch? Nicht dein Ernst.«

»Sehe ich aus, als würde ich einen Witz machen, Jo?«

Nein, so sah sie allerdings nicht aus. Im Gegenteil.

Sie stand leise seufzend auf und schob ihm einen Stuhl hin. »Setz dich erst mal.«

Er gehorchte, und sie zog ihre Schreibtischschublade auf, um ihm eine Zigarette anzubieten. Sie gab ihm sogar Feuer, und er begann, mechanisch zu rauchen. Die Lux schmeckte scheußlich.

»Der Wondrasch hatte doch nur eine Grippe, oder nicht?«

»Was heißt, *nur*? Die normale Grippe kann dich schon umhauen. Und Wondrasch hatte die Asiatische. Hab neulich in der Zeitung von einem Experten gelesen, der schätzt, dass diesen Winter noch Zehntausende daran sterben könnten. Wenn man Ost- und Westdeutschland zusammenrechnet.«

»Und jetzt hat es Wondrasch erwischt?«

»Muss plötzlich rasend schnell mit ihm gegangen sein. Luftnot, Krankenhaus, Intensivstation, Ende. Die arme Frau Wondrasch ist ja selbst noch krank. Hoffentlich übersteht sie das alles.«

Jo drückte die Lux im Aschenbecher aus. Wondrasch. Ein Vorgesetzter, der ohnehin häufig wie ein Phantom gewirkt hatte. Und gerade dadurch Freiräume gewährt hatte, die Jo zu nutzen gewusst hatte.

»Wenn Wondrasch tot ist …« Es fühlte sich seltsam unwirklich an, was er da sagte, so dass er die Worte wiederholen musste: »Wenn Wondrasch tot ist, wie geht es denn jetzt weiter? Mit uns hier? In der Dritten?«

Lene verzog das Gesicht. »Keine Ahnung. Die Chefs werden sich was ausdenken. Fragt sich nur, wie lange sie dazu brauchen.«

»Und in der Zwischenzeit?« Er kannte die Antwort. »Macht jeder seins.«

»Wie auch anders?« Lene stützte, wie es viele Frauen beim Rauchen taten, einen Ellbogen mit der Faust der anderen Hand und blies nachdenklich eine graue Rauchfahne in die Luft.

Jo sah ihr eine Weile stumm dabei zu. Dann fragte er: »Du hast mir doch neulich den Fall des verliebten jungen Paars erspart und ihn Ilse Bonneur zugewiesen.«

»Romeo und Julia.«

»Weißt du, was daraus geworden ist? Hat Ilse dich informiert?«

»Warum sollte sie?« Sie stutzte auf einmal, kniff die Augen zusammen und sah ihn wie durch Schießscharten an. »Wieso interessiert dich das auf einmal?«

»Bin ein alter Shakespeare-Fan.«

»Erstens bist du jung und zweitens kein Shakespeare-Fan, möchte ich wetten.«

»Wenn es um Romeo und Julia geht, schon.«

Sie zog nur eine Braue hoch und drückte ihre Zigarette nun ebenfalls im Aschenbecher aus.

»Wir sehen uns, Lene.« Er stand auf, schob den Stuhl zurück an seinen Platz und verließ ihr Büro.

In seinem Zimmer schaltete er nicht als erstes Peggie ein, sondern griff zum Telefon und wählte Ilses Nummer bei der Weiblichen.

»Bonneur.«

»Hallo, Ilse. Jo hier.«

Stille. Dann: »Was willst du?«

»Frieden, Ilse. Und ein bisschen Freundschaft zwischen uns wäre auch nicht schlecht.«

Er hörte sie aufstöhnen. »Jo. Ich weiß wirklich nicht, was du von mir willst.«

»Habe ich doch eben gesagt. Können wir nicht …?«

»Frieden ja, Freundschaft nein. Nicht nach dem, was wir miteinander hatten.« Und jetzt nicht mehr haben, sagte ihre anschließende Pause vorwurfsvoll. »Es war schön mit dir … und so. Aber ich bin zu alt, um mich auf so etwas Unverbindliches einzulassen.«

»Du bist neunundzwanzig, Ilse.«

»Dreißig. Seit zwei Tagen.«

»Du hattest Geburtstag? Das …«

»Schon gut. War das alles, Jo?«

Es sah endgültig danach aus. »Ich rufe außerdem wegen des jungen Liebespaars an, das verschwunden ist«, fuhr er zögerlich fort. »Gibt es Neues dazu? Sollten wir gemeinsam tätig werden?«

»Ah, gemeinsam tätig werden, ja? Von daher weht der Wind.«

»Ilse.«

»Na gut. Sie sind nach Hause zurückgekehrt. Das Geld ist ihnen ausgegangen. Das Übliche. Ich prüfe im Nachgang noch die Rolle des Jungen. Ob er übergriffig gegenüber der Kleinen war. Ihre Eltern behaupten, sie hätte blaue Flecken am Körper. Ich warte aber noch das medizinische Gutachten dazu ab.«

»Verstehe. Dann brauchst du mich nicht dabei.«

»Nein.«

Er gab sich einen Ruck. »Aber ich dich, Ilse. Bei einer anderen Sache.«

»Wie? Was für eine andere Sache?«

»Kann ich dir etwas anvertrauen, Ilse?«

»Werd's nicht gleich ausplaudern. Meine Kollegin ist schon im Feierabend.«

Das Tête-à-Tête von Ilses zwischenzeitlichem Verehrer und ihrer blonden Kollegin Stolze sprach er lieber nicht an; am Ende hielt sie es noch für ein Manöver seinerseits.

»Ich meine es ernst, Ilse.«

Er hörte sie heftig durchatmen. »Na schön. Worum geht's?«

Er berichtete ihr nun in knappen Worten von Ingrid Schwittows angeblich hysterischem Verhalten und ihrem Verschwinden in Ratibors Nervenklinik. »Ich habe das Gefühl, da stimmt etwas nicht.«

Er ersparte ihr allerdings die Vorgeschichte, die ihn zu diesem Verdacht geführt hatte. Denn dann hätte er ihr gestehen müssen, dass er mehr oder minder auf eigene Faust ermittelte. Noch dazu im Blindflug, ohne klare Hypothese, mit Indizien, deren Zusammenhänge er nicht begriff.

»Ich rekapituliere mal, Jo«, sagte Ilse tonlos: »Die Kleine hat offenbar schon früher Auffälligkeiten gezeigt. Wutanfälle, Ausraster selbst gegenüber der Haushälterin. Dann bleibt sie letzten Freitag bis in die Puppen von zu Hause weg, wird später hysterisch, weil die Eltern ihr, nicht ganz unberechtigt, wenn du mich fragst, den Halbstarken-Club verbieten. Der Arzt der Familie, also nicht irgendeiner, kommt, schafft es, sie zu beruhigen, und nimmt sie mit Einwilligung der Eltern in seine Klinik auf. Und sie, die Kleine, geht ganz brav mit ihm. Wo soll da ein Zwang herrschen?«

»Ich nehme an, der Arzt hat ihr ein Mittel gegeben, das ihr quasi innerlich Fesseln anlegt.«

»So ein Mittel gibt es nicht, Jo. Und selbst wenn, er ist der Arzt, sogar vom Fach, Nervenarzt, wie du sagst. Die Kleine ist minderjährig, die Eltern sind mit der ärztlichen Beobachtung in der Klinik einverstanden. Alles in Ordnung, aus meiner Sicht. Und das würde dir jede Kollegin hier in der Abteilung bestätigen.« Sie schwieg ein paar Sekunden und fragte: »Was willst du in dem Fall eigentlich erreichen, Jo?«

»Ich muss mit dem Mädchen reden.«

»Und worüber?«

»Lange Geschichte, Ilse.«

»Jo. Du solltest nicht …«

Er wünschte ihr schmallippig ein schönes Wochenende und legte auf.

Der Bruch mit Ilse war endgültig.

Aber was Ingrid Schwittow betraf, war das letzte Wort noch nicht gesprochen.

Er schlug im Telefonbuch Dr. Ratibor nach und fand ihn unter dem Namen seiner Klinik: »Lebensbrunn«. Eine etwas unglückliche Wortwahl, schien Jo. Sie erinnerte ihn unwillkürlich an den »Lebensborn«, mit dem die Nazis hofften, »Arier« wie Karnickel züchten zu können.

»Lebensbrunn-Klinik, Schwester Reinhild, guten Tag.« Eine ältere weibliche Stimme.

»Sturm, guten Tag. Ich würde gern Dr. Ratibor sprechen.«

»Dr. Ratibor ist momentan leider noch auf der Station beschäftigt. Mögen Sie morgen Vormittag wieder anrufen, Herr Sturm? Nein, Entschuldigung, ich sehe gerade, morgen früh hat der Doktor einen Außentermin. Am besten rufen Sie morgen gegen Mittag noch mal an. Aber vielleicht kann ich Ihnen bereits helfen? Geht es um Sie selbst oder einen Angehörigen?«

»Wie?«

»Der Grund, warum Sie den Doktor sprechen möchten? Damit er weiß, worum es geht.«

»Nicht nötig, vielen Dank. Ich melde mich dann.«

Er legte auf und überlegte, wie er in diesem Punkt weitermachen sollte, kam jedoch zu keinem Ergebnis. Dann rief er das amerikanische Headquarter an.

Es brauchte ein paar Schaltungen mehr als üblich, ehe man Frank Stewart aufgetrieben hatte. In Helens Büro.

»Hi, Jo! Schön, dass du Sehnsucht nach mir hast.« Helens glockenhelle Stimme perlte an sein Ohr. Im Hintergrund waren Rockabilly-Musik und eine Menge weiterer Stimmen zu hören. Die Stimmung klang laut und lustig. »Jo, wir feiern ein kleine Party bei mir. Willst du nicht rüberkommen?«

»Danke, Helen, liebend gerne, wenn ich Zeit hätte.«

»Ach, ihr Krauts. Nie habt ihr Zeit. Außer zum Arbeiten. Willst du wirklich nicht, Honey?«, versuchte sie es erneut in einem gespielt maulenden Tonfall. »Ich kann alle anderen wegschicken. Oder noch besser, die anderen bleiben da, und wir beide gehen weg. Oder wir treffen uns gleich bei mir und …«

Sie hatte deutlich mehr als ein, zwei scharfe Drinks intus.

»Helen, ich muss dringend Frank sprechen.«

»Okay. – Frank, Jo am Apparat!«, brüllte sie ohne Übergang, ein Anschlag auf sein Trommelfell.

Zwei Sekunden verstrichen, dann hörte er Franks Stimme in der Leitung: »Hi, Jo! Willst du nicht rüberkommen, wir …«

»Danke, Frank. Aber im Moment geht es nicht. Ich …« Die Musik legte plötzlich zu, dass es im Hörer dröhnte. »Sag mal, verstehst du mich überhaupt?«

»Moment, ich geh nach nebenan. Mal sehen, ob die Schnur reicht. Okay so?«

Die Musik war nun deutlich im Hintergrund. »Okay, Frank, danke.«

»Worum geht's, Jo?«

»Was weißt du über den CCF, Frank, Congress of Cultural Freedom?«

»*What*? CCF? Was willst du denn von denen, Jo?«

»Pure Neugier.«

Frank lachte. »Okay, mate. Ich fürchte nur, ich muss dich enttäuschen. Der CCF ist ein ziemlich langweiliger Verein. Kulturförderung. Bei dem Thema würde sogar unser Geheimdienst einschlafen, selbst wenn er uns gerade abhören sollte.«

»Der CCF ist in Berlin gegründet worden, erinnere ich mich. Aber ihr, die Amis, steckt auch mit drin, oder?«

»Der CCF ist international, Jo. Aber eben nicht ›die Internationale‹. Im Gegenteil. Er fördert freie Kunst. Quasi als Statement gegen die Kunst im Osten. Du weißt schon, diese ganze grässliche Propagandasuppe, die die Kommis ihren Leuten ständig vorsetzen.«

Jo lachte. Er dachte an das plumpe Werbeplakat für den »Tag der Aktivisten« nahe der Jannowitzbrücke, das ihm erst gestern in Ostberlin, auf dem Weg zur U-Bahn, aufgefallen war. »Aber ›international‹, Frank? Wo ist der CCF sonst noch aktiv außer in Deutschland und Amerika?«

»Ich schätze, überall auf der Welt. Seinen Hauptsitz

hat er, wenn ich mich nicht täusche, in …« Er brach plötzlich ab.

»Alles okay, Frank?«

»Du arbeitest weiter an dem Fall, Jo, richtig?« Frank raunte plötzlich in den Hörer.

»Du wolltest deinen Satz zu Ende führen, Frank. Der Hauptsitz des CCF – ist wo?«

»Paris.«

Jo stutzte. »Und arbeitet der CCF zufällig mit Stiftungen zusammen, Frank?«

»Sicher. Mit den allergrößten, Ford Foundation, Rockefeller, diese Kategorie, und sicher auch mit etlichen kleineren Stiftungen. Steuern sind verhasst bei uns in den Staaten, Stiftungen beliebt. Etwas verkürzt vielleicht, aber in der Tendenz sicher richtig.«

Im Hintergrund hörte Jo den Rock'n' Roll als rhythmisches Stampfen und das fröhliche Geplapper der Partygäste.

»Wieso fragst du? Du denkst doch nicht, dass der CCF etwas … mit deinem Fall zu tun hat?«

Jo stieß einen Seufzer aus. »Ehrlich gesagt, ich weiß es nicht. Keine Ahnung, was hinter all dem steckt.« Nur *dass* etwas dahintersteckte, das spürte er einfach. Es gab diesen Punkt, wo scheinbare Zufälle keine mehr waren.

Zu diesem vollkommen unüberschaubaren Puzzle zählte auch Julia Range.

Jo fragte Frank nach ihrer »gemeinsamen Bekannten«.

»Nicht wieder aufgetaucht. Keine Spur von ihr.«

»Verstehe. Danke, Frank. Viel Spaß noch. Und küss Helen für mich.«

»Take care, Jo.«

Sie legten auf.

Jo schaltete das Radio ein und steckte sich eine Zigarette an. Er ging zum Fenster und blickte hinaus in den dunstigen, graublauen Himmel, gefiltert durch den dunstigen graublauen Rauch, den er genüsslich ausstieß. Er fühlte, er war dicht daran, die Lösung zu finden. Und vielleicht ebenso nahe daran, seinen Job zu verlieren, wenn er weitermachte.

Er rauchte die Zigarette zu Ende und erstickte den Stummel im Aschenbecher. Dann nahm er sein Notizbuch zur Hand, schlug den Stadtplan auf und suchte die Adresse des Hot Stompers Clubs auf der Karte. Das Abendprogramm stand damit fest.

Er fuhr nach Hause, ohne sich bei Lene abzumelden. Wondrasch war tot, es war Freitagnachmittag, bis Montag würde die Schockstarre im Haus darüber anhalten. Vorher würde niemand wissen wollen, was er tat oder ließ.

×

Seine Vermieterin kam ihm auf der Treppe mit einer großen Einkaufstasche entgegen. Sie fragte Jo nach irgendwelchen Wünschen für die nächsten Tage.

Ihm fiel nichts ein.

»Ich suche auch noch nach einem passenden Geschenk für Werner. Hab leider seinen Geburtstag vergessen«, schob sie mit einem verschwörerischen Lächeln nach.

»Einen neuen Rasierer.«

»Aber er hat doch einen. Den Nassrasierer, im Bad. Für mich sieht der noch ziemlich neu aus.«

»Ist er auch. Ich muss es wissen, es ist nämlich meiner.«

Sie wurde rot. Er sah ihr an, dass sie ihn entweder nicht oder nur zu gut verstand.

»Kaufen Sie ihm einen elektrischen Rasierapparat, Frau Küpper. Das freut den Herrn.«

Ihr Gesicht hellte sich auf. »Gute Idee, Herr Sturm. Danke. Bis später.«

In der Wohnung tanzte Helga mit einer Hand an der Türklinke zu der neusten Platte von Peter Kraus. Für Jo hörte sich »Susi Rock« an, als hätten sie die Aufnahme in Blech statt in Vinyl geritzt. Die Fähigkeit der deutschen Elvis-Kopie, das R so bayrisch-derb zu rollen, war aber fast schon wieder originell.

Er hängte seinen Mantel auf, ging in die Küche, brühte sich einen Kaffee auf, rauchte dazu und blätterte in der Zeitung, die auf dem Tisch lag. Auf Seite drei wurde sehr ausführlich das Für und Wider von Adenauers Plänen zur atomaren Bewaffnung der Bundeswehr dargestellt. Physiker wie Hahn oder Heisenberg warnten vor den Gefahren, Adenauer attestierte ihnen mehr oder minder, sie hätten vielleicht Ahnung von Atomphysik, verstünden aber nichts von Politik. Er kam allen Ernstes zu dem Schluss, die Wissenschaftler überschritten ihre Kompetenzen, wenn sie nicht nur lehrten, wie eine Atombombe funktionierte, sondern eben deshalb davon abrieten, sie zu stationieren oder einzusetzen. Wer sich von Altnazis beraten ließ wie der alte Kanzler in Bonn, musste wahrscheinlich zu solchen Schlüssen kommen.

Jo ging zurück in sein Zimmer, legte sich auf die Couch und nickte trotz Peter Kraus' R und Helgas polterndem Türklinkentanz ein.

Es war bereits dunkel, als er wach wurde. Es war still in der Wohnung. Helga war anscheinend gegangen, ihre Mutter noch nicht zurück von ihren Einkaufsausflügen oder schon wieder fort, er hatte nichts davon mitbekommen. Seine Armbanduhr zeigte halb sieben. Er ging ins Bad, machte sich frisch, zog sich in seinem Zimmer um und machte sich auf den Weg.

×

Der Clubraum befand sich, wie sich herausstellte, in dem kleinen Tanzsaal einer Kneipe in der Charlottenburger Schlossstraße. Der Zugang führte durch den verrauchten, ranzig riechenden Schankraum der Kneipe. Der Wirt war ein kleiner dünner Mann mit freundlichen Augen, die nicht zu der trüben Spelunke passen wollten, hinter deren Theke er stand. In seinem Mundwinkel bewegte er einen kalten Zigarrenstummel hin und her. Drei Gäste, Männer in ihren Dreißigern, Vierzigern, tranken schweigend ihr Bier an der Theke und stierten auf das Thermometer des Coca-Cola-Plakats gegenüber. Wahrscheinlich war ihnen ebenso »Dideldadeldum« wie Bully Buhlan, dessen Schlager aus der Musikbox tröpfelte. Doch der Schlagerbarde konnte nicht einmal den einsamen Kanarienvogel erheitern, der in seinem tristen, an der Wand aufgehängten Bauer mechanisch seinen Schnabel am Kalkstein wetzte. An einem runden Tisch saßen drei weitere Männer, eher schon im Rentenalter, die Skat spielten. Über ihnen hing ein Fernsehgerät, in dem stumm die Nachrichten verlesen wurden, der Ton war abgeschaltet.

Jo zeigte dem Wirt seinen Ausweis und erkundigte sich nach dem Hot Stompers Club.

Der Mann erschrak sichtlich und zog seinen kalten Zigarrenstummel aus dem Mund. »Hat alles seine Ordnung, Herr Kriminal…« Eigentlich habe der Tanzsaal über den Hof einen eigenen Eingang. »Die jungen Leute kommen nur durch meine Kneipe jeschlufft, weil der Tordurchjang nach achte verschlossen ist.«

Jo beruhigte ihn, dass Jugendschutz nicht sein Ressort sei. »Ich suche nach einem Karlheinz oder Kalle.«

»Hat er wat ausjefressen?«

»Nein, nein, der Junge hat nichts verbrochen. Es geht mir nur um eine Auskunft.«

Der Tanzsaal befinde sich am Ende des Flurs. »Gleich hinter de' Tolletten.«

An der Toiletten- ebenso wie an der stählernen Tür zum Clubraum am Ende des schlauchartigen, kaum beleuchteten Flurs prangte in großen Buchstaben die Aufforderung: »Stoßen!«. Und wirklich konnte Jo die Stahltür mit dem klobigen Knauf nur mit einem kräftigen Stoß öffnen.

Ein vielleicht dreißig Quadratmeter großer Raum. Mit funzeligem Licht von Hängelampen, die wie umgedrehte Blumenkästen mit Werbebanderolen für Mampe Berlin von der Decke hingen. Entlang der Wände ein paar Tische und Stühle, in der Ecke eine Jukebox. Die jedoch still blieb. Die Hot Stompers bevorzugten offenbar ihren eigenen Plattenspieler, den sie mitsamt Lautsprecher auf einem Tisch in der gegenüberliegenden Ecke aufgestellt hatten. Daneben standen halb volle Cola- und Bierflaschen.

Es lief Chuck Berrys »Too Much Monkey Business«. Die scheppernde Tonqualität hinderte die Stompers nicht daran, sich in einem Halbkreis aufzustellen und im Rhythmus zu klatschen. Ein gutes Dutzend Jugendliche zwischen fünfzehn und achtzehn. Die Jungs in Jeans oder Lederhosen und Nietenhemden, die Mädchen in knielangen Röcken und einfachen, meist ärmellosen Kleidern; Petticoats und Pferdeschwänze trug keine von ihnen, stattdessen kurze schlichte oder schulterlange Haare, teils mit Wasserwelle, wie es aussah.

Zu Chuck Berry tanzte das siebte Paar, als ginge es um sein Leben. Der Junge mit dem schwarzen Rockabilly-Haar, durch Brick oder Margarine in Form gebracht, hielt sein Mädchen, eine hochgewachsene Blonde mit roter Spange im wirbelnden Haar, mit einer Hand fest. Er zog sie vor und zurück durch seine geöffneten Beine, warf sie sich über die Schulter. Und ließ dann mit sich, abgesehen vom Schulterwurf, beinahe das Gleiche machen.

Manche der Jugendlichen warfen Jo einen interessierten Blick zu, doch der Tanz wurde seinetwegen nicht unterbrochen, solange Chuck Berry sang. Bis zum letzten Gitarrenriff feuerten sie das tanzende Paar durch Klatschen und Rufen an. Auch Jo zuckte ein wenig mit den Hüften, was ihm den einen oder anderen anerkennenden Blick der verstohlen schauenden Mädchen einbrachte.

Als die Musik endete, bekam das Paar johlenden Beifall, man verzog sich zu den Getränken auf dem Tisch neben dem Plattenspieler. Ein breitschultriger Junge in schwarzer Lederhose und blauem Nietenhemd nahm sich eines der Biere, drehte sich zu Jo um und sah ihn herausfordernd an.

Jo ging auf ihn zu und lächelte in die Runde. »'n Abend. Ich bin Jo Sturm. Bitte erschreckt nicht, wenn ich sage, dass ich von der Polizei bin. Kriminalpolizei, um genau zu sein.«

Die Jugendlichen schauten zuerst ihn erstaunt, dann sich selbst eher belustigt an.

»Ich würde gerne Karlheinz – Kalle – sprechen. Es geht mir nur um eine Auskunft. Die aber für mich sehr wichtig ist.« Er schaute fragend in die jungen Gesichter. Vor fünfzehn Jahren war er selbst so alt gewesen wie sie. Das war mitten im Krieg, und mit Richard zusammen verbrachte er so viel Zeit wie möglich im Groschenkeller in der Kantstraße. Dort wurde nur verbotene Musik gespielt, Jazz. Coco Schumann trat dort auf, Teddy Staufer und Helmut Zacharias, als der noch ganz unbekannt war und keine Schnulzen geigte wie heute. Doch sobald sich Typen zeigten, die schon von Weitem nach Nazi stanken, wurde umgeschwenkt auf strammdeutsche Marschmusik und Schnulzen.

Inzwischen blickten alle in der Gruppe auf einen schmächtigen Jungen mit dunklen Haaren. Der hob genervt seine Colaflasche. »Ich bin Kalle. Meinen Sie mich?«

»Wenn deine Tante Elisabeth heißt und bei den Schwittows arbeitet?«

Der Junge starrte ihn sekundenlang wie versteinert an.

Jo bat den Jungen, sich mit ihm an einen der vorderen Tische zu setzen, weg vom Plattenspieler. Denn die Tanzpause war bereits beendet, und Chuck Berrys Platte kam zu seiner B-Seite, »Brown Eyed Handsome Man«.

Jo musterte den Jungen mit einem freundlich interessierten Blick. »Ich würde dich gerne etwas zu Ingrid Schwittow fragen, Kalle.«

Der Junge verzog das Gesicht. »Schwittow? Ingrid heißt nicht Schwittow. Sie heißt Tarnat.« Er blickte Jo misstrauisch an. »Sind Sie auch wirklich von der Polizei?«

»Entschuldige, hab die Namen durcheinandergebracht.« Nein, er hätte das vorher genauer ermitteln müssen, Herrgott! Das Mädchen trug also den Namen des leiblichen Vaters.

Er zeigte Kalle seinen Dienstausweis und zusätzlich seine Marke. Der Junge betrachtete sie interessiert. »Darf ich mal anfassen?«

»Nur zu.«

Kalle befingerte die Marke wie ein gewiefter Münzhändler, der sich kaum zurückhalten konnte, die Echtheit des Stücks auch noch mit den Zähnen zu prüfen.

Jo wiederholte seine Frage.

Kalle sah ihn jetzt besorgt an. »Ist irgendwas mit Ingrid? Hat sie was … angestellt oder so? Ich meine, weil sie doch zu Hause eingesperrt wird.«

»Wer behauptet, Ingrid würde zu Hause eingesperrt, Kalle? Deine Tante?«

»Nee, mit Tante Lisabeth habe ich schon länger nicht gesprochen. Sie hat ja kein Telefon. Wir schon, also meine Eltern. Ich hab mit Ingrids Mutter telefoniert. Vorgestern noch. Wollte wissen, ob sie heute wieder zum Club kommt. Sie sagte, Ingrid kommt auf keinen Fall. Sie hätte Hausarrest. Angeblich, weil sie letzten Freitag schon wieder so lange weggeblieben wär.«

»Und stimmt das?«

Der Junge zuckte die schmalen Schultern. »Wir waren nicht später als sonst. Ich hab sie noch bis vors Tor gebracht. Wie immer. Und im Haus brannte noch volle Pulle Licht bei Schwittows.«

»Verstehe. Um welche Uhrzeit war das? Kannst du dich erinnern?«

»Klar. Ingrid hat noch auf ihre Armbanduhr geguckt, bevor sie das Tor aufgeschlossen hat und reingegangen ist. Von wegen Ärger kriegen. Es war aber noch nicht mal halb zwölf. Und ihre Eltern wissen, dass ich sie abends vom Club immer zurückbegleite. Ich wohne in Steglitz. Wir fahren U-Bahn bis Wittenbergplatz, dann bis Podbielskiallee, von dort aus laufen wir. Dauert natürlich 'ne Weile. Aber ich bring sie bis zum Tor und fahr dann mit'm Bus nach Hause.«

»Wann macht ihr üblicherweise Schluss hier?«

»Meistens um zehn. Axel vorne …«

»Der Wirt?«

»Ja. Er lässt uns durch die Kneipe raus. Weil um die Uhrzeit ist das Hoftor schon abgeschlossen.«

»Axel überlässt euch den Raum umsonst?«

»Ja. Aber er sieht es ganz gerne, wenn wir Getränke bei ihm bestellen.« Der Junge verzog grinsend das Gesicht. »Wenn mal eine Feier ist, können wir nicht in den Saal. Aber das kommt selten vor.«

Jo ließ noch einmal den Blick durch den heruntergekommenen Raum schweifen und wunderte sich nicht darüber.

Im Hintergrund war Chuck Berry längst durch Fats Waller und Fats durch Bill Haley abgelöst worden. Ein Paar nach dem andern tanzte zu der Musik und wurde von dem Rest der Gruppe angefeuert. Keine Halbstarken, keine Rocker. Nur Jugendliche, die Spaß hatten. Und das Glück, einen Axel gefunden zu haben, der ihnen gegen ein paar Getränkebestellungen den Raum dafür zur Verfügung stellte.

Jo sah wieder Kalle an. »Ihr hört am liebsten die Platten der Amis, stimmt's?«

»Ja, sicher. Meinen Sie, wir stehen auf Peter Kraus?« Er verzog gequält das Gesicht.

Jo lachte und tippte dem Jungen zum Dank mit zwei Fingern auf den Ellbogen. »Das war's auch schon. Du hast mir sehr geholfen, Kalle. Danke.«

Sie standen auf, und der Junge schlappte zurück zu den anderen, die ihn klatschend und stampfend in ihren wogenden Halbkreis aufnahmen.

Jo verließ den Raum in entgegengesetzter Richtung. »You ain't never caught a rabbit«, dröhnte Elvis' Stimme in seinem Rücken, als er die Tür zum Flur aufriss und hinausging.

Der Schankraum hatte sich gefüllt, aber nur mit noch mehr Qualm. Die Zigarre im Mundwinkel des freundlichen Axel konnte dafür nicht verantwortlich sein, sie war noch immer kalt und inzwischen wahrscheinlich gut durchfeuchtet.

Jo bestellte ein Bier, das er im Stehen an der Theke trank. Der Wirt stellte ihm ohne Aufforderung eine kleine Schale mit salzigen Erdnüssen dazu. »Geht aufs Haus.« Der Mann verstand sein Geschäft.

Warum, überlegte Jo, während er sein Bier schlürfte,

hatte Ingeborg Schwittow dem Jungen gegenüber behauptet, ihre Tochter habe Hausarrest? War ihr die Wahrheit peinlich? Und Jo gegenüber war sie ins Stottern geraten, als ihr sichtlich ungeplant der Name ihrer Tochter über die Lippen geschlüpft war. Dabei war an Ingrids Rückkehr vom Club letzten Freitag – spät, aber in Begleitung von Kalle – nichts Ungewöhnliches im Vergleich zu sonst gewesen. Der Junge hatte das vorhin ganz arglos berichtet. Zumal am folgenden Tag grippebedingt schulfrei war. Dennoch die heftigen Vorwürfe der Eltern. Mit der Folge, dass die Tochter einen »hysterischen Anfall« bekam. Und sich seitdem in der Obhut des befreundeten Arztes befand. Die Eskalation im Hause Schwittow – unmittelbar nach der Mordnacht … Das Rädchen in Jos Kopf begann wieder zu surren.

Sie hatten recht behalten. Der Scheißkerl erinnerte sich wieder an ihn. Lief nicht nur das Savoy, sondern anscheinend auch die anderen üblichen Standplätze ab. Gut, das waren viele. Aber trotzdem hatte er die Type schon an zwei Orten gesehen. Der war anscheinend wie ein Irrer in der ganzen Stadt unterwegs, um ihn zu finden. Einmal hatte er ihn zum Glück noch vor dem Einparken, buchstäblich im letzten Moment, gesehen und war weitergefahren. Das zweite Mal, vor dem Savoy, war schon knapper. Er hatte bereits in Reihe gestanden und musste Klostermann im Wagen hinter sich wie verrückt Zeichen geben, dass der ein Stück zurücksetzte, um ihn ausscheren zu lassen. Gerade noch rechtzeitig.

Verfluchter Mist.

Aber sollte er denen *jetzt Bescheid geben?*

Auf keinen Fall.

Von wegen: Wiederholen Sie nicht Ihren scheißdritten Fehler! Was würden sie mit ihm machen, wenn sich herausstellte, dass sie recht behalten hatten? Gab ja nur zwei Möglichkeiten: ihn *beseitigen oder den anderen. Also: ihn.* Er *war es, der über sie Bescheid wusste. So viele Jahre schon. Dem sie es nun anhängten, dass diese Sache aus dem Ruder gelaufen war. Dabei hatte es an dem scheiß* anderen *gelegen, diesem … Wenn diese Type nicht gewesen wäre, wenn er nicht plötzlich aufgetaucht wäre. Der Mann musste besessen sein.*

Aber was nützte das jetzt? Er musste das Problem selbst lösen. Sollte seinen Standplatz wieder anfahren. Und auf den Mann warten. Wachsam sein, natürlich. Niemals eindösen. Keine Nutten zwischendurch. Kein Schnaps im Handschuhfach. Nur immer die Augen aufhalten.

Verfluchter Mist.

Samstag, 28. September 1957

Es war noch still in der Wohnung, als Jo aufstand und ins Bad ging. Dennoch betrachtete er mit Genugtuung die auffällige Veränderung seit gestern Abend: Sein Nassrasierer mit allen Utensilien lag wieder in seinem Regalfach. Markwort brauchte ihn nicht mehr. In seinem Fach lag jetzt ein nagelneuer elektrischer Rasierer. In einer flachen blauen Box, den Deckel mit der schwungvollen Aufschrift »Sunbeam« hochgeklappt, elfenbeinfarben, nicht größer als ein Stück Seife. Die Markwort jetzt natürlich nicht mehr brauchte.

Aufgrund der Wettervorhersage hatte sich Jo auf Regenschauer eingestellt. Doch schon von seinem Fenster aus konnte er feststellen, dass die Wolkendecke über der Stadt an diesem Tag zu kurz war, um Ärger zu machen, egal, wohin sie gezogen wurde.

Umso besser. Noch vor den Schulkindern – ach nein, die hatten immer noch grippefrei – befand er sich unten auf der Straße und warf seine DKW an. Die Strecke von Kreuzberg nach Grunewald beschrieb, da er über den Hohenzollerndamm fuhr, eine fast perfekte Ost-West-Tangente. Alles in allem brauchte er nicht länger als eine Dreiviertelstunde bis zu dem Villenviertel, das im Ellenbogen der kleineren Grunewaldseen friedlich vor sich hinzudösen schien.

Ratibors Privatklinik lag südlich des Herthasees. Jo stellte seinen Roller vor einer dreistöckigen Villa mit hohem Walmdach ab, die den Krieg bis auf ein paar Risse im Putz, die noch immer sichtbar waren, überstanden hatte. Im Gegensatz zu dem Nachbargebäude, von dem nichts mehr zu sehen war. Hinter dem mit grünen Kletterpflanzen luftig bewachsenen mannshohen Metallzaun erkannte Jo ein großes, geradezu parkähnliches Gelände. Hier und da waren auch Personen zu sehen, die über gewundene Kieswege an herbstlichen Blumenbeeten vorbeischlichen. Weiter hinten schien eine Art Terrasse zu sein; Jo erkannte Gartenstühle und schmale runde Tische, an denen im Moment jedoch niemand saß, trotz der Sonne, die einen hellen Fleck auf das ganze Gelände warf.

Ein fülliger Hausmeister oder Gärtner in einem verwaschenen Blaumann schob eine Schubkarre mit verschiedenen Gerätschaften an der Innenseite des Zauns vorbei. Vielleicht auf der Suche nach Schlupflöchern.

Jo grüßte den Mann und fragte nach dem Empfang der Klinik.

»Empfang?«

»Der Aufnahme für die Patienten.«

Der Mann stellte seine Schubkarre ab und grinste ihn an. »Sind Sie sicher, dass Sie hier reinwollen, junger Mann?«

»Sind *Sie* sicher, dass Sie rausdürfen?«

Der Hausmeister, oder was immer er war, lachte laut auf. »Der war gut, Meister.« Er signalisierte Jo mit der fleischigen Hand, ihm außen am Zaun zu folgen, und stiefelte auf das große eiserne Tor zu, gut zehn Meter entfernt.

Mit einem bleistiftlangen Schlüssel seines Schlüsselbunds öffnete er es für Jo: »Komm' Se rin, könn' Se rauskieken.«

Womit hinlänglich bewiesen schien, dass er zum Personal gehörte und nicht zu den Patienten. Dann wies er mit dem gut gepolsterten Kinn auf eine hohe Tür an der Frontseite des Hauses, zu der ein breiter Kiesweg führte. »Tür ist offen.«

Jo folgte dem Weg und betrat, nachdem er die schwere

Eichentür aufgedrückt hatte, einen breiten Flur, der so gar nichts mit der mageren Ausstattung der Krankenhäuser zu tun hatte, die er in seinem Leben kennengelernt hatte. Entlang der mintfarbenen Wände standen gepolsterte Sessel und Sofas, auf denen ältere Leute saßen, um das Sonnenlicht zu genießen, das durch die bodentiefen Fenster fiel. Über den Möbeln hingen kleine Stillleben – Blumen und Obst, Obst und Blumen – und großformatige Landschaftsbilder, die vielleicht schon immer vorwiegend grau, braun und grün gehalten waren. Ein Teppichboden mit verschnörkelten orientalischen Mustern zog sich entlang des Gangs, an dessen Kopfende in einer Art Erker sogar ein Klavier stand. Es schien nur darauf zu warten, dass jemand kam, um seinen Deckel zu heben und Chopin zu spielen. Charlie Parkers wirbelnder Bebop würde weniger passen.

Rechter Hand befand sich die Patientenaufnahme, wie ein Aufsteller mit einem kleinen Hinweisschild verriet. Jo war beinahe überrascht, dass es in dem gediegen anmutenden Ambiente etwas so Profanes wie ein Schild gab. Hinter der hüfthohen Theke aus poliertem Nussbaum erhob sich ein Fächerregal aus dem gleichen Holz, das an einen Hotelempfang erinnerte.

Eine junge Schwester in grauer Tracht, mit weißer Haube auf dem dunklen Haarschopf und einem Namensschild an der Brust, das sie als Schwester Beate auswies, hatte eben noch telefoniert und schaute jetzt von ihrem Platz freundlich-interessiert zu Jo auf. »Guten Tag, zu wem möchten Sie denn?«

Es war nicht die Stimme, mit der er gestern telefoniert hatte. Er machte einen Schritt auf sie zu. »Ich möchte zu Dr. Ratibor.«

Sie sah ihn bedauernd an. »Dr. Ratibor ist zurzeit außer Haus, Herr …?«

»Sturm.«

»Herr Sturm. Tut mir leid.«

»Schade.« Wenn auch keine Überraschung. »In dem Fall würde ich gerne mit Ingrid Schwitt… Ingrid Tarnat sprechen. Sie ist seit letzten Sonnabend Patientin bei Ihnen.«

Schwester Beate runzelte die Stirn. »Sind Sie denn Angehöriger der Patientin, Herr Sturm?«

»Ich bin Kriminalkommissar, Schwester.« Er zog seinen Ausweis aus der Manteltasche. Seine vorgeschobene Frage nach dem Arzt hatte genau für diesen Fall gegolten, als formale Absicherung, falls er sich später für diese Aktion würde rechtfertigen müssen. »Ich möchte nur ganz kurz mit Fräulein Tarnat sprechen.« Hätte er gestern Ilse überreden können, ihn heute zu begleiten, wäre es vielleicht auch möglich gewesen, den Jugendschutz, die Sorge um den Zustand des Mädchens, vorzuschieben.

»Polizei?« Die junge Schwester flüsterte erschrocken. »Ich weiß nicht, ob …« Sie hob den Kopf und sah jetzt eine ältere, grauhaarige Kollegin mit breiten Hüften über den Gang auf sie zusteuern. »Moment, bitte, Herr Sturm.«

Als die Kollegin sie erreicht hatte, erklärte sie ihr das Problem. »Der Herr hier ist von der Polizei, Schwester Cordula. Er will zur Patientin Ingrid Tarnat.«

Die Ältere ließ ihren Blick blitzschnell an Jo auf- und niederfahren. »Ich muss Sie bitten, zu gehen, Herr Sturm«, sagte sie in harschem Ton. »Dr. Ratibor hat Anweisung gegeben, dass niemand außer ihren Eltern die Patientin besuchen darf. Er hätte uns informiert, wenn für die Polizei eine Ausnahme davon gelten würde.«

Jo erkannte, dass es sinnlos war, zu protestieren. Einen Kommentar konnte er sich dennoch nicht verkneifen.

»Es wäre sicher auch zum Besten Ihrer Patientin.« Er bemühte sich um einen Seufzer in der Stimme und suchte die Augen der älteren Schwester. Sie hatte hier eindeutig das Sagen.

Dann geschah etwas Merkwürdiges. Die Ältere erwiderte seinen Blick nicht nur, sondern hielt ihn fest, dehnte ihn gleichsam, so dass für einen kurzen Moment eine starke Intensität zwischen ihnen beiden herrschte. Die er jedoch nicht deuten konnte. Wollte sie ihm noch etwas mitteilen? Warum sagte sie es dann nicht?

Schließlich verabschiedete er sich frustriert von den beiden Frauen und machte auf dem Absatz kehrt.

Der älteren Schwester schien das nicht zu reichen. Während die jüngere bereits wieder zum Telefonhörer griff und den Finger in die Wählscheibe stieß, als hinge ihr Leben davon ab, eskortierte ihn Schwester Cordula sogar bis zum Ausgang. Jo kam sich vor wie ein Haftentlassener, bei dem man sichergehen wollte, dass man nur noch den Rücken von ihm sah.

Draußen auf der flachen, etwas wackligen Sandsteinplatte vor der Tür legte sie plötzlich ihre Hand auf seinen Arm und wandte ihm ihr Gesicht zu. »Selbstverständlich kann es Ihnen niemand verdenken, wenn Sie versehentlich den Weg links am Haus vorbei gehen und die Patientin zufällig hinten im Garten antreffen.« Sie sprach schnell und leise. »Ich habe selten ein junges Mädchen getroffen, das *so vernünftig* ist wie Ingrid.« Sie öffnete zur Betonung weit die Augen. »Sie könnte Ihnen also selbst sagen, dass Sie nicht mit Ihnen sprechen will. *Falls* Sie sich verlaufen.«

Die Schwester ließ seinen Ellbogen los, wie um ihm zu sagen: Und jetzt versuch dein Glück.

In normaler Lautstärke sagte sie: »Herr Körner dort drüben wird Sie hinauslassen.« Sie deutete auf den dicken

Blaumann, der sich noch immer an einer Stelle des Zauns zu schaffen machte, vielmehr an der Bepflanzung, wie Jo jetzt sehen konnte.

Er schenkte der Schwester einen dankbaren Blick, ehe sie scheinbar unbeteiligt, ohne eine Miene zu verziehen, zurück ins Haus ging und die massive Eichentür mit Nachdruck hinter sich schloss.

Jo wandte sich nach links und ging mit schnellen Schritten über den breiten Kiesweg um die Villa herum. Hinter dem Haus öffnete sich der Garten zu dem parkähnlichen Gelände, das er bereits vorhin von der Straße aus gesehen hatte. Ingrid Tarnat war unter den anderen Spaziergängern auf den Wegen zwischen den Blumenbeeten leicht auszumachen. Sie war mit Abstand die jüngste unter ihnen, ein schlankes, großes Mädchen mit weizenblonden Haaren, das sie zu einem Pferdeschwanz gebunden hatte. Sie trug einen Kamelhaarmantel, in dessen weiten Taschen sie ihre Hände vergraben hatte, und ging allein ihrer Wege zwischen den Stiefmütterchen und Vergissmeinnicht.

Jo sah sich um. Hier draußen schienen sich, momentan wenigstens, solche Kranken aufzuhalten, die keiner Betreuung oder Aufsicht bedurften. Nur in der Nähe des Straßenzauns, wo noch immer der Gärtner werkelte, schob eine junge Schwester eine alte Frau in einem Rollstuhl über den Rasen; weitere Pfleger oder Schwestern waren nicht zu sehen.

Jo umkurvte einige Beete. Als er nur noch wenige Schritte von dem Mädchen entfernt war, das ihm den Rücken zugekehrt hatte, drehte sie sich instinktiv um, und er sprach sie an.

»Ingrid? Mein Name ist Jo Sturm.« Er blieb stehen und sah sie an. »Ich soll dich von Kalle grüßen. Und den anderen Hot Stompers.« Das hatten sie ihm zwar nicht direkt aufgetragen, aber sie hätten sicher auch keine Einwände gehabt. »Wenn du einverstanden bist, würde ich gern kurz mit dir reden.« Er riskierte ein Lächeln.

Ihr blasses, herzförmiges Gesicht mit den sehr markanten blaugrünen Augen leuchtete einen Lidschlag lang auf. »Wer … sind Sie denn?« Ihre Stimme klang zögerlich, aber fest und klar.

Jo zog seinen Ausweis heraus und zeigte ihn ihr möglichst unauffällig. »Ich bin Kriminalkommissar, Ingrid.« Ihre Augen blitzten auf, aber nicht vor Erschrecken, sondern vor Überraschung, wie ihm scheinen wollte. »Wenn du dich dazu in der Lage fühlst, würde ich dir gerne ein paar Fragen stellen. Es geht um Freitagnacht letzter Woche. Nachdem Kalle dich nach Hause begleitet hat.« Er wollte, dass sie von Anfang an wusste, worum es ihm ging. Damit sie begriff, worauf sie sich einließ, wenn sie mit ihm sprach.

Sie beobachtete ihn genau.

Ihr Blick war skeptisch, vielleicht sogar misstrauisch.

Aber sie wirkte alles andere als hysterisch, nicht einmal aufgeregt, als sie ihn fragte: »Wieso wissen Sie, dass ich hier bin? Haben Sie mit meinen Eltern gesprochen?«

»Ja.« Jo ahnte, worauf sie hinauswollte. »Aber sie wissen nicht, dass ich heute hier bin. Übrigens weiß auch Dr. Ratibor nichts davon.«

»Und wer hat Ihnen gesagt, dass ich im Garten bin?« Sie kniff ein Auge zu, aber nicht wegen der Sonne.

»Wenn du's nicht weitersagst, Schwester Cordula hat es mir verraten.«

Das Mädchen deutete ein winziges Lächeln an. »Die ist in Ordnung.«

Den Eindruck hatte er auch gewonnen.

Er sah sich noch einmal um. Niemand von den älteren Spaziergängern im Garten schien sie beide zu beachten.

Und die junge Schwester war inzwischen mit der Frau im Rollstuhl hinter der Frontseite des Hauses verschwunden.

Er warf einen Blick hinüber zu den Tischen und Stühlen, die verwaist auf der Terrasse am hinteren Ende des Geländes standen. »Wollen wir uns dort drüben unterhalten, Ingrid?«

Sie schloss kommentarlos zu ihm auf, und sie gingen nun ohne Hast nebeneinander her den Kiesweg entlang. Von außen betrachtet, wie Onkel und Nichte vielleicht, hoffte Jo.

»Kalle hat mir erzählt«, begann er mit dem Part, der ihr sicher am sympathischsten war, »dass er dich Freitagabend von eurem Clubraum in Charlottenburg nach Hause begleitet hat. Stimmt das?«

»Ja.«

»Um wie viel Uhr seid ihr gegangen? Erinnerst du dich?«

»Nein. Nicht so richtig.«

»Okay. Weißt du noch, wann ihr bei dir zu Hause angekommen seid?«

»Wie immer. Halb zwölf ungefähr. Hab auf die Uhr geschaut. Weil … na ja, wollte keinen Ärger mit meinen Eltern bekommen wegen Spätkommen. Ist ja immer eine ziemliche Strecke vom Club aus.«

Sie erreichten die mit weißen Natursteinen gepflasterte Terrasse und setzten sich an den erstbesten der runden Tische mit den dünnen Metallfüßen. Noch immer lag die Sonne auf dem Gelände, leichter Wind ging, es war nicht kühl, aber auch nicht kuschelig warm, er sollte sich beeilen.

»Ingrid, bitte erzähl mir einfach, was passiert ist, nachdem du dich von Kalle vor eurem Haus verabschiedet hattest.«

»Okay.« Sie überlegte. »Also, Kalle ist gegangen, ich bin rein. Hab ja meine Schlüssel fürs Haus. Ich schließe die Flurtür auf, da kommt Rolf mir entgegen wie immer. Er war aber der Einzige, der gesehen hat, dass ich reinkam. Rolf lag gleich hinter der Tür.« Sie lächelte stolz. Rolf war eindeutig *ihr* Hund. Sie überlegte kurz und sagte: »Hab meinem Vater im Wohnzimmer Hallo gesagt. Und meiner Mutter hinten im Atelier.«

»War sonst noch jemand da?«

»Frau Dietzenburg, meinen Sie? Nein, die war schon weg. Nur meine Eltern waren da.«

»Hm. Und dann?«

»Ich bin ins Bad, dann ins Bett, wie immer. Aber dann irgendwann bin ich aufgewacht. Und hab unten diese lauten Stimmen gehört, vom Wohnzimmer her. Hab versucht, wieder einzuschlafen. Ging nicht. Zu laut. Die Tür vom Wohnzimmer steht immer ein wenig auf. Sie schließt in letzter Zeit nicht richtig.«

Jo nickte. Ihm fiel die doppelflügelige Tür ein, die er bei seinem Besuch in der Schwittow-Villa im Vorübergehen bemerkt hatte.

»Ich dachte zuerst, ich hätte Onkel Johanns Stimme gehört. Aber ….« Sie verzog das Gesicht, als käme ihr die Idee jetzt etwas kindisch vor.

»Moment mal, bitte, Ingrid! Johann Ratibor? Du nennst ihn Onkel?«

»Ja. Ehrlich gesagt, ich mag ihn nicht besonders, aber Papa will, dass ich Onkel zu ihm sage. Sie sind befreundet, er und Papa.«

»Du sagtest, du hättest laute Stimmen im Wohnzimmer gehört, Ingrid. Aber nicht die von Ratibor?«

»Nein. Von Papa und einem anderen Mann. Dessen Stimme kannte ich aber nicht. Ich konnte einfach nicht schlafen, bin aufgestanden und stand schon oben am

Treppengeländer, ich wollte hören, was da unten los war. Sie stritten sich sehr schlimm. Und der Mann … also die … die Stimme von dem Mann sagte, er hätte … er wäre …«

Sie fing plötzlich an zu stammeln, ihre Knie begannen zu zittern. Jo bereute auf einmal, dass er das Mädchen in diese Lage gebracht hatte. Er sah ihr forschend ins Gesicht »Vielleicht sollten wir besser aufhören, Ingrid, was meinst du?«

»Nein!« Sie stampfte mit dem Bein auf. »Ich will, dass mir endlich jemand glaubt, dass ich das alles nicht geträumt habe!«

Jo sah sie erstaunt an. Er ahnte plötzlich, was dieses Mädchen in den vergangenen sieben Tagen durchgemacht haben könnte.

»Bitte, erzähl weiter, Ingrid. Ich höre zu.«

Sie atmete tief durch, brauchte noch einige Sekunden. »Dieser Mann, der so laut redete und sich ständig wiederholte, er sagte, dass er vorher an der Kongresshalle gewesen wäre. Er sagte, er hätte dort …« Sie stockte wieder sekundenlang und fuhr dann plötzlich mit entschlossener Miene und schnell aneinandergereihten Worten fort: »Er hätte dort im Tiergarten einen Mann erschossen. Und daran wäre Papa schuld. Der hätte ihn gegen den Mann aufgehetzt.«

Nun brauchte Jo einige Sekunden, um sich von seiner Überraschung zu erholen. »Hast du … Ingrid, hast du den Namen des Manns verstehen können?«

»Nein. Der Mann hat teilweise geschrien, ich konnte sowieso nicht jedes Wort verstehen. Der Mann hat Papa vorgeworfen, er wäre mit schuld an allem. Er hätte den Mann dazu angestiftet.«

»Und hast du auch gehört, was dein Vater dem Mann geantwortet hat?«

»Papa hat versucht, den Mann zu beruhigen. Aber der hat weiter rumgebrüllt.«

»Was war mit deiner Mutter? Hat die nichts davon mitbekommen?«

»In ihrem Atelier hinten im Haus hört man eigentlich kaum, wenn vorne was los ist. Ich wollte zu ihr, aber dazu hätte ich am Wohnzimmer vorbeigehen müssen. Das habe ich mich nicht getraut, die Tür stand ja etwas auf. Ich hatte Angst vor dem Mann, der so geschrien hat, ich konnte aber nichts tun in dem Moment, nicht wegrennen, nicht mal rufen, das war schrecklich.«

»Natürlich, das verstehe ich. Und dann, Ingrid?«

»Ich hab gehört, wie Papa den Mann gefragt hat, eigentlich hat er ihn auch wieder angeschrien, was der denn jetzt vorhätte? Ob er sich der Polizei stellen will. Und der ... dieser Mann hat gesagt, das würde er nicht tun. Auch Papa soll sich nicht einfallen lassen, der Polizei zu sagen, was er getan hat. Er hätte den Mann schließlich angestiftet zu allem. Außerdem wüsste er, also der Mann wüsste umgekehrt jetzt ja auch, was Papa und Onkel Johann getan hätten. Seine Frau hätte das alles herausgefunden, er hätte einen Zettel ... oder einen Brief, ich weiß nicht mehr genau, bei dem toten Mann gefunden. Und in dem stünde alles über die beiden drin, über Papa und Onkel Johann.«

Jo saß ihr wie in Schockstarre gegenüber und brauchte erneut einige Sekunden, um sich daraus zu lösen. »Ingrid, das ist jetzt sehr wichtig für mich.« Er suchte ihren Blick. »Dieser fremde Mann, den du von der Treppe aus gehört hast, hat der wirklich gesagt: *Meine Frau* hat das alles herausgefunden?«

»Ja!« Sie sah ihn wütend an. »Glauben Sie mir etwa *auch* nicht?« Sie sprang auf und nahm die Fäuste aus den Manteltaschen, als wolle sie ihn niederschlagen.

Jo hob beschwichtigend beide Hände, erschrocken über ihre heftige Reaktion. Ein verdammt impulsives Mädchen. Er erinnerte sich an Elisabeth Dietzenburg, die Haushälterin, die ausgesagt hatte, Ingrid könne furchtbar aufbrausend sein.

»Ingrid, du täuschst dich, ich glaube dir jedes Wort. Wirklich.«

Sie zögerte noch, setzte sich dann aber wieder. Jedoch nur noch auf den Rand des Stuhls. Ein deutliches Signal, dass sie beim nächsten Fauxpas, den er sich leistete, auf und davon wäre. Seine letzte Chance bei ihr.

Er konzentrierte sich. »Bitte, erzähl einfach weiter, was dann passiert ist, Ingrid. Der fremde Mann hat also von seiner Frau gesprochen, die etwas über deinen Vater herausgefunden haben soll?«

»Ja, genau«, sagte sie spürbar besänftigt. »Mir fällt jetzt auch wieder ein, wie die Frau hieß. Katja, der Mann hat ihren Namen immer wieder genannt. Katja, Katja hat er gejammert, richtig geheult.« Sie atmete wieder durch. »Ich merkte auf einmal, wie mir schwindlig wurde. Ich habe aber versucht, mich … mich zusammenzunehmen. Ich wollte einfach nichts mehr davon hören, nicht mal mehr Mama sehen, nur noch weg, meine Ruhe haben. Hab mir die Ohren zugehalten und bin zurück in mein Zimmer, gleich ins Bett. Decke über die Ohren. Und zum Glück hörte der Lärm dann auch bald auf. Kurz darauf hörte ich, wie Papa den Mann draußen bis zum Tor brachte. Mein Zimmer geht zur Straße raus. Sie haben immer noch laut geredet, aber ich hab nicht verstanden, was sie gesagt haben.«

»Decke über dem Kopf.« Jo riskierte wieder ein kleines Lächeln.

»Ja. Irgendwann bin ich wohl eingeschlafen.«

Hinten am Straßenzaun entstand Bewegung, ein Diesel jaulte bei einer hörbar hektischen Motorbremsung scharf auf, man hörte Hupen, und Jo sah aus dem Augenwinkel den Hausmeister zum Tor eilen.

»Und am nächsten Tag, Ingrid? Was geschah dann?«

»Ich habe Mama erzählt, was ich von der Treppe aus gehört hatte. Klar, habe ich mich aufgeregt, als Papa, der dazugekommen war, auf einmal behauptet hat, ich hätte das alles nur geträumt. Ich hätte vorher Alkohol im Club getrunken. Jetzt wär endgültig Schluss mit dem Halbstarken-Club. Ich bekäme Hausarrest und vorerst kein Taschengeld mehr. Ehrlich, es reichte mir.«

Ingrid nahm einen trotzigen Ausdruck an, der ihr durchaus gut zu Gesicht stand, fand Jo. »Ich nehme an, du hast das alles nicht auf dir sitzen lassen?«

»Ich war so wütend. Ich habe gesagt, das stimmte nicht, ich hätte wie immer nur Cola im Club getrunken. Ich habe gesagt, dass ich wissen will, wer der Mann in der Nacht davor war und was das alles zu bedeuten hätte. Aber statt mir zu antworten, hat Papa Onkel Johann angerufen. Weil ich mich so furchtbar aufregen würde und Albträume hätte.«

»Dann ist Dr. Ratibor aufgetaucht?«

»Ja. Und der hat mich angelogen. Er hat mir zuerst so komisch zugezwinkert, als würde er zu mir halten, und gesagt, er würde mir einen Löffel Saft geben, der würde mir guttun. Wie Lebertran für Erwachsene, hat er behauptet. Für Erwachsene. Damit wollte er mir bloß schmeicheln. Und ich Dumme bin drauf reingefallen.«

»Du hast den Saft genommen?«

»Ja. Weil ich Onkel Johann geglaubt habe, er behandelt ja auch Mama ab und zu. Aber der Saft hat mir *nicht* gutgetan. Nach ein paar Minuten fühlte es sich an, als würde meine Zunge am Gaumen kleben. Ich konnte nicht mehr sprechen. Onkel Johann hat gesagt, er muss mich mit in seine Klinik nehmen. Ich wollte sagen, dass ich nicht will, aber es ging nicht. Ich fing sogar an zu sabbern.«

»Was war mit deinen Eltern?«

»Mama hat geweint, und Papa hat mich ins Auto gepackt und hierhergefahren. Ich habe ein Zimmer bekommen, und Onkel Johann hat mir erklärt, meine Eltern hätten recht, alles wäre nur ein schlechter Traum gewesen. Das müsste ich einsehen. Den Saft müsste ich aber so lange nehmen, bis ich keinen Unsinn mehr über diesen Abend reden würde. Über den fremden Mann, über Papa. Und über ihn selbst. Wenn ich einsehen würde, dass ich das alles nur geträumt hätte, würde ich mich beruhigen, und alles wäre wieder gut. Wenn ich vernünftig wäre, also keinen Unsinn mehr reden würde, könnte ich nach ein, zwei Wochen wieder nach Hause.«

»Also warst du – vernünftig?« Jo zog die Mundwinkel nach unten, um ihr zu sagen, was er davon hielt. Er lächelte. »Die Schwester vorhin, die mir verraten hat, wo ich dich finde …«

»Schwester Cordula?«

»Richtig. Sie sagt, sie kennt kein Mädchen, das so vernünftig ist wie du.«

Das Mädchen erwiderte schwach sein Lächeln. »Ich bin jedenfalls nicht blöd. Diesen Saft will ich nie wieder nehmen müssen. Der ist schlimmer als jeder Albtraum, aber wirklich! Deswegen habe ich nachgedacht … und dann zu Onkel Johann gesagt, er und Mama und Papa hätten recht, ich hätte schlecht geträumt, und ich würde am liebsten gar nicht mehr daran denken.«

Jo konnte ein Lachen nicht unterdrücken. »Und Ratibor? Lass mich raten: Er hat sich gefreut und dich gelobt?«

Sie grinste zum ersten Mal so breit und selbstbewusst, wie man sich dies von einem Mädchen ihres Alters nur erhoffen konnte. Doch plötzlich erstarrte ihr Gesicht, als sie an Jo vorbei zur Villa hinüberschaute.

Jo wandte sich um. Über den Kiesweg nahmen drei Personen Kurs auf die Terrasse: ein groß gewachsener Pfleger, die junge Schwester Soundso, Jo fiel ihr Name gerade nicht mehr ein, und vorneweg die im Vergleich zum Pfleger etwas mickrig wirkende Gestalt Johann Ratibors mit wehendem schlohweißem Haar.

Ingrid stand mechanisch auf. Ihr Blick war auf das Trio gerichtet wie auf einen herannahenden D-Zug, dem man nicht mehr ausweichen konnte.

Die junge Schwester beeilte sich, Ratibor zu überholen. Sie schlang, als sie die Terrasse erreichte, sogleich die Arme um das Mädchen. Über die Schulter hinweg warf sie Jo einen Blick zu, als hätte er sich an Ingrid vergangen. Immerhin wusste er jetzt, wen sie so hektisch angerufen hatte, gleich nachdem er mit ihrer älteren Kollegin Cordula hinausgegangen war.

Jo war ebenfalls aufgestanden, doch es gelang ihm nicht mehr, Blickkontakt mit Ingrid aufzunehmen, da sich der kräftige Pfleger in seiner blütenweißen Pflegertracht, die imposanten Fäuste in die Seiten gestemmt, und sein deutlich kleinerer Chef vor ihm aufbauten, als wären sie sein staatlich beglaubigtes Exekutionskommando.

Die junge Schwester – Beate hieß sie, wie Jo wieder einfiel – nutzte die Situation, um Ingrid abzuführen wie einen Sträfling, den schützenden Schwesternarm wie einen Reif fest um ihre Schulter gelegt.

Sie leistete keinen offensichtlichen Widerstand – ein wirklich kluges Mädchen, schoss es Jo durch den Kopf –, versuchte aber, etwas zu sagen. Doch Schwester Beate legte ihr die Hand vor den Mund und schob sie fort in Richtung Klinikgebäude.

Ratibor deutete mit dem ausgestreckten Arm auf die Szene. »Sehen Sie, was Sie angerichtet haben? Sie sind die längste Zeit in Ihrem Leben ein Polizist gewesen, das verspreche ich Ihnen. Das nächste Mal, wenn wir uns begegnen, wird vor Gericht sein. Hausfriedensbruch dürfte das Mindeste sein, was man Ihnen vorwerfen kann.«

Jo senkte den Kopf für eine Sekunde und hob ihn dann wieder, um Ratibor direkt in seine vor Wut und Aufregung flackernden Augen zu sehen. »Ich wette, Herr Doktor«, sagte er langsam, »dass wir uns bereits vorher bei Gericht wiedersehen. Aber dann geht es darum, was Sie diesem Mädchen angetan haben. Und warum.«

»Wollen Sie mir …« Ratibor stieß einen seltsam hohlen Laut aus. »Wollen Sie *mir* erklären, wie ich eine adoleszente, passager psychotische Patientin zu behandeln habe?« Er ließ einen abschätzigen Blick über Jos Kleidung huschen. »Für einen Polizisten, der Sie angeblich sind, treten Sie ja sehr, wie soll ich sagen, amerikanisch-dreist auf, junger Mann. Ich will Ihnen mal was erklären. Bei einer Symptomatik, wie sie diese junge Patientin zeigt, würden neun von zehn Fachärzten in Amerika eine Lobotomie oder eine Schocktherapie vorschlagen. Wissen Sie, was das heißt? Man würde den hübschen kleinen Kopf des Mädchens öffnen wie eine Auster und bestimmte Hirnareale wie ein Steak zerlegen. Um es einmal kulinarisch auszudrücken. Oder man würde ihr wie auf einem elektrischen Stuhl Stromstöße versetzen, bei denen ihr buchstäblich Hören und Sehen vergingen. *Wir* dagegen heilen die Patientin, indem wir ihre Nerven und damit ihr gesamtes Wesen chemisch ein wenig weicher machen. Zum Wohle aller. Und da wollen Sie mir mit der Justiz drohen?«

Er drehte den Kopf ruckartig zu dem Pfleger herum. »Sie haben gehört, Herr Rütte, in welcher Weise mir dieser Polizist gedroht hat und werden es bezeugen können.«

Rütte nickte pflichtschuldigst.

Ratibor machte eine abschätzige Bewegung mit seiner kleinen weißen Hand. »Tun Sie mir den Gefallen, Rütte, und zeigen Sie diesem Herrn, wie er zum Ausgang findet.«

Was für ein mieses Schauspiel, das Ratibor abgab, dachte Jo. Es widerte ihn an. »Ich finde allein hinaus, danke.«

»Nichts da!«, fuhr Ratibor ihn an. »Ohne Aufsicht setzen Sie keinen Schritt mehr auf meinem Gelände.« Er klopfte Rütte wie einem folgsamen Hund auf die Schulter und wandte sich Jo noch einmal zu. »Sie hören von mir, mein Herr. Und natürlich von dem Vater des Mädchens. Sie haben keine Ahnung, mit wem Sie sich angelegt haben.«

Doch, dachte Jo, als Ratibor sich mit staksenden Schritten entfernte. Er ahnte nur zu gut, mit wem er es zu tun hatte. Es fragte sich nur, wie er das beweisen sollte.

Der Pfleger sah Jo, nachdem sein Chef ihn verlassen hatte, verlegen an. Er schien sich mit einem Mal der Tatsache bewusst zu werden, dass er es mit einem Polizisten zu tun hatte.

Jo warf ihm ein kleines Lächeln zu. »Lassen Sie es gut sein, Herr Rütte. Gehen Sie ins Haus und sorgen Sie dafür, dass das Mädchen anständig behandelt wird. Dann lege ich später ein gutes Wort für Sie ein.«

Der Pfleger starrte Jo entgeistert an und ließ ihn ohne Weiteres über den Kiesweg davonziehen.

Am Straßenzaun bat Jo den Hausmeister, ihm das Tor aufzuschließen.

Der bauchige Blaumann zwinkerte ihm zu. »Bei Muttern ist doch schöner, was?«

»Wie man's nimmt. Muttern wohnt im Osten.«

»Ach du Schreck.« Er winkte nachlässig ab. »Dann lieber Klapse.«

×

Jo befand sich bereits wieder auf dem Hohenzollerndamm, als ihm klar wurde, dass er die falsche Richtung einschlug. Er konnte jetzt nicht einfach ins Präsidium fahren, in Granzows oder gar Kettlers Büro stürmen und stolz verkünden: Rudy Beringers Mörder heißt Max Zern! Ich weiß zwar nicht, warum er den Amerikaner getötet hat, aber ein junges Mädchen, sechzehn Jahre alt, hat es mir heute Morgen brühwarm bestätigt. Eine absolut zuverlässige, belastbare Zeugin. Sie befindet sich derzeit in nervenärztlicher Behandlung wegen eines vorübergehenden Wirklichkeitsverlusts, Psychose im Fachchinesisch. Eine erfahrene Pflegerin hält sie aber im Gegensatz zum behandelnden Arzt für äußerst vernünftig. Die junge Zeugin sagt aus, der Mörder Max Zern gebe ihrem Stiefvater, dem Verleger Schwittow, eine Mitschuld an Beringers Tod. Und vielleicht auch an der Ermordung seiner Frau Katja Zern. Beweisen kann ich das alles leider nicht. Aber mit der Jugendlichen Ingrid Tarnat, derzeit behandelt von Dr. Ratibor, der übrigens ebenfalls Dreck am Stecken hat, hätten wir eine erstklassige Zeugin, über die sich die Staatsanwaltschaft vor Freude gar nicht zu lassen wüsste.

Nein. Unmöglich. Das reichte allenfalls, um sich abgrundtief lächerlich zu machen. Ihm lagen zwar die Puzzlesteine klar vor Augen. Doch wie setzten sie sich zusammen?

Er fuhr noch bis zur nächsten Kreuzung einem großen Gelben mit überdimensionaler Doornkaat-Werbung hinterher, wendete und nahm über den nördlichen Teil der Clayallee Kurs auf Dahlem.

×

Die Überraschung über Jos Erscheinen bei allen Beteiligten im Hause Schwittow hätte nicht größer sein können. Aber nur Rolf schien sich darüber zu freuen. Das Tor zur Einfahrt der Villa stand diesmal offen, neben dem Haus parkte ein lindgrüner Opel Kapitän. Der alte Hund humpelte auf Jo zu und schwänzelte. Wahrscheinlich roch er Ingrid an Jos Hand, als er sie ihm hinhielt. Frau Dietzenburg öffnete ihm verdutzt, aber freundlich die Haustür. Die Schwittows, zu denen sie Jo durch den schon bekannten langen Flur führte, sahen ihn dagegen mit blankem Entsetzen an.

Sie befanden sich in dem Wohnzimmer, von dem ihre Tochter eben erst erzählt hatte. Die Flügeltür war noch immer nicht in Ordnung, die Haushälterin musste beim Schließen von außen mehrere energische Versuche machen, ehe der Schnapper fasste.

Nachdem Jo eingetreten war, hatte er das seltsame Gefühl, sich in einem Museumsraum zu befinden. Nicht einem für moderne Kunst etwa, sondern für den Schwulst und die zahllosen Nippessachen längst vergangener Jahrzehnte. In Gestalt von schweren, dunklen Vorhangstoffen an den Erkerfenstern, massiven altdeutschen Möbeln, verschnörkelten Vitrinen mit altem Geschirr und noch älteren Porzellanfiguren, einem deckenhohen Bücherregal mit leder- und leinengebundenen Schwarten sowie historischen Schlachtengemälden in breiten, schweren Holzrahmen. Offensichtlich hatte der Gründerzeitgeschmack von Ingeborg Schwittows Vorfahren hier ohne große Veränderungen die Zeiten überdauern dürfen. Ein überraschender Gegensatz zu den abstrakten Bildern, die sie als Ingeborg Tarnat ausstellte.

Schwittow stand hemdsärmelig am Erkerfenster, die Hände in den Hosentaschen, als Jo nach dem Klopfen der Haushälterin den Raum betrat. Seine Frau saß an einem großen ovalen Tisch, der in der Mitte des Zimmers auf einem schweren Orientteppich platziert war. Beide starrten ihn an. Schwittow nahm die Hände aus den Taschen, sein Kinn klappte buchstäblich herunter, seine Frau erhob sich vor Schreck oder Entsetzen ein wenig und ließ sich dann wieder kraftlos auf ihren gepolsterten Sessel fallen.

Schwittow schoss drei, vier Schritte auf Jo zu, blieb dann aber abrupt stehen. »Sie? Was fällt Ihnen ein, nun auch hier aufzukreuzen? Mein Freu… Dr. Ratibor hat mich eben angerufen und mir mitgeteilt, dass Sie sich unerlaubt Zutritt zu seiner Klinik verschafft haben, um meine Tochter zu belästigen. Verlassen Sie sofort mein Haus. Reden Sie mit Ihrem Vorgesetzten. Ratibor hat sich bereits zu ihm durchstellen lassen und ihm die Ungeheuerlichkeit mitgeteilt, zu der Sie sich haben hinreißen lassen.«

»Das hätte er besser nicht getan«, sagte Jo wie nebenbei und sah dabei zuerst zu Ingeborg Schwittow hinüber, die vornübergebeugt am Tisch saß, ehe er ihren Mann ins Visier nahm.

Schwittow stierte ihn an. »Was soll das heißen, hätte er nicht tun sollen?«

Jo trat einen Schritt vor. Während Schwittow seine Hände zu Fäusten ballte, schob Jo sie sich nun seinerseits in die Hosentaschen. »Wissen Sie, Herr Schwittow, ich bin es leid, mir die miese Komödie weiter anzusehen, die Sie und Ihr Kompagnon Ratibor aufführen.«

»Was …« Schwittows Gesicht verzerrte sich. »Was erlauben Sie sich?«

»Ich erlaube mir, Sie mit der Wahrheit zu konfrontieren, die ich von Ihrer Tochter erfahren habe.«

»Meine Tochter ist krank, Herrgott noch mal.«

»Ist Ihre Tochter wirklich krank, Frau Schwittow?« Jo sah wieder zu seiner Frau hinüber, die die weiße Tischdecke anstarrte. Sie schwieg.

Jo richtete sich erneut an Schwittow. »Sie hatten Freitagnacht vor einer Woche überraschend Besuch von Max Zern, dem Schauspieler. Er war offensichtlich in Panik, weil er zuvor einen Menschen erschossen hatte. Rudy Beringer. Ich begreife zwar noch nicht, warum er das getan hat …«

»Genau. Sie wissen überhaupt gar nichts, Sturm!«

»Ich weiß immerhin so viel, dass er Sie, Schwittow, mitverantwortlich gemacht hat für das, was geschehen ist«, fuhr Jo unbeirrt fort. Zumal er sah, dass sich unter den Achseln von Schwittows blütenweißem Hemd dunkle Schweißflecken ausbreiteten und seine Lippen zitterten. »Zern hat Sie damit konfrontiert, dass seine Frau Katja Material über Sie und Ihren feinen Freund Ratibor herausgefunden hat, das Sie belastet.«

»Das uns belastet?« Schwittows Gesicht verzog sich zu einer grotesken Grimasse aus Hochmut und extremer Vorsicht. »Sie sind ja genauso verrückt wie Ingrid, wenn Sie so etwas behaupten!«

Zum ersten Mal schaute Ingeborg Schwittow auf. »Wage es nicht, so von meiner Tochter zu sprechen, Hans Werner.« Sie funkelte ihren Mann wütend an. »Ich warne dich.«

Schwittow wurde bleich wie ein Leichentuch, machte einen Schritt vor, um sich mit einer Hand an einer Stuhllehne festzuhalten.

Für Jo das Zeichen, den entscheidenden Stoß zu setzen. »Katja Zern hat herausgefunden, dass Sie, Herr Schwittow, vor Jahren ein Buch verlegt haben, das viel gekaufte ›Vademecum‹, dessen Autor jedoch nicht Johann Ratibor war, sondern ein jüdischer Arzt namens Heymann. Dessen Manuskript Ratibor sich nach Heymanns Deportation und Ermordung unter den Nagel gerissen hatte. Um es zu Geld zu machen, wenn die Zeit dafür reif wäre. Was ein paar Jahre nach dem Krieg der Fall war.«

Schwittow zog den Stuhl vom Tisch zurück, er musste sich setzen. Seine Frau starrte ihn vom Kopfende her an, die Hände zu Fäusten geballt; die Geste erinnerte Jo an ihre Tochter.

»Max Zern«, fuhr Jo jetzt unerbittlich fort, »hat Sie in dieser Freitagnacht damit konfrontiert, dass seine Frau, die im Auftrag Beringers über Sie recherchiert hatte, von Ihrer Ruchlosigkeit wusste. Es gibt sicher noch treffendere Ausdrücke dafür, aber das sollen die Gerichte klären, zivil- oder strafrechtlich, das wird man sehen.« Er machte eine wegwerfende Geste. »Max Zern hat letztlich Sie und Ratibor für die Eskalation der Ereignisse verantwortlich gemacht.«

»Es reicht!«, brüllte Schwittow ihn an. Speichel tropfte ihm aus einem Mundwinkel. »Ich sagte, dass Sie verschwinden sollen. Ein Polizist, der den Irrsinn glaubt, den Ingrid …«

»HaWe!« Ingeborg Schwittow schlug mit der Faust auf den Tisch. Ihr ganzer Körper bebte vor Zorn, ihr Gesicht drückte Abscheu und Ekel aus.

»Ingeborg! Lass dir das erklären.« Er wandte sich ihr jetzt voll und ganz zu. Doch sie sah ihn weiter voller Verachtung an. Es schien beinahe, als wäre Jo in diesem Moment für sie beide gar nicht mehr anwesend. »Versteh das doch, Ingeborg. Ratibor und ich haben diesem Heymann im Grunde einen Gefallen getan.«

Sie lachte höhnisch auf.

»Einen Gefallen, ja. Johann und ich haben dafür gesorgt, dass die, wie soll ich sagen, Ideen dieses Juden wenigstens noch unters Volk kamen.« Schwittow versuchte, ihre Hand zu greifen. »Ingeborg«, setzte er in einem Ton hinzu, der halb werbend, halb drohend klang.

Sie riss ihre Hand zurück, als hätte er sie verbrennen wollen, sprang auf, dass ihr Stuhl hintenüberkippte und rannte hinaus. Sie schlug die Flügeltür mit solcher Wucht hinter sich zu, dass sie schloss.

Jo ging zum Tisch und setzte sich Schwittow gegenüber, der mit starrer Miene seiner Frau hinterhergeblickt hatte. Es dauerte nur wenige Augenblicke, bis das Starten des Motors und das lautstarke Zurücksetzen des Wagens in der Auffahrt zu hören waren.

Schwittow senkte den Blick, seine Schultern sackten nach vorn. Er hatte seiner Frau gegenüber schlagartig sein Gesicht verloren. Bisher hatte sie von alldem anscheinend nichts Genaues gewusst. Oder es nicht wissen wollen. Jetzt war sie im Bilde. Und offenbar nicht bereit, ihre Tochter für seine Lügen zu opfern.

Jo beugte sich vor und suchte seinen Blick. »Herr Schwittow, wir wissen beide, wohin Ihre Frau jetzt fahren wird. Zu Ingrid.« Und das Mädchen würde hoffentlich nicht mehr schweigen müssen, wenn ihre Mutter sie erst einmal aus der Klinik befreit hatte. »Wollen Sie weiter abstreiten, was Ihre Stieftochter bezeugt hat? Max Zern hat Sie Freitagnacht damit konfrontiert, dass er Beringer erschossen hat!«

Schwittow hob den Kopf wie ein trotziger Junge. »Hören Sie, *ich* bin hier das Opfer. Zern hatte mich schon früher belästigt. Doch anfangs wusste er nur, dass seine Frau über mich oder besser gegen mich recherchiert. Er schnüffelte offensichtlich in ihren Sachen herum, damals noch, ohne Details zu kennen oder zu verstehen. Ich kannte Zern bis dahin nur durch flüchtige Begegnungen in der ›Tribüne‹.«

»›Tribüne‹? Sie meinen das Theater am Ernst-Reuter-Platz?«

»Ja. Ich sitze im Vorstand.«

Die »Tribüne« brachte ein recht buntes Unterhaltungsprogramm, wenn man Petra Küpper Glauben schenkte, die es hin und wieder besuchte. In den Zwanzigern sollen dort Größen wie Marlene Dietrich und Heinrich George aufgetreten sein, nach dem Krieg junge Stars wie Hilde Knef und Horst Buchholz.

»Zern«, fuhr Schwittow fort, »hatte dort gelegentlich eine unbedeutende Nebenrolle, fast schon auf Statistenniveau.«

»Aber Zern wollte kein Statist bleiben. Hat er Sie erpresst?«

»Dazu hatte er zu wenig in der Hand. Und auch nicht das Format, das war mir sehr schnell klar. Er schlug mir quasi ein Geschäft vor. Bot an, mehr herauszufinden, wenn ich ihm im Gegenzug helfen würde, ein Engagement in der ›Tribüne‹ zu bekommen. Verrückt natürlich. Der Mann ist ein Säufer und kann weder Rollen spielen noch logisch denken. Aber, Gott, ich versprach ihm trotzdem, mein Möglichstes für ihn zu tun, wenn er mehr Informationen für mich hätte. Die Sache klang immerhin ernst, obwohl ich noch keine Ahnung hatte, worum es genau ging. Unregelmäßigkeiten gibt es in jedem Betrieb ab einer bestimmten Größe, Journalisten blasen so etwas gerne maßlos auf. Und das kann durchaus Schaden anrichten. Gut, wenn man so etwas im Keim ersticken kann.«

»Mit Geld zum Beispiel.«

Schwittow sah ihn nur an.

»Dachten Sie da schon an das ›Vademecum‹?«

»Nein. Gar nicht. Es hatte ja nie ein Problem damit gegeben, war längst nicht mehr im Programm. Und Zern hatte auch den Namen Ratibor nicht erwähnt.« Er hielt kurz inne, schüttelte leicht den Kopf, als müsse er sich im Nachhinein über sich selbst wundern, und fuhr dann fort: »Eine Weile hörte ich nichts mehr von Zern. Dann eines Tages kam er mit der Behauptung, er wisse jetzt, dass seine Frau im Auftrag von Beringer recherchiere. Er habe eindeutige Hinweise in den Kontaktdaten seiner Frau gefunden. Ich konnte das nicht ernst nehmen, doch dann behauptete Zern, er habe außerdem jemanden enttarnt, der …«

»Enttarnt?«

»So hat Zern sich ausgedrückt. Einen Taxifahrer habe er enttarnt, der seine Frau schon früher häufig von dem Hotel abgeholt habe, in dem Beringer, wie Zern herausgefunden hätte, abgestiegen sei.« Schwittow musste buchstäblich Luft holen. »Ich sagte spontan, weil es mir immer noch schwerfiel, das zu glauben, die beiden, Beringer und seine Frau, hätten vielleicht nur ein Liebesverhältnis miteinander. Ich konnte ihm ansehen, dass er auf den Gedanken selbst schon gekommen war, und ahnte, dass ich ihm die Bemerkung besser erspart hätte. Doch dann wurde mir auf einmal klar, wie bedrohlich die Sache für mich werden konnte, sollte etwas daran sein: eine Art Bündnis gegen mich. Eine freie Journalistin und …« Er schnaubte durch die Nase. »Beringer. Ausgerechnet. Der Mann, den ich für mich gewinnen wollte. Daraus würde nun nichts mehr werden, das war klar. Aber um den Schein zu wahren, musste ich mein Angebot offiziell aufrechterhalten.«

»Klingt wie Schattenboxen. Mit dem Schatten des Kontrahenten.«

»Beringer machte es genauso.«

»Doch zunächst mal hatten Sie nur das in der Hand, was Zern Ihnen bis dahin gesteckt hatte. Nicht ganz uneigennützig, wie Sie schon andeuteten.«

»Ich wusste zu wenig. Ich … na ja, versprach ihm, wenn er mir das Material seiner Frau nun endlich beschaffen könnte, würde mir das fairerweise die Möglichkeit geben, mich ihm gegenüber erkenntlich zu zeigen.«

Das Wort »fair« aus Schwittows Mund klang geradezu bizarr. »Was haben Sie Zern dafür versprochen, dass er weiter seine Frau bespitzelte?«

Schwittow zog verächtlich einen Mundwinkel hoch. »Er hatte bereits eigene Vorstellungen. Eine Autobiografie von sich.«

»Die *Sie* veröffentlichen sollten?« Jo fiel auf einmal eine Bemerkung ein, die Zern ihm gegenüber gemacht hatte. »Die Autobiografie eines noch nie besonders bedeutsamen Schauspielers? Der inzwischen alkoholabhängig und in der Öffentlichkeit völlig vergessen ist? Nicht Ihr Ernst.«

»Sagen wir, ich habe es in Aussicht gestellt. Ich hatte keine Wahl. Diese Journalistin, Zerns Frau, und noch dazu Beringer schienen es regelrecht auf mich abgesehen zu haben. Ich wollte wissen, warum, ohne dass es gleich öffentlich wurde. Es war wie beim Poker. Ich wusste nicht, was sie in der Hand hielten. Sie umgekehrt ahnten nicht, dass Zern mich gewarnt hatte. Wenn auch im eigenen Interesse.«

»Ab wann wussten Sie definitiv, worum es ging?«

»Erst Freitagnacht! Als Zern, völlig verstört, halb betrunken, noch nach Mitternacht mit der Behauptung kam, seine Frau habe etwas gegen mich und Ratibor in der Hand. Wegen eines Betrugs an einem toten Juden, so drückte er es aus. Da wusste ich, dass es um das ›Vademecum‹ ging. Er wollte oder konnte mir nicht sagen, wie seine Frau darauf gekommen war. Ich vermutete, sie hätte Heymanns Stil erkannt, oder sein schwedischer Neffe steckte dahinter. Johann schien am Ende vielleicht recht zu behalten mit seinen Befürchtungen, die er schon vor einigen Jahren deswegen gehabt hatte.«

»Zerns Äußerungen in der Nacht, so wüst und wirr sie auch waren, reichten also aus, um Ihnen zu sagen, dass er nicht bluffte.«

»Er behauptete, der Beweis befinde sich jetzt in seiner Hand.«

»Was wollte er?«

»Der Mann war völlig außer sich. Ich glaube, er hatte zuerst wahrhaftig vor, mich zu erschießen.« Schwittow lachte sarkastisch auf. »Aber Zern ist ein Feigling. Ein Schwächling. Er wollte sich von seiner Schuld befreien. Seiner Verantwortung für den Mord an Beringer. Und alles, was davor lag. Der Idiot *brauchte* es, verstehen Sie, *mich* für die Tat verantwortlich zu machen, die *er* begangen hatte!« Schwittow musste tief Luft holen. »Er hatte seine Frau ausspioniert, ursprünglich sicher aus krankhafter Eifersucht. Und sich dann an mich herangewanzt, um sich Vorteile durch mich zu verschaffen. Aber nachdem er durch diesen törichten Mord mit einem Schlag alles ruiniert hatte, wollte er nicht dafür verantwortlich sein. Wie auf dem Theater: Wenn meine Rolle nicht ankommt, ist der Regisseur daran schuld. Und wird von mir beschimpft. Die Wahrheit ertragen solche Menschen nicht. Lieber bringen sie andere um, die sie für ihr Chaos verantwortlich machen.«

»In diesem schlechten Stück sah er Sie als seinen Regisseur.«

»Absurd natürlich. *Mir* ging es darum, zu wissen, was da gegen mich lief. Um mich möglichst schon im Vorfeld – subkutan, wie Ratibor sagen würde – dagegen zu wehren. Aber nicht durch Mord, sondern durch Informationen.«

»Um sie zu unterdrücken.«

»Wäre nicht das erste Mal in der Geschichte, dass ein Verleger Informationen kauft, damit sie *nicht* veröffentlicht werden. Das ist nicht verboten.«

»Sie müssen es ja wissen. Aber als Zern in der Nacht bei Ihnen war: Wie haben Sie reagiert?«

»Ich habe versucht, ihn zu beruhigen. Was mir am Ende halbwegs gelungen ist.«

»Er durfte schließlich nicht zur Polizei gehen, um sich zu stellen. Nicht wahr? Um dort Ihre Rolle bei der Vorgeschichte des Mords an Beringer zu berichten. Seine Version, dass Sie ihn zu der Tat angestiftet hätten.«

»Ich habe Zern nicht zu dem Mord an Beringer angestiftet!«

»Er sah das aber anders.«

»Der Mann war doch verrückt!«

»Trotzdem mussten Sie fürchten, dass die Polizei Sie nicht nur vernehmen, sondern vorläufig festnehmen würde. Als Tatverdächtigen, wegen Anstiftung zum Mord. In jedem Fall wären Sie als Zeuge vor Gericht gelandet. Oder sogar selbst angeklagt worden. Ihre früheren heimlichen Treffen mit Max Zern hätten gegen Sie gesprochen. Zudem hätten die Recherchen seiner Frau über Sie in Beringers Auftrag ein hübsches Motiv für Sie abgegeben, auch das ›Vademecum‹, alles wäre ans Licht gekommen. Und obwohl Sie den Mord nicht selbst in Auftrag gegeben haben, wären Sie gesellschaftlich und geschäftlich erledigt gewesen, selbst bei einem Freispruch. Das ist Ihnen doch klar gewesen. Oder wollen Sie das abstreiten?«

Schwittow sagte nichts darauf. Wie seine Frau vorher starrte er zutiefst frustriert die Tischdecke an, die so unschuldsweiß war, wie Schwittows Weste es nie mehr sein würde.

»Hat Zern sich danach noch einmal bei Ihnen gemeldet? Immerhin hatte er weder Sie noch sich selbst erschossen.«

Schwittow hob den Kopf. »Er rief später noch einmal bei mir an, als seine Frau bereits vermisst wurde. Er hatte sie ja am Tatort gesehen.«

Jo zuckte zusammen. Zum erstenmal sprach jemand aus, was er schon längst vermutet hatte. »Und umgekehrt? Hat seine Frau auch ihn erkannt?«

»Er war sich nicht sicher. Es war ja dunkel, die Situation chaotisch. Und statt sich noch in der Nacht bei der Polizei zu melden, war sie anschließend verschwunden. Zern war zu dem Zeitpunkt bereits überzeugt, dass sie nicht mehr lebte. Und wollte auch dafür *mich* verantwortlich machen!«

»Immerhin hätten Sie – Sie und Ratibor – ein Interesse daran gehabt, dass nach Beringer nun auch Katja Zern für immer verschwand.«

»Verflucht, ich weiß nicht, was mit der Frau geschehen ist! Und Ratibor genauso wenig.« Er starrte Jo wütend an. »Ich sagte Zern, er solle doch mal nachdenken. Erstens hätte sich seine Frau nach der Mordnacht an mich oder Ratibor zuallerletzt gewandt. Sie wäre zur Polizei gegangen. Und zweitens ergab es schon deshalb keinen Sinn, wenn ich oder Ratibor sie wie auch immer in unsere Gewalt gebracht hätte – weil sich das belastende Dokument mittlerweile in *seinen eigenen*, in Zerns Händen, befand! Und Heymanns Neffe in Schweden, falls er wirklich der Informant war, würde sich bestimmt bald unabhängig davon melden. Er solle die Verantwortung für ihr Verschwinden gefälligst bei anderen suchen.«

Jo musterte sein Gegenüber misstrauisch. Später, wenn

Schwittow sich wieder gefangen hätte, würde er alles, was er ihm jetzt unter vier Augen gestanden hatte, abstreiten können. Jeder Anwalt würde ihm dazu raten. Aber wenn er die Wahrheit gesagt hatte, konnte Katja Zerns Ermordung nicht mit ihren Recherchen über Schwittow und Ratibor zu tun haben.

Doch wer dann konnte ein Interesse daran gehabt haben?

»Eine Sache noch, Herr Schwittow«, sagte Jo, nachdem sie eine Weile geschwiegen hatten. »Katja Zern hat eine weitere Frage umgetrieben. Dabei ging es um Stiftungen.«

»Stiftungen?« Schwittow starrte ihn verständnislos an.

»Ja. Amerikanische Stiftungen, die sie offenbar ebenfalls mit Ihnen in Verbindung brachte.«

»Ich habe mit keinen Stiftungen zu tun. Weder amerikanischen noch anderen.«

»Ihre Frau hat mit einer zu tun.«

Schwittow wirkte nur einen Moment überrascht. »Der Neill-Stiftung, na und? Ist kein Geheimnis. Und völlig legal, falls Sie sogar daran Zweifel haben.«

»Katja Zern und vielleicht auch Beringer sahen das eventuell anders.«

Schwittow richtete sich empört auf. »Hören Sie, lassen Sie meine Frau aus dem Spiel. Für das Neill-Stipendium hat sie sich völlig korrekt beworben und es erst nach Prüfung ihrer Arbeiten erhalten. Punkt. Kein Schmu dabei. Keine Einflussnahme meinerseits, falls das irgendwer denken sollte. Nur das Ergebnis von Kreativität und harter Arbeit.«

Jo nickte abwesend. Seine Gedanken schweiften ab. Dennoch, überlegte er, mussten diese ominösen Stiftungen eine Bedeutung haben. Andernfalls hätte Katja Zern Luise Möller nicht eigens danach gefragt. Und vielleicht war es das gewesen, was Beringer Althaus in Ostberlin gegenüber nur angedeutet hatte. Weil zu kompliziert, vor allem aber zu brisant und gefährlich, um seinem alten Jugendfreund mehr darüber zu sagen.

Jo hatte von diesem womöglich entscheidenden, in jedem Fall aber rätselhaftesten Puzzleteil des Ganzen noch immer keinen Schimmer.

Und was war eigentlich mit diesem Taxifahrer, der über Katja Zerns und Beringers Verhältnis angeblich so genau Bescheid wusste? Wie passte der ins Bild?

Jo erhob sich langsam und verließ das Zimmer ohne Worte. Doch mit der Erkenntnis, dass seine – wie hätte Ratibor gesagt: subkutanen – Ermittlungen auf eigene Faust hiermit ihr Ende gefunden hatten.

Als er den Flur entlangging, kam die Haushälterin aus der Küche, sie balancierte ein Tablett voll glänzend sauberer Sektgläser, Relikte der gestrigen Finissage vermutlich.

»Sehen wir Sie jetzt eigentlich jeden Tag, Herr Kommissar?«

»Eher erschieß ich mich.« Er tippte sich zur Illustration mit dem Finger gegen die Stirn. Das ging auch als Abschiedsgruß durch.

Der grüne Opel Kapitän war aus der Einfahrt verschwunden. Rolf begleitete ihn humpelnd bis zum Tor. Jo hielt ihm noch einmal die Hand hin, an der vielleicht noch ein Hauch Ingrid haftete.

×

Im Foyer saß Hoyers jüngerer Kollege und schob, als Jo an ihm vorbeieilte, hektisch die Glasscheibe seines Kabuffs zur Seite, die Hoyer immer offen ließ.

»He, kleinen Moment mal!« Der Mann faltete die Zeitung zusammen, in der er gelesen hatte.

Jo blieb abrupt stehen und blickte verwundert zu ihm herüber.

Der Hoyer-Ersatz winkte ihn mit dem Zeigefinger zu sich heran wie ein Lehrer seinen Schüler. »Wir sind hier nicht auf dem Bahnhof, wo jeder durchrasen kann, wie er will. Können wir uns ausweisen?«

Jo zerrte seinen Dienstausweis aus der Brusttasche seines Mantels, um sie dem Mann direkt vor sein blasiertes Gesicht zu halten. »Können wir lesen, Kollege?«

In gewisser Weise holte er sich schon im Foyer die Betriebstemperatur, die er brauchte, um im fünften Stock an Granzows Bürotür zu klopfen und einzutreten. Granzow saß an seinem Schreibtisch und brütete über Papieren. Sein breites Gesicht verfärbte sich gefährlich rot, als er Jo eintreten sah.

Er warf sich auf seinem Stuhl zurück gegen die Lehne und schnaubte in gewohnter Manier gleich los: »Sie haben ja Nerven, Sturm, hier aufzulaufen.« Er wies mit seiner Fleischerhand auf das Telefon. »Ich hatte vorhin einen Anruf von einem gewissen …«

»Ich weiß, Herr Hauptkommissar.« Jo hob abwehrend die Hand. »Dr. Ratibor hat Sie angerufen.«

»Allerdings.« Er sah Jo mit einer Mischung aus Fassungslosigkeit und gespielter Belustigung an. »Ich kenne den Mann zufällig. Ein sehr guter Arzt. Er beschuldigt Sie …«

»Entschuldigung, Herr Hauptkommissar. Ich weiß das. Aber die Situation hat sich bereits verändert. Dr. Ratibor wird die junge Patientin, mit der ich gesprochen habe, Ingrid Tarnat, nicht länger behandeln dürfen. Ihre Mutter wird sie aus Ratibors Klinik herausholen und …«

»Was zum Teufel hatten Sie denn in Ratibors Klinik verloren?«

»Ich hatte …« Jo zögerte kurz und besann sich auf das

Formale: »Ich hatte mit Ratibor im Nachgang der Vermisstensache Katja Zern zu tun. Das Gleiche gilt für Ratibors Freund, den Verleger Schwittow. Dessen Stieftochter, Ingrid Tarnat eben, hatte eine wichtige Aussage zu machen.« Herrgott, er kam sich gerade vor wie in einer Verwaltungsprüfung! Sie hatten jetzt keine Zeit für so etwas.

Granzow sah das offensichtlich anders: »Die Vermisstensache Zern ist abgeschlossen, Sturm. Die Dame ist tot. Sie haben sie doch selbst gesehen, waren sogar mit Gerber am Fundort der Leiche. Wollen Sie mich für dumm verkaufen?«

»Mit Kommissar Gerber hatte ich abgesprochen, meine Informationen zu dem Fall zu aktualisieren und ihm für die Mordermittlungen zur Verfügung zu stellen.« So in etwa jedenfalls.

»Die Leitung im Fall Zern habe inzwischen ich übernommen. Das ist Ihnen doch nicht entgangen!«

»Deshalb stehe ich jetzt vor Ihnen.«

Granzow starrte ihn an, er schien kurz vor der Schnappatmung zu stehen, den Auf- und Abbewegungen seines Kinns nach zu urteilen.

Jo ging jetzt aufs Ganze. »Ich habe, Herr Hauptkommissar, mittlerweile nicht nur die Aussage der Jugendlichen Ingrid Tarnat, sondern auch die ihres Stiefvaters Schwittow, dass Rudy Beringer von Max Zern getötet wurde, Katja Zerns Ehemann. Beide, Schwittow und seine Stieftochter, wurden Zeugen von Äußerungen, mit denen er sich noch in der Mordnacht selbst belastet hat.«

Granzow riss die Brauen hoch und hob beide Hände, als müsse er sich vor der Wucht von Jos Behauptungen schützen. »Moment mal! Vorhin ging es noch um die Vermisstensache Zern, jetzt sind wir auf einmal wieder beim Mordfall Beringer. Und der Ehemann des Opfers soll nun ausgerechnet den Amerikaner … Nee, also nee, Sturm.« Granzow warf seinen schweren Schädel hin und her, als könne er das Problem auf diese Weise abschütteln. »Ich weiß gar nicht, wo ich anfangen soll, Sturm. Erstens, Sie haben mit Ihrer, wie soll ich sagen, Selbstermächtigung in Sachen Ermittlungen nicht nur eine, sondern so ziemlich alle denkbaren Grenzen und Vorschriften missachtet. Ihr Vorgesetzter Wondrasch ist tot, keine funktionierende Aufgabenzuteilung momentan, mag sein, dass Sie deshalb am Ende davonkommen, nicht meine Sache. Die Absprachen – oder wie immer man sie nennen soll – mit Gerber – scheiß der Hund drauf. Aber Ihre Mordermittlung in Sachen Beringer – das geht zu weit. Es wird Ihnen das Genick brechen, Junge.« Granzow sah ihn beinahe mitleidig an.

»Aber Herr Gran… Herr Hauptkommissar: Sehen Sie doch das Ergebnis. Wir haben einen dringend Tatverdächtigen. Max Zern. Wir müssen handeln.«

»Handeln?« Granzow schnaubte verächtlich. »Auf welcher Grundlage denn? Haben Sie die Aussagen Ihrer Zeugen schriftlich vorliegen? Unterschrieben? Was?«

»Nein. Aber die Chancen stehen jetzt gut, dass zumindest Ingrid Tarnat ihre Aussage bestätigen wird, sobald ihre Mutter sie aus der Klinik abgeholt hat.« Für die Mutter konnte er allerdings nicht die Hand ins Feuer legen, dass sie ihre Tochter bis zum Ende unterstützen würde.

Granzow schien das zu wittern. »Die Chancen stehen gut? Ist das Ihr Ernst, Sturm? Sie haben aktuell keine belastbaren Aussagen, die wir der Staatsanwaltschaft vorlegen könnten. Vielleicht nie, wenn die Chancen doch nicht so gut stehen, wie Sie sich das erträumen. Wollen Sie uns zum Gespött des ganzen Hauses machen?« Granzow beugte sich zum Schreibtisch vor und griff nach seiner Zigarettenschachtel, jedoch ohne sich eine anzuzünden. »Wissen Sie, Sturm, im Grunde sind Sie kein schlechter Ermittler. Haben den Biss, den ich selbst früher mal …« Er winkte ab und richtete sich auf. »Aber der Fall Beringer ist etliche Nummern zu groß für Sie. Er ist sogar eine Nummer zu groß für diese ganze Behörde. Und der Fall Katja Zern? Der erfordert Mannschaftsgeist, Sturm, keine Alleingänge von Heißspornen wie Ihnen. Und jetzt …«

In diesem Moment klopfte es an der Tür, und Gerber trat ein.

Er warf Jo einen erstaunten Blick zu. »Nanu? Das trifft sich ja gut, Kollege.« Dann steuerte er ungewohnt hektisch auf Granzows Schreibtisch zu. »Ich habe vor einer Minute einen Anruf aus der Zentrale erhalten, Chef. Ein Notruf.«

Granzow kniff verärgert die Brauen zusammen. »Verstehe ich nicht. Notrufe sind nicht unsere Sache. Sollen wir uns jetzt um alles kümmern, was in Berlin passiert?«

»Der Notruf könnte in Zusammenhang mit unserer Mordermittlung Katja Zern stehen«, erklärte Gerber. »Nachbarn glauben, einen Schuss und Schreie in der Wohnung Zern in der Lepsiusstraße gehört zu haben. Ein Einsatztrupp ist schon unterwegs. Irgendjemand in der Steglitzer Bereitschaft war anscheinend auf dem Quivive und hat sich an die früheren Suchmeldungen zu Katja Zern, die über den Ticker liefen, und den späteren Leichenfund erinnert. Der Kollege hat die Meldung an uns weitergeleitet.«

Jo, der Gerber mit angehaltenem Atem zugehört hatte, musste sogleich an Nowak denken, den Polizeimeister aus Steglitz, der von Anfang an über seinen engen Bereich hinaus mitgedacht hatte.

Granzow schwieg, er sah schockiert aus.

Gerber blickte Jo an. »Sie waren doch schon in Zerns Wohnung. Wäre gut, wenn Sie zu den Kollegen im Einsatz dazustoßen könnten.«

Jo war seit Gerbers Eintreten und durch die neue Wendung in dem Fall ohnehin wie elektrisiert. »Sicher. Mache ich.«

Granzow ignorierte Jo und richtete seinen brennenden Blick allein auf Gerber. »Sie begleiten Sturm. Lassen ihn keinen Schritt alleine machen. Ist das klar?«

Gerber wandte sich an Jo. »Ein Fahrzeug wartet bereits im Hof.«

×

Ein Mannschaftswagen und zwei Funkstreifen standen unmittelbar vor dem Eckhaus Lepsius- und Malteserstraße. Daneben ein Einsatzwagen der Feuerwehr sowie ein Krankenwagen. Kollegen von der Bereitschaft waren in beiden Straßen postiert, um den Verkehr zu sperren, im Haus waren sämtliche Nachbarn auf allen Etagen angewiesen worden, in ihren Wohnungen zu bleiben.

Gerber hatte bereits während der Fahrt per Funk durchgegeben, dass er mit einem Kollegen, der das Innere der Wohnung Zern kenne, auf dem Weg sei.

Die Einsatzleitung vor Ort hatte Erster Polizeihauptkommissar Kuligk, ein baumlanger Mann Anfang fünfzig mit rotblonden Haaren und einem imposanten Schnauzbart. Sie standen in der zweiten Etage neben dem Käfigfahrstuhl, Zerns Wohnung schräg vor sich.

»Unsere Information ist«, sagte Kuligk, »dass es laut Nachbarn in der Wohnung Zern zuerst lauten Streit und dann einen Knall gegeben haben soll, der sich wie ein Schuss anhörte. Wir haben uns, mit entsprechender Vorsicht natürlich, bemerkbar gemacht und geklingelt, die

Personen, die sich eventuell drinnen aufhalten, angerufen. Keine Reaktion bislang.« Er zog zweifelnd die Schultern hoch. »Vielleicht doch ein Fehlalarm, aber Vorsicht ist die Mutter der Porzellankiste, wa.« Ganz konnte er seinen Berliner Einschlag nicht verbergen, am Ende rutschte ihm doch noch ein »wa« heraus.

»Das meine ich auch«, sagte Gerber. »Zumal wir Anlass haben, in der Wohnung einen Gewalttäter zu vermuten.«

Jo hatte Gerber während der Fahrt im Einsatzwagen, dieses Mal mit Fahrer, berichtet, was er schon Granzow vor Augen geführt hatte. »Mannomann, Sturm, da haben Sie sich ja schön weit aus dem Fenster gelehnt«, hatte Gerber schließlich geantwortet. Was er von Jos Theorie hielt, hatte er jedoch offengelassen.

Jetzt wies Gerber auf Jo. »Kollege Sturm hier kennt die Zern-Wohnung und auch den Bewohner. Ich würde vorschlagen …«

Doch er kam nicht mehr dazu, seinen Vorschlag zu formulieren, denn in dieser Sekunde fiel ein Schuss, laut und trocken, unverkennbar eine Handfeuerwaffe. Und noch im selben Augenblick war ein schriller Schmerzensschrei zu hören, die Stimme eines Mannes, wenn Jo sich nicht täuschte, doch er war nicht sicher.

Kuligk wandte sich erschrocken um und brüllte »Notfalltüröffnung« durch das Haus. Sekunden später war die Etage voller uniformierter Polizisten mit gezogenen, aber noch gesicherten Waffen in den Händen. Zwei Kollegen von der Steglitzer technischen Abteilung öffneten in Sekundenschnelle mittels eines Hebel- und eines Schlagwerkzeugs die Wohnungstür. Sie sprang auf wie eine Nussschale, und die beiden Männer gingen sofort wieder in Deckung. Jo und Gerber war jetzt vom Fahrstuhl her die Sicht versperrt. Zu hören war aber, dass die Beamten ihre Waffen entsicherten und trampelnd in die Wohnung eindrangen.

Sie kamen nicht weit. Denn gleich darauf fiel ein weiterer Schuss. Die Männer konnten allenfalls bis in den Flur der Wohnung vorgedrungen sein, vermutete Jo.

Er vernahm die sich überschlagende Stimme von Max Zern: »Raus aus der Wohnung! Sonst knall ich den Mann hier ab.« Er klang wütend und verzweifelt.

»Tun Sie, was er sagt!«, rief eine offenbar von Angst und Schmerz verzerrte männliche Stimme. »Der meint es ernst, verflucht.«

»Verstanden! Wir verlassen die Wohnung. Ganz ruhig.« Die Stimme von Kuligk, der gleich darauf seinen Leuten Anweisung gab, sich aus der Wohnung zurückzuziehen.

Wie in einem Film, den man zurücklaufen ließ, drängten die Beamten rückwärts wieder aus der Wohnung heraus und zerstreuten sich im Treppenhaus, um in Deckung zu gehen.

Kuligk kam eilig auf Jo zu. »Sagten Sie nicht, Sie kennen den Mann? Wollen Sie versuchen, mit ihm zu reden?«

Jo hörte Gerber in seinem Rücken protestieren: »Hören Sie, Sturm, Sie können nicht einfach …« Doch Jo ließ ihn stehen und bewegte sich mit Kuligk zusammen bis zum zersplitterten Rahmen der aufgebrochenen Wohnungstür vor.

Jo hatte keine Ahnung, was er als Nächstes sagen oder tun würde. Doch dann hörte er sich in den Wohnungsflur hineinrufen: »Herr Zern, hier ist Jo Sturm. Sie erinnern sich, wir haben miteinander gesprochen.«

Keine Antwort. Nur das Wimmern des Mannes, den Zern vermutlich verletzt hatte.

Jo hörte Kuligk in seinem Rücken leise fluchen. »Scheiße, der Mann dreht gleich durch!«

Er überlegte fieberhaft, auf welches Stichwort hin Zern in jedem Fall antworten würde. Ihm fiel nur eines ein: »Herr Zern, ich muss Ihnen etwas über Ihre Frau sagen!«, rief er in den Flur der Wohnung hinein. »Etwas sehr Wichtiges.«

Sekundenlang herrschte Stille. Jo fühlte die Blicke sämtlicher Kollegen im Hausflur und auf der Treppe auf sich lasten.

Dann: »Meine … meine Frau?«

»Von Ihrer Frau Katja!«, antwortete Jo umgehend. Und er schob schnell hinterher: »Sie wollen sicher nicht, dass ich Ihnen vom Flur aus alles zurufe. Das halbe Haus würde mithören.« Er ließ zwei Sekunden vergehen. »Darf ich zu Ihnen in die Wohnung kommen? Es Ihnen dort sagen? Kein Trick dabei.«

»Nein!«, hörte Jo Gerber zischeln. »Auf keinen Fall, Sturm!«

»Kommen Sie«, rief Zern endlich aus der Wohnung heraus. »Aber ohne Waffe. Ohne Waffe, ist das klar!«

Jo wandte sich mit einem fragenden Blick an Kuligk. Der Einsatzleiter drehte sich zu Gerber um, der energisch den Kopf schüttelte.

Jo machte einen Schritt vor und betrat den Flur der Wohnung. »Ich komme und lege die Waffe vor Ihren Augen ab, Herr Zern. Okay?«

»Verflucht noch mal, Sturm!«, hörte er Gerbers wütenden Protest. Doch Jo ließ nun alles hinter sich, was jenseits der zerstörten Wohnungstür lag. Er zog seine Dienstwaffe aus dem Holster und hielt sie in der hoch erhobenen Hand, so dass Zern sie sehen musste, sobald er Jo erblickte.

Den breiten, dunklen Flur entlang, die alten Film- und Theateraufnahmen, rechts der Abzweig zu Küche und Bad, links das Wohnzimmer, dessen Tür weit aufstand.

Ihm plötzlich direkt gegenüber: Zern. Mit kalkbleichem Gesicht, schweißnassem Hemd, die Waffe auf Jo gerichtet. »Weg mit dem Ding.«

Jo legte seine Dienstwaffe vorsichtig auf den Boden und hob die Hände. Noch immer konnte er den Mann nicht erkennen, den Zern in seiner Gewalt hatte. Erst als der vorsichtig zurück ins Zimmer wich, sah er eine gekrümmte Gestalt in einem der Sessel, beide Hände auf eine blutende Wunde etwas oberhalb des rechten Knies gepresst. Ein Mann mit dunklen, leicht welligen Haaren, um die vierzig, mit langem, kränklich grauem Pferdegesicht, zu denen die überaus großen gelben Zähne passten, die er zwischen den dicken Lippen bleckte, weil er es vor Angst und Schmerz nicht mehr aushielt.

Zern befahl Jo mit einer Bewegung seiner Pistole, sich in den Sessel gegenüber zu setzen. Er selbst blieb aufrecht stehen, die Waffe in der Hand, deutete er auf den Mann. »Bisher hat er nur einen Streifschuss abbekommen, wie Sie sehen. Wenn er noch einmal schreit, knall ich ihn ab wie einen Hasen.«

Jos Herz raste bereits, seitdem er den Flur betreten hatte. Jetzt glaubte er, dass zusätzlich sein Kopf platzen würde, wenn er es nicht schaffte, Zern so schnell wie möglich zu beruhigen.

Der Schauspieler war nicht wiederzuerkennen. Die Verzweiflung über seine Lage stand ihm ins Gesicht geschrieben. Aber mit der Waffe in der Hand zeigte er die typische Brutalität des Schwächlings, den bereits Schwittow richtig in ihm gesehen hatte.

»Also?« Zern bewegte seine Pistole. »Was haben Sie mir von meiner Frau zu sagen, Polizist?«

Jo wusste nur eines, dieser Mann vertrug keine schlechten Botschaften mehr. So ruhig wie möglich sagte er: »Sie denken wahrscheinlich, Ihre Frau hätte ein Verhältnis mit Beringer gehabt, Herr Zern. Aber das stimmt nicht.«

»Nicht?« Zern lachte bitter auf. »Ich habe sie doch zusammen *gesehen* in der Nacht. Vor der ... Kongresshalle. Als sie so spät noch aus dem Haus ging, wusste ich gleich, dass sie ihn treffen wollte. Katja verschloss zwar ihre Recherchen, aber nicht ihre Kontaktdaten. Der Name Beringer tauchte immer wieder auf, war auch nicht schwer rauszubekommen, dass der Mann ein hohes Tier aus Amerika war. Und mir dämmerte, dass der Ami nur aus zwei Gründen nach Berlin gekommen war: wegen der neuen Kongresshalle. Und wegen Katja. – Schweinehund hier hat mich zuerst auf den Gedanken gebracht.« Er schwenkte die Waffe zu dem verletzten Mann im Sessel herum, der vor Schreck kurz aufschrie, sich aber weiter das verwundete Bein hielt. Vielleicht nur eine Fleischwunde, deren Blut sein helles Hosenbein aber nach und nach tränkte.

Zern fuchtelte weiter nervös mit der Pistole vor dessen Gesicht herum. »Schweinehund war mir schon vorher aufgefallen. Brachte meine Frau mit seinem Taxi zurück. Wartete dann aber ewig vor dem Haus. Manchmal auch, wenn er sie nicht gefahren hatte.«

Zern richtete plötzlich seine Waffe direkt auf den Kopf des Mannes, der sich entsetzt die blutverschmierten Hände vor das Gesicht schlug und wimmerte wie ein Kind. »Fragen Sie *Schweinehund*, Polizist, ob Katja was mit dem Amerikaner hatte. Los, fragen Sie ihn.«

Jo schwieg. Der Mann begann von selbst zu reden, mühsam und stöhnend an Zern gerichtet. »Mein Gott, Zern, ich habe *nie* behauptet, Ihre Frau hätte was mit Beringer!«

Zern stieß ihm den Waffenlauf gegen die Stirn. »Dass es nur Beringer sein konnte, habe ich selbst rausgefunden. Aber *du* hast gesagt, sie hätte was mit jemandem. Deshalb würdest du vor unserem Haus warten. Um sie zu seinem Hotel zu fahren und wieder zurück.«

»Zern, mein Gott, ich hab das … ich hab das nur gesagt, weil Sie mich überrumpelt … weil Sie mich vor dem Haus entdeckt hatten. Und plötzlich hinter mir saßen … ah verdammt!« Er presste wieder beide Hände auf sein Bein.

»So wie heute wieder, was? Nur diesmal mit der Waffe im Genick.« Zern hielt sie ihm triumphierend dicht vor die Augen. Der Mann starrte auf die Laufmündung wie in einen Höllenschlund.

»Deinen Standplatz am Savoy habe ich schnell herausgefunden, Schweinehund. Glaubst du, ich hätte nicht eins und eins zusammenzählen können, he? Katja und ein Geliebter im Hotel, Beringers Name in ihren Kalenderdaten und dein Taxi vor dem Savoy, seinem Stammhotel?«

»Das war alles … ein Missverständnis.«

»Ein *Missverständnis*?« Zerns sarkastisches Grinsen im Gesicht schlug in blanken Hass um. »Ich habe in den letzten Tagen nach dir gesucht, Schweinehund. Vor dem Savoy, an anderen Standplätzen. Du wusstest Bescheid. Du bist mir ausgewichen. Denn du bist ja kein normaler Taxifahrer, kein anständiger Taxifahrer. – *Oder*?«, schrie Zern ihn plötzlich an.

Vom Flur her hörte Jo auf einmal Kuligks Stimme: »Sturm, alles in Ordnung mit Ihnen?«

Zern schien auf Kuligks Rufen gar nicht zu achten.

Jo wagte, »Alles in Ordnung!« zu rufen.

Zern stierte weiter den Verletzten an. »Na los, Schweinehund. Sag unserem jungen Polizisten, wer du bist. Was du machst. Wehe, du lügst, dann ist als Nächstes dein anderes Bein dran.«

Der Mann ignorierte Jo weiterhin und erwiderte stattdessen panisch Zerns Blick, unterwürfig wie Hitlers Hund: »Zern, Sie … Ich sollte Beringer im Auge behalten. Für die Amerikaner. Seine Wege, seine Kontakte, auch im Hotel. Dort hatte ich einen … einen Informanten.«

Dieser »Informant« konnte nur Pasewalk gewesen sein, der Hoteldetektiv, ging Jo durch den Kopf. Eine andere Erklärung gab es nicht.

»Aber du warst schon früher hinter ihr her, Schweinehund, schon im Sommer, als ich dich das erste Mal erwischt habe, vielleicht sogar noch früher.« Zern richtete die Pistole direkt auf die zuckende, schweißnasse Stirn des Mannes, der kurz vor einer Ohnmacht zu stehen schien.

»Aber doch nur, weil mein Verbindungsmann von den Amis sagte, Beringer könnte daran arbeiten, geheime Informationen zu verraten. Und in Berlin gehörte eben auch Ihre Frau zu seinen Kontakten. *Nur deshalb* stand ich mit dem Taxi öfter vor Ihrem Haus. Oder hab sie gefahren. Auch wenn Beringer nicht in der Stadt war.«

»Scheißkerl! Mir hast du gesagt, sie hätte was mit jemandem, als ich dich das erste Mal vor dem Haus überrascht habe!«

»Ich … ich war … Es war praktisch Notwehr. Ich durfte ja nicht auffliegen, ich konnte doch nicht die Wahrheit … die Amis, diese CIA-Leute, sie nennen es Des… Desinformation.«

Desinformation, dachte Jo, war eigentlich die typische Geheimdienstmethode der Russen. Das hatten die Amerikaner ihm bereits in Camp Campbell warnend mit auf den Weg gegeben.

Der Mann, so sehr er im Augenblick vor Schmerzen litt, war ihm schlicht zuwider. Aber wenn es stimmte, was er sagte, dass die CIA in den Fall Beringer verwickelt war, dann erklärte das, warum die Amerikaner – ausgerechnet die Amerikaner! – nach dem anfänglichen Ermittlungsdruck plötzlich kein Interesse mehr daran gehabt hatten. Oder vielmehr ein Interesse daran, seine Aufklärung zu verhindern. Vermutlich hatte ihr eigener Geheimdienst dem Headquarter mitgeteilt, dass Beringer – und mit ihm Katja Zern – observiert worden waren. Und zwar nicht nur von »Schweinehund«, der sicher nur ein winziges Rädchen im Getriebe war, sondern von einem Netz aus Agenten. Zu dem anscheinend auch Julia Range gehört hatte. Die aber wohl nicht erst seit gestern für die Gegenseite arbeitete. Wie auch immer die Informationen nach den Morden hinter den Kulissen geflossen waren, bald hatte das Headquarter Gewissheit, dass deren Aufklärung auf den eigenen Geheimdienst zurückweisen würde. Zern hatte ihnen gewissermaßen ins Handwerk gepfuscht. Ein Wrack von einem Mann, beruflich gescheitert, alkoholabhängig, krankhaft eifersüchtig, schließlich zusätzlich aufgestachelt durch Schwittows privaten Schnüffelauftrag und den »Taxifahrer«, der mit seinen dilettantischen Ausreden Zerns Eifersuchtswahn noch befeuert hatte.

Dieses kleine Rad im Getriebe der CIA-Aktivitäten, der als vermeintlicher Taxifahrer optimale Bewegungsfreiheiten in der Stadt besaß, atmete nun immer hektischer und wand sich vor Angst im Sessel.

Zern hielt ihm die Pistole wieder direkt vor das Gesicht. »*Du* hast meine Frau auf dem Gewissen, Schweinehund! Ich habe ein paar Tage gebraucht, um darauf zu kommen. Aber dann wurde mir klar, dass Schwittow nicht dafür infrage kam. Es machte keinen Sinn. Was ihn belastete, besaß ich ja inzwischen. Aber *du*, Schweinehund: Kein normaler Taxifahrer verhält sich so. Ich wusste, ich würde dich finden. Heute war es so weit.«

Zern schien unmittelbar davor, abzudrücken. Jo begriff, dass er etwas tun, etwas sagen musste, um Zerns Aufmerksamkeit auf sich zu lenken, weg vom Taxifahrer.

»Aber was ist mit Beringer?«, rief er. »Warum haben Sie ihn getötet?«

Zern fuhr herum, die Pistolenmündung nun direkt auf Jo gerichtet. »Kapieren Sie denn immer noch nicht, Polizist?« Zern schien noch wütender zu werden. »Ich sagte doch, ich bin ihr nach, Freitagnacht. Wusste, sie will zu ihm, zu Beringer. Hab die Waffe aus der Lade genommen, als wäre es das Normalste von der Welt, und bin in den Wagen unten. Ihr Taxi, das sie gerufen hatte, fuhr gerade ab. Ein *echtes* Taxi. Weil Schweinehund ja schon an der Kongresshalle war. Um auf Beringer aufzupassen.« Er warf dem Mann im Sessel blitzschnell einen verächtlichen Blick zu.

»Woher wussten Sie, dass Ihre Frau zur Kongresshalle fahren wollte?«

Zern konzentrierte sich wieder auf Jo. »Wusste ich gar nicht. Zuerst dachte ich, sie fährt zu ihm ins Hotel. Aber das Taxi steuerte Richtung Tiergarten, da war mir klar, dass sie ihn an der Kongresshalle treffen wollte. Weil Beringer dort sicher noch wegen des Eröffnungsgedöns war. Sie stieg am Spreeweg aus dem Taxi. Günstig, wegen der kleinen Parkbucht dort. Hab den Wagen abgestellt und bin ihr hinterher. Der Ami stand schon rauchend auf der Empore der Kongresshalle und kam die Stufen hinunter wie der Kaiser von China.« Jo konnte noch jetzt, da Zern die Szene schilderte, dessen mörderische Wut fühlen. »Sie gingen zusammen zur Querallee, am kleinen Querweg blieben sie plötzlich stehen, da war es noch dunkler. Ich war ihnen zwischen den Büschen nachgegangen. Ich hatte die Waffe schon in der Hand. Gar nicht drüber nachgedacht. Der erste Schuss, und er fiel lang hin. Katja schrie auf. Seinen Namen. Ich schoss noch einmal. Ich hörte, wie sie wegrannte, es war zu dunkel, um zu erkennen, in welche Richtung. – Aber der da weiß es. Nicht wahr, Schweinehund!«

Zern fuhr auf einmal herum und stieß die Waffe gegen die Stirn des Mannes.

Jo sah, wie sich seine Hose hüftabwärts dunkel färbte, er nässte sich buchstäblich ein.

Zern drückte ihm den Lauf noch stärker gegen die Stirn. »Sag, was du mit ihr gemacht hast, Schweinehund! Sonst.«

Die Todesangst diktierte ihm jetzt die Worte, die er aus sich herauspresste: »Ich hatte doch keine Wahl, Zern. Ich wartete vor der Kongresshalle, bis Beringer herauskam. Ihre Frau tauchte auf, sie gingen zusammen zur … zu der Allee. Woher sollte ich wissen, dass Sie sich an Ihre Frau gehängt hatten? Sie kamen plötzlich von der anderen Seite, Herrgott aus dem Gebüsch wie ein … Sie schossen, Ihre Frau rannte fort, ich bin natürlich hinter ihr her. Musste das tun, Zern. Hatte sie Material von ihm bekommen? Ich holte sie ein, sie wollte schreien, ich wollte sie doch nur zum Schweigen … Dabei habe ich sie … Und danach zum Taxi geschleift, stand ja ganz in der Nähe … und bin weg mit ihr in den … Aber …«

Zern zitterte jetzt am ganzen Leib. Jo spürte, dass er unmittelbar davorstand, den Mann zu erschießen.

Er versuchte erneut, die Aufmerksamkeit auf sich zu lenken: »Warum sind Sie danach, in der Nacht noch, zu Schwittow gefahren, Herr Zern? Das verstehe ich nicht.«

Zern sah Jo an, als wäre er ein Außerirdischer. Er

schien nahe daran, den Rest an Verstand zu verlieren, den er noch besaß. »Was? Was wollen Sie von mir, Polizist?«

»Schwittow – warum sind Sie in der Nacht noch zu ihm gefahren, nachdem Sie Beringer erschossen hatten?«

Jo spürte, dass die Frage Zern plötzlich unerwartet gefangen nahm. »Da war dieser … dieser Umschlag. Beringer lag da, ein heller Umschlag schimmerte neben ihm, selbst im Dunkeln noch. Auf einmal … war meine Wut wieder da. Was war das: eine Hotelbuchung für das schöne Liebespaar? Ein Plan für eine gemeinsame Reise? Ich hob den Umschlag auf und nahm ihn mit. Ich hörte bereits Leute kommen. Sie hatten die Schüsse gehört. Bin weg, quer durch den Park, zu meinem Wagen.« Er schien den Faden zu verlieren.

»Und dann?«, setzte Jo nach, ehe Zern sich wieder dem Mörder seiner Frau zuwenden konnte. »Sind Sie nach Hause?«

»Ja.«

»Ihre Frau war nicht dort.«

»Nein.«

»Wunderten Sie sich darüber?«

»Nein. Ich dachte …, sie wäre wohl schon bei der Polizei. Vielleicht hatte sie mich sogar erkannt. Wenn nicht, würde sie es bald heraushaben. Ich fühlte die Pistole in meinem Mantel. Ich …« Seine Augen wanderten über den kurzen Lauf der Waffe.

»Sie waren am Ende.«

»Das Gefühl war auf einmal da. Wie … eine schwarze Wand. Verstehen Sie?« Seine Körperhaltung drückte mehr und mehr Kraftlosigkeit und Resignation aus. Er musste sich mit der freien Hand an der Rückenlehne eines Stuhls festhalten.

»Ja, ich verstehe Sie«, sagte Jo. »Und dann?«

»Bemerkte ich den Umschlag in der anderen Manteltasche.«

»Sie öffneten ihn?«

Zern zog resigniert eine Schulter hoch.

»Es war keine Hotelbuchung, keine Reiseroute darin.«

»Nein.«

»Sondern eine Art Anklage gegen Schwittow. Und Ratibor. Richtig?«

Er nickte.

»Jetzt erkannten Sie, was genau Ihre Frau gegen Schwittow in der Hand gehalten hatte.«

»Ich begriff jetzt erst so richtig, warum Schwittow mich immer wieder angestiftet hatte, Katja auszuspionieren. Und dass sie nun nie mehr zu mir zurückkehren würde, war auch seine Schuld. Vor allem seine Schuld. Wenn *er* mich nicht ermutigt hätte … Ich hasste diesen Schwittow. Wenn er nicht … gewesen wäre, ich wäre doch gar nicht auf die Idee gekommen …«

Die Lebenslüge eines vollkommen gescheiterten Menschen, dachte Jo. – Als Zern plötzlich eine blitzschnelle Drehung mit der Pistole machte und sie zitternd auf den Taxifahrer richtete. »*Und wenn du mich nicht reingelegt hättest, Schweinehund* …«, brüllte er und drückte ab. Eine rote Fontäne schoss aus der rechten Schulter des Mannes.

Der Knall war ohrenbetäubend. Der Mann schrie wie am Spieß. Jo war sekundenlang wie gelähmt. Zern schien ebenfalls wie erstarrt. Dann fuhr er plötzlich herum. Auch Jo hörte jetzt die lauten Kommandos im Flur. Zern schoss zweimal in Richtung Flurtür, dann flog sein Arm wieder in die Gegenrichtung, und er drückte ein weiteres Mal ab. Der Schuss traf den Mann in sein rechtes Auge, der Kopf flog nach hinten gegen die Sessellehne, als wäre er selbst ein Geschoss. Jo versuchte, sich auf Zern zu stürzen. Doch der war bereits an der Tür und richtete die Waffe frontal auf zwei Beamte in Schutzmontur, die plötzlich auftauchten. Zern erhielt aus nächster Nähe zwei Kopftreffer, die Kugel, die den Brustkorb traf, fuhr durch den Körper hindurch und schlug in der hinteren Wand des Wohnzimmers ein. Sie hatte Jo nur um Haaresbreite verfehlt.

Samstag, 5. Oktober 1957

Die Stimmung in der »Badewanne« war anders als sonst, trauriger, melancholischer. Inge Brandenburg widmete den Rest ihres Auftritts, der bis Mitternacht, also noch eine halbe Stunde dauern sollte, ihren Eltern, wie sie sagte. Der Vater, ein Kommunist, sei von den Nazis zu Anfang des Kriegs in Mauthausen, die Mutter als angeblich »Asoziale« kurz vor Kriegsende in Ravensbrück umgebracht worden. Inge flehte im nächsten Stück geradezu um »Somebody to watch over me«, und die Hausband spielte, als wäre sie mit Gershwin aufgewachsen. Getanzt wurde trotzdem, Hand in Hand, hip to hip, beinahe klassisch.

Jo saß mit dem heute ebenfalls eher nachdenklich wirkenden Frank Stewart zusammen, an einem der hintersten Tische im Raum, unter einem riesigen Plakat von George Shearing am Piano. Zwei Tische weiter umschlang Helen einen großen GI, den Jo bereits vor einer Woche in der »Badewanne« gesehen hatte. In den Kusspausen sah sie sich mitunter um und zwinkerte Jo fröhlich zu, worauf er sein Bierglas anhob, um ihr weiter viel Vergnügen mit der neuen Eroberung zu wünschen. Er mochte Helen, sie war der Inbegriff von Lebenslust.

»Ihr habt einen neuen Bürgermeister, Jo. Gratuliere!«, sagte Frank, nachdem er länger schweigend der Musik gelauscht hatte. »Interessanter Typ, er regiert quasi undercover.«

»Undercover? Das nun nicht gerade.«

»Ihr nennt ihn Willy. Aber sein Geburtsname ist … whatever.«

Jo wusste es auch nicht. Nur dass ihr neuer Regierender seinen Tarnnamen aus dem Exil in Skandinavien beibehalten hatte.

Frank nahm einen Schluck, zündete sich eine Zigarette an und ließ auch Jo eine Lucky aus seiner Schachtel ziehen.

Jo dachte über Franks abschließende Worte zum Beringer-Fall nach. Der nach dem blutigen Ende vor einer Woche in Zerns Wohnung auch für die Amerikaner sein offizielles Ende gefunden hatte. »Im Headquarter sind wieder alle glücklich«, hatte Frank gelacht. »Beringers Killer war ein eifersüchtiger Schauspieler mit zu viel deutschem Schnaps unter der Haube. Privatsache also. Und seine Freundin Katja wurde von einem Berliner Taxifahrer ermordet. Versuchter Raubmord.«

»Der Taxifahrer war von euren Leuten angeheuert worden! Von der CIA«, hatte Jo ihn erinnert. Aber das würde nie mehr jemand beweisen können.

Was sie mittlerweile über »Schweinehund« wussten, teilweise aber auch spekulierend ergänzen mussten, ließ in die dunkelsten Abgründe blicken. Wolfram Leiber, so sein angeblicher Name, war SS-Mann, Teil eines Erschießungskommandos im Osten, dort erster Kontakt zu dem Nachrichtenchef der Wehrmacht, Gehlen, dessen dunkle Organisation ihm nach dem Krieg eine neue Identität verschafft und als Agenten angeheuert hatte. Unter den Kriegsheimkehrern aus Russland war Leiber offenbar der gleichgesinnte Pasewalk aufgefallen, dessen Tarnname und neue Identität sich ebenfalls der Organisation Gehlen verdankten. Die beiden Altnazis Leiber und Pasewalk wurden als Taxifahrer und Hoteldetektiv im offiziellen Beruf ein eingespieltes Team, das im Graubereich der westlichen Geheimdienste auch für die CIA arbeitete. Genaueres war im Präsidium nicht zu erfahren. Jos

Behauptung, dass Leiber auch Pasewalk ermordet habe, wurde für unerheblich befunden, da »sein« Täter, Leiber, schließlich ebenfalls tot sei. Jo hatte strikte Anweisung erhalten, sie als ebenso unbewiesen zu behandeln wie sämtliche Details, die er zu den »vermeintlich internationalen, geheimdienstlichen« Hintergründen ermittelt hatte. Die Akten konnten geschlossen werden.

Jo zog an seiner Zigarette und sah Frank fragend an. »Wie wird der Fall Beringer bei euch im Haus, im Headquarter meine ich, eigentlich gewertet?«

Frank setzte eine ironische Miene auf. »Als Glücksfall.« Er nahm noch einen Schluck. »Beringer hatte Informationen, die der CIA sehr wehgetan hätten. Genaueres willst du nicht wissen, Jo, und selbst wenn, könnte ich es dir nicht sagen, weil ich nichts darüber weiß. Beringer hatte offenbar einen Tipp bekommen, sich bei nächster Gelegenheit in Paris von einem CCF-Insider informieren zu lassen, der Skrupel über gewisse Machenschaften der CIA bekommen hatte. Diese Informationen hat Beringer in Paris anscheinend auch bekommen. Fotos irgendwelcher Listen und Namen, was weiß ich. Alles auf einem Minifilm.«

Jo nickte. »Der Film ist in unseren Akten kurz aufgetaucht und dann wieder verschwunden. Wie von Geisterhand.«

»Wundert dich das, Jo?«

»Die CIA muss hinter dem Film her gewesen sein, als wären Nacktaufnahmen eurer First Lady darauf!«

Frank grinste. »In der Sauna. Zusammen mit Chruschtschow.«

Während sich Frank köstlich über die Vorstellung amüsierte, fiel Jo auf einmal Schwittow ein. Dem das Lachen bald gründlich vergehen dürfte. Ebenso Ratibor. Im Anschluss an die Schießerei letzte Woche war Zerns

Wohnung auf Jos ausdrücklichen Wunsch hin nicht nur versiegelt, sondern sogleich gründlich durchsucht worden. Unter den sichergestellten Dokumenten fand sich auch das von Luise Möller unterzeichnete Dokument, das Max Zern in der Mordnacht bei Beringers Leiche gefunden hatte. Möllers Aussage über Schwittow, Ratibor und das gefledderte »Vademecum«. In einer Zeiss-Ikon-Dokumentenkamera fand sich zudem ein belichteter Film. Katja Zern hatte Möllers unterschriebene Erklärung Seite für Seite fotografiert, ehe sie mit dem Original zur Kongresshalle gefahren war, um es Beringer zu übergeben. Eine Sicherheitskopie, höchst professionell ausgeführt. Das war also der Grund gewesen, warum sie nach ihrem Besuch bei Luise Möller noch einmal nach Hause gefahren war – was Beringer und danach auch ihr selbst zum Verhängnis geworden war. Weil es Max Zern die Gelegenheit verschafft hatte, ihr zu folgen.

Es war jetzt Aufgabe der Kollegen von der Wirtschaftskripo, den Erben des wahren Autors, Heymanns Neffen in Schweden, ausfindig zu machen. Die Anklage der Staatsanwaltschaft gegen Schwittow und Ratibor dürfte nicht lange auf sich warten lassen. Und wenn doch, so kannte er jemanden – sich selbst –, der in diesem Fall liebend gern die undichte Stelle war, durch die die Presse davon erfuhr.

Da die Gläser leer waren, gab Frank dem Kellner Zeichen, doch der nahm ihn nicht wahr. Jo bot sich an, für Nachschub zu sorgen, stand auf und zwängte sich durch die dichten Reihen in Richtung Theke. Inge Brandenburg hatte den Blues, nur wenige Paare tanzten, umso gedrängter stand das Publikum.

An einem kleinen Tisch, hinter einem Pfeiler, der mit tanzenden Noten auf schwankenden Linien geschmückt war, entdeckte Jo plötzlich ein bekanntes Gesicht: Lore.

Die sichtlich ergriffen lauschend neben ihrer äußerst gelangweilt wirkenden Freundin mit dem schwarzen Pferdeschwanz saß.

Im gleichen Moment erkannte auch Lore ihn. Sie legte ihren Kopf ein wenig schräg und lächelte ihm zu.

Jo war mit zwei großen Schritten rasch bei ihr, ehe die Lücke zwischen ihnen sich wieder schloss. In Ermangelung eines Stuhls, der wohin auch immer entführt worden war, ging er in die Hocke und legte seine Ellbogen auf den Tisch, gleich neben dem Glas Cola, das vor ihr stand. Er fühlte den taxierenden Blick ihrer Freundin – hieß sie Christa oder Christine? – und ignorierte ihn.

Er sah in Lores schönes, lächelndes Gesicht. »Was macht der April in Paris?«

Sie stutzte kurz und lachte dann. »Ach, Sie meinen Count Basie. Hab es für das Nachtprogramm vorgeschlagen.«

»Und?«

Sie beugte sich zu ihm herunter und brachte ihre Lippen an sein Ohr: »Dekadente kapitalistische Erscheinung. Gift amerikanischer Kriegstreiber zur Verseuchung der Jugend, die Anspruch auf eine saubere Tanzmusik hat. Wörtlich.«

Er hörte, was sie sagte, achtete aber kaum darauf. Er spürte den warmen Hauch ihres Atems an seinem Ohr, ihre weiche Haut an seiner Wange. Er fühlte sein Herz gegen seine Rippen hämmern, als wollte es ausbrechen. – Was, zum Teufel …?

»Jo?« Sie hatte den Kopf ein Stück zurückgenommen und sah ihm mit gespielter Besorgnis in die Augen. »Das war ein Zitat, wie gesagt. Nicht *meine* Meinung »Ihr Gesicht näherte sich ihm wieder, sie sagte, mit dunkel vibrierender Stimme: »Im Gegenteil.«

Ihre großen Augen waren auf einmal so dicht vor seinen, ihr Mund so nah, dass er um ein Haar den Kopf verloren und sie geküsst hätte.

Doch als hätte sie es gespürt – hatte sie? –, ruckte sie wie eine Taube mit dem Kopf zurück und schaute mit ihren kastanienbraunen Augen über ihn hinweg zur Tanzfläche.

Nein, sie lauschte.

»I didn't know what time it was …«

Sie sah ihn wieder an. »Wollen wir tanzen, Jo?«

Sie wartete seine Antwort nicht ab, sondern ergriff seine Hand, stand auf und zog ihn mit der größten Selbstverständlichkeit hinter sich her, als wäre er ihr persönlicher Besitz.

»I didn't know what day it was …«

Er hörte wie von sehr weit her Franks Stimme seinen Namen rufen. »Was ist mit meinem Bier, Mann?«

Es war ihm egal, er folgte Lore in ihrem eng anliegenden cremefarbenen Kleid und wusste nicht, worüber er mehr staunen sollte: dass sie durch die dichten Reihen ging wie ein warmes Messer durch ein Butterstück oder dass er ihr folgte, als würde er gerne tanzen, sowieso und immer schon.

»I did not know what year it was, live was no prize.«

Auf der Tanzfläche befand sich nur ein halbes Dutzend Paare, das langsam seine Runden drehte.

Doch es kam ihm vor, als wären sie nur dazu da, die Bühne für seinen Aufritt mit Lore zu bereiten. Oder ihren Auftritt mit ihm, denn er hatte nicht das Gefühl, sie in irgendeiner Weise zu führen.

»Grand to see your face, hear your voice, feel your touch.«

Er legte seinen Arm um ihre schmale Taille und spürte ihren Körper, als wäre es sein eigener. Ihre Hand lag in seiner, ihr Gesicht streifte seine Wange, er sog ihren frischen Lavendelduft ein und schmeckte ihren Atem.

»Grand to be alive, to be young, to be mad, to be …«

The Dikes Magazine, Juni 1966

Im Februar 1957 bekam der für seine großzügige Kunstförderung bekannte Robert L. Seaman, Bauunternehmer aus Leakwood, New Jersey, überraschend Besuch von drei gediegenen Herren in feinen Anzügen. Es brauchte nicht viel Phantasie und nur einige scheinbar beiläufige, in Wahrheit aber gezielte Bemerkungen, um Seaman klarzumachen, dass die Männer der CIA angehörten.

Unverblümt machten sie Seaman einen Vorschlag, den er als patriotischer Amerikaner, so meinten sie, unmöglich ablehnen könne. Er möge doch, bitte schön, eine Stiftung seines oder eines beliebigen anderen Namens gründen, um dem Auftraggeber der drei Herren – sprich: der CIA – die Gelegenheit zu geben, das Konto dieser Stiftung großzügig zu füllen. Er brauche nichts weiter zu tun, könne die Hände in den Schoß legen, derweil kompetente Mitarbeiter des bekannten Congress for Cultural Freedom, kurz CCF, sich darum kümmerten, dass die Gelder der neu gegründeten Stiftung amerikadienlichen Zwecken zugeführt würden.

Auf Seamans erstaunte Nachfrage, worin denn diese Zwecke genau bestünden, erhielt der Unternehmer die Auskunft, dass es sich um die weltweite Förderung freier Kunst handele, die *ihm* am Herzen liege, wie man wisse, und die *Amerika* so auszeichne. Im Kern, so erfuhr Seaman, gehe es um die Förderung freier Kunst gegenüber kommunistischer Propaganda, die sich nur als Kunst *tarne*. Um abstrakte Kunst im Gegensatz zum sozialistischen Realismus. Um die Unterstützung politisch liberaler Zeitungen, Zeitschriften und anderer Medien im

Kampf gegen die kommunistische Propaganda, für die linksliberale Künstler und Schriftsteller leider anfällig seien. Und nicht zuletzt gehe es um die Unterstützung moderner, freier Formen in der Architektur amerikanischer Prägung im Gegensatz zu stalinistischen Monumentalbauten nach dem Vorbild von Zuckerbäckern. Um die neue Kongresshalle beispielsweise, die Amerika gerade für West-Berlin baue, gegen die Protzbauten der Stalinallee in Ost-Berlin.

Doch Robert L. Seaman hatte lange genug in der für ihre ruppigen Methoden bekannten amerikanischen Baubranche gearbeitet, um sich von drei Männern in dunklen Anzügen nicht einschüchtern zu lassen. Er lehnte deren Ansinnen dankend ab, drohte ihnen gar, damit an die Öffentlichkeit zu gehen. Sprach aber, weil er das Ganze dennoch nicht auf die leichte Schulter nehmen wollte, mit seinem Freund, dem Architekturkritiker und Schriftsteller Rudy Beringer darüber. Kurz darauf fiel Seaman einem mysteriösen Autounfall zum Opfer.

Doch dieser offensichtlichen Warnung zum Trotz – oder gerade wegen ihr – hielt Beringer es für seine Pflicht gegenüber seinem mutmaßlich von der CIA ermordeten Freund, der Sache auf den Grund zu gehen. Er sammelte heimlich Informationen bei seinen zahlreichen beruflichen und privaten Kontakten in den USA und in Europa, insbesondere in Westdeutschland; Beringer war deutscher Herkunft. Er stieß auf immer mehr Hinweise, dass die CIA eng mit dem Congress of Cultural Freedom, CCF, zusammenarbeitete – um ausgerechnet linksliberale Künstler in Westeuropa – insbesondere in Westdeutschland – über Tarnstiftungen zu finanzieren.

So fand Beringer heraus, dass die CIA auf ihre Art auch die Berliner Kongresshalle – von der lokalen Presse später »Schwangere Auster« getauft – »förderte«. Schon das

Eröffnungsprogramm im Herbst 1957 sollte maßgeblich vom Congress of Cultural Freedom mitgestaltet werden. Beringer selbst war dazu eingeladen worden – mutmaßlich auf Vorschlag der Deutschen –, wie auch eine Reihe anderer Künstler, Wissenschaftler oder Schriftsteller, darunter der Philosoph Theodor W. Adorno, der Dramatiker Thornton Wilder oder die Tänzerin Martha Graham.

Es hat etwas unfreiwillig Komisches, zumindest aber Ironisches, dass ausgerechnet ein demokratisch kaum kontrollierbarer Geheimdienst wie die CIA meinte, linke und liberale Künstler vor dem Kommunismus retten zu müssen.

Für Rudy Beringer endete seine Wahrheitssuche in dieser Sache jedoch ebenso tragisch wie für seinen Freund Seaman, ja sogar noch mysteriöser. Beringer hatte nach langem Suchen einen Informanten in der Pariser Zentrale des Congress of Cultural Freedom gefunden. Von dort aus steuert der CCF weltweit seine Aktivitäten. Von diesem Informanten erhielt Beringer – einer Quelle zufolge, der ich überaus zu Dank verpflichtet bin – eine Liste von Tarnstiftungen der CIA, in deren Auftrag der Congress of Cultural Freedom »gewaschenes Geld« an Künstler und Intellektuelle auszahlte. In Geheimdienstmanier erhielt Beringer einen Mikrofilm, den er einer befreundeten Journalistin in Westberlin heimlich überreichen wollte. Doch dazu kam es nicht mehr. Denn Beringer und die Journalistin – ihr Name ist Katja Zern – wurden unmittelbar nach der feierlichen Eröffnung der Kongresshalle in Westberlin ermordet. Nach Polizeiangaben handelte es sich um eine private Eifersuchtstat in Kombination mit einem Raubüberfall durch zwei flüchtig miteinander bekannte Täter. Beringers Mikrofilm aus Paris wurde offiziell nie erwähnt.

Doch die Geschichte ist noch nicht zu Ende.

Vor Kurzem fiel einer langjährigen Angestellten des New Yorker Verlagshauses Claim beim Umzug des Verlagsarchivs ein schmales Paket aus Paris wieder in die Hände, das, wie sie sich erinnerte, kurz nach Beringers Tod in Berlin und seiner Aufklärung durch die Berliner Polizei im Verlag eingetroffen war. Darin befanden sich fünfzig entwickelte Schwarz-Weiß-Fotos im Format 8 x 11 eines Mikrofilms mit Listen von Stiftungsnamen sowie Beringers handschriftliche Notizen dazu, die damals – und bis heute – kein Mensch dort verstand. Sie waren – nicht ganz fehlerfrei – auf Deutsch verfasst. Beringer hatte die Filmabzüge offensichtlich bereits in Paris erhalten und als Sicherheitskopien an sich selbst bei seinem New Yorker Verlag geschickt. Den Negativfilm aber, die winzige Spule einer unscheinbaren Minox-Filmkassette, hatte er zur Übergabe an die Journalistin Katja Zern mit nach Berlin genommen. Für weitere Recherchen und zur Veröffentlichung des Materials, wie man annehmen darf.

Es ist davon auszugehen, dass es keine weiteren Kopien des Films mehr gibt, da sie nach Beringers Tod nirgendwo mehr auftauchten. Vermutlich hat seine Pariser Quelle, wahrscheinlich ein CCF-Insider, alle Spuren seiner Materialübergabe an Beringer verwischt – oder aber er selbst wurde unmittelbar danach »fortgewischt«. Zwar soll auch eine Mitarbeiterin des Westberliner Büros der »Mother of Berlin«, Eleanor Dulles, Kontakt zu Beringer gehabt haben. Doch diese Mitarbeiterin stellte sich später als eine Agentin des tschechoslowakischen Auslandsgeheimdienstes heraus. Nach ihrer Enttarnung und Flucht hinter den Eisernen Vorhang wurde Beringers Material jedoch vom Osten nicht veröffentlicht. Entweder hatte die Agentin Beringer das brisante Filmmaterial nicht entwenden können. Oder aber die östlichen Geheimdienste fürchteten, dass die Amerikaner leichtes Spiel hätten, das Material als allzu offensichtliche Kampagne ihrer bekannten Desinformationsstrategie abzutun.

Denn in der Tat, es erscheint geradezu absurd, dass sich politisch linksstehende und liberale Schriftsteller, Künstler, Musiker und Wissenschaftler ausgerechnet von der CIA bezahlen ließen! Der Zweck, das heißt, der Kampf gegen die Unterdrückung der Freiheit im Namen des Kommunismus rechtfertigt nicht jedes Mittel. Der Versuch systematischer Manipulation nahezu der gesamten westdeutschen und -europäischen Kulturszene durch den amerikanischen Geheimdienst ist nicht zu rechtfertigen, sondern ein Skandal.

Doch nicht jeder Honorarempfänger wusste, dass das Geld von der CIA kam. Wie zum Beispiel die Autoren und Schriftstellerinnen, Lyriker und Wissenschaftlerinnen, die in der vom CCF geförderten Zeitschrift »Der Monat« veröffentlichten – ohne zu ahnen, dass sie von der CIA finanziert wurde. Oder eine Künstlerin wie Ingeborg Tarnat, die sich für ihre abstrakten Werke naiv oder im guten Glauben von der Neill-Stiftung fördern ließ. Doch Neill stellt sich jetzt als eine von über einhundertfünfzig Scheinstiftungen der CIA heraus.

Hier kommt nun die Autorin dieses Artikels ins Spiel. Denn zur Wahrheit gehört, dass die Übereinstimmung meines Familiennamens mit dem der Berliner Künstlerin Ingeborg Tarnat kein Zufall ist. Ich bin ihre Tochter. Die vor einigen Jahren selbst von einem Stipendium der Neill-Stiftung für einen USA-Aufenthalt im Rahmen ihres Publizistikstudiums profitierte. Und unter anderem eine wunderschöne Zeit im Verlag Jonathan Claim absolvieren durfte, um bei der Herausgabe einer neuen Zeitschrift mitzuarbeiten und zu lernen. Der vorliegenden nämlich, die Sie in Händen halten: The Dikes. Ich blieb in den USA, fand eine Anstellung bei The Dikes.

Und wurde angesichts des alten Archivfunds, zu dem ich im Verlag wegen meiner Berliner Herkunft angesprochen wurde, plötzlich mit dem Fotomaterial des im Jahr 1957 in Berlin ermordeten Rudy Beringer konfrontiert. Sowie, bei genauerem Hinschauen, auch mit dem Namen der Neill-Stiftung.

Zusammen mit den anderen Stiftungsnamen der Beringer-Liste, den geheimen Kontodaten aus der Paris-Zentrale des CCF und nicht zuletzt Beringers deutschsprachigen Notizen bedurfte es keiner Kombinationsgabe mehr, um zu verstehen, dass niemand anderes als die CIA der Sponsor all dieser Aktivitäten war und bis heute ist.

Es mag undankbar klingen, wenn ich dies abschließend schreibe, aber ich bin stolz darauf, dass ich mit diesem Artikel auch in die Hand beiße, die mich eine Zeit lang genährt hat. Es wird noch eine Weile dauern, bis ich mein erhaltenes Stipendium an die Neill-Stiftung – und damit an die CIA – zurückgezahlt haben werde. Aber ich werde es tun.

Ingrid Tarnat, New York

×

PS: Ich danke besonders meiner oben bereits erwähnten »Quelle« für die detaillierten Hintergrundinformationen zu Rudy Beringers Aktivitäten in Paris und Berlin und seiner Verbindung zur Berliner Journalistin Katja Zern. – Offensichtlich kann selbst ein Treffen in einer Nervenklinik später, Jahre später, noch Früchte tragen. Vielen Dank dafür! *I.*

Nachwort

Zu den eigenartigsten Reaktionen auf historische oder zeitgeschichtliche Kriminalromane, die ich bislang veröffentlichen konnte, gehört für mich die Erfahrung, dass ausgerechnet jene Romanteile, die auf realen Hintergründen basieren, für erfunden (meist schlecht erfunden) gehalten werden. Deshalb an dieser Stelle zwei Anmerkungen zu zeitgeschichtlichen Hintergründen dieses Kriminalromans, die buchstäblich »unglaublich« klingen:

Es ist heute belegt, dass die CIA sozialkritische, linke und linksliberale, in jedem Fall aber antitotalitäre Künstler/innen sponsorte, damit sie im Kalten Krieg nicht vom Kommunismus eingefangen wurden. Das musste in der Regel sowohl den Geförderten als auch der amerikanischen Öffentlichkeit verborgen bleiben. Bei der Verschleierung dieses Coups half der von der CIA gesteuerte und finanzierte Congress of Cultural Freedom, CCF.

Die Verbindung zur Eröffnung der Kongresshalle 1957 ist leicht ersichtlich, sofern man die Hintergründe kennt: Chairman des Kulturprogramms war Melvin J. Lasky, Herausgeber der von der CIA ebenfalls verdeckt finanzierten Zeitschrift »Der Monat«, für die die Hautevolee nicht kommunistischer, linksliberaler Intellektueller schrieb. Seit 1966 erschienen mehrere Enthüllungsartikel in amerikanischen Zeitungen und Zeitschriften, die den (un)heimlichen Kulturkampf der CIA und ihre Verflechtungen offenlegten und damit ihr Ende einläuteten.

Es bleibt die im Grunde uralte Frage, ob eine Kunst, die sich gänzlich frei von politischer Einflussnahme wähnt, nicht eher naiv als wirklich frei ist.

Nicht nur »schlecht«, sondern geradezu monströs erfunden mögen jene Passagen in diesem Buch anmuten, in denen von einer Enteignung nicht nur materiellen, sondern auch geistigen jüdischen Eigentums ausgegangen wird. Der Fall »Vademecum« inklusive aller Figuren ist selbstverständlich von mir erfunden. Nicht jedoch das wissenschaftlich bislang weitgehend vernachlässigte Phänomen, dass jüdische Autor/innen in der Nazizeit durch sogenannte »Arisierung« ihrer Werke beraubt und enteignet wurden. Davon betroffen waren offenbar vor allem Sach- und Fachbücher, die Historikerin Karina Urbach schildert exemplarisch die Enteignung ihrer jüdischen Großmutter, die ein Kochbuch verfasst hatte – Das Buch Alice.

Als ich über meine Hintergrundgeschichte eines jüdischen Arztes nachdachte, der noch postum und bis in die Gegenwart des Jahres 1957 um sein Werk betrogen wird, war ich mir unsicher, ob ich hier nicht zu sehr konstruierte. Bis ich auf das Schicksal Josef Löbels stieß, bis 1933 Arzt und Autor enorm populärer medizinischer Bücher. Löbel war zudem Herausgeber von »Knaurs Gesundheitslexikon«. Das Buch stand in meinem Elternhaus, freilich mit einem anderen, nämlich falschen Herausgebernamen. Der Medizinhistoriker Peter Voswinckel konnte nachweisen, dass Löbels Name in der NS-Zeit ausgelöscht und »arisiert« worden war, sein populäres Gesundheitslexikon ergänzt um nazi-ideologische Stichworte wie z. B. »Rasse« und befreit von einem entlarvenden Begriff wie »Größenwahn«. Keine literarische Erfindung kann so schlecht sein, wie es die Wirklichkeit mitunter ist.